언데드
다루는 법

HANTERINGEN AV ODÖDA
by John Ajvide Lindqvist

이 도서의 국립중앙도서관 출판예정도서목록(CIP)은
서지정보유통지원시스템 홈페이지(http://seoji.nl.go.kr)와
국가자료공동목록시스템(http://www.nl.go.kr/kolisnet)에서 이용하실 수 있습니다.
(CIP제어번호: CIP2016029807)

언데드 다루는 법

HANDLING THE UNDEAD

욘 A. 린드크비스트 장편소설 | 최세희 옮김

문학동네

일러두기

1. 본문 중의 주석은 모두 옮긴이주입니다.
2. 강조의 의미로 쓴 고딕체는 원서에서 이탤릭체로 표시된 부분입니다.
3. 성서 인용은 『성경전서 개역개정판』을 따랐습니다.

프리티오프에게. 마피우!

차례

프롤로그

전류가 역행할 때

죽음은 눈을 틔워주는 바늘,
그렇게 우리는 비로소
빛을 보게 된다,
삶에서 누렸던 빛을.

에바 스티나 뷔그메스타르, 『소심한 남자』

스베아베겐, 8월 13일 22:49

"살루드,* 각하."

헨닝은 가토 네그로 통을 들어 보도에 박힌 철제 명판에 대고 건배했다. 십육 년 전 수상 올로프 팔메**가 저격당한 그 자리엔 시든 장미 한 송이가 놓여 있었다. 헨닝은 쭈그리고 앉아 명판에 돋을새김된 글씨를 손가락으로 훑었다.

"더럽습니다, 더러워요." 그가 말했다. "죄다 지옥으로 떨어질 겁니다, 올로프. 아래로, 까마득하니 아래로."

머리통이 깨질 듯이 아팠다. 와인 때문이 아니었다. 스베아베겐을 지나가는 사람들도 바닥만 내려다보고 있었다. 두 손으로 머리를 감싸 누

---

* 스페인어로 '건배'라는 뜻.

** 사회민주당 출신 수상으로 1986년 저격당해 사망했다.

르는 사람도 있었다.

초저녁까지만 해도 천둥이 치려나보다 싶었다. 그러나 그전부터 대기중의 전압이 알게 모르게 점점 강해졌고, 이제는 도저히 참을 수 없는 지경이었다. 정작 밤하늘에는 구름 한 점 없었다. 멀리서도 하늘이 우르르 울리지 않는 게, 천둥이 칠 가망은 없었다. 보이지도 않고 만질 수도 없었지만 분명 전기장이 존재했다. 모두가 느끼고 있었다.

정전의 정반대 현상 같았다. 아홉시부터였나, 전등이 꺼지지 않고 전자제품의 전원도 꺼지지 않았다. 플러그를 잡아뽑을라치면 회로가 끊기는 것을 막으려는 듯 불길한 지지직 소리와 함께 콘센트와 플러그 사이에 스파크가 일었다.

그리고 전기장은 계속 강력해졌다.

전기테라도 둘린 듯 헨닝의 머리는 극심한 고통의 충격으로 맥동했다.

앰뷸런스 한 대가 사이렌을 요란스레 울리며 지나갔다. 급히 출동중이거나, 아니면 아무도 사이렌을 끄지 못하는 것일지 몰랐다. 주차된 차들 중 두 대는 제자리에서 공회전하고 있었다.

살루드, 각하.

헨닝은 와인 통을 얼굴 높이까지 들어올린 후 고개를 뒤로 젖힌 채 마개를 땄다. 미처 방향을 제대로 잡기도 전에 와인 줄기가 턱으로 쏟아지더니 목을 따라 흘러내렸다. 눈을 감고 꿀꺽꿀꺽 와인을 들이켜는 동안 그 한줄기는 가슴팍을 타고 땀방울과 섞이면서 계속 아래로 흘러내렸다.

더워. 이건 뭐 찜통이 따로 없네.

몇 주 동안 일기도에는 큼지막하고 행복한 태양 표시들이 전국을 뒤덮다시피 했다. 낮 동안 열기에 달궈진 도로와 건물마다 김이 모락모락 피어올랐고, 밤 열한시가 다 되어가는 지금까지도 기온은 섭씨 30도에서 내려올 줄 몰랐다.

헨닝은 수상에게 고개를 끄덕여 작별을 고하고, 암살자가 갔던 길을 따라 튼넬가탄으로 향했다. 와인은 아까 열린 차창으로 꺼내다 통 손잡이가 망가져버린 바람에 옆구리에 끼고 가야 했다. 머리통이 부어서 평소보다 더 크게 느껴졌다. 그는 손가락으로 이마를 문질렀다.

머리는 겉으로는 여전히 멀쩡해 보일지 몰라도, 손가락은 열기와 와인 때문에 확실히 부어 있었다.

날씨가 왜 이 모양이야. 이건 정상이 아니야.

헨닝은 난간에 몸을 기댄 채 천천히 계단을 올라갔다. 벼랑처럼 보도로 내리닫는 계단이었다. 휘청거리며 발걸음을 옮길 때마다 두개골이 욱신욱신 울렸다. 좌우로 난 창문들은 환하게 불을 밝힌 채 열려 있었다. 몇몇 창문에선 음악이 흘러나왔다. 헨닝은 어둠이, 어둠과 적막이 그리웠다. 계속 술을 퍼마셔서 기어코 정신줄을 놓아버리고 싶었다.

계단 꼭대기에서 그는 몇 초 동안 쉬었다. 상황은 악화일로로 치닫고 있었다. 그의 상태가 나빠지는 건지 아니면 전기장이 더 세지는 건지 분간할 수 없었다. 이제 그것은 욱신욱신 울리는 게 아니라 무자비하게 옥죄며 끝없이 타는 듯한 고통을 가하고 있었다.

그리고 그렇게 괴로운 것은 그만이 아니었다.

그리 멀지 않은 곳에 차 한 대가 보도 쪽을 향해 비스듬히 주차되어 있었다. 엔진은 공회전을 하고, 운전석 문은 열려 있고, 음량을 최고치로 올린 카스테레오에서는 〈Living Doll〉*이 흘러나왔다. 운전자는 차 바로 옆, 길 한복판에 쭈그리고 앉아 두 손으로 머리를 감싸고 있었다.

헨닝은 눈가에 주름이 잡힐 만큼 눈을 질끈 감았다가 다시 떴다. 이

---

* 영국 가수 클리프 리처드의 1959년도 히트곡.

런저런 상상을 해서였을까? 아니면 그를 둘러싼 아파트의 불빛이 점점 환해져서였을까?

뭔가. 이제 막. 일어나려는 거야.

조심조심, 한 번에 한 걸음씩 되벨른스가탄을 가로질러 요한네스 공동묘지의 너도밤나무숲 그늘까지 갔지만, 거기서 그만 무너지고 말았다. 더는 못 갈 것 같았다. 모든 것이 윙윙거렸다. 머리 위 나무 꼭대기에 벌떼가 있어 그것들이 소리를 내는 것 같았다. 전기장은 더욱 세졌고, 아주 깊은 물속에서처럼 머리가 죄어왔고, 열린 창문으로는 사람들의 비명소리가 들려왔다.

때가 된 거야. 이젠 죽겠구나.

이 두통에는 이유가 없었다. 이렇게 작은 머리통에 이토록 엄청난 고통이 담길 수 있다니, 믿을 수가 없었다. 당장이라도 머리가 우그러들 것 같았다. 창문에서 쏟아지는 불빛은 더욱 환해졌고, 나뭇잎들이 몸 위에 사이키델릭한 무늬를 그렸다. 헨닝은 하늘로 얼굴을 돌려 눈을 부릅뜨고서 쾅, 하고 폭발하길 기다렸다.

핑.

사라졌다.

스위치를 끈 것처럼. 사라졌다.

두통이 사라졌다. 돌연 벌떼 소리가 멎었다. 모든 것이 다시 정상으로 돌아갔다. 헨닝은 입을 열어 소리를 내려고, 가능하면 감사의 말을 하려고 했지만, 턱이 자물쇠로 잠근 듯 꽉 맞물려 벌어지지 않았다. 오랫동안 긴장한 탓에 근육이 욱신욱신 쑤셨다.

침묵. 어둠. 그리고 하늘에서 뭔가 떨어졌다. 헨닝은 그것이 머리를 스치고 땅에 떨어지기 직전에 보았다. 뭔가 작은 것, 벌레였다. 헨닝은 코로 숨을 들이마셨다가 내쉬며 건조한 흙냄새를 음미했다. 뒤통수 밑에 뭐가 있는지 딱딱하고 시원했다. 그는 뺨도 식히려고 고개를 돌렸다.

그가 쓰러져 있는 곳은 대리석 받침 위였다. 뺨 아래 우둘투둘한 느낌이 들었다. 글자. 헨닝은 고개를 들어 거기 적힌 것을 읽었다.

칼

1918. 12. 4.~1987. 7. 18.

그레타

1925. 9. 16.~2002. 6. 16.

이름들은 더 있었다. 가족묘지. 그레타는 칼과 결혼했지만 남편과 사별한 후 죽기 전까지 십오 년 동안 홀로 지냈다. 이런, 이런. 헨닝은 머리가 잿빛으로 센 자그마한 여자를, 보행 보조기에 몸을 의지해 겨우겨우 거대한 아파트 문을 통과하는 여자의 모습을 상상해보았다. 몇 주 전에 있었을 상속 다툼의 광경도 그려보았다.

대리석 표면 위에서 뭔가 움직여 헨닝은 실눈을 뜨고 들여다보았다. 애벌레였다. 반점 하나 없이 새하얗고 담배 필터만한, 작고 통통한 애벌레. 고통스러운지 검은 대리석 위에서 꿈틀거리는 놈이 안쓰러워, 헨닝은 풀밭 위로 날려보내기 위해 손가락으로 놈을 툭 튕겼다. 그러나 애벌레는 꼼짝도 하지 않았다.

뭐야……

헨닝은 코가 닿을 정도로 애벌레에 얼굴을 가까이 들이대고는 다시 손가락으로 튕겨보았다. 시멘트로 놈을 대리석에 발라버렸다고 해도 될 정도였다. 좀더 자세히 볼 생각에 호주머니에서 라이터를 꺼내 불을 켰다. 애벌레는 움츠러들고 있었다. 얼굴을 지나치게 들이대다가 그만 코끝이 닿을 뻔했다. 라이터 불에 머리카락 몇 올이 그슬렸다. 아니다.

애벌레는 움츠러드는 게 아니었다. 대리석 속으로 파고들어가며 조금씩 사라지고 있었다.

말도 안 돼……

헨닝은 손가락 관절로 돌덩이를 툭툭 건드렸다. 확실히 돌덩이가 맞았다. 매끈하고 비싼 대리석. 그는 웃음을 터뜨리며 큰 소리로 말했다. "말도 안 돼. 야, 이게 말이 되느냐고, 애벌레……"

이제 놈은 완전히 자취를 감추려는 찰나였다. 가늘고 새하얀 마지막 마디가 헨닝을 향해 꼼지락대더니, 그가 지켜보는 가운데 돌 속으로 가라앉아 사라져버렸다. 헨닝은 그 자리를 손가락으로 훑었다. 애벌레가 파고들어간 자리에는 구멍은커녕 떨어져나온 돌조각 하나 없었다. 애벌레는 돌 속으로 가라앉아 이제는 사라지고 없었다. 헨닝은 손바닥으로 돌을 토닥대며 말했다. "잘했다, 꼬마 친구. 잘했어."

그리고 와인을 들고 예배당으로 향했다. 계단에 앉아 술을 마실 셈이었다.

그 광경을 본 것은 오직 그뿐이었다.

8월 13일

내가 무슨 잘못을 했다고 이러나요?

마침내, 마침내
생전의 터전으로 서둘러 가는 망자들……

군나르 에켈뢰프, 「그들이 나타날 때」

스바르바르가탄, 16:03

죽음이군……

다비드는 책상에서 눈을 들어 두에인 핸슨의 조형작품 〈슈퍼마켓 레이디〉*의 액자 사진을 바라보았다.

분홍색 윗도리에 청록색 치마를 입고, 쇼핑한 물건이 가득 쌓인 카트를 밀고 있는 여자. 머리카락은 컬 클립으로 돌돌 말려 있고, 입가 한쪽에는 담배가 물려 있다. 다 해진 신발은 붓고 아픈 발을 간신히 가릴 정도다. 시선은 텅 비어 있다. 드러난 팔뚝 위쪽에는 폭행 때문임을 쉽게 짐작할 수 있는 멍. 남편에게 맞고 사는 여자이리라.

그러나 카트는 가득찼다. 흘러넘칠 정도로 가득.

---

* 미국의 극사실주의, 포토리얼리즘 작가인 두에인 핸슨의 작품. 쇼핑하는 뚱뚱한 중년 주부의 모습을 통해 자본주의 소비 행태를 비판했다.

통조림 캔, 상자, 봉투, 음식. 전자레인지 조리용 식품. 여자의 몸은 피부 속에 억지로 쑤셔넣은, 꽉 조이는 치마와 윗도리 속에 욱여넣은 살덩어리였다. 시선은 공허하고, 입술은 꽉 오므려 담배를 물었고, 언뜻 이가 보인다. 두 손은 카트 손잡이를 꽉 붙잡고 있다.

그리고 카트는 가득찼다. 흘러넘칠 정도로 가득.

다비드는 콧구멍으로 공기를 들이마셨다. 싸구려 향수와 슈퍼마켓에서 흘린 땀 냄새가 나는 것만 같았다.

죽음이야……

시시각각 아이디어가 고갈되었고, 다비드는 망설여질 때마다 이 사진을 보았다. 그것은 죽음이었다. 모두가 맞서 싸우는 것. 사회에서 이 사진이 드러내는 바와 비슷한 경향은 모두 악이었고, 이 사진과 거리가 먼 모든 것은…… 그나마 좀 나았다.

망누스의 방문이 열리더니, 한 손에 포켓몬 카드를 든 망누스가 나타났다. 방안에서 개구리 캐릭터인 그로단 볼*의 분노에 찬 목소리가 들려왔다. "우우우우우우, 덤벼라아아아!"

망누스가 카드를 내밀었다.

"아빠, 골덕**이 눈알이야, 아니면 물 같은 거야?"

"물이야. 아가야, 이 얘긴 좀 이따가 하자……"

"그런데 눈으로 공격하잖아."

"그렇지. 그런데…… 망누스, 지금은 안 돼. 얘기할 수 있을 때 아빠가 말할게. 알았지?"

망누스는 다비드 앞에 놓인 신문을 흘끗 보았다.

---

* 스웨덴의 동화 작가 겸 성우 토마스 푼크의 괴물 이야기 제목이자 주인공의 이름.

** 포켓몬에 등장하는 오리 캐릭터.

"이거 뭐하는 건데?"

"착하지, 망누스. 아빠 일하잖니. 아빠가 금방 갈게."

"스웨덴산…… 보드카……… 포르노 잡지와 묶음 판매. 보드카가 뭐야?"

다비드는 신문을 덮고 망누스의 양어깨를 잡았다. 아이는 신문을 펼치려고 용을 썼다.

"망누스! 아빠가 말했지. 아빠 지금 일해야 되는데 방해하면 나중에 안 놀아줄 거야. 네 방으로 가서 문 닫고 있어. 금방 갈게."

"아빤 만날 일만 해!"

다비드는 한숨을 내쉬었다.

"다른 엄마 아빠에 비하면 얼마나 적게 일하는지 알아? 착하지, 망누스. 아빠 잠깐만 일할게."

"알아, 알아. 알았다고."

망누스는 몸을 비틀어 다비드를 뿌리치고는 다시 제 방으로 갔다. 문이 꽝 닫혔다. 다비드는 방안을 한 바퀴 돌고는 타월로 겨드랑이를 닦고 다시 책상 앞에 앉았다. 쿵스홀름 해안이 내다보이는 창문이 활짝 열려 있었지만 바람 한 점 없다시피 해서 웃통을 벗고 있는데도 땀이 흘렀다.

다비드는 다시 신문을 펼쳤다. 우스운 얘깃거리가 될 만한 사건이 있었다.

스웨덴산 보드카, 포르노 잡지와 묶음 판매!

중앙당의 여성 의원 둘이 항의의 표시로 『펜트하우스』 잡지에 보드카를 붓고 있었다. 사진 밑의 설명에는 '개탄하다'라고 쓰여 있었다. 다비드는 그들의 얼굴을 유심히 보았다. 더없이 호전적인 표정에, 눈빛만으로도 사진기자를 갈아마실 기세였다. 그 기운은 잡지 표지의 벌거벗은 여자에게 곧장 향해 있었다.

너무 기괴한 장면이라 농담의 소재로 써먹을 수 있을 것 같지가 않았다. 다비드는 사진을 샅샅이 보며 어떻게든 비집고 들어갈 틈새를 찾았다.

사진: 푸테 메르셰르트.

옳거니.

사진기자. 다비드는 의자에 등을 기대고 천장을 쳐다보며 윤곽을 잡기 시작했다. 그리고 몇 분 만에 또박또박한 글씨로 대본의 기초적 개요를 완성했다. 다시 여자들을 보았다. 이제 비난의 시선은 그를 향하고 있었다.

"그래, 우리와 우리 신념을 갖고 노시겠다?" 그들이 말했다. "그러는 당신은 어떻고?"

"그래, 알았어." 다비드는 신문에 대고 큰 소리로 말했다. "하지만 적어도 나는 내가 광대라는 건 알거든. 당신들하곤 다르지."

거추장스러운 양심으로 인한 두통 때문에 머리가 윙윙 울려댔지만 다비드는 계속 써나갔다. 이십 분도 채 지나지 않아 그럭저럭 만족스러운 궤도에 올라섰다. 상황을 제대로 만끽했다면 만족을 넘어 근사한 기분까지 느꼈을지도 모른다. 그는 고개를 들어 〈슈퍼마켓 레이디〉를 바라보았지만 별다른 도움을 받을 수 없었다. 여자의 카트 안에 들어가 앉아 그녀가 끌고 가는 대로 다니고 있어서일 것이었다.

네시 반이었다. 무대에 오르기까지 네 시간 반이 남았는데도 벌써부터 초조해서 견딜 수가 없었다.

커피 한 잔을 끓이고 담배 한 대를 피운 후 망누스를 보러 가 삼십 분 동안 포켓몬 이야기를 한 다음, 카드를 분류하는 아이를 도와주고 카드에 적힌 말이 무슨 뜻인지도 알려주었다.

"아빠." 망누스가 물었다. "아빠 직업이 정확하게 뭐야?"

"이미 알고 있으면서. 전에 '노라 브룬'에 간 적 있지? 아빠가 이야기를 하면 사람들이 막 웃잖아. 그러면…… 아빠가 돈을 버는 거야."

"사람들이 왜 웃는데?"

다비드는 여덟 살배기 아들의 진지한 눈을 들여다보고는 너털웃음을 터뜨렸다. 그런 뒤 아들의 머리를 쓰다듬어주며 대답했다. "아빠도 몰라. 진짜로. 자, 이제 아빤 커피 좀 마셔야겠다."

"아, 아빤 만날 커피 마시더라."

다비드는 카드가 흩어져 있는 바닥에서 일어났다. 문까지 간 그는 뒤돌아 카드를 읽느라 입을 오물거리는 아들을 보았다.

"아빠 생각에는." 다비드가 말했다. "사람들은 웃고 싶어서 웃는 것 같아. 와서 웃으려고 돈을 냈으니까 웃는 거야."

망누스는 고개를 저었다. "잘 모르겠어."

"아빠도 그래. 잘 몰라."

다섯시 반에 에바가 퇴근해 돌아왔다. 다비드는 현관에서 아내를 맞이했다.

"나 왔어, 여보." 에바가 말했다. "잘돼가?"

"죽음이야, 죽음, 죽음이라고." 다비드는 두 손으로 배를 덮으며 대답하곤 아내에게 입을 맞추었다. 그녀의 입술은 땀에 젖어 찝찔했다. "당신은?"

"좋아. 그런데 머리가 좀 아프네. 그것 말고는 괜찮아. 그래, 글은 좀 써져?"

"아니, 그게……" 다비드는 애매하게 책상 쪽을 가리켰다. "썼어, 그런데 좀 마땅찮네."

에바가 고개를 끄덕였다. "그래, 그렇구나. 나중에 이야기해줄 거야?"

"듣고 싶다면야."

에바는 망누스를 보러 갔고, 다비드는 화장실에 가서 초조함의 일부를 밖으로 내보냈다. 한동안 그렇게 변기에 앉아 샤워 커튼에 그려진 흰색 물고기들을 바라보았다. 에바에게 원고를 읽어주고 싶었다. 사실, 읽어줘야 했다. 재미는 있지만 그런 걸 쓴 게 부끄러웠고, 혹여 에바가 지적할까봐…… 그 이면을 지적할까봐 걱정이 됐다. 숨은 뜻이라곤 없는 이면을.

그는 얼굴이 달아올라 찬물로 세수를 했다.

난 엔터테이너야. 빼고 더할 것도 없어.

그랬다. 당연했다.

다비드는 저녁식사로 간편하게 버섯 오믈렛을 만들었고, 그동안 망누스와 에바는 거실에 모노폴리 게임을 펼쳐놓았다. 오븐레인지 앞에서서 기름에 버섯을 볶는 다비드의 겨드랑이로 땀이 흘러내렸다.

날씨가 왜 이 모양이야. 정상이 아니야.

불현듯 하나의 이미지가 마음속에 어렴풋이 떠올랐다. 온실효과. 그렇다. 하나의 거대한 온실인 지구. 수백만 년 전 외계인들은 우리 인간을 여기에 심어놓았다. 그리고 곧 그들이 수확을 하러 돌아올 것이다.

그는 오믈렛을 떠서 접시에 나누어 담은 후 저녁 준비가 다 되었다고 소리쳐 알렸다. 괜찮은 이미지인데, 재미있나? 재미없다. 하지만 유명한 사람을 등장시키면……? 스타판 헤이메르손 같은 신문 칼럼니스트를 내세워서 그가 사실은 외계인들의 지도자라고 말하는 거다. 그러면 스타판 헤이메르손이 온실효과에 대한 책임을 모두 떠맡을 테고……

"무슨 생각 해?"

"아, 별거 아니야. 날씨가 이렇게 따뜻한 게 다 스타판 헤이메르손 때문이라고 생각했어."

"아하……"

에바가 다음 말을 기다렸다. 다비드는 어깨를 으쓱했다. "아, 거기까지가 다야. 기본적으로는."

"엄마?" 망누스는 자기 샐러드에서 저민 토마토를 이미 다 골라낸 뒤였다. "로빈이 그러는데, 앞으로 지구가 더 따뜻해지면 공룡들이 돌아올 거래, 진짜야?"

모노폴리 게임을 하는 동안 다비드의 두통은 더욱 심해졌고, 돈을 잃을 때마다 셋 다 쓸데없이 신경을 곤두세웠다. 삼십 분 후 셋은 어린이 프로그램 〈볼리봄파〉를 볼 겸 잠깐 쉬었고, 에바는 에스프레소를 뽑으러 부엌으로 갔다. 다비드는 소파에 앉아 하품을 했다. 긴장할 때마다 그렇듯 졸려서 자고 싶은 생각밖에 없었다.

망누스가 무릎을 끌어안고 그의 옆에 앉았고, 그들은 함께 서커스에 관한 다큐멘터리를 보았다. 커피가 준비되자 다비드는 망누스가 가지 말라고 붙잡는데도 자리에서 일어섰다. 에바는 오븐레인지 앞에 서서 스위치를 돌려대고 있었다.

"이상하네." 그녀가 말했다. "꺼지지가 않아."

전원이 좀처럼 꺼지지 않았다. 다비드가 이 버튼, 저 버튼 손 가는 대로 돌려봤지만 소용이 없었다. 커피 주전자가 부글부글 소리를 내고, 오븐레인지는 시뻘겋게 달궈져 있었다. 하지만 지금 그들은 그런 일로 신경쓰고 싶지 않았고, 그래서 다비드는 설탕을 듬뿍 넣은 에스프레소에 담배를 곁들여 피우면서 에바에게 원고를 읽어주었다. 에바는 재미있다고 했다.

"내가 할 수 있을까?"

"당연하지."

"당신 생각엔 이게……"

"이게 뭐?"

"그러니까 너무 멀리 나간 것 같지 않아? 물론 이 사람들이야 옳은 일을 하는 건데."

"그래서? 그게 이거랑 무슨 상관이야?"

"물론 그렇지. 고마워."

결혼한 지 십 년째였지만, 다비드가 에바의 얼굴을 보며 '난 정말 징글맞게 운 좋은 놈이야'라고 생각하지 않은 날은 거의 하루도 없었다. 별로인 날도 당연히 있었다. 몇 주 동안 즐겁기는커녕 그 근처에도 못 갈 정도인 적도 있었지만, 그런 어둠의 밑바닥에조차 징글맞게 운 좋은 놈이라고 적힌 플래카드가 걸려 있다는 걸 그는 알고 있었다. 설령 당시에는 보이지 않는다 해도 그것은 언제고 다시 떠올랐다.

에바는 '히포그리프'라는 소규모 출판사에서 아동 비소설 분야의 편집자이자 일러스트레이터로 일했다. 그녀는 철학적인 성격에 집짓기를 좋아하는 브루노라는 이름의 비버가 주인공으로 나오는 동화를 직접 쓰고 삽화도 그린 책을 두 권 출간한 작가이기도 했다. 어마어마한 성공을 거둔 것은 아니지만 언젠가 에바가 얼굴을 찡그리며 이렇게 말한 적은 있었다. "중상류층이 좋아하는 것 같아. 건축가 같은 사람들. 그런데 그 자녀들도 좋아하는지 어떤지는 자신이 없네." 다비드는 그녀가 쓴 책이 자신의 모놀로그 대본보다 훨씬 더 재미있다고 생각했다.

"엄마! 아빠! 이거 안 꺼져!"

망누스가 텔레비전 앞에 서서 리모컨을 내두르고 있었다. 다비드가 텔레비전에 달린 전원 버튼을 눌러도 화면은 꺼지지 않았다. 오븐레인지와 마찬가지였지만 그나마 이건 플러그를 금방 찾을 수 있었고, 뉴스캐스터가 막 저녁 시사 프로그램이 시작되었음을 알리는 순간 그는 플러그를 잡아뽑았다. 자석에서 쇠붙이를 떼어내는 것처럼 벽의 콘센트가 플러그를 잡아당기는 듯한 느낌이 잠깐 들었다. 열 손가락 끝이 지지직 소리와 함께 간질거리더니, 캐스터의 모습은 어둠 속으로 사라졌다.

다비드가 플러그를 내밀었다. "봤어? 합선 비슷한 거 같은데. 퓨즈가 죄다 나갔겠어." 그는 전등 스위치를 켜보았다. 천장의 전등에 불이 들어왔는데 스위치를 꺼도 그대로였다.

망누스가 앉아 있던 자리에서 펄쩍 뛰어올랐다.

"빨리 와! 게임 이어서 하자!"

다비드와 에바는 모노폴리에서 망누스에게 져주었고, 망누스가 자기가 딴 돈을 세는 동안 다비드는 무대용 신발과 셔츠를 챙기고 신문도 넣었다. 부엌으로 다시 갔을 때 에바는 벽에서 오븐레인지를 끄집어내고 있었다.

"안 돼." 다비드가 말했다. "그러지 마."

에바가 손가락 하나를 감싸더니 욕을 내뱉었다. "빌어먹을…… 이대로 놔둘 수는 없어. 아빠 집에 가야 하는데. 제기랄……" 계속 잡아당겼지만 오븐레인지는 부엌 수납장 사이에 끼어서 꿈쩍도 하지 않았다.

다비드가 말했다. "에바, 오븐레인지 끄는 걸 까먹고 그냥 자버린 적이 얼마나 많아? 그래도 아무 일 없었잖아?"

"그래, 알아. 하지만 지금은 외출하는 거잖아……" 그녀는 오븐레인지 문을 걷어찼다. "저 안쪽은 몇 년 동안 청소 한번 안 했어. 지긋지긋한 물건. 아휴, 머리 아파."

"지금 당장 꼭 해야 해? 오븐레인지 뒤 치우는 거?"

에바는 두 손을 아래로 떨어뜨리며 고개를 흔들고는 킥킥 웃었다.

"아니야. 그 생각에 꽂혀서 그랬어. 시간이 좀 걸리겠네."

그녀는 마지막 필사적인 동작으로 오븐레인지에 달려들었다가 두 손을 내뿌리며 포기했다. 망누스가 돈을 들고 부엌으로 들어왔다.

"구만칠천사백." 그리고 망누스는 있는 대로 눈살을 찌푸리며 말했다. "머리가 너무너무 아파. 바보 같아."

그들은 각자 물 한 잔을 들고 건배한 다음 알베돈*을 한 알씩 삼켰다. 고별의 건배였다.

망누스는 그날 밤 다비드의 어머니 집에서 자고 에바는 예르펠라에 있는 아버지 집에 갔다가 한밤중에 돌아올 예정이었다. 에바와 다비드가 함께 망누스를 번쩍 들어올리고 셋은 서로 입맞춤을 나눴다.

"할머니 집에서 카툰 네트워크 너무 많이 보면 안 돼." 다비드가 말했다.

"안 봐." 망누스가 대답했다. "그 채널 이젠 안 볼 거야."

"그래야지." 에바가 말했다. "그러면……"

"디즈니 볼래. 그게 더 재미있어."

다비드와 에바는 다시 입을 맞췄고, 이따 밤늦게 둘만 있으면 어떨지 눈빛을 교환했다. 그런 후 에바가 망누스의 손을 잡고 다른 손을 들어 마지막으로 한 번 흔들며 멀어져갔다. 다비드는 보도에 서서 그들을 지켜보았다.

다시는 못 보게 되면 어쩌지……

익숙한 공포가 그를 옥죄어왔다. 내 인생은 지나치게 순조로웠다. 뭔가 잘못됐다. 분에 넘치는 삶을 살고 있다. 이제 모든 게 사라져버릴 것이다. 에바와 망누스가 골목을 돌아 사라졌을 때, 그들을 뒤쫓아 달려가

---

* 해열제의 상표명.

못 가게 막아야 한다는 생각이 충동적으로 떠올랐다. 말해, '자, 집에 가자. 〈슈렉〉도 보고, 모노폴리도 하고, 우리…… 서로 헤어지지 말자'고.

익숙한 공포였지만 전보다 강도가 높았다. 다비드는 자신을 추스르고 뒤돌아 상트에릭스가탄으로 가면서 다시 한번 머리에 새기자는 생각에 새로 쓴 대본을 조용히 읊었다.

이런 상황은 어떨까요? 두 여자가 화가 났습니다. 그래서 뭘 했게요? 가게에 가서 보드카 한 병과 포르노 잡지를 잔뜩 삽니다. 그들이 거기에 서서 두 시간 동안 보드카를 붓고 또 붓는 사이 〈아프톤블라데트〉의 사진기자 푸테 메르셰르트가 우연히 그들을 보게 됩니다.

"안녕하세요!" 푸테 메르셰르트는 말하죠. "뭐하고 계세요?"

"포르노 잡지에 보드카를 들이붓고 있어요." 여자가 대답합니다.

"아, 그래요?" 사진기자는 생각합니다. 특종거리야.

아, '사진기자'라고 하면 안 돼. 푸테 메르셰르트. 쭉 이름으로 가는 거야.

"아, 그래요?" 푸테 메르셰르트는 생각합니다. 특종거리야……

다리를 반쯤 건넜을 때 다비드는 뭔가 이상한 것을 보고 발걸음을 멈췄다.

얼마 전 신문에서 예전에는 스톡홀름에 쥐가 수백만 마리가 넘었다는 기사를 읽은 적이 있었다. 다비드는 이제껏 한 마리도 본 적이 없었는데 지금 여기에, 상트에리크 다리 한가운데 세 마리가 보였다. 한 놈은 컸고 두 놈은 그보다 작았다. 놈들은 보도 위에서 서로를 좇아 맴돌고 있었다.

쥐들은 이빨을 드러내며 찍찍거렸고, 작은 놈 중 한 마리가 큰 놈의 등을 물었다. 다비드는 한 걸음 물러섰다가 고개를 들었다. 쥐들 저편으로 몇 걸음 떨어진 곳에서 나이 지긋하고 점잖아 보이는 남자 하나가 멍하니 입을 벌린 채 쥐들이 싸우는 광경을 지켜보고 있었다.

작은 쥐들은 새끼 고양이만했고, 큰 놈은 유럽 집토끼만큼 컸다. 털 없는 꼬리들이 아스팔트를 스치는 가운데 두번째로 작은 쥐에게 등을 움켜잡힌 큰 쥐가 미친듯이 찍찍댔고, 놈의 털 위로 검은 얼룩 같은 피가 배어나오기 시작했다.

저것들, 작은 놈들이…… 큰 놈의 새끼인가?

다비드는 갑자기 구역질이 치밀어올라 한 손으로 입을 틀어막았다. 큰 쥐는 경련하듯 이리저리 날뛰며 작은 놈들을 떨쳐내려고 악을 썼다. 다비드는 쥐들의 비명을 처음 듣는데다 쥐들이 그렇게 울어댈 수 있다는 것도 처음 알았다. 그러나 큰 놈의 입에서 터져나오는 소리는 죽어가는 새의 울음소리처럼 섬뜩했다.

반대편에 행인 두세 명이 멈춰 섰다. 모두 쥐 싸움에 정신이 팔려 있었다. 다비드는 잘 조직된 행사를 구경하려고 사람들이 몰려 있는 광경을 잠시 떠올렸다. 쥐 싸움. 다비드는 빠져나가고 싶었지만 그럴 수가 없었다. 우선은 다리를 건너는 차량이 줄지 않아서였지만, 다른 한편으로는 쥐들에게서 시선을 거둘 수 없어서였다. 하는 수 없이 잠깐 서서 봐야겠다고 생각하며 싸움의 추이를 지켜보았다.

갑자기 큰 놈의 몸이 뻣뻣하게 굳더니 꼬리를 몸과 직각이 되도록 세웠다. 작은 놈들은 몸을 뒤틀며 큰 놈의 배를 발톱으로 마구 긁어대고는 고개를 앞뒤로 까딱까딱하면서 살을 찢어발겼다. 큰 놈은 몸을 앞쪽으로 질질 끌어 다리 가장자리까지 가서는 두 놈을 짐짝처럼 몸에 매단 채 난간 아래로 기어들어가더니 고꾸라졌다.

다비드는 난간 너머로 시선을 보냈다가 때마침 놈이 떨어지는 것을 보았다. 쥐들이 검은 물속으로 떨어질 때 첨벙 소리가 났지만 자동차 소리에 묻혀버렸고, 높이 튀어오른 물방울들이 가로등 불빛을 받아 일순 반짝 빛났다. 그리고 싸움은 끝났다.

사람들은 쥐 싸움에 대해 얘기하며 다시 제 갈 길을 갔다.

"저런 건 정말 처음 봐…… 날씨가 더워서 그래…… 우리 아빠도 일전에 말한 적이 있는데, 머리가 아팠대."

다비드는 양 관자놀이를 문지르며 계속 걸어 다리를 건넜다. 건너편에 있던 사람들은 그와 눈이 마주치자 법에 저촉되는 일을 공모했기라도 한 듯 하나같이 겸연쩍은 미소를 지었다. 처음부터 싸움을 구경한 노신사 옆을 지나칠 때 다비드는 물었다. "실례합니다만, 선생님도 머리가 아프세요?"

"네." 노인은 그렇게 말하고 주먹 쥔 손으로 머리를 지그시 눌렀다. "머리통이 깨질 것 같아요."

"그냥 궁금해서 여쭤봤습니다."

남자는 쥐의 피가 튄 잿빛 아스팔트를 가리키며 말했다. "저것들도 머리가 아팠나봐요. 아무래도 그래서……" 남자는 스스로 말을 끊고는 다비드를 쳐다보았다. "텔레비전에 나온 적 있죠, 맞죠?"

"네." 다비드는 시계를 보았다. 아홉시 오 분 전. "죄송합니다, 이만 가봐야……"

다비드는 계속 갈 길을 갔다. 숨죽인 공포가 대기를 맴돌았다. 엄습해오는 것이 무엇이든 간에 어떻게든 피하고 싶은 양 개들이 짖어댔고, 행인들은 평소보다 발걸음을 재촉했다. 다비드는 서둘러 오덴가탄으로 내려가면서 휴대전화를 꺼내 에바의 번호를 눌렀다. 지하철역 높이에 이르렀을 때에야 그녀는 전화를 받았다.

"여보, 어디야?" 다비드가 물었다.

"이제 막 차에 탔어, 자기. 어머니 댁에서도 똑같은 일이 있었어. 우리가 도착했을 때 어머니가 막 텔레비전을 끄시려는데 안 꺼지더라."

"망누스만 신났겠네. 에바, 나…… 뭐라 해야 할지 모르겠지만…… 당신 꼭 장인어른 만나러 가야 돼?"

"왜 그렇게 묻는 건데?"

"그게…… 당신 아직 머리 아파?"

"응, 하지만 운전을 못할 정도는 아니야. 걱정 마."

"아니. 그냥 어쩐지 예감이…… 좀 무서운 생각이 들어서. 당신은 그런 거 못 느껴?"

"아니. 그렇진 않은데."

한 남자가 오덴가탄과 스베아베겐 사이 교차로에 있는 공중전화 부스 안에 서서 수화기 걸이를 마구 흔들어대고 있었다. 다비드가 에바에게 쥐 이야기를 막 하려는 찰나 전화가 끊어졌다.

"여보세요? 여보세요?"

다비드는 멈춰 서서 다시 전화를 걸었지만 연결이 되지 않았다. 지지직 소리뿐이었다. 공중전화 부스 안에 있던 남자가 전화를 끊더니 욕설을 내뱉으며 밖으로 나왔다. 다비드는 다시 걸어볼 셈으로 휴대전화를 끄려고 했지만 이번에는 전원이 꺼지지 않았다. 이마에서 흘러내린 땀방울이 키패드에 떨어졌다. 기계가 이상하게 따뜻한 것이 배터리가 과열된 것 같았다. 전원 버튼을 눌러봐도 아무 소용 없었다. 화면에는 계속 불이 들어와 있었고, 배터리 잔량을 표시하는 막대는 하나 더 늘어났다. 밤 아홉시 오분이었다. 그는 뛰다시피 '노라 브룬'으로 향했다.

클럽 밖으로 들려오는 소리만으로도 쇼가 이미 시작된 것을 알 수 있었다. 벤뉘의 목소리가 바깥 길거리까지 쩌렁쩌렁 울렸다. 남자와 여자의 화장실 습관 차이에 대해 떠들어대는 그의 이야기에 다비드는 얼굴을 찌푸렸다. 펀치라인에도 웃음소리가 들리지 않아 고소했다. 다비드가 입구에 막 다다랐을 때 잠깐 침묵이 흐르더니, 벤뉘는 다음 이야기로 넘어갔다. 하필이면 절박할 때 콘돔 자판기가 말을 듣지 않는다는 내용이었다. 다비드는 입구에 멈춰 서서 눈을 껌벅였다.

내부의 조명이란 조명은 죄다 켜져 있었다. 보통 무대 위 스포트라이트를 부각시키기 위해 객석의 조명은 끄기 마련인데 최고 밝기로 켜져 있었다. 테이블과 바에 앉아 바닥과 테이블보만 바라보는 사람들의 표정이 고통스러워 보였다.

"아메리칸 익스프레스 카드도 받으시나요?"

그게 펀치라인이었다. 보통 때 같으면 관객들은 유고슬라비아 마피아를 통해 암시장의 콘돔이라도 사려는 벤뉘의 이야기에 웃다 못해 눈물까지 흘렸을 것이다. 그러나 지금은 아니었다. 다들 그저 괴로워할 뿐이었다.

"집어치워, 병신아!" 바에 앉아 있던 취객 하나가 제 머리를 움켜쥐며 소리쳤다. 다비드는 안쓰러운 마음이 들었다. 마이크 음량이 너무 커서 목소리가 왜곡되어 들렸다. 어디에나 존재하는 두통은 이제 집단 고문에 이르렀다.

벤뉘는 초조한 표정으로 이를 드러내며 미소를 짓고 말했다. "이걸 보러 간다니까 보호시설에서 내보내주던가요?"

그 말에도 웃는 사람이 하나도 없자, 벤뉘는 마이크를 스탠드에 다시 꽂아놓고 "모두 감사합니다. 최고의 관객들이십니다"라고 말하고는 무대를 떠나 주방으로 걸어갔다. 모든 것이 급작스럽게 중단되어서인지 전반적으로 마비된 듯한 순간이 흘렀다. 그러다 귀를 찢을 듯한 마이크의 하울링이 탁한 공기를 갈랐다.

클럽 안에 있던 사람들이 일제히 두 손으로 귀를 막았다. 누군가는 마이크의 하울링 소리와 함께 고함을 지르기도 했다. 다비드는 이를 악다물고 마이크가 있는 곳으로 뛰어올라가 줄을 잡아뽑으려고 했다. 살갗

위로 개미떼가 기어오르는 듯한 미세한 전류가 느껴졌지만 플러그는 꼼짝하지 않았다. 몇 초 후 마이크의 하울링 잡음이 푸주한의 톱처럼 뇌를 난자하자, 그도 두 손으로 귀를 감싸고 물러설 수밖에 없었다.

뒤돌아 주방으로 가려고 했지만, 자리에서 일어나 출구를 향해 떼지어 몰려든 사람들에 가로막혀버렸다. 클럽 소유의 재산을 그다지 존중할 마음이 없는 한 여자가 다비드를 옆으로 밀치다가 팔목에 마이크 줄이 감기자 홱 잡아당겼다. 애꿎은 스탠드만 엎어졌다. 하울링 잡음은 계속 이어졌다.

다비드는 고개를 들어 믹싱 부스 쪽을 바라보았다. 안에서 레오가 눈에 띄는 버튼이란 버튼은 죄다 눌러대고 있었지만 허사였다. 전선을 자르라고 소리를 지르려는 찰나, 다비드는 누군가에게 떠밀려 아래쪽 무대에 엎어졌다. 다비드는 그대로 쓰러져 두 손으로 여전히 귀를 틀어막은 채, 한 여자가 마이크를 머리 위로 휘둘렀다가 콘크리트 바닥에 패대기치는 것을 보았다.

정적이 흘렀다. 관객들은 멈춰 서서 주위를 둘러보았다. 일제히 내쉬는 안도의 한숨이 클럽 안을 채웠다. 바닥을 헤집으며 일어난 다비드의 눈에 레오가 두 손을 휘휘 내젓다가 집게손가락으로 목을 베는 시늉을 하는 모습이 들어왔다. 다비드는 고개를 끄덕이고 헛기침을 한 다음 큰 소리로 외쳤다. "안녕하세요!"

사람들이 일제히 그가 있는 쪽을 보았다.

"아쉽게도…… 기술적인 문제 때문에 오늘 쇼는 여기서 끝내야 할 것 같습니다."

관객 몇몇이 웃는 소리가 들렸다. 비웃음이었다.

"본 클럽의 주요 협찬사인 바텐팔 전력회사에 감사의 말씀을 전합니다…… 여러분, 다음에 또 뵙겠습니다."

여기저기서 야유가 터져나왔다. 다비드는 두 손을 내보였다. 쌍, 제 사돈의 팔촌하고도 관계없는 이 사태에 대해 눈물나게 죄송하게 생각합니다라는 의미의 제스처였지만, 사람들은 이미 그에게 신경쓰지 않았다. 모두 출구 쪽을 향하고 있었다. 몇 분 지나지 않아 클럽은 텅 비었다.

주방에 가보니 레오가 뚱한 표정을 짓고 있었다.

"바텐팔 이야긴 왜 했어?"

"농담이야."

"그렇군. 재밌네."

다비드는 클럽 사장인 레오에게 선장과 침몰하는 배에 관한 이야기를 한 다음, 그렇지, 다음번엔 잊지 않고 정전 반대 상황에 대한 쇼를 준비할게, 라는 말까지 덧붙이려다가 그만뒀다. 레오의 짜증을 돋워서도 안 되거니와 생각할 다른 것들이 있어서였다.

다비드는 사무실로 가 유선전화로 에바의 휴대전화 번호를 눌렀다. 이번에는 연결이 됐지만 음성메시지함으로 넘어갔다. 이걸 듣는 대로 곧장 클럽으로 전화해달라는 메시지를 남겼다.

누군가 맥주 몇 병을 가져왔고, 코미디언들은 선풍기가 요란하게 돌아가는 주방에서 맥주를 마셨다. 꺼지지 않는 조리용 레인지의 열기를 빼려고 주방장이 틀어놓은 선풍기도 이제 레인지와 똑같은 문제를 일으키고 있었다. 말 한마디 할 수 없는 지경이었지만 덕분에 그나마 덜 덥긴 했다.

대부분 돌아갔지만 다비드는 에바가 전화해올 때를 대비해 남아 있기로 했다. 열시 뉴스에 의하면 이 전력 현상은 스톡홀름에만 국한되는 것으로 여겨지며, 일부 지역의 전류는 벼락이 막 내리쳤을 때 강도에 맞먹을 정도라고 했다. 다비드는 팔뚝의 털이 다 곤두서는 느낌이었다. 소름이 돋은 것일 수도 있고, 정전기 때문일 수도 있었다.

엉덩이가 부르르 떨렸을 때, 순간 그는 대기의 전하 때문이라고 생각했다가 이내 휴대전화 진동이라는 걸 알아차렸다. 액정에 찍힌 전화번호는 기억에 없는 것이었다.

"여보세요, 다비드입니다."

"다비드 세테르베리 씨인가요?"

"그런데요?"

전화기 너머 남자의 목소리에 깃든 어떤 기운에 뱃속이 불안감으로 뭉치고 떨렸다. 다비드는 더 잘 들으려고 테이블에서 일어나 분장실을 향해 난 홀 쪽으로 몇 걸음 움직였다.

"예란 달만이라고 합니다. 단데뤼드 병원의 외과의사인데요……"

남자가 해야 할 말을 했을 때, 다비드의 몸은 차디찬 안개 속으로 휩쓸려들어갔고 두 다리는 사라져버렸다. 그는 벽에서 주르르 미끄러져 콘크리트 바닥에 주저앉았다. 손에 쥔 휴대전화를 물끄러미 바라보다가 그것이 독사라도 되는 양 획 던져버렸다. 전화기는 바닥을 쭉 미끄러져 레오의 발에 부딪혔다. 레오가 고개를 들었다.

"다비드! 왜 그래?"

그후 삼십 분 동안 일어난 일들을 다비드는 기억하지 못할 것이다. 그동안 세상은 딱딱하게 굳어버렸고, 모든 의식과 의미는 세상 밖으로 빨려나가버렸다. 레오는 힘겹게 차량 사이를 헤치고 나아갔다. 전자기기가 모두 먹통이 되어버리자 교통법규 따위는 간신히 명맥만 유지되고 있었다. 다비드는 조수석에 몸을 동그랗게 말고 앉아 텅 빈 눈으로 번득이는 노란 신호등을 바라보았다.

단데뤼드 병원 입구를 통과하고 나서야 간신히 자신을 추스른 다비드는 같이 가주겠다는 레오의 제안을 거절했다. 그때 레오가 무슨 말을 했는지도, 자신이 어떻게 병동을 제대로 찾았는지도 기억할 수 없었다.

난데없이 그 자리에 서 있게 되었고, 그제야 시간이 다시 느린 운행을 시작했다.

사실, 한 가지 기억나는 건 있었다. 에바의 병실이 있는 복도를 걸어가는 동안 병실들 문 위의 모든 램프가 깜빡거렸고, 경보기가 끊임없이 울어댔다는 것. 더없이 적절한 풍경처럼 느껴졌다. 재앙은 모든 것의 빛을 앗아간다.

에바는 엘크와 부딪쳤고, 다비드가 병원에 도착할 즈음 숨을 거두었다. 전화로 의사는 가망은 없지만 아직까지 에바의 심장이 뛰고 있다고 말했었다. 이제는 그마저도 아니었다. 이십이시 삼십육분, 에바의 심장은 멈추었다. 열한시 이십사 분 전, 그녀의 온몸으로 피를 뿜어내던 심장이 멈춘 것이다.

한 사람에게 단 하나만 존재하는 근육. 시간 속의 티끌 한 점. 그리고 세계는 죽어버렸다. 두통이 이마 안쪽을 활활 태우는 가운데, 다비드는 양팔을 옆으로 늘어뜨린 채 에바의 침상 옆에 서 있었다.

여기 누워 있는 것은 그의 모든 미래, 그의 인생에서 상상할 수 있는 좋은 것의 전부였다. 그의 지나간 과거 십이 년이었다. 모든 것이 사라져버렸다. 그리고 시간은 단 하나의 참을 수 없는 '현재'로 쪼그라들어 버렸다.

다비드는 그녀 옆에 무릎을 꿇고 주저앉아 그녀의 손을 잡았다.

"에바." 그가 속삭였다. "이게 말이 돼? 이래선 안 되지. 사랑해, 모르겠어? 난 당신 없인 못 살아. 여보, 이제 일어나야지. 당신이 없다는 건 말이 안 돼, 절대로. 내가 당신을 얼마나 사랑하는데. 그러니까 이러면 안 된다고."

그는 말하고 또 말했다. 했던 말을 또 하는 그 독백은 거듭할수록 점점 더 많은 진실과 당위가 실려 하나의 신념으로 그의 안에 뿌리내렸고, 그것이 영험한 힘을 발휘할 것만 같았다. 그랬다. 있을 수 없는 일이라고 말할수록 모든 것이 터무니없게 여겨졌다. 계속해서 주절대기만 하면 기적이 일어날 거라고 안간힘을 다해 스스로 납득하자마자 문이 열렸다.

한 여자의 목소리가 들렸다. "좀 어떠세요?"

"괜찮아요, 괜찮아." 다비드가 대답했다. "그냥 좀 나가주실래요?"

에바의 식어가는 손을 붙잡아 자기 이마에 대고 누르는 그의 귀에, 간호사가 몸을 숙이면서 옷자락 스치는 소리가 들렸다. 등에 와 닿는 손길도 느껴졌다.

"제가 뭐 도와드릴 거라도 있을까요?"

다비드는 천천히 고개를 돌려 간호사를 보고는 잡고 있던 에바의 손을 다시 이마에 가져다댔다. 간호사는 인간의 탈을 쓴 죽음의 모습처럼 보였다. 툭 튀어나온 광대뼈, 퉁방울눈, 괴로워하는 표정.

"누구세요?" 그가 속삭였다.

"마리안네라고 해요." 여자는 입술을 거의 움직이지 않고 말했다.

그들은 눈을 휘둥그레 뜨고 서로를 뚫어져라 바라보았다. 다비드는 에바의 손을 더욱 힘주어 잡았다. 에바를 잡으러 온 이 사람으로부터 그녀를 보호해야 했다. 그러나 간호사는 그에게 다가설 생각 같은 건 조금도 없는 듯했다. 대신 흐느껴 울면서 "죄송해요……"라고 말하고는 두 손을 머리에 대고 누르며 눈을 질끈 감았다.

다비드는 이해했다. 그 혼자만 두통과 거친 심장박동에 시달리는 것이 아니었다. 간호사는 천천히 몸을 일으키다가 잠깐 휘청하더니 병실 밖으로 나갔다. 한순간이었지만 바깥세계가 의식을 꿰뚫고 들어와, 병원 안팎에서 신호음과 경보음과 사이렌 소리가 불협화음을 일으키며 터져나오는 소리가 들렸다. 모든 것이 혼란에 빠진 것이다.

"돌아와." 다비드는 속삭였다. "망누스. 망누스한테는 뭐라고 해야 해? 다음주에 아홉 살이 되잖아, 그렇잖아. 팬케이크가 먹고 싶댔잖아. 어떻게 만들어, 에바? 당신이 만들어주기로 했잖아. 당신이 라즈베리도 사고 다른 것도 다 샀잖아. 벌써 냉장고에 넣어두었는데 나더러 어쩌라고. 집에 가서 냉장고 문을 열었는데 당신이 팬케이크 만들려고 사다놓은 라즈베리가 있으면 나더러 어쩌라고."

다비드는 울부짖었다. 한 번 끊지도 않고 폐에서 공기가 모두 빠져나갈 때까지 기나긴 포효를 토해냈다. 손가락 관절로 입술을 누르며 웅얼거렸다. "다 끝났어. 당신은 이제 없는 거야. 나도 없는 거고. 아무것도 없어."

머릿속 고통은 이제 의식하지 않으려 해도 그럴 수 없는 지경에 이르렀다. 한줄기 희망이 작살처럼 다비드를 꿰뚫었다. 나는 죽어가고 있는 거야. 그렇다. 그도 죽을 것이다. 고통이 불어나고 또 불어나 뇌 속에서 무언가 지지직거리며 부서졌고, 그는 전적인 확신을 품고 간신히 생각했다.

나는 죽을 거야, 지금 죽을 거야, 감사합니다.

그 순간 멈춰버렸다. 모든 것이 멈추었다. 경보와 사이렌 소리가 멈추었다. 병실의 전등불이 희미해졌다. 자신의 가쁜 숨소리가 들렸다. 이마에 대고 있던 에바의 손이 그의 땀으로 축축해져 옆으로 미끄러졌다. 두통은 이미 가셨다. 그 통증을 다시 느끼고 싶은 마음에 멍하니 그녀의 손을 살에 대고 위아래로 문지르자, 그녀가 낀 결혼반지도 함께 문질러졌다. 이제 머릿속 고통은 사라져버리고 대신 가슴에 통증이 자리를 잡았다.

다비드는 바닥을 뚫어져라 내려다보았다. 그래서 하얀 애벌레 한 마리가 천장을 뚫고 나와 에바를 덮은 노란색 병원 담요 위로 뚝 떨어지는 것을, 에바의 몸속으로 파고드는 것을 보지 못했다.

"여보." 다비드는 속삭여 말하며 에바의 손을 으스러져라 쥐었다. "아무것도 당신과 나 사이에 끼어들 수 없어. 기억 안 나?"

에바의 손이 움찔하더니 다비드의 손을 맞잡았다.

다비드는 소리를 지르지도, 움직이지도 않았다. 다만 에바의 손을 내려다보며 꾹 눌러보았다. 그녀도 똑같이 응답했다. 그는 턱이 아래로 쑥 빠졌고, 혀를 놀려 위아래 입술을 적셨다. 기쁘다는 말로는 지금 이 느낌을 설명할 수 없었다. 기쁨보다는 악몽에 시달리다 깨어난 직후의 몇 초처럼 혼미한 느낌에 가까웠다. 에바를 보려고 몸을 일으키는데, 처음에는 다리가 말을 듣지 않았다.

병원에서 성심껏 씻기고 수술 준비를 시켜놓았지만, 벌어진 상처가 그녀 얼굴의 반을 차지하다시피 했다. 엘크 때문이라고 그는 생각했다. 놈은 용케 고개를 돌렸거나 마지막으로 필사적 공격을 감행해 차를 들이받은 게 분명했다. 놈의 머리, 아니, 뿔이 제일 먼저 앞유리창을 부수었고, 에바는 놈의 무거운 몸뚱이에 깔리기 전 얼굴을 뿔에 받혔던 것이다.

"에바, 내 말 들려?"

잠잠했다. 다비드는 두 손으로 얼굴을 감싸쥐었다. 심장이 마구 두방망이질했다.

사후 경련이야…… 살아 있을 리 없잖아. 보라고.

커다란 붕대가 그녀의 오른쪽 얼굴을 덮고 있었지만, 아무리 봐도 명백히…… 너무 작았다. 붕대 아래에는 뼈도 피부도 살점도 떨어져나가고 없었다. 병원에서 이미 손상도가 심각하다고 말해준 터였지만, 다비드는 그제야 그 정도를 겨우 실감했다.

"에바? 나야."

이번에 경련 같은 건 없었다. 에바의 양팔이 홱 움직여 그의 다리를 쳤다. 그러더니 예고도 없이 그녀가 일어나 앉았다. 다비드는 본능적으로 뒤로 물러났다. 차르륵 소리와 함께 에바의 몸에서 담요가 미끄러져 내렸다…… 오산이었다. 그는 에바의 부상이 어느 정도인지 완전히 실감한 것이 아니었다.

옷을 잘라서 벗겨낸 터라 에바의 상체는 알몸이었다. 살이 너덜너덜하고 피가 엉긴 채 벌어진 상처가 가슴 오른쪽 전체를 차지하고 있었다. 그 상처에서 금속성의 쨍그랑 소리가 났다. 한순간 다비드의 눈에 비친 것은 에바가 아니라 괴물이었고, 그래서 그는 도망치고 싶었다. 하지만 다리가 말을 듣지 않았고, 몇 초가 지나고야 제정신이 들었다. 다비드는 다시 침상 옆으로 다가갔다.

이제 무엇 때문에 그런 소리가 났는지 눈에 들어왔다. 죔쇠. 에바의 가슴속 끊어진 혈관들을 지탱하고 있는 수많은 죔쇠. 그녀가 움직일 때마다 그것들이 흔들거리며 서로 부딪쳤다. 다비드는 마른침을 꿀꺽 삼켰다. "에바?"

에바는 그의 목소리가 들리는 쪽으로 고개를 돌리더니 하나만 남은 눈을 번쩍 떴다.

다비드는 비명을 질렀다.

벨링뷔, 17:32

말레르는 천천히 광장을 가로질렀다. 땀에 젖은 셔츠가 끈적거렸다. 한 손에는 딸에게 주려고 산 음식이 담긴 쇼핑백을 들고 있었다. 흑회색 비둘기들이 그의 발에서 불과 몇 센티미터 떨어진 곳에서 뒤뚱거렸다.

말레르야말로 거대한 회색 비둘기처럼 보였다. 입고 있는 다 해진 정장 재킷은 십오 년 전 뚱뚱해져서 예전 옷이 맞지 않게 되었을 때 산 것이었다. 바지도 마찬가지였다. 머리로 말하자면 화환을 두른 듯한 귀 위의 숱이 전부였고, 벗어진 정수리는 반점투성이에 햇볕에 벌겋게 달아올라 있었다. 말레르를 보고 가방 안에 빈병을 넣어 다니면서 쓰레기통을 뒤지는 넝마주이일지 모른다고 상상하더라도 무리는 아니었다. 먹을 만한 게 없는지 음식물 쓰레기를 쪼아대는 뚱뚱한 비둘기.

말도 안 된다. 하지만 그의 인상이 그랬다. 낙오자.

옹에르만나가탄으로 가는 길에 올렌스 엠포리움 그늘로 들어간 말레르는 가방을 들지 않은 손으로 이중턱 아래를 문지르고는 목걸이를 쥐었다. 엘리아스의 선물. 오색 빛깔의 플라스틱 구슬 예순일곱 개를 낚싯줄에 꿴 것으로 이제 그의 목에 영원히 걸려 있게 되었다.

다시 걸으며 그는 기도하는 사람이 묵주알을 굴리듯 구슬 하나하나를 만지작거렸다.

딸의 아파트는 층계 세 개를 올라가야 나왔다. 그는 힘든 나머지 멈춰 서서 한동안 숨을 몰아쉬었다. 그러고는 잠긴 문을 자기 열쇠로 열었다. 아파트 안은 어두컴컴했고 통풍이 되지 않아 고인 열기 때문에 눅눅했다.

"애야, 나 왔다."

아무 대답도 없었다. 늘 그랬듯 말레르는 최악을 상상하며 공포에 떨었다.

하지만 안나는 그곳에 있었고, 아직 살아 있었다. 엘리아스의 침대 위에, 말레르가 사준 유명 브랜드 시트 위에 몸을 웅크린 채 얼굴은 벽을 향하고 누워 있었다. 말레르는 쇼핑백을 내려놓고서 먼지 쌓인 레고 블록들을 넘어가 조심조심 침대 한쪽 끝에 걸터앉았다.

"기분은 좀 어떠냐."

안나는 코로 숨을 들이쉬었다. 목소리에는 힘이 없었다.

"아빠…… 그 아이 냄새가 나요. 이불에 아직 남아 있어요. 그 아이의 냄새가 아직 여기 남아 있어요."

말레르는 침대에 누운 딸의 등뒤에 눕고 싶은 마음이 굴뚝같았다. 두 팔로 딸을 안고, 아버지 노릇을 하고, 모든 고통을 씻어주고 싶었다. 그러나 엄두도 내지 못했다. 침대 밑판이 그의 몸무게를 견디지 못해 부서질 것이다. 그래서 그는 그냥 그 자리에 앉아 두 달 동안 아무도 조립한 적 없는 레고만 바라보았다.

안나가 지낼 집을 찾다가 지금 이 건물 1층에 있는 집이 나온 것을 본 적이 있었다. 그러나 강도가 들까 무서워 선택하지 않았다.

"이리 와서 뭣 좀 먹어라."

말레르는 플라스틱 용기에서 로스트비프와 감자 샐러드를 2인분씩 꺼냈고, 토마토도 얇게 썰어 접시 가장자리에 놓았다. 안나는 대답이 없었다.

부엌 창에는 블라인드가 드리워져 있었지만 그 틈새로 들어온 햇살이 식탁에 눈부신 줄무늬를 그리며 회오리치는 먼지 입자들을 밝게 비추었다. 청소를 해야 했다. 하지만 여력이 없었다.

두 달 전 이 식탁에는 과일, 편지, 인형, 산책 때 꺾은 꽃, 엘리아스가 유치원에서 만든 물건이 즐비했다. 삶의 냄새가 나는 것들.

지금은 슈퍼마켓에서 사온 음식 접시 두 개만 덩그러니 놓여 있었다. 열기와 먼지 냄새. 선명한 붉은색의 토마토. 애처로운 노력.

말레르는 엘리아스의 방에 가서 문간에 멈춰 섰다.

"안나…… 조금이라도 먹어야 돼. 일어나. 준비 다 됐다."

안나는 고개를 젓더니 벽을 향해 말했다. "나중에 먹을게요. 고마워요."

"잠깐만이라도 일어날 수 없겠니?"

대답이 없자 그는 다시 부엌으로 가서 식탁 의자에 앉았다. 그리고 기계적으로 음식을 입안에 밀어넣기 시작했다. 음식 씹는 소리가 적막한 벽마다 울려퍼졌다. 마지막으로 저민 토마토 조각들을 먹었다. 하나씩 하나씩.

무당벌레 한 마리가 발코니 난간에 날아와 앉은 날이었다.

안나는 한창 짐을 싸고 있었다. 그들은 로슬라옌에 있는 말레르의 여름별장에 가서 두어 주 쉬다 올 예정이었다.

"엄마, 무당벌레야…… 봐."

안나는 거실에 나왔다가 때마침 엘리아스가 옥외 테이블 위에 서서 날아가려는 무당벌레를 잡으려고 손을 뻗는 것을 보았다. 테이블 다리 하나가 부러졌다. 안나가 달려갔을 땐 너무 늦었다.

발코니 아래는 주차장이었다. 검은 아스팔트.

"여기, 호박."

말레르는 포크에 음식을 찍어 딸에게 내밀었다. 안나는 침대에 앉아 포크를 받아 입에 집어넣었다. 말레르는 접시도 건넸다.

안나의 얼굴은 벌겋게 퉁퉁 부어 있었고, 갈색 머리에는 잿빛으로 센 머리칼이 섞여 있었다. 그녀는 포크로 네 번 찍어 먹고는 다시 접시를 내밀었다.

"고마워요. 맛있네요."

말레르는 접시를 엘리아스의 책상에 놓고 두 손을 무릎 위에 얹었다.

"오늘은 좀 밖에 나갔다 왔니?"

"엘리아스랑 같이 있었어요."

말레르는 고개를 끄덕였다. 달리 할말이 떠오르지 않았다. 일어서다 침대 위에 매달려 있던 나무 오리에 머리를 부딪혔다. 오리가 몇 번 날개를 퍼덕이자 안나의 얼굴로 바람이 가로질러갔다. 그리고 멈추었다.

단지 마당 건너편의 자기 아파트로 돌아온 말레르는 땀에 젖은 셔츠를 벗고 샤워를 한 다음 목욕가운을 입고는 두통을 달래려고 진통제를 두 알 먹었다. 컴퓨터 앞에 앉아 로이터 통신사 사이트에 로그인했다. 한 시간 동안 검색을 하면서 세 개의 기사를 번역했다.

개 울음소리를 번역할 수 있는 일본 발명품. 샴쌍둥이 분리수술. 뤼베크에 깡통으로 집을 지은 남자. 일본 발명품은 사진이 없어서 대신 래브라도 사진을 검색해 첨부해서 신문사에 보냈다.

그런 후 오래도록 알고 지낸 경찰 소식통이 어떻게 지내느냐고, 그간 격조했다고 보내온 이메일을 읽었다. 말레르는 사는 게 지옥이라고, 두 달 전 죽은 손자 때문에 매일 자살을 생각한다고 답장을 썼다. 그러나 보내지 않고 지워버렸다.

바닥에 드리운 그림자가 더 길어졌고, 시간은 일곱시를 넘어섰다. 말레르는 의자를 밀치고 일어나 관자놀이를 문질렀다. 부엌으로 나가 냉장고에서 맥주를 꺼내 선 채로 반을 마시고는 이리저리 서성거리다 다시 거실로 갔다. 소파 바로 옆에 멈춰 섰다.

소파 팔걸이 아래 바닥에 '요새'가 놓여 있었다.

넉 달 전, 엘리아스의 여섯 살 생일선물로 준 것이었다. 특대형 레고 요새. 엘리아스와 함께 그 요새를 조립했고, 오후면 함께 가지고 놀면서 각기 다른 곳에 기사騎士들을 배치하고, 이야기를 꾸미고, 다시 더 크게 지었다. 요새는 그들이 마지막으로 가지고 놀았던 그대로 놓여 있었다.

그것을 볼 때마다 말레르는 마음이 아팠다. 매번 갖다 버리든가 허물어버려야겠다고 생각했지만 그럴 수가 없었다. 모르긴 해도 목걸이를 무덤까지 가져갈 작정이듯 요새 역시 그가 죽을 때까지 그 자리에 있을 것이다.

엘리아스, 엘리아스……

말레르 안에서 심연이 입을 열었다. 공포가 밀려와 가슴을 압박했다. 그는 서둘러 컴퓨터로 가서 즐겨찾기를 해둔 포르노 사이트에 접속했다. 한 시간 동안 앉아 클릭해댔지만 그의 가랑이 사이에서는 이렇다 할 반응이 없었다. 무심함과 환멸만이 있을 뿐.

아홉시가 넘은 지 얼마 안 됐을 때 말레르는 로그아웃을 하고 컴퓨터를 껐다. 모니터가 꺼지지 않았다. 그런 것에는 신경쓸 여력이 없었다. 두통이 안구 안쪽까지 압박해서 울화가 치밀었다. 그는 집안을 몇 번 왔다갔다하며 맥주를 한 캔 더 마셨고, 결국 요새 앞에 가서 쭈그리고 앉았다.

레고 기사 중 하나가 탑 가장자리 너머로 상체를 숙인 모습이 꼭 성문을 부수려는 적에게 고함치는 것 같았다.

"까불면 똥물을 쏟아부을 테다!" 말레르가 째지는 소리로 그렇게 말하면 엘리아스는 숨이 넘어갈 듯 웃어대며 "더 해줘! 더!" 하고 외쳤고, 말레르는 기사가 퍼부을 만한 온갖 끔찍한 것을 끄집어냈다. 썩은 요구르트 같은.

말레르는 기사 모형을 집어들고 손가락 사이에서 이리저리 돌려보았다. 은빛 투구를 쓰고 있어 결연한 표정이 약간 가려져 있었다. 두 손에 든 작은 칼은 아직도 반짝거렸다. 엘리아스가 제 집에서 갖고 놀던 칼들은 칠이 벗겨졌다. 반짝이는 칼을 보던 말레르의 마음속에 두 가지 깨달음이 검은 돌멩이처럼 내려앉았다.

이 칼은 언제나 반짝일 것이다.

나는 두 번 다시 놀 수 없을 것이다.

그는 기사를 제자리에 놓고 벽을 바라보았다.

나는 두 번 다시 놀 수 없을 거야.

엘리아스를 잃은 후 절망에 빠진 그는 다시 없을 모든 것을 찾아다녔다. 숲속 산책, 놀이터, 카페의 주스와 달콤한 롤빵, 동물원, 그리고 또, 또다른 것들. 그러나 이 사실만은 가차없이 단순하게 엄연히 존재하고 있었다. 그는 두 번 다시 놀지 못할 것이고, 그것은 비단 레고나 열쇠 감추기에만 국한되지 않으리라는 것. 엘리아스가 죽으면서 그는 놀이 상대뿐 아니라 놀고 싶다는 욕망까지 상실했다.

그래서 더는 글을 쓸 수 없었고, 이제는 포르노도 그를 자극하지 못했고, 일 분 일 분이 그토록 더디 흘러가게 된 것이었다. 이제 그는 공상을 할 수 없었고, 이야기를 지어낼 수 없었다. 세계를 개조하지 않고 존재하는 그대로의 상태에서 눈앞에 있는 것들과 더불어 산다는 것은 마땅히 축복이었다. 축복이어야만 했다. 문제는, 그렇지 않다는 것이었다.

말레르는 가슴의 수술 자국을 손가락으로 쓰다듬었다.

삶은 자신이 선택한 만큼의 것.

그는 삶에 대한 열의를 잃어버렸고, 앞으로 다가올 나날 동안 아무낙 없이 질질 끌고 다닐 수밖에 없는 비만한 몸을 멍에처럼 짊어졌다. 급작스레 이 사실을 깨닫자 뭔가 때려부수고 싶은 욕구가 치밀어 그는 그것을 억지로 눌러 참았다. 그러쥔 두 주먹이 요새 위에서 떨렸지만, 마음을 가라앉히고 자리에서 일어나 발코니로 나가서 난간을 부여잡고 흔들었다.

밑에서 개 한 마리가 원을 그리며 달리다가 짖어댔다. 말레르도 그럴 수 있다면 속이 시원했을 것이다.

골칫거리가 생기면, 의심이 들면,

빙빙 돌며 뛰어. 비명을 질러. 고함을 쳐.

그는 난간 너머를 내다보며 자신이 밑으로 떨어지는 광경을, 땅에 부딪혀 잘 익은 멜론처럼 쩍 쪼개지는 광경을 그려보았다. 개가 다가와 그의 몸뚱이를 물어뜯을 것이다. 그런 상상을 하자 더더욱 뛰어내리고 싶었다. 개의 먹이가 되는 것으로 삶에 종지부를 찍자. 하지만 개는 눈치채지도 못할 터였다. 놈은 제정신이 아닌 듯했다. 언제고 누군가 와서 놈을 쏠지도 몰랐다.

그는 두 손으로 관자놀이를 눌렀다. 통증이 이런 기세로 계속 심해지다가는 머리가 두 쪽이 날 것만 같았다.

결국 자신은 목숨을 부지하고 싶은지도 모르겠다고 말레르가 생각한 것은 열시를 조금 넘어섰을 때였다.

팔 년 전 그물에 시체가 걸려든 어부와 인터뷰를 하러 나갔을 때 말레르는 첫번째 심장마비를 일으켰다. 저인망어선에서 해변으로 내려서자 갑자기 전등불이 어두워지더니 한 점으로 작아졌고, 그 순간부터 아무것도 기억이 나지 않았다. 정신을 차렸을 때는 그물 더미 위에 누워 있었다. 어부가 심폐소생술에 통달하지 않았다면 그의 고통도 끝이 났을 것이다.

의사는 만성심근염이라고 진단하면서 심장을 안정시키려면 심박조율기를 몸안에 심어야 한다고 했다. 그러는 동안 말레르는 너무 절망한 나머지 죽어버릴까 생각했지만 결국은 수술받는 쪽을 택했다.

그후 엘리아스가 태어나면서 비로소 말레르에게는 심장을 품고 살아야 할 이유가 생겼다. 심박조율기는 성실하게 똑딱거리며 버텨주었고, 그가 원하는 만큼 할아버지 노릇을 허락해주었다.

그러나 지금은……

이마선을 따라 송글송글 맺힌 땀방울이 심장 위에 얹은 손으로 떨어졌다. 심장은 평소보다 두 배나 빠르게 뛰고 있었다. 어찌된 일인지 심박조율기의 일정한 박동에서 벗어나 저 혼자 앞질러 달려가버린 것이다. 손목의 맥박도 훨씬 더 빨라진 것이 느껴졌다.

그는 손가락을 손목에 대고 자명종 시계를 보며 초를 셌다. 일 분에 백이십 번 뛰었지만, 정확한지는 자신이 없었다. 시계의 초침까지도 평소보다 더 빨리 움직이는 것 같았다.

진정해…… 진정…… 지나갈 거야.

그가 알기로 심장의 이런 경련은 과도하지만 않다면 위험할 것이 없었다. 정작 문제가 되는 건 걱정, 불안감이었다. 말레르는 차분히 호흡하려고 애썼지만 심장은 오히려 점점 더 빨리 뛰었다.

그때 한 가지 생각이 떠올랐다. 말레르는 심박조율기 위에, 살갗 바로 밑에서 그의 목숨을 지켜주는 금속 상자 위에 손가락을 댔다. 그 자신은 판단할 수 없지만 심박조율기가 평소보다 더 빨리 뛰는 건 아닌가 싶었다. 시계 역시 그랬으니까.

말레르는 소파 위에서 뱃속의 태아처럼 몸을 동그랗게 말았다. 두통에 머리통이 쪼개질 것만 같고 심장은 비정상적으로 질주하고 있는데도 죽고 싶지 않다는 것이 놀라웠다. 정말이었다. 적어도 심장이 터져라 매질을 해대는 기계에 죽임을 당하고 싶지는 않았다. 말레르는 고개를 들어 실눈을 뜨고 컴퓨터 모니터를 보았다. 그것마저 전에 없이 강렬하게 번쩍여 화면의 모든 아이콘이 하얀빛에 잠겨버렸다.

뭘 해야 하지?

아무것도. 행여라도 심장에 무리를 줘서는 안 되었다. 말레르는 뒤로 기대앉아 생명이 담긴 근육 위에 손을 얹었다. 심장은 각각의 맥박을 구분할 수도 없이 빨리 뛰었다. 망자의 땅에서 속도를 올려가며 난타하는 북소리. 말레르는 눈을 감고 절정부를 기다렸다.

북통의 가죽이 찢어지면서 환상도 막을 내릴 거라고 생각한 바로 그 순간, 다른 때와 마찬가지로 끝이 났다.

심장고동은 느긋해지면서 예전의 신중한 리듬을 되찾았다. 말레르는 눈을 감은 채 죽은 것처럼 미동도 하지 않다가, 깊은 숨을 내쉬고는 자신이 여전히 그 자리에 있는지 확인하려는 듯 제 얼굴을 더듬어보았다. 얼굴은 제자리에 있었다. 뜨뜻한 땀방울이 축축한 얼굴에서 울룩불룩 살이 겹친 배 위로 똑똑 듣고 있어 간지러웠다.

눈을 떴다. 컴퓨터는 예전 그대로 청록색 바탕화면에 아이콘들이 떠 있었다. 순간 모니터가 꺼지고 마당의 개도 짖기를 멈췄다.

무슨 일이지?

시계의 초침은 정상적인 속도로 돌아갔고, 거대한 적막이 세상을 뒤덮었다. 모든 것이 멈추고 진정된 지금에야 말레르는 소음과 비명이 만들어낸 불협음의 존재를 처음으로 의식했다. 그는 찝찔한 입술을 핥은 뒤 쭈그리고 앉아 시계를 쳐다보았다.

초, 분…… 우린 일 초 사이에 태어나고, 일 초 사이에 죽는다.

그렇게 한 이십 분 앉아 있었을까. 전화벨이 울렸다. 말레르는 소파에서 미끄러지듯 내려와 책상까지 기어갔다. 두 다리로 버티고 걸어볼 수도 있었겠지만, 어쩐지 기어가야 할 것 같았다. 그는 의자 위로 몸을 일으켜세우고는 수화기를 들었다.

"말레르입니다."

"안녕하십니까. 나 루데요. 단데뤼드 병원에 있는."

"아…… 안녕하세요."

"알려줄 게 있어서요."

루데는 말레르가 신문사에서 일할 때 알고 지냈던 수많은 정보원 중 하나였다. 단데뤼드 병원의 관리인인 그는 자평하기를 '대중적 관심사'가 될 만한 것들을 보거나 들을 때가 간혹 있었다.

말레르가 말했다. "내가 요새는 일을 안 해요. 벵케…… 벵트 얀손한테 전화해봐요. 석간신문 편집자인데, 신문사 이름이……"

"들어봐요, 날송장이 살아났어요."

"뭐라고요?"

"날송장. 시체들이요. 영안실에서 다시 살아났다고요."

"그럴 리가."

"그렇다니까요. 내 말 잘 들어요. 병리과에서 완전히 맛이 가서 지금 여기로 전화했는데, 영안실에 일손이 필요하니 지원해달라네요."

말레르는 자기도 모르게 책상 위의 공책으로 손을 뻗다가 다시 거두고는 고개를 흔들었다.

"루데, 진정해요. 지금 무슨 말을 하는지 알기나……"

"그래요, 알아요. 안다고. 하지만 사실이에요. 다들 이리 뛰고 저리 뛰는 게…… 완전히 혼돈에 빠졌어요. 시체들이 돌아왔어요. 전부 다."

전화기 너머에서 사람들이 격앙해서 떠드는 소리가 말레르의 귀에도 들렸지만, 뭐라고 하는지는 알 수 없었다. 분명 무슨 일이 벌어진 것 같긴 한데……

"루데, 다시 한번 얘기해봅시다. 처음부터."

루데가 한숨을 내쉬었다. 그의 뒤에서 누군가 소리를 질렀다. "응급실 확인해!" 루데가 수화기에 입을 바짝 대고 말하기 시작하자 사뭇 에

로틱하게까지 들렸다.

"처음에는 전기가 이상해지더니, 완전히 난리도 아니었어요. 죄다 켜져선 아무것도 작동이 안 되더라고요. 무슨 말인지 알죠? 전기."

"네…… 네, 알아요."

"알겠죠. 그러더니 오 분 전에…… 해부실에서 안내 데스크에 전화를 해서는 보안 경비원 몇 명을 보내달라는 거예요. 날송장 여러 구가…… 도망친다면서. 알겠죠. 경비원들은 한바탕 웃고는 농담 한번 끝내주는데, 그러면서도 내려가긴 했어요. 알겠죠. 몇 분 있다가 경비원들이 전화로 인력이 필요하다면서 하는 말이 이제 죄다 깨어났다는 거예요. 아까보다 더 끝내주는 농담 아닙니까? 그래서 몇 명이 더 내려갔어요. 한 개 소부대는 갔을걸요. 알겠죠. 잠시 후 의사 한 명이 전화하더니 똑같은 말을 하고…… 지금은 응급실 외과의들도 내려가고 있다고요."

"병원에 시체가 몇 구나 있는데요?"

"몰라요. 적어도 백 구는 될 텐데. 올 거예요, 말 거예요?"

말레르는 시간을 확인했다. 열한시 이십오분.

"네. 네, 갈게요."

"좋아요. 오면…… 줄 거죠……?"

"네, 네."

말레르는 옷을 걸치고 녹음기와 휴대전화, 신문사에 미처 돌려주지 못한 디지털카메라를 챙기고, 루데에게 줄 돈과 만약에 대비해 비상금으로 이천 크로나까지 챙긴 다음 제딴은 제일 빠른 발걸음으로 계단을 뛰어내려갔다.

포드 피에스타에 몸을 욱여넣은 뒤 시동을 걸고 동쪽으로 차를 몰 때도 말레르의 심장은 변함없이 함께했다. 블라케베리 굽잇길까지 나와 벵케에게 전화를 걸었다. 그렇다, 일을 그만둔 건 맞다, 그런데 지금 단데뤼드에 특종감이 있어서 확인하러 가는 길이다. 벵케는 귀환을 축하한다고 했다.

길은 텅 비어 있었고, 말레르는 이슬란스토리에트를 통과하면서 속도를 120킬로미터까지 높였다. 서부 교외지역이 휙휙 지나갔고, 트라네베리 다리 근방 어디쯤에서 그는 자신을 되찾았다. 지난 한 달을 통틀어 가장 활력이 넘쳤다. 행복하다고 해도 될 정도였다.

테뷔 자치시, 21:05

"아가, 이제 꺼야 되지 않겠니?" 엘뷔가 텔레비전 화면을 향해 손사래를 치며 말했다. "저 신음 소리 때문에 할미 머리가 다 지끈지끈해."

플로라는 화면에서 눈을 떼지 않은 채 고개를 끄덕이며 대답했다. "알았어요. 저장만 하고."

엘뷔는 그림베리*의 책을 옆으로 밀쳐놓았다. 어쨌거나 두통이 시작된 후로는 독서에 집중하지 못했다. 그녀는 질 밸런타인**이 안전실로 돌아가는 것을 지켜보았다. 플로라에게 설명을 들어서 게임의 기본 설정은 알고 있었다.

엘뷔는 두 가지 점, 즉 어떻게 컴퓨터로 그런 세계가 구현되는지, 그리고 어떻게 플로라가 모든 것을 기억하는지 이해할 수 없었다. 플로라의 손가락이 버튼 위를 종횡무진할 때마다 텍스트와 맵과 인덱스가 깜

* 스웨덴의 역사학자.

** 비디오게임 〈레지던트 이블〉의 주인공 캐릭터.

빡이며 차례로 지나갔다. 엘뷔로서는 따라잡을 수 없을 만큼 빠른 속도였다.

질이 권총을 치켜들고 긴장된 몸으로 어두운 복도를 지나갔다. 플로라는 입술을 앙다물고 짙게 화장한 눈을 가늘게 떴다. 엘뷔는 플로라의 가느다랗고 새하얀 팔 안쪽, 긁힌 자국과 오래전 베인 자리에 앉은 딱지를 안쓰럽게 바라보았다. 헝클어진 빨간 머리칼 때문에 플로라의 머리는 작은 체구에 비해 지나치게 커 보였다. 한동안 검은색으로 염색했지만 일 년을 넘게 방치해서 슬슬 붉은색이 보이고 있었다.

"정리하는 중이지?" 엘뷔가 물었다.

"네, 필요한 아이템 하나를 방금 땄어요. 이제 저장만 하면…… 돼요."

맵이 뜨더니 바로 사라져버렸다. 문이 열리고 어두운 배경이 드러났고, 질은 계단 꼭대기에 서 있었다. 플로라는 혀로 입술을 축이고는 질을 계단 쪽으로 움직였다.

플로라의 어머니이자 엘뷔의 딸인 마르가레타는 플로라가 어떤 게임을 하는지 안다면 반대했을 것이다. 서로 다른 이유들로 플로라와 엘뷔 둘 다에게 적절치 못한 게임이라고 여겼을 것이다.

석 달 전, 게임큐브*는 타협 끝에 엘뷔의 집에 소재를 정하게 되었다. 그전까지 여섯 달 동안 플로라는 하루에 세 시간, 네 시간, 다섯 시간 동안 게임큐브를 끼고 살다시피 했고, 결국 플로라의 부모는 최후통첩을 했다. 게임큐브를 팔든가, 아니면 할머니의 허락을 받고 할머니 집에 갖다놓든가.

엘뷔는 허락했다. 할머니와 손녀는 서로를 꽤 좋아했다. 플로라는 일주일에 두세 번 저녁때 찾아와 게임을 했지만 두 시간 이상 게임기 앞

* 닌텐도가 출시한 홈비디오용 게임기.

에 앉아 있는 일은 거의 없었다. 그들은 차를 마시고, 수다를 떨고, 카드 놀이를 했다. 플로라가 자고 갈 때도 가끔 있었다.

"우오오오오오오……"

"젠장젠장젠장!"

엘뷔는 고개를 들었다. 플로라가 잔뜩 긴장해 몸을 웅크리고 있었다.

코너에서 좀비 하나가 비틀거리며 나타나자 질은 놈이 덮치기 전 아슬아슬한 순간에 총을 들어 쏘았다. 플로라가 질을 다른 쪽으로 움직이려는 순간 손안의 조작기가 끽끽 소리를 내더니 시뻘건 피가 튀었고, 얼마 안 가 질이 좀비의 발치에 뻗어버렸다.

사망했습니다.

"바보!" 플로라는 제 이마를 철썩 쳤다. "으으, 놈을 불태우는 걸 깜빡했어. 으으."

엘뷔는 안락의자에서 몸을 앞으로 기울였다. "이제…… 끝난 거니?"

"아뇨…… 이제 놈이 어디 있는지 알았어요."

"아, 그래……"

학교 상담교사에 의하면 플로라에게는 자기파괴적인 성향이 있었다. 엘뷔는 그게 자신이 플로라 또래일 때 받은 히스테리 진단보다 더 나은 건지 나쁜 건지 알 수 없었다. 1950년대에 이르러 복지국가 체제가 꽃피면서 합리주의의 최종적인 승리가 눈앞에 보이던 그때 히스테리 진단을 받은 건 달갑지 않은 일이었다. 그 시절 엘뷔도 내면의 고통과 외부의 압력 때문에 팔다리를 칼로 그었다. 당시만 해도 이것은 존재하지 않는 문제였다. 어느 누구도 불행해질 권리 같은 건 없었다.

플로라가 아주 어렸을 때부터 엘뷔는 진지하고 상상력이 풍부한 손녀에게 강한 연대감을 느꼈고, 그녀에게 고민이 있을지도 모른다는 것을 감지했다. 그들이 공유한 저주받은 감수성은 한 세대를 건너뛰었다. 마르가레타가 법학을 전공하고 깔끔하고 세련된 사람이 되어 성공한 것도 어쩌면 예민한 감성의 소유자인 어머니에 대한 반작용일지 몰랐다. 그녀는 역시 법학도로 똑같은 유전형질을 타고난 게 아닐까 싶은 예란과 결혼했다.

"너도 머리 아프냐?" 플로라가 몸을 앞으로 기울인 채 머리칼을 이마 위로 거칠게 훑어올리며 게임을 종료하는 모습을 지켜보던 엘뷔가 물었다.

"네, 그게……" 플로라가 버튼을 눌렀다. "아, 안 꺼지네."

"그럼 텔레비전을 끄렴."

그러나 텔레비전도 꺼지지 않았다. 게임은 자동 화면을 띄우기 시작했다. 질이 좀비 둘을 전기충격으로 공격했고, 복도에서 또 한 놈에게 총을 쏘았다. 총성 때문에 머릿속이 꽝꽝 울려 엘뷔는 얼굴을 찡그렸다. 음량도 줄여지지 않았다.

콘센트에서 플러그를 잡아뽑으려던 플로라는 지지직 소리가 나자 비명을 지르며 뒤로 풀쩍 물러섰다. 엘뷔가 안락의자에서 일어났다. "왜 그러니?"

플로라는 플러그를 잡았던 손을 보았다.

"감전됐어요. 심한 건 아닌데……" 플로라는 열을 식히려는 듯 손을 털고는 화면을 가리켰다. 질이 언데드에게 다시 한번 전기충격을 가하고는 조용히 웃으며 말했다. "안 돼. 어림도 없지."

엘뷔는 손을 뻗어 손녀를 부축했다.

"부엌으로 가자."

원래 전기제품이나 기계는 전부 토레의 소관이었다. 토레가 알츠하이머로 쓰러진 후 처음 퓨즈가 나갔을 때야 엘뷔는 별수없이 전기기술자를 불렀다. 토레는 아내 엘뷔가 너무 여리다고 생각해서 그런 종류의 일은 일절 맡긴 적이 없었다. 그러나 엘뷔의 성격적 결함에 대해 알 리 없는 기술자가 해결책을 가르쳐준 덕에 그런 건 이제 그녀도 혼자 처리할 수 있었다. 그렇다 해도 텔레비전의 기능 이상은 엘뷔의 능력을 넘어섰다. 내일까지 기다릴 일이었다.

그들은 부엌에 가서 플룸프 카드게임을 한판 했지만 둘 다 집중할 수 없었다. 두통 말고도 공기중에 뭔가 다른 것이, 엘뷔도 플로라도 감지할 수 있는 어떤 기운이 감돌고 있었다. 열시 십오분에 엘뷔는 카드를 전부 쓸어모으면서 물었다. "플로라, 너도 혹시……?"

"네."

"이게 뭘까?"

"모르겠어요."

둘은 함께 테이블을 뚫어져라 바라보며 그것의…… 정체를 알아내려 애썼다. 엘뷔는 간혹 그런 능력을 가진 사람들과 마주칠 때가 있었다. 반면 플로라에게 그런 사람은 엘뷔뿐이었다. 몇 년 전 서로 터놓고 그 얘기를 했을 때 엘뷔는 안도했다. 자기처럼 미친 사람이, 그런 감지 능력을 가진 사람이 하나 더 있다는 뜻이니까.

다른 사회, 다른 시대였다면 그들은 영매가 되었을지 모른다. 아니면 바로 그 때문에 화형에 처해졌을지도. 21세기 스웨덴에서 그들은 히스테릭하고 자기파괴적인 성향에 과민한 성격의 사람들이었다.

이 감지 능력은 향기에 대한 느낌처럼 딱 꼬집어 뭐라고 설명하기가 힘들었다. 그러나 여우가 어둠 저편에 산토끼가 있다는 것을 알고, 산토끼가 겁에 질린 것을 냄새로 감지하고, 산토끼 역시 여우가 제 존재를 눈치챈 것을 알듯, 두 여자 모두 장소와 사람들을 에워싼 대기중에 감도는 어떤 기운을 감지할 수 있었다.

둘 사이에 그 이야기가 처음 나온 것은 작년 여름 노르 멜라르스트란드를 같이 산책했을 때였다. 시청에서 엎어지면 코 닿을 거리의 선창에서 둘 다 마치 기다렸다는 듯 몸을 돌려 자전거도로로 올라갔다. 엘뷔가 멈춰 서서 물었다. "너 저기 걷고 싶은 것 아니었니?"

"아뇨."

"왜?"

"뭐……" 플로라는 어깨를 으쓱하더니 부끄러운지 땅바닥을 내려다보았다. "그냥 감이 안 좋아서요."

"있지……" 엘뷔는 손녀의 턱 아래 손을 대고 고개를 들게 했다. "나도 똑같은 걸 느꼈어."

플로라는 탐색하듯 할머니의 눈을 바라보았다. "정말요?"

"그래." 엘뷔가 말했다. "저기서 무슨 일이 일어난 거야. 안 좋은 일이. 아무래도…… 누가 익사한 것 같아."

"음, 맞아요." 플로라가 대꾸했다. "그 남자는 보트에서 뛰어내리려고 했는데……"

"……선창 모서리에 머리를 짓찧었지." 엘뷔가 마무리했다.

"그래요."

정말 그런 일이 있었는지는 확인하지 않았다. 확인하지 않아도 알았다. 그날 오후 내내 그들은 서로의 사연을 주고받았다. 둘 다 십대 초기에 감지 능력이 생겼고, 플로라도 엘뷔가 그 나이였을 때처럼 똑같은 원인에서 비롯된 고통을 안게 되었다. 정도 이상으로 사람들의 속을 꿰뚫어보게 된 것이었다. 감지 능력이 주변 사람들의 심리상태를 정확히 알려주어서 그들의 거짓말을 받아들일 수가 없었다.

그때 엘뷔는 이렇게 말했다. "얘, 우린 누구나 어떤 식으로든 거짓말을 하잖니. 사람들이 조금씩 거짓말을 하는 건 사회가 제대로 굴러가기 위한 전제조건이야. 참고하겠다, 정도로 받아들이는 게 좋아. 진실이란 얼마간 자기중심적인 거니까."

"알아요, 할머니. 그건 저도 잘 알아요. 하지만 너무…… 역겨워요. 그런 사람들은 주변 공기부터 냄새가 역겨워서…… 아시죠?"

"그럼, 그럼, 알지." 엘뷔는 한숨을 내쉬었다.

"할머니는 그 안에서 뛰쳐나오실 것까지는 없잖아요. 할아버지나 교회 할머니들 정도하고 어울리시니까. 하지만 학교에는 천 명은 되는 사람이 있고, 모두, 거의 모두 불행해요. 어떤 사람들은 자기가 불행하다는 것도 알지 못하지만, 전 알아요. 그래서 아파요. 정말 아파요. 늘. 어느 선생님이 절 불러서 진지하게 대화를 하자면서 제 문제점을 낱낱이 얘기하려 할 때마다…… 제가 구역질이 나는 건 그때 그 선생님한테서 뭔가 다른 냄새가 나서예요. 선생님들은 심란해하고, 걱정하고, 또 절 무서워해요. 하지만 자기는 저질 인생을 살고 있는 주제에 저한테 이래라저래라 설교를 하겠다니요?"

"플로라." 엘뷔가 말했다. "지금으로선 전혀 위로가 안 되겠지만 곧 익숙해질 거야. 화장실에 한동안 앉아 있으면 어느 순간 냄새를 의식하지 못하는 것처럼." 그러자 플로라가 웃었다. 엘뷔는 말을 이었다. "그리고 교회에 납시는 부인네들에 관해서라면, 이 할미는 빨래집게 하나만 있으면 얼마나 좋을까 생각한단다."

"빨래집게요?"

"코 좀 막고 있게. 그리고 네 할아버지는…… 그 얘긴 나중에 하자. 아무튼 냄새를 막을 수 있는 방법은 없단다. 그건 너도 알아야 돼. 너도 나와 같다면, 빨래집게 같은 건 없는 거야. 익숙해지는 수밖에 없어. 연옥인 셈이지. 나도 안다. 하지만 살고 싶다면 익숙해져야 해."

이런 대화로 얻은 긍정적인 결과라면 플로라가 더는 자해를 하지 않게 되었다는 것이었다. 그리고 전보다 더 자주 엘뷔를 찾아왔다. 평일에도 테뷔 교회행 버스를 타고 왔다가 다음날 아침 학교에 바로 갔다. 할아버지 시중을 들겠다고도 나섰지만 딱히 할 일은 많지 않았다. 엘뷔는 두어 번 죽을 떠먹이게 했다. 손녀가 원할 때 함께하고 있음을 느끼게 해주고 싶어서였다.

망설이다 신에 관한 이야기도 두어 번 꺼내보았다. 하지만 플로라는 무신론자였다. 플로라도 엘뷔 앞에서 메릴린 맨슨 흉내를 내보았지만 마찬가지로 만족스러운 결론을 얻지 못했다. 그들의 우정에는 한계가 있었다. 그러나 공포영화라면 엘뷔도 어느 정도 참아줄 수 있었다.

그들이 다시 거실로 돌아왔을 때 텔레비전의 음량은 더욱 커져 있었다. 플로라가 다시 꺼보려고 했지만 소용없었다.

엘뷔는 플로라의 열다섯번째 생일선물로 게임큐브를 주었다. 그 일 때문에 마르가레타와 열띤 설전을 벌어야 했다. 마르가레타는 비디오게임 때문에 청소년들이 현실세계의 스위치를 꺼버린다고 주장했다. 엘뷔는 딸의 말이 맞다고 생각했다. 하지만 플로라에게 게임큐브를 선물한 것은 바로 그런 이유에서였다. 엘뷔는 열다섯 살이 되었을 때 술을 마시기 시작했다. 스위치를 끄기 위해서, 감정의 안테나를 둔하게 하기 위해서였다. 그런 관점에서 보면 게임이 더 나은 선택 같았다.

"잠깐 나가지 않으련?" 엘뷔가 말했다.

정원으로 나오니 텔레비전 소리는 들리지 않았지만 공기가 여전했고, 열기도 견디기 힘들었다. 주변 집들에는 모두 불이 환히 켜져 있었고, 개들이 짖어댔고, 불길한 예감의 기운이 그들 위에 드리워져 있었다.

엘뷔와 플로라는 수호 나무까지 걸어갔다. 집을 다 지은 후, 바로 그 옆에 가족들을 위험으로부터 보호해줄 사과나무를 심었었다. 어두운 잎사귀들 사이로 수백 개의 초록빛 열매가 보였고, 토레가 병치레를 하느라 미처 쳐내지 못한 가지들이 하늘을 향해 비스듬히 뻗어 있었다.

내가 엽총을 가져올 테니 계단에 올라가서 개들을 쏴버려.

"뭐라고?" 엘뷔가 물었다.

"아무 말도 안 했는데요."

엘뷔는 하늘을 살폈다. 별들은 상상할 수 없을 정도로 멀리 있는, 군청색 하늘에 붙어 있는 깨알 같은 조명등이었다. 그것들이 바늘처럼 축 늘어져 쏜살같이 떨어져서는 머리에 박히는 듯했다. 골이 욱신욱신 쑤시고 아팠다.

"아이언 메이든* 같네요." 플로라가 말했다.

엘뷔는 플로라를 바라보았다. 플로라도 하늘을 우러러보고 있었다.

"플로라." 엘뷔가 입을 열었다. "너 방금 엽총이랑…… 개들 생각했니?"

플로라가 눈썹을 치켜세우더니 웃음을 터뜨렸다.

"네." 그녀가 말했다. "게임에서 어떻게 할까 계획을 세우고 있었어요. 어떻게……?"

그들은 서로 마주보았다. 이건 전혀 새로운 경우였다. 두통이 점점 더 심해지고 바늘도 더욱 깊이 파고들었다. 그리고, 순간 돌풍이 일더니 모든 것이 사라졌다.

이파리 한 장 팔랑거리지 않고 풀잎 한 올 휘지 않았는데, 그들은 정원을 가로질러 밀려드는 엄청난 힘에 비틀거렸고 순식간에 주변과 내면의 모든 것이 끝나버렸다.

사……라크……메……즈……이……테스……스트……클라……름……크스.

---

* 중세의 고문도구로 인체 모양 캐비닛 안에 수많은 철심이 박혀 있다.

마치 라디오에서 수백 개의 주파수가 한꺼번에 터져나오는 것처럼 그들의 머릿속은 수많은 목소리로 가득찼다. 반 토막 난 말들이 뚝뚝 끊겨 들릴 뿐인데도 공포에 사로잡힌 사람들의 목소리라는 것을 알 수 있었다. 엘뷔는 다리 힘이 쭉 빠져서 잔디밭에 무릎을 꿇고 주저앉아 웅얼거렸다.

"하늘에 계신 우리 아버지여, 이름이 거룩히 여김을 받으시오며, 나라가 임하오시며, 뜻이 하늘에서 이루어진 것같이 땅에서도 이루어지이다. 오늘 우리에게 일용할 양식을 주시옵고, 우리가 우리에게 죄지은 자를 사하여 준 것같이……"

"할머니?"

"……우리 죄를 사하여주시옵고, 우리를 시험에 들게 하지 마시옵고, 다만 악에서 구하옵소서……"

"할머니!"

손녀의 떨리는 목소리에 엘뷔는 안간힘을 다해 신심에서 헤어나와 주변을 둘러보았다. 플로라가 눈을 휘둥그렇게 뜨고 앉아 엘뷔를 보고 있었다. 한줄기 고통이 엘뷔의 마음을 찔렀다. 너무 아픈 나머지 발작을 일으킬까봐 두려움에 떨며 그녀는 꺼져가는 목소리로 말했다. "……응?"

"그게 뭐였죠?"

엘뷔는 얼굴을 찡그렸다. 온갖 곳이 아팠다. 고개를 돌려도 아프고, 입을 벌리기만 해도 아팠다. 머릿속으로 할말을 생각해내려고 애를 써봐도 소용이 없었는데…… 사라져버렸다. 엘뷔는 눈을 감고 숨을 내쉬었다. 통증은 스위치를 끈 것처럼 깨끗이 가셨고, 세계는 제자리로 다시 물러나 예전 색깔을 되찾았다. 플로라의 얼굴을 본 엘뷔는 자신이 평정을 찾았음을 알 수 있었다.

깊이 숨을 들이마시고 내쉬었다. 그렇다. 사라졌다. 끝이다. 엘뷔는 손을 뻗어 손녀의 손을 잡았다.

"네가 함께 있어서 얼마나 다행인지 모르겠구나. 이 할미 혼자…… 이런 걸 겪지 않아서 말이야."

플로라가 두 눈을 비볐다. "그런데 아까 그건 뭐였을까요?"

"모르겠니?"

"알아요. 아니, 몰라요."

엘뷔는 고개를 끄덕였다. 당연했다. 그건 믿음의 문제였다.

"영혼들이었단다." 그녀가 말했다. "망자들의 영혼. 그들이 풀려난 거야."

단데뤼드 병원, 23:07

그의 아내였다. 아내가 무섭다니, 가당키나 한가? 다비드는 침대 쪽으로 한 걸음 다가섰다. 무서운 것은 그 눈, 하나만 남은 그 눈이 풍기는 인상이었다.

인간의 눈을 묘사하기란 불가능한 일이다. 대략 어떠할 거라고 표현할라치면 유령처럼 빠져나가버린다. 그림이나 사진이 납득 가능한 것은 그것이 동결된 한순간임을 알고 있기 때문이다. 살아 있는 눈은 묘사할 수도, 재현할 수도 없다. 그러나 생명이 빠져나갔을 때 그 존재감은 뼈에 사무칠 정도다.

에바의 눈은 죽었다. 그것은 현미경으로나 식별할 수 있을 만큼 얇은 잿빛 피막에 덮여 있었는데, 숫제 돌벽이라고 하는 편이 나을 것 같았다. 에바의 스위치는 켜지지 않았다…… 아직까지는. 다비드는 몸을 앞으로 수그리고 속삭였다. "에바?"

에바가 다비드를 똑바로 본 순간, 그는 뒷걸음치지 않기 위해 침대의 철제 난간을 꽉 붙잡아야 했다.

눈이 이렇게 되는 병에 걸린 거야.

에바가 입을 열었지만 목소리는 나오지 않았다. 입이 바짝 말라 있어서 꺽꺽거리기만 했다. 다비드는 세면대로 달려가 플라스틱 컵에 물을 따라 에바에게 건네주었다. 그녀는 컵을 바라보았지만 받아들 생각은 전혀 없어 보였다.

"자, 여보. 물 가져왔어." 다비드가 말했다.

에바의 손이 휙 날아오더니 컵을 날려버렸다. 물이 그녀의 얼굴에 튀었고, 컵은 그녀의 배 위로 떨어졌다. 그녀는 컵을 바라보다가 손에 쥐고는 빠드득 소리가 나도록 우그러뜨렸다.

다비드는 그녀의 가슴에 뚫린 구멍과 그 안에 지옥의 크리스마스트리 장식처럼 대롱대롱 매달린 젬쇠들을 보고 비로소 마비상태에서 벗어났다. 그는 에바의 침대 옆에 붙은 버튼을 눌렀다. 오 분이 지나도 누구 하나 나타나지 않자 복도로 뛰어나가 소리쳤다. "여기요! 도와주세요!"

멀리 떨어진 병실에서 간호사 한 명이 황급히 나왔다. 그녀가 가까이 오기도 전에 다비드는 고함을 지르듯이 말했다. "아내가 깨어났어요. 살아났다고요…… 제가 뭘 어떻게 해야 할지……"

간호사는 한순간 당황한 표정으로 다비드를 보더니 이내 그를 밀치고 병실로 들어갔지만, 한 걸음 내딛기가 무섭게 멈춰 서고 말았다. 에바는 침대에 앉아 뻣뻣한 동작으로 플라스틱 컵을 조각조각 뜯고 있었다. 간호사가 손으로 입을 틀어막더니 다비드를 돌아보고 고개를 저으며 말했다. "……저건…… 저건……"

다비드는 간호사의 양어깨를 움켜쥐었다. "뭐요? 뭔데요?"

간호사는 다시 병실 안쪽으로 몸을 반쯤 돌리고는 손짓하며 말했다.

"저건…… 말도 안 돼요……"

"그럼 뭐든 해봐요!"

간호사는 다시 고개를 젓더니 한마디도 하지 않고 간호사실로 달려갔다. 그곳의 문 앞에서 그녀는 고개를 돌리고 다비드에게 말했다. "다른 사람에게 전화를……" 그러고는 이내 안으로 사라져버렸다.

다비드는 잠시 복도에 서 있었다. 과다호흡 증상이 일어나 에바에게 돌아가기 전까지 숨을 고르려고 애썼다. 머릿속에 온갖 생각이 쏜살같이 지나갔다.

기적…… 그녀의 눈…… 망누스.

눈을 감고 그는 충일한 사랑을 담아 자기를 바라보던 에바의 눈빛이 어땠는지 떠올려보았다. 아련히 반짝이는, 살아 있는 빛의 움직임. 다비드는 심호흡을 한 뒤 그 모습을 마음속에 담고 병실로 들어섰다.

에바가 흥미를 잃었는지 컵은 침대 아래 바닥에 떨어져 있었다. 다비드는 그녀의 가슴 쪽을 보지 않으려고 노력하며 가까이 다가갔다.

"에바, 나야."

에바의 고개가 돌아가더니 그를 향했다. 그는 그녀의 눈 바로 아래를, 매끈하고 상처입지 않은 뺨을 보았다. 손을 뻗어 손가락 등 쪽으로 그 뺨을 쓰다듬었다.

"다 좋아질 거야…… 다 좋아질 거야……"

눈 깜짝할 사이 에바의 손이 날아들어 다비드는 자기도 모르게 물러섰다가 이내 마음을 다잡고 다시 손을 뻗었다. 그녀의 손이 그 손을 움켜쥐었다. 뻣뻣하게 굳어 기계적으로 움켜쥐는 손. 아팠다. 손톱이 손등을 파고들었다. 그는 이를 악물고 고개를 끄덕였다.

"나야. 다비드."

그는 에바의 눈을 들여다보았다. 거기에는 아무 표정도 담겨 있지 않았다. 그녀의 입이 열리더니 쉭쉭거리는 소리가 새어나왔다. "……아비……"

그의 눈에서 눈물이 솟구쳤다. 그는 고개를 끄덕였다.

"맞아. 다비드. 내가 왔어."

그를 움켜쥔 손에 더욱 힘이 들어갔다. 손톱이 살갗을 뚫자 찌르르 통증이 밀려왔다.

"……다아비…… 여어……기이……"

"그래, 그래. 나 여기 있어. 당신 곁에 있어."

에바의 손아귀에서 손을 빼내고 다른 손을 내주었지만, 이번에는 각도 때문에 손가락이 쥐어짜이는 형국이었다. 그녀가 쥐고 있던 손에서 피가 한 방울 흘러내렸다. 다비드는 시트에 떨어진 피를 닦고 침대에 앉았다.

"에바?"

"에에바……"

"그래. 내가 누구인지 알겠어?"

잠시 침묵이 흘렀다. 그의 손가락을 옥죄던 힘이 약간 느슨해졌다. 에바가 말했다. "나아아……안…… 다비……드."

나아지는군. 나아져야 하고말고. 에바는 말귀를 알아듣는다고.

다비드는 고개를 끄덕이고 타잔처럼 자기 가슴을 치며 말했다. "나, 다비드. 당신, 에바."

"다앙신…… 에바."

거기까지가 다였다. 여의사 한 명이 병실로 뛰어들어오다 에바를 본 순간 멈춰 섰다. 항의의 표시로 고함을 치려던 의사는 직업적 여유를 발휘해 주머니에서 청진기를 꺼내고는 다비드 쪽은 보지도 않고 침대로 다가왔다.

다비드는 의사가 지나가도록 뒤로 물러서다가 아까 그 간호사가 다시 와서 문간에 서 있는 것을 보았다. 그 옆에는 지나가다가 호기심 때문에 들렀을 뿐 어떤 구실도 못할 것 같은 또다른 간호사가 있었다.

의사는 에바의 멀쩡한 쪽 가슴에 청진기를 대고 귀를 기울였다가 다른 곳을 짚고 다시 귀를 기울였다. 에바가 손을 내뿌리며 청진기 줄을 붙잡았다.

"에바! 안 돼!" 다비드가 소리쳤다.

에바는 기어코 청진기 줄을 잡아당겼다. 외과의사가 비명을 질렀다. 그녀의 고개가 앞쪽으로 확 당겨지면서 귀에서 청진기가 뽑혔다. 다비드는 의사가 느꼈을 통증에 공감하며 얼굴을 찡그렸다.

"에바, 그러면…… 안 돼."

전율이 다비드의 몸을 훑고 지나갔다. 그는 힘있는 자들로부터 에바를 보호하는 방식으로 행동하고 있었다. 에바가 순순히 말을 듣지 않으면 그들에게 벌을 받을까봐 두려운 듯이.

의사는 훌쩍이며 잠깐 두 손으로 양쪽 귀를 막고 있다가, 이내 직업적인 냉정을 애써 되찾은 표정으로 간호사들을 돌아보고 말했다.

"신경과의 라세를 불러와요. 예란, 아니면."

간호사가 반걸음쯤 병실 안으로 들어서면서 되물었다. "아니면요?"

의사가 짜증이 묻어나는 목소리로 말했다. "라세가 없으면 예란을 부르라고요."

간호사는 고개를 끄덕이고는 다른 간호사에게 나지막한 소리로 뭐라고 속닥거렸고, 이윽고 둘 다 복도로 내뺐다.

에바가 청진기 헤드를 튜브에서 뽑아버리자 헤드는 바닥에 덜거덕 떨어졌다. 의사는 에바를 뚫어져라 볼 뿐 손가락 하나 까딱하지 않고 앉아 있어서, 다비드가 대신 주웠다. 그가 손에 청진기를 쥐여주자 의

사는 그제야 병실에 다른 사람이 있다는 것을 알아차린 표정을 지었다.

"좀 어떤가요?" 다비드가 물었다.

의사는 답이 없는 바보 같은 질문을 받은 듯 입을 반쯤 벌린 채 그를 바라보았다.

"심장이 뛰질 않아요." 의사가 말했다. "심장박동이. 전혀. 없어요."

다비드는 가슴이 아렸다.

"아무리 그래도 어떻게든…… 어떻게든 치료를 해야 하지 않나요?"

의사는 청진기 줄을 잡아당기는 에바를 보며 말했다. "이 환자분에게는 그런 게…… 필요할 것 같지 않은데요."

그들은 라세가 나타날 때까지 꽤 오래 기다려야 했다. 마침내 라세가 왔을 때, 에바의 부활은 더 놀랄 일도 아닌 것 같았다.

단데뤼드 병원, 23:46

말레르는 병원에서 가장 가까운 단기 주차장에 차를 세우고 꼴사나운 모습으로 빠져나왔다. 190센티미터인 키나 140킬로그램에 달하는 몸무게에 맞게 설계된 차가 아니었다. 먼저 다리를 밖으로 내민 다음 나머지 몸뚱이를 빼내야 했다. 그는 차 옆에 서서 셔츠 앞자락을 펄럭였다. 겨드랑이 쪽이 벌써부터 거뭇하게 젖어들기 시작했다.

그의 눈앞에 어스름하게 병원 건물이 나타났다. 거대하고 방관자적인 모습이었다. 활력이라곤 눈곱만큼도 느껴지지 않았다. 건물 공기를 정화하는 에어컨디셔너에서 가만히 나는 바람 소리가 '이래 봬도 살아 있는 존재야'라고 말하는 듯했다.

말레르는 가방을 한쪽 어깨에 걸치고 입구로 걸어갔다. 손목시계를 보았다. 열한시 사십오분.

회전문 바로 옆의 수심이 얕은 인공 연못은 밤하늘이 비쳐서 별자리표처럼 보였다. 연못 옆에 보초처럼 서서 담배를 피우는 사람은 루데였다. 그는 말레르를 보자 한 손을 들어 인사하고 꽁초를 연못에 버렸다. 물에서 치익 하는 날카로운 소리가 났다.

"잘 있었어요, 구스타브? 어떻게 지내요?"

"잘 지내요. 덥구먼."

루데는 사십대였지만 얼굴은 실제보다 젊어 보였고 수척했다. '루드비그'라는 이름표가 붙은 파란색 셔츠가 아니었다면 병원 환자처럼 보였을 것이다. 얇은 입술에, 주름제거술을 받았거나 풍동* 앞에 서 있는 사람처럼 부자연스럽게 당겨진 창백한 피부와 초조해 보이는 눈빛 때문이었다.

야간에는 회전문을 잠그기 때문에 그들은 일반 문으로 들어갔다. 루데는 가는 내내 주변을 두리번거리며 필요 이상으로 경계하는 눈치였다. 병원은 버려진 것처럼 보였다.

입구를 벗어나 복도에 이르자 안심이 됐는지 루데가 물었다. "가져오셨는지……"

말레르는 호주머니에 손을 찔러넣고 빼지 않은 채 말했다.

"루데, 내 말 오해하지 말고 들어요. 이 모든 것이 어쩐지……"

루데는 그 자리에 멈춰 서서 질책하듯 그를 빤히 바라보았다.

"내가 언제 당신 등쳐먹으려고 한 적 있어요? 네? 뭔가 있다고 말했는데 맹탕이었던 적이 있냐고요. 그랬냐고요."

"있었지."

---

* 공기의 흐름을 인공적으로 빠르고 강하게 만드는 장치.

"비에른 보리 일 생각하는 거죠. 그래요, 그래. 염병할. 하지만 당신도 인정해야 할 게, 거의 사건에 근접했었잖아요. 좋아요, 좋아. 하지만 이번 건은…… 알았어요. 그럼 돈 꽉 붙잡고 있어요, 이 속 좁은 인간아."

루데가 씩씩대며 복도를 걸어갔고, 말레르는 그뒤를 힘겹게 따라갔다. 그들은 말없이 엘리베이터를 타고 내려간 뒤 길고 살짝 경사진 복도를 따라 걸어가다가 마침내 맨 끝 철문 앞에 도착했다. 카드를 긁고 터치패드에 비밀번호를 누를 때 루데는 보이지 않도록 노골적으로 가렸다. 자물쇠가 짤깍 소리를 냈다.

말레르는 손수건을 꺼내 이마를 닦았다. 지하라서 시원하긴 했지만 여기까지 걸어오느라 땀을 너무 뺐다. 그는 초록색 콘크리트 벽에 기대어 손에 전해지는 쾌적한 냉기를 만끽했다.

루데가 철문을 열었다. 멀리, 하나 혹은 그 이상인 듯한 벽 너머에서 비명소리와 쇳소리가 들렸다. 얼마 전의 처음이자 유일한 방문 때만 해도 이곳은…… 무덤처럼 조용했다. 루데는 능글맞게 웃으며 그를 보았다. 내가 뭐랬어요? 말레르가 고개를 끄덕이고 꼬깃꼬깃해진 지폐 몇 장을 내밀자 루데는 마음이 풀려서 친절한 동작으로 열린 문을 가리켰다.

"환영합니다. 특종이 기다리고 있습니다." 그러고는 재빨리 복도 쪽을 훑어보았다. "사람들은 다른 입구로 들락거리니 걱정할 필요 없어요."

말레르는 손수건을 호주머니에 쑤셔넣고 가방을 고쳐멨다.

"당신은 안 오고?"

루데는 콧방귀를 뀌었다. "그러고도 내 밥줄이 안 끊기고 무사하겠어요?" 그러고는 문 안쪽 구석을 가리키며 덧붙였다. "엘리베이터로 한 층 더 내려가면 곧바로 나와요."

등뒤로 문이 쾅 닫히자 말레르는 심란해지기 시작했다. 엘리베이터까지 갔지만 버튼을 누르기 전에 망설였다. 요즘 들어 자기 나이가 많다는 것 때문에 부쩍 불안을 느꼈다. 아래쪽에서 비명과 철컹대는 소리가 계속 들려오는 가운데, 그는 심장을 진정시킬 요량으로 미동도 않고 서 있었다.

그가 심란한 것은 죽은 사람들이 어슬렁거리며 돌아다닐 광경 때문이 아니었다. 자신이 여기 있을 자격이 없다는 생각 때문이었다. 좀더 젊었다면 덜 신경썼을까. '진실은 밝혀져야 해.' 그렇게 생각하며 소동의 한복판에 뛰어들던 그였다.

하지만 지금은……

네가 뭔데. 지금 여기서 뭐하는 거야?

이제 한창때와 달리, 이런 상황에서 필요한 권위를 꾸며낼 수 있을지 영 자신이 없었다. 그래도 버튼을 눌렀다.

무슨 일이 벌어지고 있는지 확인해야 해.

엘리베이터가 윙 소리와 함께 움직이기 시작하자, 말레르는 입술을 깨물고 문 앞에서 물러섰다. 아무래도 겁이 나는 건 어쩔 수 없었다. 영화를 너무 많이 본 탓이었다. 엘리베이터가 도착하고 그 안에 누군가…… 뭔가 있다든가 하는. 정작 엘리베이터가 도착했을 때 문에 난 작은 창을 통해 보니 안은 텅 비어 있었다. 안으로 들어선 말레르는 아래층으로 내려가는 버튼을 눌렀다.

아래로 내려가면서 그는 마음을 비우려고 애쓰며 어디까지나 전달자로서 임하자, 이미지를 언어로 현상하는 카메라가 되자고 스스로를 다독였다.

엘리베이터가 덜컹 움직이기 시작한다. 두꺼운 콘크리트 벽을 통해 비명소리가 들린다. 엘리베이터 창으로 영안실이 보이고, 이윽고 시야에 들어오는 것은……

아무것도 없었다.

복도 한편, 벽 한 면, 그게 다였다. 말레르는 엘리베이터 문을 밀쳐 열었다.

냉기가 엄습해왔다. 그가 서 있는 복도는 병원 내의 다른 곳보다 2, 3도가량 낮았다. 그의 몸을 적시던 땀이 얇고 차가운 막이 되어 굳었다. 그는 몸을 떨었다. 뒤에서 엘리베이터 문이 닫혔다.

그의 오른쪽에 냉동 저장고로 통하는 문이 열려 있었다. 문밖 바닥에 두 사람이 주저앉아 곱은 손으로 서로를 끌어안고 있었다.

뭣들 하는 거지?

왼쪽에 있는 해부실에서 철컹, 금속 부딪치는 소리가 나자 두 사람 중 하나가 고개를 쳐들었고, 그제야 말레르는 그 여자가 젊은 간호사라는 것을 알았다. 간호사의 얼굴은 공포에 질려 있었다.

그녀는 꽤 늙은 여자를 품에 안고 있었다. 하얗게 센 머리칼을 후광처럼 머리에 두른 노파는 연약한 몸으로 깡마른 두 다리를 허우적대며 딛고 일어설 만한 발판을 찾고 있었다. 목에 둘러 한쪽으로 흘러내린 하얀 시트 말고는 아무것도 걸치고 있지 않았다. 누군가의 어머니이자 할머니, 아니면 증조할머니.

여자의 얼굴은 단단한 뼈대 위에 누렇게 뜬 살가죽을 바른 것 같았고, 눈은…… 그 두 눈. 거대한 무無를 향해 활짝 열린 두 개의 창문. 투명한 파란색에 하얗고 끈적끈적한 젤라틴 막이 덮인 듯한 그 눈에는 아무런 감정도 담겨 있지 않았다.

틀니가 빠져 푹 꺼져버린 입술 사이로 구슬픈 단선율이 흘러나왔다.

"이이이이이이입…… 이이이이입……"

말레르는 여자가 원하는 바가 무엇인지 직감적으로 알았다. 모든 사람이 원하는 바로 그것.

집으로 돌아가고 싶은 것이다.

그제야 간호사의 눈에 말레르가 들어왔다. 그녀는 그를 보며 간청했다. "좀 맡아주실 수 있나요?" 그러고는 늙은 여자 쪽으로 고개를 기울였다. 말레르가 대답을 하지 않자 여자는 덧붙였다. "얼어죽을 것 같아요……"

말레르는 쭈그리고 앉아 한 손을 노파의 발에 얹었다. 얼음처럼 차갑고 뻣뻣했다. 냉동실에 넣어둔 오렌지에 손을 댄 기분이었다. 말레르의 손길에 여자가 한탄하는 소리가 높아지기 시작했다.

"이이이이이이입!"

그러나 말레르는 끙 소리를 내며 자리에서 일어섰고, 그런 그에게 간호사가 울부짖었다. "저를 도와주셔야죠! 제발요!"

그럴 수가 없었다. 지금 당장은. 무슨 일이 일어나고 있는지 확인해야 했다. 그는 부끄러운 마음을 안고 비틀거리며 해부실로 향했다. 기근에 시달리는 희생양들을 카메라로 찍은 뒤 호텔방으로 돌아와 술을 마시며 죄의식을 달래는 사진기자.

사진…… 카메라……

불이 훤하게 켜진 커다란 해부실을 향해 걸어가면서 그는 가방을 열었다. 복도를 따라 하얀 시트가 쭉 깔려 있었다.

그후 그는 눈앞에 펼쳐진 광경을 파악하는 데 고역을 치르게 된다. 그것은 어슴푸레한 가운데 펼쳐졌어야 할 무대, 고야의 그림을 방불케 하는 동굴 같은 조명 아래 마련되었어야 할 산 자와 죽은 자의 전투장이었다.

그러나 모든 것은 임상적으로 무결했고 조명도 환히 켜져 있었다. 천장의 커다란 형광등이 스테인리스스틸 카운터 너머와 해부실 안을 돌아다니는 이들의 머리 위에 하얀빛을 토해냈다.

사방천지가 알몸뚱이들이었다. 죽었다 살아난 자들이 하나같이 수의를 벗어던지는 바람에 긴 의자와 바닥에는 온통 시트가 널려 있었다. 일탈을 거듭하다 난교에 이른 토가* 파티를 보는 듯했다.

그곳에는 산 자와 죽은 자를 합쳐 어림잡아 서른 명은 있었다. 흰색, 초록색, 파란색 가운을 입은 의사와 간호사와 영안실 직원이 젖 먹던 힘을 다해 알몸뚱이들을 붙잡았다. 시체들은 전부 노령이었고, 해부 때 대충 꿰매어 생긴 커다란 흉터가 목에서 아랫배까지 쭉 이어진 시체도 꽤 됐다.

시체들은 폭력을 휘두르지 않았다. 그러나 도망가고 싶어 몸부림치고 있었다. 병마로 쭈글쭈글해진 얼굴, 몸뚱이. 새의 발 같은 손가락을 꿈지럭대는 늙은 여자, 곤봉 같은 주먹을 허공에 내뻗리는 늙은 남자. 밀쳐지고 끌어당겨지다 품에 안겨 제압된 몸뚱이.

그리고 굉음, 굉음.

훌쩍훌쩍 울고 목놓아 울부짖는 것이, 마치 풋볼 팀 인원수만큼의 신생아를 한방에 몰아넣고 태어난 세계에 대한 공포와 충격을 마음껏 발산하라고 명령한 것 같았다. 이 경우는 돌아온 세계이지만.

의사들과 간호사들은 끊임없이 떠들며 시체들을 얼렀다.

"진정하세요, 괜찮아질 거예요. 다 괜찮아요, 진정해요."

그러나 정작 그들의 눈은 흉포했다. 아예 정신이 나가버린 사람도 있었다. 간호사 하나는 구석으로 밀려나 몸을 웅크리고 두 손으로 얼굴을 가린 채 와들와들 떨고 있었다. 한 의사는 마치 자기 집 욕실에 있는 듯 개수대에 서서 말없이 사뭇 신중하고 이성적인 태도로 손을 씻었다.

---

* 고대 로마 시민들이 입던 긴 겉옷.

다 씻은 다음 그는 가슴팍의 호주머니에서 빗을 꺼내 머리를 빗기 시작했다.

다들 어딜 간 거지?

산 사람이 더 있어야 하는 거 아닌가…… 지원인력은, 당국 관계자는 다 어디 있나? 모든 게 만사형통인 이 2002년의 스웨덴에서 말도 안 된다.

그러고 보니 이곳에 한 번 온 적이 있었다. 그래서 시체를 보관하는 냉동 저장고의 대부분이 한 층 아래 있다는 것도 알고 있었다. 여긴 새발의 피였다. 그는 해부실 안으로 한 걸음 들어가 카메라를 꺼냈다.

바로 그때, 한 남자가 도망쳤다. 자연분해의 과정을 제대로 거치지 못한 시체 중 하나였다. 몸집이 크고 강건했고, 두 손은 과거에 바위 들어올리는 일을 했을 법한 모양새였다. 일을 그만둔 지 얼마 안 됐을 때 세상을 떠난 공사장 인부인지도 몰랐다. 그는 자작나무를 아무렇게나 잘라 만든 목마에 탄 듯, 반점투성이의 허연 다리를 어기적거리며 비상구로 향했다.

그를 놓친 의사가 외쳤다. "잡아!" 말레르는 생각할 겨를도 없이 무작정 그 말을 따라 몸으로 문을 막아섰다. 그를 향해 다가오는 시체와 눈이 마주쳤다. 그 눈은 갈색으로 젖어 있었다. 아무것도 비치지 않는 진창을 마주한 기분이었다. 시체의 눈은 아무런 반응도 없었다.

시선이 아래로 미끄러져 시체의 목에, 포름알데히드를 주입하면서 생긴 쇄골 위 작은 상처에 가닿았을 때 말레르는 이 공포의 방에 들어온 후 처음으로…… 두려워졌다. 살이 닿을까봐, 감염될까봐 두려웠고, 꿈지럭거리는 손가락들이 두려웠다. 프레스 카드를 꺼내며 소리치고 싶었다. "나는 기자야! 병원하곤 아무 상관 없는 사람이라고!"

말레르는 이를 악다물었다. 달려서 도망치는 거라면 재주가 없었다.

하지만 남자가 다가오자 차마 붙잡을 수가 없었다. 대신 말레르는 남자를 밀었다.

이것 좀 치워줘!

남자는 균형을 잃고 옆으로 넘어졌고, 그러면서 다시 손을 씻기 시작한 의사를 덮치고 말았다. 의사는 중요한 일을 방해라도 받은 듯 분연히 고개를 쳐들고는 말했다. "한 번에 하나씩!" 그러고는 그자를 벽으로 떠밀었다.

근처의 경보기 같은 것이 울리기 시작했다. 그 신호음의 멜로디를 알 것도 같았지만 생각하고 있을 겨를이 없었다. 때마침 지원인력이 도착했기 때문이다. 의사 셋과 초록색 제복 차림의 경비원 넷이 말레르를 지나쳐 우르르 몰려들었다. 그들은 잠깐 멈칫하더니 "맙소사, 이게 웬……" 하며 아연실색했고, 그밖에도 별의별 충격의 감탄사를 늘어놓고 나서야 두려운 마음을 수습하고 자신들을 필요로 하는 안으로 뛰어 들어갔다.

말레르가 한 의사의 어깨를 건드리자 그는 금방이라도 주먹을 날릴 기세로 돌아보았다.

"저들을 어쩌실 거죠?" 말레르가 물었다. "어디로 데려가실 겁니까?"

"당신이 뭔데 그래?" 의사가 물었다. 주먹이 날아들 기세가 한층 더 현실에 육박한 것 같았다. "여기서 뭐하는 거요?"

"내 이름은 구스타브 말레르이고……"

의사는 신경질적으로 새된 웃음을 터뜨리더니 큰 소리로 떠들어댔다. "당신이 베토벤과 슈베르트까지 데려오면 이 사태에 도움이 될까?"* 그러더니 아까 말레르가 밀친 시체를 붙잡아 제압하면서 해부실이 쩌렁

* '구스타브 말레르'는 오스트리아의 작곡가 '구스타프 말러'의 스웨덴식 발음이기도 하다.

쩌렁 울리도록 크게 외쳤다. "모두 엘리베이터로! 한 번에 두 명씩! 전염병 관리소로 데려갑시다!"

말레르는 뒤로 물러섰다. 경보기는 간단없이 울려대고 있었다.

돌아서던 말레르는 바닥에 주저앉아 있던 아까 그 간호사가 누군가의 부축을 받는 것을 보았다. 그녀는 떨리는 다리로 일어서서 안고 있던 여자를 경비원에게 넘겼다. 말레르를 보자 여자는 얼굴을 일그러뜨리며 험상궂은 표정을 지었다.

"개새끼." 그녀는 침을 뱉었고, 시체에서 몇 미터 못 가 다시 주저앉고 말았다. 말레르는 한 발짝 다가갔다가 그냥 물러서는 게 상책이라는 결론을 내렸다. 자기가 얼마나 비겁한 놈인지 더 들을 필요는 없었다.

경보기, 경보기.

그 멜로디는 〈아이네 클라이네 나흐트무지크〉였다. 말레르는 콧노래로 멜로디를 따라 부르기 시작했다. 지금의 혼돈에 어울리는 근사한 소품이었다. 그의 휴대전화 벨소리도 같은 음악이었다. 그리고 바로 그 음악이 그의……

말레르는 가방을 뒤져 휴대전화를 꺼내들고는 시종일관 경쾌한 음악을 내보내는 그 우스꽝스러운 물건을 뚫어져라 보았다. 그리고 웃음을 터뜨렸다. 한 손에 전화기를 든 채 복도 쪽으로 몇 걸음 가 '모든 휴대전화의 전원을 꺼주시기 바랍니다'라고 적힌 표지판 바로 옆 벽에 몸을 기댔다. 전화를 받을 때도 그는 계속 낄낄대고 있었다.

"말레르입니다."

"벵케야. 거기 사정은 좀 어때?"

말레르는 해부실을, 그곳에서 움직이는 몸뚱이들을 바라보았다. 초록색, 파란색, 하얀색.

"그래, 맞아. 시체들이 살아 있어."

벵케는 전화기에 대고 숨을 내쉬었다. 말레르는 벵케가 뭔가 우스갯소리를 할 줄 알고 그가 들을 수 있도록 휴대전화를 해부실 쪽으로 대줘야겠다고 생각했다. 그러나 벵케는 농담 같은 건 하지 않았다. 그가 느릿느릿 말했다. "보니까…… 다른 곳에서도 이런 일이 꽤 일어나고 있나보네. 스톡홀름 전역에."

"시체들이 살아났다고?"

"그래."

그들은 이삼 초 동안 말이 없었다. 말레르는 이 상황이 다른 곳에서는 어떻게 펼쳐졌을지 상상해보았다. 얼마나 많은 시체가 살아난 걸까. 이백? 오백? 불현듯 온몸이 차가워지면서 뻣뻣하게 굳는 감각이 들었다. "묘지는?"

"뭐?"

"묘지 말이야. 매장된 시체들은 어떠냐고."

벵케는 들릴락 말락 작은 목소리로 말했다. "맙소사……" 그러더니 이내 덧붙였다. "나도 몰라…… 나도 모른다고…… 아직까지는 아무런……" 그가 말을 끊더니 불렀다. "구스타브?"

"왜?"

"이거 농담이지, 그렇지? 자네가 날 놀리는 거야. 자네가……"

말레르는 해부실 쪽으로 휴대전화를 치켜들고는 몇 초 동안 멍하니 허공을 바라보다 다시 전화기를 귀에 댔다. 벵케는 혼자서 중얼거리고 있었다. "……정말 말도 안 돼. 어떻게 이런 일이…… 이 스웨덴에서……"

말레르는 그의 말을 잘랐다. "벵케, 난 가봐야겠어."

벵케의 내면에서 석간신문 편집기자라는 직업의식이 회의주의를 앞질렀다. 그가 말했다. "나한테 사진 몇 장 줘야 해. 알았지?"

"그래, 그래."

말레르는 휴대전화를 거두었다. 심장이 격하게 쿵쾅댔다.

엘리아스는 화장하지 않았어. 엘리아스는 땅에 묻혔지. 엘리아스는 땅에 묻혔다고. 록스타 공동묘지에. 엘리아스는……

말레르는 가방에서 카메라를 꺼내 재빨리 몇 장 찍었다. 상황은 조금 전부터 안정되어 철저한 통제하에 있었다. 어쨌거나 이곳은 그랬다. 당분간은. 한 경비원이 늙은 남자 하나를 붙잡고 있었다. 남자는 연신 머리를 위아래로 끄덕거리는 게 마치 "그래, 그래. 나 살아 있어!"라고 말하고 싶은 모양새였다. 경비원이 말레르를 보고 고함을 쳤다. "이봐, 당신! 뭐하는 거야?"

말레르는 대꾸할 시간이 없다는 뜻으로 손을 휘휘 내저어 보이고는 다시 해부실 밖으로 나갔다. 그리고 돌아서서 계단 쪽으로 천천히 뛰어갔다.

직원실 밖에서 작대기처럼 비쩍 마른 노령의 남자가 자신의 수의 셔츠 주름을 만지작거리고 있었다. 셔츠는 한쪽 팔이 떨어져나갔고 남자는 입이 헤벌어져 있는 것이, 자기가 어떻게 이런 고급 옷을 입게 되었는지, 그 옷을 망쳐놓았으니 어떻게 해야 할지 몰라 망연자실한 듯 보였다.

입구 밖에 경찰차 몇 대가 주차되어 있는 것을 보고 말레르는 투덜거렸다. "경찰? 경찰이 뭘 어쩌려고? 체포라도 할 건가?"

자기 차가 있는 곳까지 갔을 때는 온몸이 땀범벅이었다. 운전석 쪽 잠금장치가 고장나서 문을 열려면 온몸의 무게를 실어 잡아당겨야 했다. 그렇게 용을 쓰던 중 손잡이가 두 손에서 급작스레 빠져나가면서 발밑의 아스팔트가 90도 돌았고, 말레르는 양어깨와 뒤통수를 바닥에 세게 찧었다.

그는 차 옆에 벌렁 드러누워 별들을 바라보았다. 풀무처럼 깊게 숨을 들이쉬었다 내쉬자 배가 솟아올랐다가 내려갔다. 저멀리서 기자들에게는 아름다운 음악과도 같은 사이렌 소리가 들렸다. 그러나 그는 여기까지가 한계였다.

별들이 그를 향해 반짝반짝 빛을 발했고, 그의 호흡은 정상으로 돌아왔다.

그는 별들 너머 아득히 먼 곳을 바라보려고 애쓰며 속삭였다. "어디 있니, 사랑하는 우리 아가? 거기 있는 거니? 아니면…… 여기?"

몇 분 후, 다시 움직일 수 있을 것 같은 마음에 기어서 차에 올라탄 말레르는 시동을 걸고 병원 주차장을 빠져나가 룩스타로 향했다. 피로 때문에 두 손이 부들부들 떨렸다. 아니, 기대감 때문인지도 몰랐다.

테뷔 자치시, 23:20

엘뷔는 토레의 방에 플로라의 잠자리를 마련했다. 삼 주 전 아몬드오일 비누와 세제로 끈덕지게 들러붙어 있던 병원 소독약 냄새를 어느 정도 지웠다. 토레의 흔적은 하나도 남아 있지 않았다. 그가 세상을 떠난 바로 다음날, 엘뷔는 매트리스와 베개는 물론 홑이불이고 베갯잇이고 죄다 버리고 새로 샀다.

그 다음날 플로라가 찾아왔을 때, 엘뷔는 손녀가 바로 얼마 전 할아버지가 세상을 떠난 방에서 자는 것에 전혀 개의치 않아 놀랐다. 원래 예민한 아이라 더더욱. 그러나 플로라는 천진하게 말했다. "할아버지는 아는 사람이잖아요. 아는 사람은 겁 안 나요." 그것으로 얘기는 끝이었다.

플로라가 방으로 들어와 침대에 걸터앉았다. 엘뷔는 플로라의 무릎까지 내려오는 메릴린 맨슨 티셔츠를 보고 물었다. "내일모레 입을 옷 그것 말고 좀 있는 거니?"

플로라가 미소지었다. "네, 저라고 막 나가지는 않는답니다."

엘뷔는 베개의 보풀을 뜯어내며 말했다. "내가 싫거나 마음에 안 들어서 그러는 게 절대 아니라……"

"숙녀분들이 문제겠죠." 플로라가 말을 자르고 끼어들었다.

"그래, 숙녀분들." 엘뷔는 그렇게 말하고 얼굴을 찌푸렸다. "그러니까, 내 생각에 사람은 어쨌든……"

플로라가 엘뷔의 손에 제 손을 얹으며 말을 막았다. "할머니, 전에도 말씀드렸지만, 장례식에선 옷을 잘 갖춰입어야 맞죠." 그러고는 얼굴을 찡그렸다. "하지만 결혼식은……"

엘뷔가 웃음을 터뜨렸다. "언젠가 너도 그 자리에 서 있을 거야." 그리고 덧붙였다. "그럴 수도 있고, 아닐 수도 있고."

플로라는 "아닐걸요"라고 말하고는 침대에 드러누워 두 팔을 활짝 벌렸다. 천장을 바라보면서 마치 투명한 공들이 떨어지는 것을 받듯 손바닥을 펼쳤다가 오므렸다. 열 개째 공을 받았을 때 플로라가 허공을 똑바로 바라보며 물었다. "사람이 죽으면 어떻게 되나요? 사람이 죽으면 어떻게 돼요?"

엘뷔는 자기에게 한 질문인지 확신이 서지 않았지만 대답했다. "어디론가 간단다."

"어디로요? 천국?"

엘뷔는 플로라의 옆에 앉아 이미 판판하게 펴놓은 이불을 손으로 다시 펴면서 말했다.

"나도 모르겠구나. 천국이란 것도 우리가 전혀 알지 못하는 어떤 미지의 영역에 갖다붙인 이름이 아닐까. 그냥…… 다른 어떤 곳이겠지."

플로라는 대답 없이 공을 몇 개 더 받았다. 그러다 벌떡 일어나 앉더니 엘뷔에게 바짝 다가와 물었다. “아까 그건 뭐였어요? 정원에서 무슨 일이 있었던 거죠?”

엘뷔는 한동안 말없이 앉아 있었다. 입을 열었을 때 그녀의 목소리는 나지막하고 자신감이 없었다.

“신앙 문제에서 네가 나와 생각이 다르다는 건 아는데, 그래도 이렇게 볼 수 있지 않을까…… 신이니 성서니 하는 것은 제쳐두고 영혼에 대해서만 생각해봐. 한 인간에게는 하나의 영혼이 있다고. 이건 합리적이라고 생각하니?”

“아뇨.” 플로라가 대답했다. “제 생각에 사람은 죽어서 불타버리면 그걸로 끝인 것 같아요.”

엘뷔가 고개를 끄덕였다.

“그래, 물론 그렇지. 하지만 난 이렇게 생각한단다. 한 사람이 삶을 살아. 생각과 경험과 사랑이 쌓이고, 그렇게 여든 살이 되면 마음은 여전히 면도날처럼 날카로워도 몸은 서서히 약해져. 그 안에는 여전히 똑같은 사람, 변함없이 생생하게 살아 숨쉬며 생각하는 사람이 있지만, 몸이 닳고 닳아 없어져서 결국 그는 자리에 주저앉아 속으로 울부짖는 거야. 안 돼, 안 돼, 안 돼…… 그리고 모든 게 끝이 나.”

“맞아요, 그거예요.” 플로라가 말했다.

엘뷔는 흥이 나서 손녀의 손을 잡아 자신의 입술에 가져다대고 가볍게 입을 맞추었다.

“하지만 내가 보기에는 말이지.” 엘뷔가 말했다. “내가 보기에는 말도 안 되는 이야기야. 늘 그랬어. 내가 보기에는……” 그리고 침대에서 일어나 두 손을 흔들었다. “인간에게 영혼이 있다는 건 너무나 자명한 이치야. 다들 반드시 하나씩 가지고 있단다. 우리 모두. 다시 말해 눈 깜짝할 사이에 온 우주를 품을 수 있는 의식이 반드시 의지해야 하는 게 바로 이런……" 엘뷔는 한 손으로 자신의 몸을 쓸어내렸다. "고기로 된 이런 자루라니…… 단지 존재하기 위해…… 아니, 아니, 아니. 난 용납할 수 없어."

"할머니? 할머니?"

잠시 저 먼 곳에 고정되어 있던 엘뷔의 시선이 손녀를 향했다. 엘뷔는 다시 침대에 앉아 무릎 사이에서 두 손을 맞잡았다.

"미안하다." 엘뷔가 말했다. "그렇지만 내가 믿는 것이 진실이라는 증거가 오늘밤 내 앞에 나타났단다." 엘뷔는 플로라를 보며 덧붙였다. 사뭇 수줍기까지 한 투로. "내 생각에는 그래."

잘 자라며 플로라에게 인사하고 방문을 닫아주고 나와 엘뷔는 이리저리 서성였다. 안락의자에 앉아 그림베리의 책을 집어들고 몇 페이지 읽어보려다가 옆으로 치워버렸다.

토레가 저세상에 가면 해보겠다고 스스로 약속한 것 중 하나가 죽기 전까지 '스웨덴 국민의 경이로운 운명'*을 독파하는 것이었다. 진도가 잘 나가서 벌써 2권의 반까지 읽었지만 오늘밤에는 읽을 수가 없었다. 마음이 도통 가라앉질 않았다.

시간은 자정을 넘어섰다. 자야 할 시간이었다. 사실 이 나이가 되니 잠이 줄어들기도 했지만, 그래도 웬만하면 새벽 네시에는 일어나 두어 시간 동안 변기에 앉아 찔끔거리는 오줌이 다 나오기를 기다렸다.

토레, 토레, 토레……

장례식을 이틀 앞둔 그날 엘뷔는 토레의 정장 중 가장 좋은 것을 들

* 그림베리가 집필한 열 권짜리 역사서 전집.

고 장례식장에 갔었다. 토레는 지금 생애 마지막의 큰 행사를 위한 채비를 마치고 성장한 채 교회 냉동고에 누워 있을까? 장례식장 사람들이 직접 남편에게 수의를 입히겠느냐고 물었지만, 엘뷔는 기꺼이 그들 손에 맡겼다. 그녀는 할 만큼 했다.

십 년째 토레에게 샌드위치를 만들어주었다. 칠 년 동안은 직접 먹여주었다. 마지막 삼 년 동안 토레는 죽과 퓌레 말고는 아무것도 입으로 넘길 수 없어 급식 튜브로 보충식을 섭취했다. 어디까지나…… 그렇다, 살아 있기 위해. 아니, 그 상태를 뭐라 하든 상관없다.

휠체어와 한몸이 되어 말을 할 수도 없고 아마 생각도 할 수 없는 신세. 어쩌다 엘뷔가 말이라도 걸면 토레의 눈에는 알아듣겠다는 듯 빛이 한 번 반짝였지만 그마저도 이내 사라져버렸다.

엘뷔는 토레의 식사를 마련했고, 기저귀와 이동식 변기를 갈아주었고, 몸을 씻겨주었다. 유일하게 남의 도움을 받은 것은 밤에 그를 침대에 누일 때와 아침에 깨워 일으킬 때뿐이었다. 그래봤자 그는 종일 휠체어에 앉아 꼼짝도 하지 못했다.

기쁠 때나 슬플 때나, 어떤 운명이 닥쳐올지라도, 죽음이 우리를 갈라놓을 때까지. 엘뷔는 아무런 보람도 사랑도 없이 결혼서약을 지켜나갔다. 불평하거나 주저하는 일도 없었다. 산다는 건 다 그런 법이었으므로.

욕실에 가서 의치를 빼 꼼꼼하게 칫솔질한 후 늘 그곳에 놓아두는 유리컵 안에 넣었다. 의치가 무슨 세월의 경과를 싱글거리며 보여주는 표시라고 침대맡에 떡하니 두는 사람들이 이해되지 않았다. 안경이라면 또 모를까. 만에 하나 무슨 일이 일어날지 모르니 손이 닿는 곳에 시력을 안전하게 보관해야겠지만, 이는? 아닌 밤중에 뜬금없이 뭔가 씹어야 할 일이 생길 것도 아니고.

엘뷔는 침실로 가서 잠옷으로 갈아입었다. 벗은 옷은 조심스럽게 개서 접이식 뚜껑이 달린 책상에 올려놓았다. 잠시 멈춰 서서 책상 위의 사진을 바라보았다. 그녀와 토레의 결혼사진.

잉꼬부부 났네.

원래는 흑백사진이었지만 이후 사람 손으로 색을 입혀 아직까지도 선명한 빛깔을 띠고 있었다. 그녀와 토레는 동화책 속 삽화처럼 보였다. 왕과 왕비. '그리고 그들은 언제까지나 행복하게 잘살았답니다'로 직행하는 삶. 토레는 턱시도를 입었고 엘뷔는 웨딩드레스 차림에 색색의 꽃으로 엮은 부케를 가슴께에 들고 있었다. 둘 다 묘한 빛깔의 파란 눈으로 겁에 질린 듯 미래를 응시하고 있었다(토레의 눈은 절대 파란색이 아니었다. 가필한 사람의 실수였지만, 살면서 고칠 짬이 한 번도 나지 않았다).

엘뷔는 한숨을 내쉬며 손가락으로 사진을 쓸어내렸다.

"다 그렇게 살다 가는 거지." 별생각 없이 나온 말이었다.

잠들기 전까지 그림베리의 책을 한차례 더 읽어야 하지 않을까 싶은 마음에 침대 머리맡의 전등을 켰지만, 결심을 굳히기 전 현관에 뭔가 있다는 것을 알아차렸다. 귀를 기울였다. 소리가 다시 들렸다. 그건…… 긁어대는 소리였다.

세상에, 도대체 뭐가……?

침대맡 테이블의 시계를 보니 열두시 이십분이었다. 긁는 소리가 다시 들렸다. 동물인지 모른다. 개가 그러는 건지도. 그렇다 해도 이 집에 와서 뭘 어쩌겠다는 거지? 잠시 기다려봤지만 긁어대는 소리는 여전했다. 길 잃은 개는 이 동네에서 어지간해선 보기 힘들었다. 겨울철이라면 사슴이 이리저리 떠돌다 교외로 들어오는 경우도 있지만, 그렇다 해도 사람 사는 집 문 앞까지 찾아오는 일은 결코 없었다.

엘뷔는 가운을 걸치고 현관으로 가서 귀를 기울였다. 고양이도 아닌데. 그녀는 생각했다. 긁는 힘이 굉장히 센데다 소리가 나는 위치도 가슴 높이였다. 엘뷔는 문기둥에 몸을 기대고 나지막하면서도 큰 소리로 물었다. "누구세요?"

긁는 소리가 멈추었다. 대신 나직한 훌쩍임이 들려왔다.

크게 다친 사람인 게 틀림없어.

엘뷔는 더 생각할 것도 없이 문을 열었다.

그는 가장 좋은 정장 차림이었지만 매무새가 어색했다. 말년에 병마에 시달리면서 체중이 20킬로그램 정도 빠져서였다. 현관 계단에 서서 팔을 늘어뜨리고 선 그의 어깨에서 개버딘 재킷이 흘러내렸다. 엘뷔는 뒷걸음치다가 도어스톱에 걸려 넘어질 뻔했지만 코트걸이를 붙잡고 다시 똑바로 섰다.

토레는 미동도 없이 서서 자기 발만 내려다보고 있었다. 엘뷔도 고개를 숙여 그의 발을 보았다. 아무것도 신지 않은 그의 두 발은 허연색이었고 발톱은 다듬은 흔적이 없었다.

그 발을 보면서 엘뷔는 생각했다.

발톱도 안 잘라주다니, 그것들이 날 속였군.

결혼 사십 주년 기념일을 맞이한 지 삼 년 만에 세상을 떠난, 그리고 이제 다시 돌아온 남편을 보고 엘뷔가 느낀 감정은 공포나 혐오가 아니었다. 결코. 다만 좀 놀랍고…… 피곤했다. 엘뷔는 한 걸음 다가서며 물었다. "여기서 뭐하고 있어요?"

토레는 대답이 없었다. 그저 고개를 들었다. 눈은 있지만 초점이 없었다. 엘뷔는 이골이 날 지경이었다. 삼 년 내내 자신을 향해 있을 뿐 초점 없는 시선을 보아왔으니까. 다만 지금 그 눈은 생명의 기운이 사라져 전보다 훨씬 더 냉랭했다.

이건 토레가 아니야. 인형이야.

인형이 두어 발짝 움직여 집안으로 들어섰다. 엘뷔는 막아서기는커녕 손 하나 까딱하지 못했다. 겁이 나는 건 아니지만 어떻게 해야 할지 아무 생각도 들지 않았다.

분명 토레였다. 다른 사람이라고 둘러대본들 어불성설이었다. 그러나 가당키나 한 일인가? 그때 엘뷔는 손가락을 대보고 토레의 맥박이 뛰지 않는 것을 확인했었다. 손거울을 꺼내 그의 입가에 가져다대고 그가 숨을 쉬지 않는다는 것을 확인했다. 앰뷸런스 기사의 말도 그랬고, 토레가 죽었음을, 사망했음을, 저세상으로 가버렸음을 사실로 확인한 증명서도 받았다.

육신의 부활……

토레는 스칠 듯 엘뷔를 지나쳐 집안으로 들어갔다. 싸늘한 병원 냄새가 엘뷔의 콧구멍에 물씬 와 닿았다. 소독약, 녹말풀…… 그리고 과일향이 섞인 달짝지근한 냄새. 그녀는 재빨리 자신을 추스르고는 그의 양어깨를 붙잡으며 속삭였다. "도대체 뭐하는 거예요?"

토레는 아랑곳하지 않고 계속 발걸음을 옮겼다. 한 걸음 한 걸음 떼는 것이 중노동인 양 움찔거리면서 침실로 향했다. 자기 방으로.

문득 엘뷔는 토레가 칠 년 만에 걷고 있음을 깨달았다. 새롭게 얻은 몸이 영 어색한지 움직임은 뻣뻣하지만 어쨌든 걷고 있었다. 플로라가 잠든 방으로 곧장.

엘뷔는 돌아서서 뒤에서 그의 양어깨를 움켜잡고 목소리를 낮추어 말했다. "플로라가 그 방에서 자고 있어요! 놔둬요!"

토레가 멈춰 섰다. 그의 몸에서 스며나온 냉기가 옷을 거쳐 엘뷔의 손까지 전해졌다. 몇 초 동안 그렇게 서 있다보니 옛 기억이 떠올랐다.

마르가레타가 꼬맹이였고 토레가 술에 취해 들어오던 시절. 딸아이가 침대에서 자는 동안 엘뷔는 복도에서 지키고 서 있다가, 토레가 비틀거리며 마르가레타의 방으로 들어가 겁에 질린 아이에게 애정을 표한답시고 주절대는 걸 막았다.

애 지금 자요! 놔둬요!

먹힐 때도 있었지만 늘 그런 것은 아니었다.

토레가 뒤돌아섰다. 엘뷔는 사십 년 전에 그랬듯 그를 똑바로 쳐다보며 벽에 몰아세우려고 했다. 그를 못 움직이게 해. 말을 걸라고. 하지만 볼링공에 압정을 박는 격이었다. 그의 눈을 제대로 보려고 해도 그럴 수가 없어서 엘뷔는 비로소 겁이 나기 시작했다.

움푹 들어간 뺨에 그늘이 지고, 입술은 푹 꺼지고, 20킬로그램이 빠져버린 몸이었지만 토레는 여전히 엘뷔와 비교할 수 없을 정도로 힘이 셌다. 그런데다 눈에는 감정도 인식도 담겨 있지 않았다. 그녀는 더는 마주볼 수 없어서 항복하고 뒷걸음질했다.

토레는 다시 몸을 돌려 방으로 향했다. 엘뷔가 다시 그를 붙잡으려다 어깨를 막 놓친 순간 침실 문이 열리고 플로라가 나왔다.

"할머니, 무슨……"

플로라의 눈길이 토레에게 가서 멎었다. 플로라는 낮게 신음하며 옆으로 몸을 피해 토레의 냉엄한 결단의 길에서 비켜섰다. 토레는 플로라를 보지 못한 듯 계속 침실로 걸어들어갔다. 그러는 동안 플로라는 비틀거리며 안락의자에 엎어졌다가 발코니 문으로 기어갔다. 그러고는 바닥에 주저앉아 눈이 휘둥그레져서 목이 터져라 비명을 질러댔다.

엘뷔는 황급히 달려가 두 팔로 손녀를 끌어안고 머리와 뺨을 쓰다듬었다.

"쉬쉬이…… 쉬쉬이이이…… 위험하지 않아…… 쉬쉬이이이이."

비명이 멈추었다. 엘뷔는 자기 손길 아래서 플로라의 아래턱 근육이 긴장하는 것을 느꼈다. 플로라는 덜덜 떨리는 몸을 엘뷔에게 기대왔고, 여전히 긴장한 채 시선을 침실로 향했다. 토레는 퇴근하고 집에 돌아와 자기 전 사소한 서류 업무를 끝내야 하는 사람처럼 자기 책상에 가서 앉았다.

그들은 그의 팔이 움직이는 것을 보았고, 종잇장이 스치며 고요하게 부스럭거리는 소리를 들었다. 움직일 수도 없어서 한참을 그대로 꼭 붙어 있었다. 마침내 플로라가 엘뷔의 품에서 빠져나와 바닥에 똑바로 앉았다.

엘뷔가 속삭였다. "저기 어떻게 가려고?" 토레가 듣지 않도록 조용히 낮춘 목소리였다.

플로라는 입을 열었다가 그대로 다물고는 마지못해 침실에 있는 커피 테이블을 가리켰다. 엘뷔는 그쪽을 보고야 비로소 이해했다. 플로라의 비디오게임 〈레지던트 이블〉 케이스가 테이블에 놓여 있었다. 플로라가 뭐라고 중얼거려 엘뷔는 몸을 기울였다.

"뭐라고?"

플로라의 목소리는 속삭인다고 할 수도 없을 정도로 작았지만 꽤나 분명했다. "웃기는…… 일이에요."

엘뷔는 고개를 끄덕였다. 그래, 웃을 일이지. 셋 중 웃는 사람이 한 명도 없다는 걸, 현실은 변하지 않는다는 걸 빼면. 엘뷔는 자리에서 일어섰다. 플로라가 손을 더듬어 할머니의 옷자락을 부여잡았다.

"쉬이……" 엘뷔는 속삭이듯 말했다. "네 할아버지가 뭘 하는지 좀 봐야겠다."

엘뷔는 살금살금 침실로 다가갔다. 이 모든 상황이 정말 웃기다면 어째서 그들은 속삭이는 걸까? 그녀는 왜 살금살금 다가가나? 터무니없음, 불가능은 실존의 가장 끄트머리에 존재하기 때문이다. 단 한 번의 움직임, 가장 미세한 동요만으로도 그것은 추락한다. 아니면 굉음과 함께 위로 치솟아오르거나. 어느 쪽이 될지는 알 수 없다. 그래서 신중해야 한다. 예방책을 마련해야 한다.

문기둥에 기대선 엘뷔의 시야에 들어오는 것은 토레의 등짝과 앞으로 내민 한 팔이 전부였다. 그녀는 다른 각도에서 보려고 벽에 바짝 붙어 미끄러지듯 방안으로 한 걸음 들어섰다.

뭘 찾는 건가?

뭔가 바로잡으려고 돌아오는 유령들. 과일 향이 한층 더 짙게 풍겼다. 엘뷔는 현실과의 끈을 놓지 않으려는 듯 손끝으로 벽을 짚었다.

토레의 허옇고 경직된 두 손이 책상 위를, 장례식에서 부른 찬송가를 복사한 종잇장을, 새 편지지들을, 플로라가 사온 신문 위를 이리저리 훑었다. 그러다 종이 한 장을 들어 눈앞으로 가져가더니 고개를 주억대는 것이 거기 쓰인 내용을 읽기라도 하는 듯했다.

〈오직 하루, 한 번에 한순간뿐〉*

그러다 토레는 그대로 종이를 내려놓고는 똑같은 내용의 다른 종잇장을 집어들어 마찬가지로 주의깊게 읽었다.

"토레?"

엘뷔는 제 목소리에 움찔했다. 입다물고 있을 작정이었는데 말이 무심코 튀어나와버렸다. 하지만 토레는 아무런 반응도 보이지 않았다. 안심이었다. 그가 돌아보지 않기를, 아무것도 하지 않기를, 그리고……

하느님, 도우소서.

아무 말도 하지 않기를 바랐다.

---

* 찬송가의 하나.

엘뷔는 발을 끌며 벽에 붙어 방에서 나와 조용히 문을 닫고 귀를 기울였다. 종잇장 스치는 소리가 계속 들렸다. 안락의자를 방문 앞으로 가져와 등받이를 문손잡이 아래 밀어넣어 고정시킨 다음, 손잡이가 돌아가지 않도록 책도 몇 권 끼워넣었다.

플로라는 아까와 똑같은 모습으로 바닥에 주저앉아 있었다. 토레가 돌아오다니, 상상조차 못한 일이었다. 엘뷔가 이해할 수 있는 범주를 훌쩍 뛰어넘었다. 그러나 걱정스러운 것은 플로라였다. 예민한 아이가 받아들이기에는 너무 버거운 일이었다.

엘뷔는 손녀 바로 옆에 가서 앉았다. "뭘 하시던가요?" 플로라의 그 말에 엘뷔는 한숨 돌렸다. 정신을 놓지 않았고, 오히려 궁금해하고 있었다. 그리고 엘뷔는 답을 알고 있었다.

"내 생각엔." 그녀가 말했다. "살아 있는 척을 하는 것 같아."

플로라는 기대했던 대답을 들은 것처럼 살며시 고개를 끄덕였다. 엘뷔는 어찌해야 할지 알 수 없었다. 플로라를 더는 여기 두어서는 안 된다고 생각했지만 다른 곳으로 보낼 방법도 묘연했다. 버스는 이미 끊겼고, 마르가레타와 예란은 런던에 있었다.

그렇지 않다 해도 딸에게 전화를 할 수는 없는 노릇이었다. 마르가레타는 일반적인 사회적응 면에서는 플로라와 엘뷔보다 나을지 몰라도, 어쩌다 한번 발동이 걸려 히스테리를 부리기 시작하면 하늘 높은 줄 모르고 펄펄 뛴다 해도 좋을 정도였다. 마르가레타가 알면 직접 와서 모든 걸 해결하겠다고 나설 것이다. 새된 목소리로 속사포 쏘듯 떠들어댈 것이고, 손톱만큼만 잘못되어도 엘뷔의 얼굴을 할퀴려 들 것이다.

토레, 이 염병할 놈.

그렇다. 자리에 앉아 이 문제와 씨름하면서 엘뷔는 남편에 대한 적개심이 점점 커져가는 것을 깨달았다. 전부 그의 탓이었다. 이미 할 만큼

하지 않았는가? 가능한 것은 남김없이 다 해주지 않았는가?

잠깐만.

문득 떠오른 생각에 이런 상황에서도 실소가 나왔다. 물론 어디까지나 종교적 측면에서 시시콜콜 따지는 것이지만, '기쁠 때나 슬플 때나, 어떤 운명이 닥쳐올지라도, 죽음이 우리를 갈라놓을 때까지'라고 하지 않았나. 엘뷔는 닫힌 문을 바라보았다. 토레는 죽었다. 따라서 더이상 그녀가 책임질 것은 없다. 사십삼 년 전 사제 앞에서 죽은 후에도 품거나, 사랑하거나, 소중히 하겠노라 말하지는 않았다.

플로라의 목소리가 들려 엘뷔는 물었다. "미안, 뭐라고 했니?"

플로라가 엘뷔의 눈을 똑바로 보더니 말했다. "아아아아아."

공포가 전류처럼 엘뷔를 훑고 지나갔다. 바로 이것이었다. 그녀는 손녀를 지켜주지 못했다. 이제는…… 엘뷔는 플로라의 얼굴을 두 손으로 감싸고 뺨을 쓰다듬으며 말했다. "미안하다, 미안해. 택시를 불러야겠다. 그러면 괜찮겠니? 할미가 택시를 부를게. 그리고…… 같이 여길 빠져나가는 거야, 응?"

플로라는 천천히 고개를 젓더니 엘뷔의 두 손을 잡아 품에 안았다. "아아아아아." 다시 그렇게 말했지만 이번에는 어렴풋이 미소지어 보였다. 엘뷔는 안도한 나머지 짧고 날카로운, 거의 비명에 가까운 웃음을 터뜨렸다. 플로라는 너스레를 떤 것이다. 게임에 나오는 좀비들 소리를 흉내낸 것이었다.

"아, 플로라, 깜짝 놀랐잖니. 난 또……"

"죄송해요, 할머니." 플로라는 평상시와 다름없는 눈으로 주변을 둘러보았다. 눈빛에 떠돌던 공허한 기운은 이제 사라지고 없었다. "어떻게 해야 하죠?"

"할머니도 모르겠구나, 얘야."

손녀는 얼굴을 찌푸렸다.

"그래도 함께 생각해봐요." 플로라가 말했다. "첫째, 혹시 할아버지가 진짜로 돌아가신 게 아닐 수도 있을까요? 그냥 사라지셨다가 이제 돌아오셨다든지?"

엘뷔는 고개를 흔들었다. "아니. 우리가 감쪽같이 속은 게 아닌 한 그럴 리는 없어. 그저께 네 할아버지 수의를 가지고 갔을 때도 봤는데…… 플로라, 너 괜찮니?"

"괜찮아요. 전 그냥…… 이 의문을 해결해보려는 거예요."

엘뷔는 감탄했다. 손녀는 더없이 침착한 목소리로 손가락을 꼽아가며 가능성을 하나하나 살피고 있었다. 몇 분 동안 충격과 의심에 휩싸여 있었지만, 이제는 다 수습한 기색이었다. 평소의 플로라라면 억누르려 했을 또다른 면모, 변호사의 딸이 나타난 것이다.

"둘째." 플로라가 가운뎃손가락을 꼽았다. "할아버지가 정말 돌아가셨다면, 무엇이 할아버지를 다시 깨어나게 했을까요? 정원에서 일어난 일과 뭔가 관계가 있을까요?"

"그으으래…… 내 생각도 그런 것 같구나."

"셋째……"

그제야 엘뷔는 깨달았다. 플로라의 이런 변화는 엘뷔가 처음에 믿었던 것과 달리 마냥 긍정적이지만은 않았다. 플로라가 부쩍 이성적으로 말하는 것은 이 모든 상황을 일종의 비디오게임으로 보기 때문에, 다시 말해 있을 수 없는 사건이 아니라 암호를 풀어야 할 일련의 문제로 여기기 때문이었다.

뭐. 엘뷔는 생각했다. 이만하길 다행인가.

"……셋째, 이건 할머니와 저만 볼 수 있는 걸까요, 아니면 진짜…… 음, 무슨 말인지 아시죠?"

엘뷔는 토레의 굽은 어깨를 잡았을 때 손으로 전해지던 냉기를 떠올렸다.

"이건 진짜야. 내 생각엔…… 앰뷸런스를 불러야 할 것 같다."

플로라가 자리에서 일어섰다. "제가 해요?"

"내가 하는 게 더 낫지 않을까……"

"네, 하지만 제가 해도 돼요?"

플로라는 두 손을 앞으로 맞잡고 아예 간청을 했고, 엘뷔는 어깨를 으쓱했다. 손녀가 열을 올리는 이유를 이해할 수는 없었지만 이편이 그럭저럭 나은 듯했다. 플로라가 전화를 걸러 간 동안 엘뷔는 바닥에 주저앉아 생각했다.

뭔가 의미가 있는 거야.

이 모든 것에…… 뭔가 의미가 있어.

개요 1

23:10~23:20 스톡홀름과 인근의 모든 시체공시소에서 시체들이 깨어남.

23:18 솔카텐 노인복지센터 밖 거리에서 노령의 남성이 전라로 목격됨. 말을 걸어도 무반응. 현장에 도착한 경찰의 도움을 받아 귀가.

23:20 솔나 소재 법의학 연구실에서 약 100미터 떨어진 곳에서 한 젊은 남성이 밴에 치이는 교통사고 발생. 경찰이 현장에 도착했을 때 피해자는 걸어서 현장을 떠난 뒤였음. 쇼크상태에 빠진 밴 운전자는 피해자의 복부에 큰 상처가 났다고 주장. 피해자는 충돌 후 약 10미터를 뒹굴었고, 그로 인해 복부가 찢어져 벌어졌으나 곧바로 일어나 걸어서 현장을 떠났음.

23:24 비상 콜센터에 첫번째 전화가 걸려옴. 한 노부인이 5년간 함께 살

다 2주 전 사망한 여동생이 찾아왔다는 내용으로 신고.

23:25 단데뤼드 병원 직원들이 영안실을 보유한 노인복지센터 및 다수의 교회에 전화를 걸어 상황 보고를 시작함.

23:25~23:45 노인들이 거리를 배회하고 있다는 20여 건의 신고가 접수됨.

23:26 전직 자연 사진 작가 닐스 룬스트룀이 익일 타블로이드판 신문 〈엑스프레센〉 1면에 게재될 사진을 촬영. 테뷔 교회 묘지에서 수의 차림의 노인 7명이 영안실 밖으로 비틀거리며 나와 출구 쪽을 향함. 사진은 묘석들 사이의 노인들의 모습을 포착한 것.

23:30~23:50 길 잃은 노인들을 보호할 목적으로 파견된 경찰차들의 무선통신을 통해 관련 노인이 모두 최근 몇 주 사이 사망했다는 사실 밝혀짐. 상기 사실이 보건복지부에 전달됨.

23:30~현재 사망자의 방문으로 인해 쇼크나 히스테리 증세를 일으킨 유족들의 신고로 비상 콜센터가 마비됨. 관련 가족들을 돌볼 구급대원, 카운슬러 및 성직자가 긴급 소집됨.

23:40 단데뤼드 병원의 전염병동이 임시 집결장소로 지정됨. 추가 인력이 즉시 소집됨.

23:50 단데뤼드 병원에서 2구의 시체가 아직 깨어나지 않았다는 보고 접수. 의료기록상 사망한 지 각각 10주, 12주 경과. 둘 다 장례식 등 제반 절차가 끝날 때까지 반복적으로 포름알데히드 처리를 거침.

깨어나지 않는 시체에 대한 추가 보고가 잇따라 접수. 사망한 지 2개월 미만의 경우만 부활한 것으로 판단됨.

23:55 변수를 포함한 상호 교환 자료에 의하면 스톡홀름 지역과 인근에서 사망 2개월 미만의 매장 전 시체는 총 1042구로 확인됨.

23:57 상상하기 힘든 범위까지 수사를 확장해야 한다는 결정. 무덤 내부의 소리 탐지는 물론, 가능하다면 발굴할 목적으로 음향 증폭기와 굴착 장비

를 갖춘 조사단이 스코그쉬르코고르덴 공원묘지*에 파견됨.

23:59~현재 사망한 친지와 재회한 후 신경쇠약 증세를 보이는 환자들의 응급 정신병동 입원 접수가 시작됨.

---

* 스웨덴 현대 건축가 군나르 아스플룬드가 설계한 묘지로, 유네스코 세계 문화유산으로 지정되었다.

8월 14일 I

내 사랑은 어디에?

여기가 니니스의 무덤인데. 내 사랑은 어디에?

윌리엄 셰익스피어, 『한여름밤의 꿈』

록스타, 00:12

엥뷔플란, 이슬란스토리에트, 블라케베리……

초현대적인 교차로를 돌아나와 록스타 화장터와 공동묘지에서 우회전을 할 때 말레르의 땀에 젖은 손이 핸들에서 미끄러졌다.

벨소리가 울렸다. 그는 속도를 늦추고 가방에서 겨우겨우 휴대전화를 꺼내 번호를 확인했다. 편집국. 신문에 실릴 사진은 제대로 찍고 있는지 벵케가 궁금해하는 모양이었다. 시간이 없었다. 말레르는 휴대전화를 다시 가방 안에 집어넣고 그대로 울리게 내버려두고는, 작은 주차장으로 들어선 후 시동을 껐다. 그는 문을 연 뒤 반사적으로 가방을 들고 힘겹게 밖으로 몸을 내밀다가……

멈추었다.

말레르는 차문에 기대서서 바지춤을 추켜올렸다.

거기에는 아무도 없었다.

높다란 벽돌담 안쪽은 쥐죽은듯 조용했다. 초여름의 노란 달이 화장터의 각진 윤곽을 따라 부드러운 빛을 뿌렸다. 움직이는 것은 무엇 하나 없었다.

무엇을 기대했었나? 시체들이 여기 서서 철창을 흔들어대고, 또……?

그렇다. 그런 것.

말레르는 정문 쪽으로 가서 안을 들여다보았다. 불과 한 달 전, 갈가리 찢겨나간 심장을 안고 상복 차림으로 땀을 흘리며 서 있었던 교회당 앞 커다란 공터는 밤에 잠겨 있었다. 달은 제 담요를 펼쳐 묘석들을 덮어주었고, 성긴 별빛이 자갈을 비추었다.

고개를 들어 추도의 숲을 바라보았다. 소나무 밑에서 점점이 빛나며 위쪽을 비추는 희미한 빛들. 사랑하는 이를 잃고 슬퍼하는 사람들이 놓아둔 추도용 초. 말레르는 입구를 더듬어보았다. 잠겨 있었다. 고개를 들어 문 위쪽의 뾰족한 창살을 뚫어져라 쳐다보았다. 넘어가기는 불가능했다.

그러나 이제 말레르는 묘지에 대해 알고 있었다. 들어가기는 쉽다. 무엇보다도 애초에 왜 입구를 잠그는지 이해하기가 어려웠다. 담을 따라 걷다보니 잔디로 뒤덮인 가파른 제방이 나왔다. 눈에 보이는 모든 것이 시든 지금, 그곳만큼은 인공 급수시설로 키운 일년생식물이 자라고 있었다.

쉽다고?

말레르의 뇌는 가끔 자기가 서른 살 인간의 몸에 사는 줄 착각하는 때가 있었다. 그 시절이었다면 쉬웠을 수도 있다. 그러나 지금은 아니다. 주변을 둘러보았다. 실베르스메스그렌드에 있는 공동주택의 창문 두어 개가 텔레비전 화면의 파란빛으로 깜빡였다. 밖에는 아무도 없었다. 그는 입술을 핥고 제방 꼭대기를 자세히 살폈다.

3미터. 각도는 45도 정도.

말레르는 제방에 기대서서 잔디를 몇 포기 움켜쥐고는 몸을 위로 끌어올리기 시작했다. 연약한 풀들이 뽑혀나갔고, 그는 아래로 떨어지지 않으려고 발끝을 흙속에 억지로 박아넣었다. 얼굴은 표면에 바짝 붙였다. 나무늘보처럼 몸을 끌면서 한 발 한 발 경사면을 올라가는데 뱃살이 거치적거려 자꾸만 멈춰야 했다. 그런 자신이 더없이 궁상맞아 웃음이 터져나왔지만, 그러다 균형을 잃을지도 모른다는 생각에 겁이 나서 뚝 그쳤다.

내 꼴이 어떻겠어. 뻔하지.

말레르는 제방 꼭대기까지 올라가서 잠시 누워 숨을 몰아쉬며 묘지 전체를 둘러보았다. 묘석과 십자가가 달그림자 위로 정연히 줄을 맞춰 솟아 있었다.

이곳에서 영면한 사람들은 대부분 화장을 했지만, 안나는 엘리아스를 매장하기를 바랐다. 아이의 자그마한 시신이 차가운 땅에 묻히는 모습을 상상하며 공포에 질린 말레르와 달리, 안나는 위안을 찾았다. 어떻게든 아들이 멀어지지 않길 바랐고, 매장은 가능한 한 아들 가까이 있을 수 있는 최선의 방법이었다.

그때는 그 말이 터무니없는 구실로 들렸고 나중에 안나가 후회할 거라고 말레르는 생각했지만 그가 틀렸는지도 몰랐다. 안나는 매일같이 무덤을 찾았고, 진짜 엘리아스가 그 아래 있다고 생각하면 기분이 나아진다고 말했다. 하찮은 재가 아니라, 두 손과 두 발과 머리가 있다고. 그래도 말레르는 그런 생각을 받아들일 수 없었고, 무덤을 찾을 때마다 슬픔과는 별개로 어쩐지 기분이 불편해졌다.

벌레. 부패.

그렇다. 그제야 말레르는 심각한 문제라는 생각이 들어 선뜻 비탈을 내려가기가 망설여졌다.

만약…… 만약 정말 부패가 진행되고 있다면…… 엘리아스는 어떤 모습일까?

말레르는 범죄 현장을 수도 없이 참관했다. 비닐봉지 밖으로 꺼내어진 토막난 몸뚱이, 개밖에 없는 아파트에 이 주 동안 방치되어 있다가 수습된 시체, 익사해서 운하의 수문이나 저인망어선의 기계에 걸려든 시체. 결코 보기 좋다고 할 수 없었다.

엘리아스의 새하얀 관은 말레르의 망막에 화인火印을 남겼다. 장례식 한 시간 전에 치러진 마지막 고별식. 그날 아침 말레르는 레고 한 상자를 샀고, 뚜껑을 열어놓은 관 바로 옆에 안나와 함께 서서 엘리아스를 바라보았다. 엘리아스는 생전에 가장 좋아했던 펭귄 무늬 파자마 차림이었고, 팔 아래 테디베어를 안고 있었다. 모든 것이 이가 갈릴 정도로 부질없었다.

안나가 관으로 다가가 말했다. "눈을 떠, 엘리아스. 착하지, 아가. 장난은 이제 그만." 그러고는 아들의 뺨을 쓰다듬었다. "일어나, 아가. 아침이 됐어. 유치원 갈 시간이야……"

말레르는 딸을 끌어안을 뿐, 자기도 같은 심정이어서 할말을 찾지 못했다. 그는 손자가 가지고 싶어했던 해리 포터 레고 상자를 테디베어 옆에 놓고는 잠시 생각했다. 선물이 손자의 정신을 들게 할 거라고, 이토록 예쁘고 완전한 시절에 누워만 있어선 안 된다고, 일어나기만 하면 이 악몽도 끝이 날 거라고.

말레르는 비탈을 미끄러져내려갔고, 평화를 깰까 두려워 조심조심 묘역으로 들어갔다. 꽤 멀리 떨어진 엘리아스의 무덤까지 가는 도중 비교적 최근에 생긴 무덤과 그 앞에 세워진 묘석 하나를 지나치게 되었다.

당뉘 보만

1918. 9. 14. ~ 2002. 5. 20.

말레르는 멈춰 서서 귀를 기울였다. 아무 소리도 들리지 않았다. 계속 갔다.

오른편 맨 끝에 엘리아스의 묘비가 보였다. 안나가 흰 백합을 꽂아둔 꽃병이 달빛을 받아 희끄무레하게 빛났다. 묘지란 인구밀도가 몹시 높지만, 그럼에도 지구상에서 더없이 고독한 장소일 것이다.

손자의 무덤 앞에 무릎을 꿇을 때 말레르는 두 손이 떨리고 입안이 말랐다. 직사각형의 뗏장이 뿌리를 내리기에는 아직 일러 흙이 속살처럼 드러나 있었다. 뗏장 사이사이가 검은 그림자처럼 도드라졌다.

엘리아스 말레르

1996. 4. 19. ~ 2002. 6. 25.

우리 마음속에

언제까지나

아무 소리도 들리지 않았다. 아무것도 보이지 않았다. 모든 것이 평소와 다름없었다. 바닥이 솟아오른 곳도 없고, 흙을 뚫고 나와 더듬거리는 손 같은 것도 없었다.

그랬다, 그 정도까지 생각했다.

말레르는 바닥에 엎드려 몸을 쭉 펴고 관이 묻혀 있을 곳을 두 팔로 품었다. 잔디에 귀를 바짝 갖다댔다. 미친 짓이었다. 그는 반대쪽 귀를 손으로 덮고 꼭 누르며 땅속에 귀를 기울였다.

그리고 들었다.

긁어대는 소리.

말레르는 피가 날 정도로 입술을 깨물고는 머리를 더욱 세게 내리눌렀다. 풀이 버석거리는 소리가 났다.

그렇다. 아래쪽에서 긁어대고 있었다.

엘리아스가…… 밖으로 나오려고 움직이고 있었다.

말레르는 움찔해서 그 자리에서 일어섰다. 무덤 발치에 서서 몸이 산산조각나지 않도록 두 팔로 부여안았다. 머릿속이 백지상태였다. 바로 이런 상황을 예상해 여기까지 왔지만, 결정적인 순간까지도 정말로 이런 일이 일어나리라고는 믿을 수가 없었다. 어떤 행동을 취할지 아무런 계획도 없었고, 도구도 전무했다. 방법도……

"엘리아스!"

무릎이 탁 꺾여 주저앉은 말레르는 잔디를 뭉텅이째 파헤치며 맨손으로 땅을 쑤시기 시작했다. 신들린 사람처럼 파헤치느라 손톱이 부러지고 입과 눈에 흙먼지가 들어갔다. 이따금 귀를 바닥에 갖다대 긁어대는 소리가 점점 더 분명하게 들리는 것을 확인했다.

흙은 말라서 푸석푸석했고, 아직 풀뿌리와 얽혀 있지도 않았다. 말레르의 이마에서 떨어진 땀방울이 몇 주 만에 처음으로 이 땅이 얻은 수분이었다. 이십 분이 지나자 팔을 한껏 뻗어도 밑바닥에 닿지 않을 정도로 땅이 깊이 파였지만 관은 보일 기미조차 없었다.

오래도록 가장자리에서 구덩이 안쪽으로 종鐘의 추처럼 머리를 숙인 채 있다보니 두개골 속의 피가 거꾸로 쏠리는 느낌이었다. 모든 것이 차츰 암흑에 휩싸여갔다. 그는 까무러치지 않으려고 마지못해 잠시 쉬기로 했다.

몸을 일으켜 흙더미에 부드럽게 발을 디디자 등이 쪼개질 듯 아파왔다. 긁어대는 소리는 입을 벌린 구덩이 안에서 한층 더 커진 가운데 계속되고 있었다. 순간 아주 가느다란, 거의 휘파람을 부는 것 같은 울음소리가 들린 듯해 말레르는 숨을 죽였다. 소리가 멈추었다. 다시 숨을 쉬었다. 울음소리도 다시 들렸다. 그는 콧방귀를 뀌었다. 콧속에서 흙먼지와 콧물이 나왔다. 휘파람 같은 소리는 그의 기도에서 나는 것이었다. 그는 계속 그렇게 씨근거렸다.

마른 흙.

하느님, 감사합니다. 마른 흙을 주셔서.

미라가 되고 있을지 몰라도 썩지는 않았을 것이다.

말레르는 잠시 누워서 숨을 고르며 아무 생각도 하지 않으려고 했다. 입안이 텁텁했고 혀는 입천장에 들러붙었다. 이런 일은 일어날 수가 없다. 그런데도 일어났다. 이럴 때 사람들은 어떻게 하지? 드러누워서 없는 사람인 척 애쓸 것이다. 아니면 상황을 받아들이고 계속 살아가거나.

말레르는 자리에서 일어나려고 했다. 하지만 아무리 해도 그의 등은 어림없다고 했다. 그는 딱정벌레처럼 두 팔을 마구 흔들며 굽혀지지 않는 관절을 굽혀보려 했다. 소용없었다. 그래서 몸을 돌려 배를 깔고 엎드린 채 구덩이 쪽으로 몸을 질질 끌고 갔다.

그가 외쳤다. "엘리아스!" 고통이 찌르르 등뼈에서 꼬리뼈까지 훑고 지나갔다.

대답은 없었다. 긁는 소리뿐이었다.

관까지 얼마나 더 내려가야 하지? 말레르는 그 답을 알지 못하는데다 도구 없이는 더이상 흙을 파낼 수도 없었다. 그는 구슬 목걸이를 손가락으로 감싸쥐고 용서를 구하며 기도하는 회개자처럼 고개를 숙였다. 구덩이에 대고 말했다. "못하겠어. 미안하다, 얘야. 네가 너무 아래에 있구나. 사람을 불러야겠어. 내가 가서……"

박박, 박박.

말레르는 고개를 흔들고는 조용히 울기 시작했다.

"그만해, 아가. 할아버지가 간다니까. 아주 가는 게 아니라…… 사람을 부르러……"

박박.

말레르는 입을 악다문 채 눈물도 빼근한 등도 아랑곳하지 않고 무릎을 꿇었다. 뒤로 돌아 훌쩍거리며, 자기 자신을 달래며 뒷걸음질로 구덩이에 내려갔다.

"간다, 얘야. 할아버지가 가."

그의 몸은 구덩이에 간신히 들어맞았다. 등이 쪼개지는 듯한 아픔을 무시하고 아래로 내려가자 배가 벽에 쓸려 흙덩이가 바스러져내렸지만, 그래도 몸을 수그리고 다시 흙을 파기 시작했다.

이삼 분이 지났을 무렵 손가락이 관뚜껑의 매끈한 표면에 닿았다.

만약 이게 부서지기라도 하면……

말레르가 관 위의 흙을 쓸어내는 동안 안쪽에서는 아무 소리도 들리지 않았다. 이윽고 두 발 아래 창백한 달덩이처럼 하얀 관뚜껑이 드러났다. 한쪽 발은 관의 발치에, 다른 발은 머리 쪽에 있었다. 관을 좀더 잘 잡으려고 한 발을 중간에 디디자 나무 쪼개지는 소리가 나서 황급히 옆쪽으로 옮겼다.

땀에 흠뻑 젖은 셔츠가 딱 달라붙어 몸을 조여왔다. 몸을 수그리고 있던 탓에 가뜩이나 피가 몰린 머리는 다시 숙였다간 과열된 보일러처럼 폭발할 것만 같았다.

맨 아래쪽 갈비뼈가 바깥의 지면 높이였다. 구덩이 가장자리에서 허리를 꺾자 다시 별들이 보였고, 그는 숨을 몰아쉬며 잔디밭에 머리를 댔다. 눈을 감고 몸속에 진홍색 피가 흐르는 소리를 들었다.

이러다 사람 잡겠군.

좀 전에 흙을 파기 시작할 때만 해도, 관까지 내려가려면 초능력자 뺨치게 힘이 세야겠지만 그 고비만 넘기면 관을 세워 뚜껑을 열면 끝이라고, 그러면…… 손자와 다시 만날 수 있을 거라고 생각했다.

그러나 관을 내리기 위해 한번 파낸 흙은 퍼석퍼석했다. 그가 죽어라 파낸 것이 그 흙이었다. 그 구덩이에서 관을 세우는 것은 또다른 문제였다. 무덤을 파는 사람들이 그런 것까지 신경썼을 리 없었다.

말레르는 두 발로 서서 양손으로 뒤통수를 쓸었다. 산들바람이 묘지 위로 불어와 포플러 잎사귀를 바스락바스락 흔들고 그의 뜨거워진 몸을 식혀주었다. 적막 속에서 불현듯 이 모든 게 자신의 상상이라는 생각이 들었다. 손자와의 재회를 열망한 나머지 사람이 내는 소리라 굳게 믿은 건지도 몰랐다. 동물일 수도 있는데. 어쩌면……

쥐.

말레르는 눈을 질끈 감았다. 다시 바람이 불어와 이마를 간질였다. 완전히 지쳐버린 그는 혹사당해 수축된 팔다리의 근육이 당기는 것을 느꼈다. 다른 사람의 도움 없이 혼자서 무덤 밖으로 빠져나갈 수 있을지도 확신이 서지 않았다.

현실을 있는 그대로 받아들여.

미간에 고랑처럼 팬 주름살이 펴지고 말레르는 묘한 평화를 맛보았다. 눈앞에서 이미지들이 아련하게 너울거렸다. 그는 갈대밭을 헤치고 앞으로 나아가고 있었다. 버석거리는 초록빛 줄기들이 그를 방해했다. 갈대의 커튼 사이로 벌거벗은 몸뚱이들이 힐끗힐끗 보였다. 여자들이 발리우드 영화에 등장하는 고혹적인 요부처럼 모습을 드러냈다 숨겼다 하고 있었다.

말레르 역시 벌거숭이라 갈대가 살갗을 할퀴어 깊은 상처를 남겼다. 그는 피칠갑을 한 채 온몸이 따끔따끔한 감각을, 뭉근한 통증, 몸을 함부로 하고 싶은 욕망, 현기증과 흥분을 느끼며 앞으로 나아갔다. 이쪽에 팔뚝, 저쪽에 가슴, 바람에 나부끼는 갈색 머리채. 그가 두 팔을 뻗었지만 잡히는 것은 갈대, 더 많은 갈대뿐이었다.

발밑에서 뭔가가 깨지고 으깨어지고, 버석거리는 갈대밭 위로 여자들의 목소리가 솟아올랐다. 그는 한 마리 수소, 육욕에 눈이 멀어 욕구를 채우려고 연약한 풀을 마구 짓밟으며 돌진하는 짐승이었다……

말레르는 갑자기 긴장해 눈을 떴다.

다시 긁어대고 있었다.

소리만 들은 것이 아니었다. 느낄 수 있었다. 발밑에서, 손톱에 긁히는 나무의 진동. 말레르는 고개를 쳐들었다가 관을 내려다보았다.

득득득득……

그 손과 그의 발 사이에는 0.5센티미터 두께의 나무판이 있었다.

"엘리아스?"

대답은 없었다.

말레르는 한 번에 척추뼈 한 개 길이만큼 위로 올라갔다.

추도의 숲 나무들 사이에서 길고 굵직한 막대기를 찾아왔다. 아가리를 쩍 벌린 구덩이 부근에 흩어진 퍼석퍼석한 흙을 살펴보자니 자기가 그 정도까지 힘을 발휘했다는 사실이 도저히 믿기지 않았다.

하지만 그는 지금도 계속하는 중이었다.

관의 머리 쪽과 흙벽 사이에 막대기를 밀어넣은 뒤 내리눌렀다. 관이 살짝 기울면서 안에서 뭔가가 미끄러지며 움직이는 소리가 나자 입속의 혀가 부어오르는 느낌이었다.

아이는 어떤 모습일까. 어떤 모습일까……

미끄러지는 소리만이 아니었다. 관 속에 자갈이라도 들었는지 달가닥거리는 소리도 났다.

마침내 말레르는 가까스로 배를 깔고 엎드려 관을 붙들고 두 손으로 끌어올렸다.

관은 그다지 무겁지 않았다. 전혀 아니었다.

말레르는 그 작은 상자를 발 앞에 놓은 채 가만히 서 있었다. 썩어서 손상되기는커녕 교회당에 있을 때와 똑같아 보였다. 하지만 시체는 바깥쪽이 아니라 안쪽부터 변한다는 것을 그는 알고 있었다.

한 손을 얼굴에 대고 문질렀다. 겁이 났다.

물론 그도 시체, 특히 어린아이의 시체에 대한 기상천외한 이야기를 들은 적이 있었다. 장례를 치르고 여러 해가 지난 후 파보았는데, 조금도 변한 것 없이 그냥 잠들어 있는 듯 보였다는 이야기였다. 하지만 그건 동화나 성자의 전설처럼 지극히 예외적인 경우였다. 최악의 상황에 대비해야 했다.

안쪽에서 가만가만 두드리는 통에 관이 흔들렸다. 바스락거리는 소리가 났을 때는 여기 온 이래 처음으로 도망치고 싶은 강한 충동을 느꼈다. 불과 1킬로미터 떨어진 곳에 베콤베리아 정신병원이 있었다. 그리 도망가. 양손으로 귀를 틀어막고 소리를 지르면서. 그러나……

레고 요새.

레고 요새가 아직 그의 아파트에 있었다. 그들이 마지막으로 가지고 논 그 자리에 그대로 남겨진 앙증맞은 모형들. 기사들과 칼을 만지작거리는 엘리아스의 손이 말레르의 눈에 선했다.

"할아버지, 옛날에는 용들이 진짜 있었어?"

말레르는 관 위로 몸을 수그렸다.

뚜껑을 고정하는 것은 맨 위쪽과 맨 아래쪽에 하나씩 박아놓은 나사못 두 개뿐이었다. 말레르는 아파트 열쇠로 위쪽 못을 힘겹게 뽑아내고 심호흡을 한 번 한 후, 관뚜껑을 옆으로 비틀어 열었다.

숨이 턱 막혔다.

저건 엘리아스가 아니야.

말레르는 화려한 내장재에 아늑하게 자리잡고 누운 시체에서 한 발짝 물러섰다. 그건 난쟁이였다. 엘리아스의 무덤에 대신 묻힌 늙은 난쟁이.

무의식중에 입과 코로 공기를 들이쉬자 상한 치즈처럼 고약한 냄새가 물씬 풍겼지만 토사물을 쏟아내는 것은 가까스로 참아냈다.

저건 엘리아스가 아니야.

환한 달빛 아래 말레르는 시체에 일어난 변화를 두 눈으로 확인할 수 있었다. 허공에서 허우적대는 두 손은 탈수로 꺼멓게 변색되었고, 얼굴…… 얼굴은…… 말레르는 눈을 감았다. 손으로 눈을 가리고 흑흑 흐느껴 울었다.

그제야 비로소 말레르는 자신이 이제껏 어떤 악조건에서도 엘리아스가 생전 그대로의 모습일 거라고 철석같이 믿었음을 실감했다. 어차피 모든 것이 말도 안 되는 마당에 그러지 말란 법도 없지 않나?

그러나 엘리아스는 전혀 딴판이었다.

말레르는 입술을 안으로 말아 꾹 다물고는 눈에서 손을 내렸다. 직업상 끔찍한 광경을 숱하게 보아온 덕에 그는 머릿속을 백지상태로 비우는 재주를, 자기는 그 자리에 없는 것이라고 생각하는 재주를 터득했다. 지금도 그 재주를 발휘해 관 가까이 다가가 엘리아스를 안아올렸다.

펭귄 무늬 파자마의 감촉이 매끄러웠다. 그 밑으로 굳어버린, 마른 가죽처럼 뻣뻣해진 살갗이 느껴졌다. 창자에 가스가 차올라 배 전체가 볼록했고, 단백질 썩는 냄새는 이제껏 상상한 것보다 더 지독했다.

그러나 말레르는 여기 없었다. 여기 있는 사람은 아이를 안고 있는 어떤 남자였다. 매우 가벼운 아이. 뭔가 잊어버린 것은 없는지 그는 마지막으로 관을 한번 보았다. 그랬다, 한 가지 잊고 있었다. 레고.

아까 덜그럭거리는 소리는 레고 때문이었다. 엘리아스가 옆에 놓인 레고 상자를 열었고, 이제 그 플라스틱 블록들은 찢어진 마분지와 함께 관 한쪽 끝에 쌓여 있었다.

말레르는 잠깐 멈춰 서서 상상해보았다. 엘리아스가 저기 누워서 레고를……

눈을 질끈 감았다. 그 생각은 지워버렸다. 그리고 그대로 서서 미칠 것 같은 한순간 동안 주저했고, 고민했다. 엘리아스를 내려놓고 레고 블록을 호주머니에 넣을까 말까.

아니, 아니야. 새것을 사주자. 가게 하나를 통째로 사버리는 거야…… 그리고……

잰걸음으로, 피에 산소가 부족한지 가쁜 숨을 내쉬며 출구 쪽으로 향하면서 말레르는 속삭였다. "엘리아스…… 엘리아스…… 다 괜찮아질 거야. 지금 집에 가는 거야…… 레고 요새가 있는 곳으로. 다 끝났어. 이제…… 집으로 가자."

엘리아스가 졸린 듯 품안에서 천천히 몸을 비틀자, 자동차나 소파에서 잠든 그 어린 몸을 안아올려 침대에 데려가 누이던 기억이 말레르의 눈앞에 남김없이, 하나하나 다 떠올랐다. 그때도 똑같은 파자마를 입고 있었다.

그러나 지금 안고 있는 몸은 부드럽지도, 따뜻하지도 않았다. 도마뱀처럼 차갑고, 딱딱하고, 뻣뻣했다. 출구까지 반쯤 갔을 때 말레르는 겁도 없이 아이의 얼굴을 엿보았다.

주황빛이 도는 갈색 피부가 팽팽히 당겨져서 광대뼈가 날카롭게 두

드러졌다. 눈은 두 개의 칼집에 불과했고, 그래서인지 얼굴 전체가 어딘지 모르게…… 이집트인처럼 보였다. 코와 입술은 까맣게 쪼그라들어 있었다. 널따란 이마 위에 헝클어져 드리운 갈색 곱슬머리를 빼면 엘리아스를 닮은 구석을 찾아보기 힘들었다.

그럼에도 이것은 뜻밖의 행운이었다.

엘리아스는 미라가 되어가고 있었다. 무덤의 흙이 축축했다면 십중팔구 아이의 몸은 썩어 없어졌을 것이다.

"아가, 넌 행운인 거야. 지금이 이렇게 따뜻한 여름이니까 말이야. 그래, 너야 알 리 없지만 요새 계속…… 매일매일 화창하고 따뜻하거든. 할아버지랑 농어 낚시 갔을 때처럼…… 기억나니? 네가 지렁이가 불쌍하다고 해서 대신 모형 지렁이로 낚시를 했잖니……"

말레르는 내내 이야기를 하며 정문으로 돌아갔다. 문은 여전히 잠겨 있었다. 그걸 잊고 있었다.

기진맥진해서 한 걸음도 더 못 걸을 지경이라 그는 엘리아스를 품에 안은 채 문 옆의 벽에 무지근하니 주저앉았다. 더는 엘리아스의 냄새를 느끼지 못했다. 세상의 냄새가 꼭 그랬기 때문이다.

말레르는 엘리아스를 가슴에 끌어안은 채 고개를 들어 달을 보았다. 달도 화답하듯 상냥한 노란빛으로 그를 굽어보고는 고개를 끄덕여주었다. 말레르도 고개를 끄덕이고는 절로 감기는 눈을 굳이 뜨려 애쓰지 않고 엘리아스의 머리칼을 쓰다듬었다.

그 부드러운 머리칼을.

단데뤼드 병원, 00:34

"지금 심정이 어떠세요?"

마이크가 그의 턱 쪽으로 뻗어왔을 때 다비드는 습관적으로 그것을 잡을 뻔했다.

"심정이…… 어떠냐고요?"

"네, 지금 심정이 어떠세요?"

다비드는 TV4 방송사의 리포터가 어떻게 자기를 찾아냈는지 이해할 수가 없었다. 에바의 병실을 나와 대기실에 앉아 있는데, 십오 분 후 리포터가 나타나더니 질문을 해도 되겠느냐고 물었다. 다비드 또래의 남자는 불면증 때문인지 메이크업 때문인지 눈가가 번들번들했다. 흥분해서인지도 몰랐다.

다비드가 양쪽 입꼬리를 끌어올리며 히죽 웃는 모습이 카메라에 흉측하게 잡혔다. 그는 대답했다. "좋아요, 벌써 세미가 기대되는걸요."

"뭐라고 하셨죠?"

"세미파이널이요. 브라질과의 승부전."

리포터가 카메라맨을 힐끗 보았고, 둘은 암묵적으로 신호를 교환했다. 다시 찍자. 리포터는 생전 처음 자기 대사를 읊는 배우처럼 어조를 바꾸었다.

"다비드 씨, 시체가 깨어났을 때 현장에 있었던 유일한 분이시죠. 무슨 일이 있었는지 말씀해주시겠습니까?"

"그러죠." 다비드가 말했다. "첫번째 페널티킥을 막았을 때 승운이 우리 편에 있다는 감이 딱 오더라고요……"

리포터는 얼굴을 찡그리며 마이크를 내리더니 카메라맨에게 손을 저어 보이고는 다비드 쪽으로 몸을 수그렸다.

"죄송해요. 얼마나 힘드실지 압니다. 하지만 정말 중요한 경험을 하셨어요. 대중이…… 제 말은, 무슨 뜻인지 잘 아시잖아요. 많은 사람이 이 사건에 관심을 갖고 있어요."

"꺼져."

리포터는 두 팔을 활짝 벌렸다. "그렇군요, 그럼요. 제가 지금 선생님의 아픔을 가지고 오락거리를 만들어낼 생각으로 기생충처럼 달라붙어 있다는 거죠. 선생님 입장에선 그렇게 받아들여진다는 거 압니다. 그런데……"

다비드는 리포터의 눈을 똑바로 보며 기계처럼 말을 쏟아냈다. "어지간해선 이런 행사 때문에 고국 스웨덴까지 올 일 없는 많은 선수가 마음껏 기량을 펼친 것이 오늘 승리를 거둘 수 있었던 큰 이유라고 봅니다. 스웨덴 팀이 강하지 않다는 뜻은 아니지만 미엘뷔가 뒤에서 받쳐주고 즐라탄이 오늘 보여준 그런 컨디션일 때 그렇다는 말이고……"

다비드는 두 손으로 머리를 감싸안고 소파 위로 엎어져 몸을 동그랗게 만 채 눈을 감고서도 계속 떠들어댔다. "……승리는 거의 불가능, 아니지, 죄송합니다. 제 뜻은 물론 이기지 않는 게 불가능하다는 거고요, 우리 편이 경기장으로 달려나가는 순간 그걸 직감했죠……"

리포터는 자리에서 일어서더니 카메라맨에게 다비드를 찍으라고 신호를 보냈고, 다비드는 텅 빈 대기실에서 잔뜩 몸을 웅크린 채 대사처럼 말을 술술 읊어댔다.

"……그래서 제가 킴파에게 자, 지금이다, 라고 말하자 킴파는 그냥 고개만 이렇게 끄덕이더라고요. 그래서 고개를 끄덕인 이유가 무엇인가 생각하는데 그때 그가 저한테 롱패스를 날리는 거예요. 그래서 전 그 공을 받아 헹케에게 넘겼죠……"

그들은 줌아웃을 하며 물러났다. 멋진 장면이었다.

문이 미끄러져 닫히는 소리가 들리자 다비드는 말을 멈췄지만, 웅크린 자세는 그대로였다. 그는 앞으로 다시는 인간이 될 수 없을 것이었다. 암흑 속에서 본 바로는 그랬다. 기근, 고문의 희생양, 대량 학살. 다른 반쪽 세상의 마음 편한 사람들로 하여금 한숨을 내쉬고 양심의 가책을 느끼게 하는 곳, 그들은 들어갈 도리가 없는 곳이었다. 그가 코미디를 할 때 가끔씩 들먹였던 암흑. 아무것도 알지 못하는 주제에 위선을 떨어댔다.

리포터는 햇빛이 내리쬐는 세상에 속한 사람이라 그와 이야기하는 건 무의미했다. 주고받을 언어가 존재하지 않았다. 다비드는 손바닥으로 두 눈을 힘껏 누르고는 빨간 꽃들이 피어날 때까지 기다렸다. 가장 끔찍한 건 망누스가 아직 그 세상에 있다는 사실이었다. 아들은 할머니 집에서 자고 있었다. 아무것도 모르는 채. 두어 시간이 지나면 다비드는 그곳에 가서 암흑을 들여보내야 했다.

에바, 나더러 어쩌라고?

망누스한테 어떻게 말해야 하나? 이것 하나만 그녀에게 조언을 구할 수 있어도 좋을 텐데.

그러나 지금은 다른 사람들이 그녀에게 질문을 하고 있었다. 다른 문제에 관해.

최초의 소동이 가라앉은 후, 의사들은 에바가 말을 할 수 있다는 사실에 더없이 관심을 보였다. 보아하니 그녀는 말할 수 있는 몇 안 되는 시체 중 하나였다. 그녀가 죽은 것이 시체들의 부활 직전이기 때문일 수도 있고, 다른 이유일 수도 있었다. 정확한 것은 아무도 알지 못했다.

영안실에서 벌어지는 사태에 대해 들었을 때도 다비드는 그다지 놀라지 않았다. 그 역시 다른 모든 것과 마찬가지로 혐오스러웠고, 비현실적이었고, 동시에 논리적으로 합당한 결과였다. 오늘밤 세계가 암흑에 먹히고 말았으니, 죽은 자라고 생명을 얻어 돌아오지 못할 이유가 어디 있겠는가?

몇시나 됐는지도 알 수 없을 만큼 오랫동안 시간을 끌다가 자리에서 일어난 다비드는 복도로 걸어나가 모퉁이를 돌아 에바의 병실로 향했다. 그리고 멈춰 섰다. 닫힌 문 밖에 사람들이 떼로 모여 있었고, 방송국 카메라와 마이크도 두엇 보였다.

단 하나뿐인 내 사랑……

별똥별을 볼 때마다, 게임을 할 때마다 마음속으로 소원을 빌 때면 다비드의 바람은 늘 같았다.

언제까지나 에바를 사랑하게 해주세요. 그녀를 사랑하는 제 마음이 결코 시들지 않게 해주세요.

다비드에게 에바는 천국을 지배하고, 이 세상을 살 수 있는 곳으로 만든 존재였다. 복도에 몰려든 사람들에게 그녀는 하나의 대상, 신기한 구경거리, 정보원이었다. 그런데 바로 그들이 지금 그녀를 차지하고 있었다. 그가 다가가면 그들은 그에게 달려들 것이다.

복도 저 끝에 보이는 대기실에 가서 호안 미로의 그림을 뚫어져라 바라보며 앉아 있으려니 형체들이 움직여 액자 틀을 따라 기어다니기 시작했다. 바로 그 순간, 다비드는 한 의사에게 다가갔다. 아무것도 모르는 의사는 새로운 소식을 전해주기는커녕 표면적인 말 한마디밖에 할 줄 몰랐다. 안 됩니다, 면회금지입니다.

다비드는 물러서서 다시 미로의 그림 앞으로 갔다. 형체들은 보면 볼수록 악마 같았다. 그는 대신 벽을 바라보기 시작했다.

테뷔 자치시, 00:52

전화를 끊은 플로라는 오늘밤 두번째로 유령을 본 것 같은 표정이었다. 그녀는 침실 문 앞으로 가 안에서 무슨 소리가 나는지 귀를 기울였다.

"어떻게 됐니?" 엘뷔가 물었다. "사람들이 네 말을 믿던?"

"네." 플로라가 대답했다. "믿는대요."

"앰뷸런스 보내준대?"

"네, 그런데……" 플로라는 소파의 엘뷔 바로 옆에 앉아 티스푼으로 컵을 두드렸다. "시간이 좀 걸릴 것 같아요. 그쪽도 처리할 일이 많대요…… 지금."

엘뷔는 가만히 손녀의 손을 잡아 컵 두드리는 것을 말렸다.

"이유가 뭐래? 그 사람들이 뭐라던?"

플로라는 고개를 저으며 손가락 사이로 티스푼을 돌려댔다.

"사방천지에서 일어나고 있는 일이래요. 수백 구의 시체가 깨어났다는데요. 수천 구일 수도 있고."

"설마."

"정말이에요. 전화받은 여자 말이 지금…… 시체들을 데려오려고 앰뷸런스가 다 나가 있대요. 그리고 아무 짓도…… 할아버지를 만지거나 하는 짓은 절대 하지 말래요."

"왜?"

"전염되거나 할 위험이 있어서요. 자기들도 잘 모른대요."

"뭐가 전염되는데?"

"제가 뭘 알겠어요. 그냥 그 여자 말이 그랬어요."

엘뷔는 소파에 등을 기대고 커피 테이블 위에 놓인 크리스털 꽃병을 보았다. 마르가레타와 예란이 그녀와 토레의 결혼 사십 주년 기념으로 준 선물이었다. 오레포르스.* 천벌받을 것들, 어마어마하게 비싸겠지. 장례 때 쓴 장미꽃 두어 송이가 시들어 늘어져 반으로 꺾여 있었다.

시작은 입가가 씰룩거리고 입술이 떨리는 것이었다. 이윽고 엘뷔는 입꼬리가 뒤로 당겨지는 것을, 막아보려고 해도 뒤로, 또 위로 당겨지는 것을 느꼈다. 마침내 뺨에 무리가 갈 정도로 헤벌쭉 입이 벌어지면서 미소가 얼굴을 뒤덮었다.

"할머니? 왜 그러세요?"

엘뷔는 큰 소리로 웃고 싶었다. 아니다. 그 이상이었다. 앉아 있던 자리에서 펄쩍 뛰어올라 댄스 스텝을 밟으며 웃고 싶었다. 그러나 플로라가 기현상을 본 사람이 뒷걸음질하듯 고개를 10센티미터 뒤로 빼자 엘뷔는 오른손을 들어 희색이 가득한 얼굴을 기계적으로 쓸어내렸다. 입꼬리가 다시 한번 위로 씰룩거렸지만, 철통같은 의지력으로 움직이지 않도록 고정시켰다. 불안을 안기고 싶지 않았다.

"부활이야." 엘뷔는 기쁜 심정을 억누르며 말했다. "모르겠니? 부활이라고. 죽은 자들이 일어나는 것. 달리 어떻게 설명하겠니?"

플로라가 고개를 갸우뚱했다. "그렇게 생각하세요?"

표현할 말이 없었다. 설명할 수가 없었다. 감당하기 벅찰 정도의 그 기쁨과 기대감을 단순한 언어로는 담아낼 수가 없었다. 그래서 엘뷔는 말했다. "플로라, 지금은 이 얘길 하고 싶지 않구나. 이 문제로 의견을 나누고 싶지 않아. 잠깐만 아무런 방해도 받지 않고 앉아 있으면 좋겠는데."

"왜요? 뭣 때문에요?"

"그냥 혼자 있고 싶네. 잠깐만. 할머니를 위해 그래줄 수 있겠니?"

---

* 스웨덴의 유명 크리스털 제품 브랜드. 고가의 유리잔과 꽃병으로 유명하다.

"네, 물론이죠."

플로라는 창가로 다가가 바깥 과일나무들의 어렴풋한 윤곽을 바라보았다. 아니면 창문에 비친 엘뷔의 모습을 보는지도 몰랐다. 엘뷔는 침묵 속에서 더없는 기쁨을 만끽했다. 잠시 후 플로라가 창가에 매달린 금속 풍경을 울리며 프렌치 도어를 열고 밖으로 나갔다. 땡땡거리는 풍경 소리와 플로라의 발소리가 뒤섞여 들렸지만, 몇 초 지나자 그마저도 잠잠해졌다.

천상의 왕국. 그리고 마지막날 너희는 모두……

희열. 이것 말고는 엘뷔의 가슴속에서 끓어오르는 감정을 설명할 수 있는 말이 없었다.

기나긴 여행을 떠나기 전 마지막 저녁처럼.

네 호주머니에는 티켓이 들었고 마침내 모든 짐을 꾸렸다.

그리고 그저 앉아 있기만 해도 저 먼 나라가 가까워졌음을 느낄 수 있으니……*

그렇다, 그와 같았다. 엘뷔는 그녀 자신이, 그리고 모든 이가 곧 여행을 떠날 머나먼 나라를 머릿속에 그려보려 애썼지만 꼼꼼히 살펴볼 안내서는 단 한 권도 없었다. 모든 것은 엘뷔에게 달려 있었지만 무엇도 보이지 않았다. 그곳은 설명을 거부한 채 미끄러져 사라져버렸다.

그러나 그녀는 자리에 앉아 그곳의 존재를 감지했다…… 얼마 안 있으면…… 곧……

그런 상태로 몇 분이 지나고 나서야 기쁨의 술잔에 죄책감이 방울방울 떨어지기 시작했다. 플로라가 있다. 여기. 지금. 그 아이는 어디 간 걸까? 소파에서 일어나 나가보려는 순간, 엘뷔는 침실 문에 밀어놓은 안

* 스웨덴 시인 군나르 에켈뢰프의 「희열」 일부.

락의자를 보고 잠시 의아했다. 왜 저게 저기 있지? 그러다 비로소 기억해냈다. 토레가 저 안에 들어앉아 있으니까. 자기 책상에. 종잇장을 부스럭거리면서. 생전에 그랬던 것처럼. 거실 한가운데 우뚝 선 엘뷔의 마음에 의심의 감정이 번지기 시작했다.

이게 있는 그대로의 현실이라면.

통화를 마치고 돌아온 플로라에게 궁금했던 것을 들었을 때 엘뷔는 수백, 아니, 수천의 말없는 자로 구성된 군대가 위풍당당하게 거리를 활보하는 광경을, 곧 도래할 세상의 아름다운 조짐을 그려보았다. 이미 더 잘 알고 있긴 했다. 엘뷔는 침실 문으로 다가갔다. 미끄러져 넘어가는 종잇장. 맨발에 다듬지 않은 발톱, 얼음처럼 차가운 손, 냄새. 고귀한 천사 군단과는 완전히 거리가 멀지만, 살과 피를 가진 몸뚱이들이 사방천지에서 문제를 일으키며 떠밀고 들어오고 있었다.

그러나 주님의 뜻은……

……헤아리기 어려운 법, 아무렴. 우리는 아무것도 알지 못해. 엘뷔는 고개를 흔들고는 큰 소리로 외쳤다. "우리는 아무것도 알지 못해." 그것으로 족할 일이었다. 그녀는 플로라를 찾아 베란다로 나갔다.

8월의 밤은 어두웠고, 잎사귀를 흔드는 바람 한 점 없었다. 밤이어도 빛은 깜빡임 없이 불타오르리라.* 어둠에 눈이 길들자 사과나무 둥치에 기대어 있는 플로라의 검은 실루엣이 보였다. 엘뷔는 계단을 내려가 그녀에게 다가갔다.

"여기 나와 앉아 있었네?"

딱히 뭔가를 묻는 건 아니었고 플로라도 그에 대한 대답은 하지 않았다. "생각중이었어요." 그렇게 말하고 자리에서 일어난 플로라는 나무

---

* 같은 시.

에서 반쯤 익은 사과를 따 한 손으로 던지고 다른 손으로 받기를 반복했다.

"무슨 생각?"

허공으로 날아오른 사과는 한순간 거실에서 흘러나온 불빛을 받고 플로라의 손에 탁 떨어졌다.

"도대체 어쩌자는 걸까요?" 플로라는 그렇게 말하고는 웃음을 터뜨렸다. "이제 모든 게 달라졌잖아요. 말이 되는 건 하나도 없어요, 안 그래요? 세상의 별별 같잖은 것들을 뒷받침해줬던 게 전부…… 펑! 사라져버렸잖아요! 죽음, 인생, 아무것도 말이 안 돼요."

"그래." 엘뷔가 말했다. "맞는 말이다."

플로라는 맨발로 껑충껑충 뛰어 잔디밭을 가로질렀다. 그러고는 사과를 냅다 높이, 그리고 멀리 던져버렸다. 사과가 넓은 포물선을 그리며 울타리 밖으로 날아가 옆집 지붕에 부딪혔다가 벽돌 타일을 가로질러 구르는 소리가 엘뷔의 귀에 들렸다.

"그러지 마라." 엘뷔가 말했다.

"아니면 뭐요? 아니면 뭐냐고요?" 플로라는 이 밤을, 세계를 끌어안고 싶다는 듯 두 팔을 활짝 펼쳤다. "이제 다들 어떻게 할까요? 국가보안대에 전화를 걸어 누구든 체포하라고 할까요? 펜타곤에 전화를 걸어 여기 폭탄 좀 보내달라고 부탁하려나? 제가 보고 싶은 건…… 전 정말이지 세상 사람들이 이 사태를 어떻게 수습하는지 보고 싶어요."

플로라는 사과를 하나 더 따서는 조금 전과 다른 방향으로 던졌다. 이번에는 지붕을 맞히지 못했다.

"플로라……"

엘뷔가 손녀의 팔에 손을 얹으려고 했지만 플로라는 몸을 뺐다.

"이해가 안 가요." 플로라가 말했다. "할머니는 이게 아마겟돈이라고 생각하죠, 아닌가요? 그 이야기를 잘은 모르지만, 시체가 살아 돌아오고, 봉인이 풀리고, 모든 것이 예정대로 일어난 다음에, 그다음에 모든 것이 끝이 나나요? 그런 건가요?"

엘뷔는 자신의 믿음이 이런 식으로 해석되는 데 강한 거부감을 느꼈지만 어쩔 도리 없이 말했다. "그게…… 그래."

"좋아요. 전 그런 거 안 믿어요. 하지만 할머니는 믿죠. 그렇다면 사과 한 알이 옆집 지붕으로 굴러간들 무슨 대수인가요?"

"상식적인 예의는 지켜야지. 그래다오, 플로라. 진정해."

플로라는 고함치듯 웃어댔지만 악의는 없는 듯했다. 그녀는 엘뷔를 끌어안더니 어리숙한 아이를 달래듯 좌우로 흔들었다. 그런 행동은 받아줄 수 있었다. 엘뷔는 손녀가 자신의 몸을 흔들게 내버려두었다.

"할머니, 할머니." 플로라가 속삭였다. "온 세상에 곧 종말이 올 거라고 생각하시면서 저더러 진정하라니요."

엘뷔는 코웃음을 쳤다. 사실 웃음이 날 수밖에 없는 상황이었다. 플로라는 할머니를 놓고 한 걸음 물러서더니 두 손바닥을 딱 맞붙이고 인디언식 인사처럼 위아래로 움직였다.

"아까도 얘기했지만, 전 할머니의 믿음에 동조하지 않아요. 제가 믿는 건요, 할머니, 앞으로 상상도 못할 정도로, 살 떨리게 어마어마한 피바람이 불 거라는 거예요. 콜센터 여자의 목소리를 들으셨어야 해요. 좀비들이 그 여자 목에 대고 숨이라도 몰아쉬나 싶었다니까요. 카오스가 될 거예요. 뭔가 다른 세상이 될 거라고요. 그 세상이 마음에 안 들면 지옥에나 가야죠."

앰뷸런스는 밤을 틈탄 도둑처럼 도착했다. 사이렌도 울리지 않고 경광등도 켜지 않았다. 도로를 미끄러지듯 달려와 집 앞에 멈춰 서더니 앞문이 열리고 밝은 파란색 윗도리를 입은 구급대원 두 명이 내렸다. 엘뷔와 플로라는 나가서 그들을 맞았다.

새벽 한시 반이 넘어서인지 그들은 흐리멍덩해 보였다. 아마 한창 자던 중 상황을 수습하라는 지시를 받았을 것이다. 운전석에서 내린 남자가 엘뷔에게 고개를 끄덕이고는 집을 가리켰다.

"이 안에 있습니까?"

"네." 엘뷔가 말했다. "침실에 있는 걸 내가…… 내가 가둬놨어요."

"이 집만 이런 일이 있는 게 아닙니다. 제 말 믿으셔도 좋아요."

그들은 고무장갑을 끼고 계단을 올라갔다. 엘뷔는 어떻게 해야 할지 판단이 서지 않았다. 저들을 따라가서 도와줘야 하나? 도리어 방해만 되는 건 아닐까?

엘뷔가 제자리에 서서 발만 동동 구르는데, 앰뷸런스의 뒷문이 열리더니 또다른 남자가 나왔다. 앞서 나온 대원들과 달리 좀더 나이가 들고 살집이 있었고, 검은색 윗도리를 입고 있었다. 앰뷸런스에서 나온 그는 잠깐 서 있다가 주변을 꼼꼼히 살펴보았다. 밖에 나온 것만으로도 좋아서인지 몰랐다. 차 안에 너무 오래 갇혀 있었던 모양이다.

그가 집 쪽으로 돌아설 때 옷깃의 흰 직사각형이 보여 엘뷔는 인사를 하려고 가운에 손을 문질렀다. 플로라가 휘파람을 불었지만 아랑곳하지 않았다. 상황이 심각했다.

남자는 눈 깜짝할 사이 집 앞에 도착했다. 뚱뚱한 몸집에 비하면 놀라울 정도로 활력 넘치는 걸음걸이였다. 그가 한 손을 내밀었다.

"밤이 늦었습니다. 아니, 벌써 새벽인가요? 안녕하세요, 베른트 얀손입니다."

엘뷔는 따뜻하고 힘있는 그 손을 잡고 무릎을 굽혀 예를 갖춘 다음 말했다. "엘뷔 룬드베리입니다."

베른트는 플로라와도 악수한 후에 말했다. "네, 저는 보통 후딩에에서 병원 사제로 있지만 오늘밤은 앰뷸런스를 타고 돌아다니고 있네요." 그의 표정이 더 근엄해졌다. "그래, 지금 어떻게들 대처하고 계시는지요?"

"잘하고 있어요." 엘뷔가 대답했다. "둘이서 잘해나가고 있어요."

베른트는 고개를 끄덕이고 엘뷔의 다음 말을 기다렸다. 그러나 아무 말이 없자 그제야 입을 열었다. "그래요, 기이한 상황이죠, 이건. 많은 분들이 더없이 혼란스러워하고 있습니다."

엘뷔는 덧붙일 말이 없었다. 정말로 궁금한 건 이제 물어볼 딱 하나뿐이었다.

"어떻게 이런 일이 일어나는 걸까요?"

"그러게요." 베른트가 대답했다. "당연히 바로 그 점을 모두 궁금해하지요. 그런데 불행히도 제가 할 수 있는 말은 이것뿐입니다. 우리도 모릅니다."

"하지만 목사님이라면 알고 계셔야죠!"

엘뷔의 목소리가 한층 강경해지자 베른트는 놀라는 눈치였다. "어떻게…… 말입니까?"

엘뷔는 플로라를 힐끗 보았다. 손녀가 도움을 줄 만한 사람이 아니라는 것을 잊고 있었다. 더더욱 화가 치밀어오른 나머지 엘뷔는 포석에 발을 쾅쾅 굴러대며 큰 소리를 냈다. "스웨덴 국교회의 사제라는 분이 지금 제 앞에 서서 한다는 말이 그래, 어떻게 이런 일이 일어나는지 모른다고요? 지금 성서는 가지고 계세요? 제가 가져다드려요?"

베른트는 엘뷔를 진정시키려고 한 팔을 들었다. "알겠습니다. 지금 성도분께서는……"

플로라가 그들을 내버려두고 집안으로 들어갔지만 엘뷔는 눈치채지 못했다.

"그래요, 그렇다고요. 목사님은 이걸 그냥 희한한 일이라고…… 6월에 눈이 내리는 일 정도로 받아들이시면 안 된다고요. 아시겠어요? 최후의 날 죽은 자들이 무덤에서 일어난다고……"

베른트는 진정하라는 손짓을 했다. "알겠습니다. 그런데 이번 일에…… 그런 이야기를 하기는 다소 시기상조가 아닌가요." 그는 거리를 위아래로 훑어보다가 뒷목을 긁고는 목소리를 낮추어 말했다. "물론 훨씬 엄청난 의미가 있다고 판명날 수도 있지만요."

엘뷔는 물러서지 않았다. "믿지는 못하신단 말인가요?"

"믿습니다……" 베른트는 앰뷸런스를 보더니 엘뷔 쪽으로 반걸음 정도 다가와 귀에 대고 속삭였다. "네, 네. 믿고말고요."

"그럼, 그렇게 말씀하셔야죠."

베른트는 다시 원래 있던 자리로 돌아갔다. 얼마간 긴장이 풀린 모습이었지만 그래도 목소리는 여전히 낮았다. "그렇죠. 그런데 그 의견이, 말하자면 사회적으로 완전히 받아들여진다고는 할 수 없어서요. 그 이유로 제가 여기 온 것도 아니고요. 이런 상황에 돌아다니면서…… 설교를 한다면 용납될 일이 아니지요."

엘뷔는 납득했다. 그녀에게는 비겁하게 느껴질지 몰라도 사람들 대부분은 이런 밤 심판의 날에 대해 설파하는 목사가 보고 싶지는 않을 것이다.

"그럼 진심으로 믿으신단 말이죠." 엘뷔가 말했다. "이게 재림이고, 모든 게 성서에 쓰인 대로 될 거라고요."

이쯤 되자 베른트는 더이상 평정심을 유지하지 못했다. 그는 희색이 만면해 이를 훤히 드러내며 미소짓더니 소곤거렸다. "그럼요! 그럼요! 그럴 거라고 믿습니다!"

엘뷔는 미소로 화답했다. 이제 믿음을 공유하는 사람이 적어도 두 명은 되는 셈이었다.

구급대원들이 양쪽에서 토레를 붙잡고 나왔다. 두 사람 다 치밀어오르는 혐오를 억누르는 표정이 역력했다. 그들이 가까워지면서 엘뷔는 이유를 알게 되었다. 토레의 셔츠 앞자락에 누런 체액이 번져 젖어 있었고, 내장기관이 썩으면서 풍기는 악취가 그를 에워싸고 있었다. 얼었던 시체가 녹기 시작한 것이다.

"아, 그러니까." 베른트가 말했다. "여기 계신 이분이……"

"토레요." 엘뷔가 말했다.

"토레, 알겠습니다."

플로라가 뒤따라나왔다. 침실에서 자기 옷과 가방을 챙겨 나오는 참이었다. 플로라는 베른트에게 다가가 그를 위아래로 훑어보았다. 베른트도 똑같이 했다. 그의 시선이 잠깐 메릴린 맨슨 티셔츠에 머물렀을 때, 엘뷔는 가슴 위에 두 손을 꼭 모아쥐고 지금은 신앙 논쟁을 할 때가 아니라는 텔레파시를 플로라에게 보내려고 했다. 그러나 플로라의 질문은 보다 현실적인 종류의 것이었다.

"시체들을 어쩌실 셈이죠?" 그녀가 물었다.

"음…… 일단은 단데뤼드로 데려가려고요."

"그다음은요? 어떻게 되는 거죠?"

토레가 앰뷸런스 안으로 이끌려 들어가자 엘뷔가 말했다. "플로라, 이분들은 아주 바쁘셔……"

플로라가 엘뷔를 돌아보며 말했다. "궁금하지 않으세요? 할아버지를 데려다 어쩔 건지 알고 싶지 않냐고요."

"그거야 물론……" 베른트가 헛기침을 했다. "당연한 의문입니다. 그런데 사실을 말씀드리자면 저희도 잘 몰라요. 하지만 제가 보장하는

데, 저분을 어떻게 한다거나 하는 일은 없을 겁니다. 이를테면 말이죠."

"그게 무슨 뜻이에요?" 플로라가 물었다.

"그게……" 베른트는 얼굴을 찌푸렸다. "학생이 그렇게 묻는 저의가 뭔지는 모르겠지만 내가 생각할 때……"

"그것도 모르면서 어떻게 확신한다는 거예요?"

베른트는 요새 젊은것들이란, 하는 표정으로 엘뷔를 힐끗 보았고, 엘뷔도 반은 동의하는 표정을 지어 보였다. 구급대원 한 명이 토레와 함께 있고 다른 한 명이 그들 쪽으로 다가와 말했다. "태웠어요. 출발해도 됩니다." 베른트가 살짝 얼굴을 찡그리자 그도 얼굴을 찡그리며 물었다. "다 끝나셨어요?"

"그래요." 베른트는 엘뷔를 돌아보고 말했다. "저희와 함께 가실래요?" 엘뷔가 고개를 젓자 그는 말했다. "네, 네. 그래도 뭔가 알아내는 대로…… 누군가 연락드릴 겁니다."

그는 엘뷔와 악수를 하고 인사했다. 플로라에게도 손을 내밀자 그녀가 그 손을 잡으며 말했다. "저도 갈게요."

베른트가 엘뷔를 돌아보면서 말했다. "그래도 괜찮을지 잘 모르겠는데……"

"그냥 시내에 가는 거예요." 플로라가 말했다. "태워주세요. 다른 분한테 이미 부탁했어요."

베른트가 돌아보자 앰뷸런스 운전사는 고개를 한 번 끄덕이는 것으로 그 말을 확인해주었다. 베른트는 한숨을 내쉬고는 다시 엘뷔를 보았다. "할머님께서 괜찮으시다면……"

"하고 싶은 대로 해야죠." 엘뷔가 말했다.

"당연히 그래야죠." 베른트도 한마디했다.

플로라는 엘뷔에게 다가가 포옹했다. "친구하고 얘기 좀 해야겠어요."

"지금?"

"네, 할머니 혼자 계셔도 괜찮으면요."

"난 괜찮아."

엘뷔는 문 앞에 서서 플로라가 베르트와 함께 앰뷸런스 뒷좌석에 올라타는 것을 보았다. 손을 흔들면서 엘뷔는 아까 풍기던 냄새에 대해 생각했다. 앰뷸런스의 문이 닫혔다. 시동이 걸리고, 잠깐 불이 번득이며 켜졌다가 곧바로 꺼졌다. 앰뷸런스는 천천히 후진해 진입로 반대쪽으로 갔다가 한 바퀴 돌고는……

그때 엘뷔의 열 손가락이 활짝 펴지고 눈이 휘둥그레지더니, 한없이 강렬해지는 감정이 말뚝처럼 몸을 꿰뚫고 지나갔다. 토레. 엘뷔는 살짝 휘청거리다가 울타리 기둥에 몸을 기댔다. 토레가 이곳에 있다. 그의 방안에 떠돌던 바로 그 기운이 서서히 사라져가면서 온 힘을 다해 그녀의 머릿속으로 비집고 들어온 것이다. 토레가 엘뷔를 채우자 머릿속에서 그의 목소리가 들렸다.

엄마, 도와줘! 나 움직일 수가 없어…… 가기 싫어…… 집에 있고 싶어, 엄마……

앰뷸런스가 집 앞 진입로를 돌아서 나갔다.

엄마…… 그 여자가 오고 있어, 그 여자가……

토레의 목소리는 살갗처럼 떨어져 점점 멀어져갔다. 만일 그의 목소리를 크게 키울 수 있었다면 지금쯤 엘뷔는 소음 가운데서 실낱같이 들려오는 플로라의 목소리를 가려냈을 것이다.

할머니…… 들리세요? 할머니가 할아버지를……

목소리의 장場이 무너지면서 엘뷔는 자기가 다시 온전히 자신의 것이 되었음을 몸으로 느꼈고, 플로라의 목소리가 사라지기 직전에 간신히 메시지를 보냈다.

들려.

그녀는 이제 그저 울타리 기둥에 몸을 기댄 엘뷔였다. 앰뷸런스가 속력을 높이며 거리를 내려갔고, 그 모습을 바라보던 그녀는 차가 새하얀 얼룩처럼 작아져 반짝이기 무섭게 고개를 떨구었다. 수천 마리의 모기떼가 귓구멍 속으로 그악스레 파고드는 듯 윙윙거리는 소리가 들려와 그녀는 버티다 결국 쓰러졌고, 두통으로 인해 시뻘건 태양이 눈꺼풀 안쪽에서 이글이글 타올랐다.

그래도 조금 전 분명히 그것을 보았다.

엘뷔는 아스팔트 바닥에 나동그라지지 않으려고 기둥을 부여잡았다. 더 잘 보고 싶어도 머리를 내리누르는 압력 때문에 눈을 뜰 수 없었다. 그것은 엘뷔에게 허락된 일이 아니었다. 금지된 것이었다.

다행히 고통은 몇 초 동안 계속되다 이내 사라져버렸다. 엘뷔는 고개를 들어 좀 전까지 앰뷸런스가 있던 자리를 보았다.

그 여자는 사라졌다.

하지만 엘뷔는 보았다. 앰뷸런스가 시야에서 사라지기 일 초 전, 시야 한끝에서 앰뷸런스 뒤편으로 검은 머리에 키가 크고 선이 가는 여자가 스윽 솟아오르더니 차를 향해 두 팔을 뻗는 것을. 그러자 고통이 몰려와 시선을 거두라고 종용했다.

엘뷔는 눈으로 거리를 좇았다. 앰뷸런스는 방금 대로 옆 굽잇길로 접어들었다. 여자는 사라지고 없었다.

앰뷸런스 안으로…… 들어간 걸까?

엘뷔는 한 손으로 이마를 짚으며 온 힘을 나해 생각했다.

플로라? 플로라?

대답이 없었다. 전달되지 않았다.

실제로 어떻게 생겼었지? 어떤 옷을 입고 있었나? 여자의 모습은 기억이 나지 않았다. 순간적으로 본 얼굴을, 몸을 떠올려봐도 마음속에 그려지는 게 하나도 없었다. 까마득하게 어린 시절의 기억을 다시 떠올리려는 것과 비슷했다. 끈질기게 매달리면 몇몇 세부는 포착할 수 있을지라도 다른 것은 모두 오리무중이었다.

얼굴도, 차림새도 떠오르지 않았다. 다 사라져버렸다. 다만 한 가지만은 확실하게 자신할 수 있었다. 여자의 열 손가락 끝에서 뭔가가 삐어나왔다. 그것이 가로등 불빛을 희미하게 반사했다. 가느다란 금속처럼 보이는 무언가였다.

엘뷔는 세상의 방식으로 연락하려고 집안에 뛰어들어가 휴대전화로 플로라에게 전화를 걸었다.

"수신자의 사정으로 전화를 받을 수 없으니……"

록스타, 02:35

사람들의 목소리와 금속 부딪치는 소리에 말레르는 잠에서 깼다.

잠시 갈피를 잡지 못했다. 그는 일어나 앉았다. 무릎에 뭔가 놓여 있었다. 온몸이 쑤셨다. 여기가 어디지? 그리고 내가 왜 여기 있지?

그러다가 기억이 났다.

엘리아스는 여전히 말레르의 무릎 위에 길게 누워서 꼼짝도 하지 않았다. 말레르가 그 자리에 앉아 있는 동안 한가로이 갈 길을 가던 달은 그즈음 전나무숲 꼭대기에 살짝 가려져 있었다.

얼마나 된 거지? 한 시간? 두 시간?

정문이 삐걱 열리면서 교회당 앞 공터로 수많은 그림자가 스윽 미끄러져들어왔다. 손전등 불이 켜지고 포석 위에서 광선들이 춤을 추었다.

그리고 사람들의 목소리.

"……지금 단계에서 대답하는 건 너무 이른 것 같군요."

"하지만 기정사실화될 경우 어떻게 하실 거죠?"

"제일 먼저 어떻게…… 대규모로 퍼졌는지 경위를 듣고 나서 판단을 내려야……"

"무덤을 지금 열 계획이신가요?"

말레르는 질문하는 사람이 누구인지 알 것 같았다. 신문사 동료였던 칼 에리크 융헤드였다. 대답은 들리지 않았다. 엘리아스는 여전히 그의 품안에 있었다, 시체처럼.

손전등을 담벼락 쪽으로 비추지 않는 한 사람들이 말레르를 발견할 일은 없었다. 그는 거의 한 치 앞도 보이지 않는 어둠 속에 앉아 있었다. 엘리아스를 가만히 흔들어보았다. 아무 기척도 없었다. 그의 마음속에 공포가 꽃처럼 피어났다.

이 모든 게, 그렇다면……

그는 엘리아스의 바짝 말라 딱딱해진 손을 찾아 자신의 집게손가락과 가운뎃손가락을 대고 눌러보았다. 엘리아스의 손이 오그라들더니 그의 손가락을 움켜잡았다. 다섯 개의 손전등 불빛이 일렬로 선 그림자들을 이끌고 묘지 쪽으로 움직였다.

한참을 앉아 있었더니 몸이 널빤지처럼 뻣뻣해졌고, 의식을 잃은 동안 척추는 아예 시뻘겋게 달군 무쇠 막대기가 되어버렸다. 왜 사람들에게 여기 있다고 알리지 않았나? 칼 에리크가 도와줬을 텐데. 왜 소리쳐 부르지 않았나?

왜냐하면……

왜냐하면 그래서는 안 되기 때문이었다. 그들이 문제였다. 그와는 다른 사람들이니까.

"엘리아스…… 좀 내려놓을게."

엘리아스는 대답하지 않았다. 말레르는 상실감을 안은 채 엘리아스의 손아귀에서 손가락을 빼고는 아이를 살살 달래며 바닥에 내려놓았다. 담에 등을 한껏 밀어붙이고 허벅지 근육만 이용해 자리에서 일어설 수 있었다.

손전등의 빛줄기들이 흥분한 유령처럼 춤을 추며 묘지로 향하고 있었다. 말레르는 새로운 방문객들이 내는 소리에 귀를 기울였다. 들리는 것이라고는 막 도착한 사람들이 멀리서 떠들어대는 소리와 그의 차 안 휴대전화에서 희미하게 울리는 〈아이네 클라이네 나흐트무지크〉뿐이었다. 여명의 붉은빛이 하늘을 물들였다.

"엘리아스?"

대답이 없었다. 석조물 위에 늘어진 자그마한 몸은 아이 모양으로 응축된 그늘 같았다.

내 말이 들리지 않는 걸까? 내가 보이기는 할까? 내가 누구라는 건 알까?

말레르는 쭈그리고 앉아 엘리아스의 무릎과 목 밑에 손을 넣어 안아 들고서 차를 향해 걸어갔다.

"이제 집에 가자고, 친구."

주차장에는 차가 세 대 늘어 있었다. 앰뷸런스 한 대, 신문사 로고가 붙은 아우디 한 대, 그리고 이상한 번호판이 붙은 볼보 한 대였다. 검은 바탕에 노란색 숫자. 그 번호판이 군용차를 의미한다는 것을 알아차리기까지는 잠시 시간이 필요했다.

군대? 군대까지 동원할 정도로 퍼진 거야?

군용차를 보니 존재를 드러내지 않길 잘했다는 믿음이 한층 더 굳어졌다. 군대가 개입하면 다른 것은 제 힘을 발휘하지 못하는 법이다.

엘리아스는, 품안의 엘리아스는 가벼웠다. 몸집이…… 엄청나게 불어났다는 걸 생각하면 납득하기 힘들 정도였다. 배는 너무 부풀어오른 나머지 입고 있던 파자마의 맨 아래 단추가 뜯겨나갔다. 하지만 그 뱃속에는 장내 박테리아의 분해로 생긴 가스밖에 없다는 사실을 말레르는 알았다. 무게가 나가는 건 아무것도 없었다.

말레르는 차 뒷좌석에 엘리아스를 조심스럽게 내려놓은 다음, 등을 쭉 펼 수 있도록 운전석 등받이를 최대한 뒤로 젖혔다. 주차장에서 차를 몰고 나갈 때는 숫제 눕다시피 앉아 있었다. 그는 양쪽 창문을 열었다.

그의 아파트까지는 불과 몇 킬로미터 거리였다. 가는 내내 엘리아스에게 말을 걸었지만 대답은 없었다.

말레르는 어두컴컴한 거실의 소파에 엘리아스를 내려놓은 다음 몸을 수그려 아이의 이마에 입을 맞추었다.

"금방 올게, 아가. 뭐 하나만 하면 되거든……"

그는 부엌 찬장에서 진통제를 찾아 물 한 모금과 함께 세 알을 삼켰다.

이제 어쩐다…… 이제……

엘리아스 이마의 감촉이 아직 입술에 남아 있었다. 서늘하고 단단해서 눌리지 않는 살. 마치 돌멩이에 입을 맞춘 느낌이었다.

거실 불을 켤 엄두가 나지 않았다. 엘리아스는 죽은듯 미동도 없이 누워 있었다. 밝아오는 첫새벽의 빛을 받아 아이의 새틴 파자마가 희미하게 번들거렸다. 말레르는 두 손으로 얼굴을 비비며 생각했다.

나 지금 뭐하는 거지?

그러게. 뭘 하고 자빠진 거야? 엘리아스는 중태에 빠졌었다. 말도 못하게 아픈 아이에게 무슨 짓을 하는 거지? 집에 데리고 와? 안 되지. 앰뷸런스를 불러야지. 아이를 돌봐줄 수 있는 병원……

영안실.

그곳으로 데려갔어야 했다.

그러나 바로 그 영안실이 문제였다. 아까 본 것이 무엇이었던가. 강제로 붙잡혀 버둥대던 시체들. 엘리아스가 그런 꼴을 당하는 광경은 보고 싶지 않았다. 그렇다고 그가 뭘 할 수 있단 말인가? 엘리아스를 어떻게 보살필지도 모르지만…… 안다고 한들 방법이 전무했다.

병원이라고 달리 뾰족한 수가 있을 것 같아?

또다시 등이 살살 아파오기 시작했다. 이성이 돌아왔다. 당연히 앰뷸런스를 부를 작정이었다. 달리 방법이 없었다.

눈에 넣어도 아프지 않을 아가. 우리 예쁜 손자.

사고가 한 달만 더 늦게 났다면. 어제나 그제였다면. 그렇게 오래 땅속에 묻혀 있지만 않았어도 죽음이 아이를 사지 시꺼먼 말린 도마뱀 같은 괴물로 바꿔놓는 일은 피했으련만. 손자를 끔찍이 사랑하는 마음과는 별개로 말레르는 엘리아스가 어디를 봐도 인간과는 거리가 멀다는 사실을 알았다. 아이는 마치 유리장 안에 밀폐해두는 무언가처럼 보였다.

"이 친구야, 의사에게 전화를 해. 도와줄 사람을 찾아봐야지."

그때 휴대전화가 울렸다.

화면에 신문사 전화번호가 떴다. 이번에는 전화를 받았다.

"구스타브 말……"

그의 말을 대뜸 끊는 벵케의 목소리는 울기 직전처럼 들렸다. "대체 어딜 갔던 거야? 제일 먼저 나서서 판을 벌여놓은 사람이 갑자기 연기처럼 펑 사라져버리다니!"

말레르는 저도 모르게 미소지었다.

"벵케, '제일 먼저 나서서 판을 벌여놓은 사람'은 내가 아니지. 난 아무 죄 없어."

벵케는 입을 다물었다. 전화기 너머 뒤쪽에서 사람들이 떠드는 소리가 들렸지만 누구인지는 알 수 없었다.

"구스타브." 벵케가 말했다. "엘리아스 말이야, 그 아이 혹시……?"

말레르가 마음을 굳힌 것은 벵케를 믿어서가 아니었다. 그를 믿기도 했지만 그보다는 바깥세계와의 접점이 필요해서였다. 말레르는 깊이 숨을 들이쉬고 말했다. "맞아. 여기 나랑 같이 있네."

휴대전화 너머로 들려오는 소리가 달라져서 말레르는 벵케가 전화기를 들고 아무도 들을 수 없는 곳으로 간 것을 알았다.

"그 아이…… 많이 상했나?"

"그래."

이제 벵케 쪽은 조용했다. 텅 빈 사무실로 숨어든 모양이었다.

"알았네, 구스타브. 무슨 말을 해야 할지 모르겠군."

"아무 말도 할 필요 없어. 하지만 다른 사람들은 어쩌고 있는지 알고 싶군. 내가 제대로 하고 있는 건지."

"시체들을 찾아서 죄다 단데뤼드로 데려가고 있어. 무덤이란 무덤은 모조리 파헤치고 있고. 무장 병력까지 투입됐네. 무슨 유행성 전염병에 관한 규정을 참조하질 않나. 제대로 아는 사람은 아무도 없어. 실상이 그래. 내 생각엔……" 벵케는 잠시 말을 멈췄다. "나도 모르겠네. 하지만 자네도 알듯이 나도 손자가 있잖나. 자네가 잘하고 있는 건지도 몰라. 전반적으로 다들…… 패닉상태야."

"왜 이런 일이 일어나는지 아는 사람은 없고?"

"없어. 그리고 구스타브…… 이건 다른 이야기인데."

"벵케, 안 돼. 나는 지금 손 하나 까딱 못할 정도로 피곤해."

벵케는 전화기에 대고 한숨을 내쉬었다. 말레르는 벵케가 스스로 한바탕 퍼부을까봐 애써 자제하고 있는 것을 눈치챘다.

"사진은 찍었나?" 벵케가 물었다.

"응, 그런데……"

"그렇다면." 벵케가 말을 가로챘다. "자네 사진이 내부에서 찍어서 마음대로 쓸 수 있는 유일한 사진이야. 그리고 자네는 폐쇄되기 전 병동에 들어간 유일한 기자고. 구스타브…… 자네가 처한 상황에 마땅한 모든 존중을 갖춰 말하자면, 물론 나로서는 상상하기도 힘든 상황이지만, 나는 기사들을 취합하느라 애를 먹고 있어. 그리고 지금 타의 추종을 불허하는 최고의 특종을 손에 넣은 최고의 기자와 이야기하고 있고. 자네는 나와는 반대로 내 상황이 어떤지 상상할 수 있겠지?"

"벵케, 자네가 이해해줘야 할 게……"

"이해해. 하지만 부탁할게. 제발 부탁이니 구스타브, 어떻게…… 뭐든 안 될까? 사진이건 현재 시제로 된 몇 줄짜리 단신이건 지금 당장. 제발, 응? 만약 다른 게 어려우면 사진만, 그것만이라도."

웃을 수 있다면 말레르는 웃었을 것이다. 그러나 지금은 신음만 나올 뿐이었다. 십오 년 동안 함께 일하면서 벵케가 그에게 뭔가 애원했던 기억은 전혀 없었다. 벵케의 사전에 '제발'이라는 말은 존재하지 않았다.

"해보겠네." 말레르는 대답했다.

하루종일 그 말만 기다린 사람처럼 벵케가 대답했다. "특집기사 자리를 빼놓겠네. 사십오 분 줄게."

"말도 안 돼, 벵케……"

"말이 되지. 그리고 고맙네, 구스타브. 고마워. 자, 서두르게."

그들은 통화를 끝냈다. 내내 움직이지 않던 엘리아스에게 말레르는 시선을 보냈다. 다가가서 손에 손가락 하나를 대자 아이는 그것을 감싸 쥐었다. 말레르는 그렇게 아이 바로 옆에 앉아 손가락을 쥐여준 채 잠들고 싶었다.

사십오 분……

미친 짓이었다. 왜 하겠다고 한 걸까?

그러지 않고선 배겨낼 자신이 없어서였다. 성인이 된 이후 내내 기자로 살아온 말레르는 벵케의 말이 진담이라는 것을 알았다. 그는 아마 어느 누구도 손에 넣지 못했을 최고의 특종을…… 역사상 최고의 특종을 확보했다. 하지 않을 수가 없었다. 상황이 어떻든.

말레르는 컴퓨터 앞에 앉아 머릿속에서 필름을 꺼냈다. 손가락들이 자판 위에서 춤을 추기 시작했다.

엘리베이터가 덜컹 움직이기 시작한다. 두꺼운 콘크리트 벽을 통해 비명소리가 들린다. 엘리베이터 창으로 영안실이 보이고……

개요 2

0:22 보건복지부 장관이 청사에 도착함. 장관 감독하에 각 부처 대표 및 경찰, 여러 분야의 저명한 내과의로 구성된 임시 지휘부 결성.

청사 회의실을 임시 지휘 본부로 지정. 이후 '되다 룸메트'*라는 명칭으로 빠르게 알려짐.

00:25 케이프타운 방문중인 수상에게 상황 보고. 극히 특별한 상황이라고 판단, 다음날로 예정된 넬슨 만델라 접견 일정을 취소하고 이륙 준비가 완료된 전용기에 탑승. 비행은 11시간 소요.

00:42 되다 룸메트, 묘지 부활 사건에 관해 최초의 신빙성 있는 보고를 받음. 시체 수 확인됨. 980구를 훨씬 웃도는 것으로 판명됨. 이어 시체 발굴을

---

* '시체실(Dead Room)'이라는 의미의 스웨덴어.

관리할 인력이 없다는 경찰측 보고.

00:45 되다 룸메트의 기자회견을 요구하는 여론의 압력 증가. 용어 선택의 문제로 다소 설전. 짧은 회의 끝에 깨어난 시체를 '부활자'로 통칭할 것을 만장일치로 결정함.

00:50 시체 발굴 임무가 군대로 이관. 경찰과 군대의 합동작전은 헌법상 금지되어 있으므로 군 대표가 임시 지휘부에 참여하는 것은 불가능. 군대는 국가비상사태와 동일한 권한을 위임받아 최선을 다해 제반 사태의 해결 의무를 짐.

01:00 단데뤼드 병원 보고. 430명의 '부활자'를 전염병 클리닉에 입원 조치한 후, 더 많은 병실을 확보하기 위해 목하 타 병동을 정리중이라는 내용. 응급시 파견용으로 병원당 2대의 앰뷸런스 배정, 그외 모든 앰뷸런스는 수송용으로 사용중. 별도의 지원이 요구됨.

01:03 장례업체에 옛 고객인 부활자들을 다시 데려가도록 요청하는 문제로 되다 룸메트에서 토론. 그러나 부적절한 처사로 인식될 수 있다는 결론. 대신 동원 가능한 택시들을 이용해 단데뤼드 병원의 환자들을 타 병원으로 수송하도록 조처함.

01:05 군 비상작전 사령관으로 임명된 요한 스텐베리 장군의 성명을 담은 보도자료가 되다 룸메트에 도착. 다음과 같이 언급한 것으로 추정. "현재 우리는 전적으로 물류 문제로 시체들을 바라보고 있다." 보건복지부 공보 비서관은 정확한 용어를 사용하도록 사령관에게 주지시키는 임무를 맡는 데 동의함.

01:08 튀레쇠에서 응급요원 2명과 병원 사제 1명이 여성 부활자의 수송을 시도하는 과정에서 라이플총으로 위협받음. 경찰이 현장 출동함.

01:10 CNN이 해외 방송사 최초로 스톡홀름에서 일어난 사건 보도. 단데뤼드 외부의 혼란스러운 상황만을 내보냈고, 타 병원으로 이송중인 환자들을 '살아 있는 시체들'로 오보함.

01:14 CNN 방송 이후 되다 룸메트에 대한 외신의 압력 증가. 외무부 소속 대변인이 전화 응대를 담당하기로 함.

01:17 보스니아에서 공동묘지를 발굴한 경험이 있는 UN 요원 및 전문 지뢰 제거반으로 구성된 군 산하 제1차 발굴팀 출동. 추가 동종 지원팀의 파견을 기다리며 스코그쉬르코고르덴 공원묘지부터 착수할 것을 결정, 출발.

01:21 튀레쇠에서 한 남성이 부활한 배우자의 인도를 거부하며 경찰에게 발포. 부상자는 없었음.

01:23 보건복지부 장관, 사법 전문가에 자문 후 현상황에 유행병 관련 법령을 적용하기로 결정함. 이로써 의학분석 결과가 나오기 전까지 경찰이 임시 지휘권 갖게 됨. 법의학 연구실에 검시를 촉구하는 청원서 급송.

01:24 튀레쇠 경찰은 최루탄 사용을 허가받았으나, 무장한 남성이 고령이고 중상의 가능성을 배제할 수 없어 사용하지 않기로 결정. 경찰측 교섭자가 현장으로 출동, 그 과정에서 무장 남성과 전화상으로 접촉.

01:27 1차 의학보고에 따르면 부활자들은 호흡기 및 순환기가 기능하지 않는 것으로 판단됨. 그러나 긴급 실행한 세포검사에 따르면 모종의 신진대사 기능이 존재할 가능성 있음. 의학분석 지휘를 맡은 내과 전문의의 소견: "어떤 조처도 불가능하나 의료진의 역량을 총동원하고 있음."

01:30 현재까지 640명의 부활자를 접수한 단데뤼드 병원, 타 병원의 추가 지원을 요청함. 이유는 밝혀지지 않았으나 직원들 간의 끊임없는 갈등으로 협력이 더욱 어려운 상황.

01:32 국내외 여론의 심각한 압박을 받던 되다 룸메트 공보 비서관, 06:00에 시청에서 기자회견을 개최한다고 발표.

01:33 정신질환 클리닉과 응급실마다 각기 다른 단계의 히스테리 증세를 보이는 유족들로 인산인해. 경찰 내부 심리치료 부서에도 심리적 탈진상태를 보이는 경찰들 발생.

01:35 배회하는 부활자들에 대한 수색작업 일단락. 그러나 도시 선교회의 보호소에서 수용자들이 사망 2주 만에 다시 돌아온 노숙자를 이송하려는 경찰측의 시도에 저항, 지원인력 출동.

01:40 공원묘지에서 최초로 발견된 부활자 구조됨. 저지대의 침수지에서 발굴된 해당 남성의 모습은 '상상할 수 있는 가장 비참한 상태'라고 보고됨.

01:41 튀레쇠에 경찰측 교섭자 도착. 무장한 남성은 전화 통화에서 "이제 마누라에게 갈 것"이라는 마지막 말을 남기고 자신에게 발포함. 경찰이 일반인의 현장 출입을 차단하는 가운데 응급요원들이 남성의 아내를 이송함. 남성은 부활의 기미 전무.

01:41 공원묘지에서 일반인을 대상으로 '비위가 강한 사람' 모집 공고. 발굴된 남성이 도주 시도.

01:45 단데뤼드 병원, 통제력을 상실하기 시작. 현재까지 총 715명의 부활자 수용. 부활자들과 직접 대면하는 직원들 사이에서 수차례 언쟁 및 주먹다짐.

01:50 군측, 되다 룸메트와 상의 없이 육군 병참단에 지원 요청. 이송 전까지 부활자들을 수용할 임시 시설 확보가 목적.

01:55 단데뤼드 병원 직원들 심문 결과 갈등의 원인은 저마다 새롭게 생겨났다고 주장하는 독심술 때문인 것으로 밝혀짐.

02:30 제반 현상에 대한 심도 있는 이해를 위해, 특별한 관심이 요구되는 부활자들을 솔나에 위치한 카롤린스카 의학 연구소 산하 법의학 연구실에 보냄. 그중 에바 세테르베리는 사망 후 부활하기까지의 기간이 가장 긴 루돌프 알빈과 함께 언어 구사 능력을 갖추고 있음.

02:56 신경과 교수 토마스 베리그렌, 에바 세테르베리와 1차 인터뷰 진행.

1차 인터뷰

다음은 본인이 환자 에바 세테르베리를 대상으로 실시한 인터뷰 내용을 옮긴 것이다. 이 환자는 생명 유지 기능이 정지된 시점부터 상기 기능의 도움 없이 부활한 시점까지의 시간이 지극히 짧다는 점에서 특별한 관찰을 요한다.

환자의 언어 구사 능력은 부활 이후 지금까지 지속적으로 향상하고 있다.

본 인터뷰는 2002년 8월 14일 수요일 02:56부터 03:07까지 진행되었다.

TB: 제 이름은 토마스입니다. 당신 이름은 뭐죠?

EZ: 에바.

TB: 당신의 이름을 제대로 말해줄 수 있나요?

EZ: 아니.

TB: 당신의 성姓을 말해줄 수 있나요?

EZ: 아니.

(침묵)

TB: 당신의 이름을 말해줄 수 있나요?

EZ: 아니.

TB: 당신의 이름은 무엇인가요?

EZ: 에바.

TB: 에바가 당신의 이름이군요.

EZ: 에바가 내 이름.

TB: 당신의 이름은 무엇인가요?

EZ: 에바.

(침묵)

TB: 지금 당신이 어디 있는지 아나요?

EZ: 아니.

TB: 여기가 어떻게 생겼지요?

EZ: 여기가 어디지.

TB: 여기는 에바가 있는 곳이에요.

EZ: 아니.

TB: 에바는 어디 있죠?

EZ: 에바는 여기 없어.

TB: 당신이 에바예요.

EZ: 내가 에바.

TB: 당신은 어디 있죠?

(침묵)

EZ: 병원. 흰 남자. 이름은 토마스.

TB: 맞았어요. 에바는 어디 있죠?

EZ: 에바는 여기 없어.

(TB가 EZ의 손을 건드린다)

TB: 이 손은 누구의 손이죠?

EZ: 손. 나 손.

TB: 나는 누구죠?

EZ: 토마스.

(침묵)

TB: 당신은 누구죠?

EZ: 나는 에바.

(TB가 EZ의 손을 건드린다)

TB: 이 손은 누구의 손이죠?

EZ: 에바…… 손.

TB: 에바는 어디 있죠?

EZ: 에바는 여기.

(침묵) 아니.

TB: 에바가 있는 곳은 어떻게 생겼죠?

EZ: 아니.

(침묵)

TB: 제가 에바와 얘기해도 될까요?

EZ: 아니.

TB: 지금 당신 눈에 뭐가 보여요?

EZ: 벽. 방. 남자. 이름은 토마스.

TB: 에바의 눈에는 뭐가 보여요?

EZ: 에바는 눈이 없어.

TB: 에바는 눈이 없어요?

EZ: 에바는 볼 수 없어.

(침묵)

TB: 에바는 뭐가 들리죠?

EZ: 에바는 들을 수 없어.

TB: 에바는 제 말을 알아듣나요?

(침묵)

EZ: 그래.

TB: 제가 에바와 이야기해도 될까요?

EZ: 아니.

TB: 왜 제가 에바와 이야기하면 안 되죠?

EZ: 아니.

TB: 제가 에바한테 말을 걸면 왜 안 되죠?

EZ: 에바는 없어…… 입. 에바 무서워.

(침묵)

TB: 에바가 왜 무서운데요?

(침묵) 에바가 왜 무서워하는지 말해줄 수 있나요?

EZ: 에바 살아.

TB: 에바는 에바가 있는 곳에 살고 싶나요?

EZ: 그래.

TB: 에바가 무서워하는 게 뭔가요?

EZ: 아니.

(에바가 격렬하게 고개를 흔든다)

이후 EZ는 질문에 답하기를 거부했다.

헤덴, 03:48

플로라는 텐스타행 야간버스에서 음성 메시지를 확인하다가 엘뷔가 다섯 번이나 전화한 것을 알았다. 플로라는 즉시 할머니에게 전화를 걸었다.

"여보세요, 저예요……"

전화기 저편에서 거칠게 토해내는 숨소리가 플로라의 귀를 아프게 했다.

"아가! 괜찮은 거니?"

"네, 왜요?"

"모르겠다. 그냥 생각이 나서…… 계속 전화했다."

"앰뷸런스 안에서는 휴대전화를 못 켜게 하더라고요."
"그래. 그랬겠네, 참……" 플로라는 엘뷔가 자기 이마를 가볍게 때리는 모습을 상상했다. "당연히 그렇지. 아이고, 정신머리하고는."
몇 초간 침묵이 흘렀다. 차창 밖으로 리스네스 아파트의 검은 벽이 미끄러지듯 지나갔다.
"할머니, 할머니도 할아버지 목소리 들으셨죠, 그렇죠?"
"그래."
"목사님은 아무것도 눈치 못 챘어요. 할아버지한테서 아무 기미도 안 보였거든요. 그냥 누워만 계셨어요."
다시 침묵이 흘렀다. 플로라는 가방에서 워크맨을 꺼냈다. 하도 구식 모델이다보니 카세트테이프를 끝까지 들으면 반대쪽 면으로 직접 뒤집어줘야 했다. 플로라는 테이프를 〈Holy Wood〉에서 〈Antichrist Superstar〉* 쪽으로 뒤집어 넣었다. 그리고 기다렸다.
"내가…… 뭔가 본 것 같다." 마침내 엘뷔가 입을 열었다.
"뭔데요?"
엘뷔는 잠시 주저하다가 말했다. "그냥 네가 괜찮은지 직접 듣고 싶었어. 지금 버스 탄 거니?"
"네."
플로라는 더 말하지 않았고, 엘뷔도 더 물어볼 것이 없었다. 둘은 다음날 다시 연락하기로 약속하고 통화를 끝냈다. 플로라는 좌석 구석에 웅크려 앉아 이어폰을 귀에 꽂고 재생 버튼을 누른 다음 머리를 차창에 기댄 채 눈을 감았다.
우리는 사랑을 증오해…… 우리는 증오를 사랑해…… 우리는 사랑을 증오

* 각각 메릴린 맨슨이 2000년과 1996년에 발표한 앨범.

해……*

텐스타 중심부에서 버스를 내려 1킬로미터를 걸어야 했다. 아칼라 거리를 지나 마지막으로 예르바 들판을 짧게 가로지르는 길이었다. 들판은 인적이 끊겨, 십 년 동안 방치된 굴착기와 공사용 차량만이 바야흐로 자연과 하나가 되어가고 있었다.

플로라는 둔덕에 올라서서 헤덴을 내다보았다. 새벽 여명을 받아 잿빛 건물들이 날카롭게 도드라졌다. 올봄 어느 날 밤에도 이곳에 한번 왔었다. 지금처럼 전경이 훤히 내려다보이는 곳에 섰지만 한 치 앞도 분간되지 않을 만큼 어두워서 도시는 눈에 들어오지 않았다. 그때 도시는 그저 암시처럼, 소리의 풍경 속에서 감지되는 변화로만 존재했다.

가로등도 불을 밝힌 창도 없었고, 전기나 수도, 배수로도 일절 없었다. 도시가 그렇게 멀었던 적이 없었다.

귀가 쾅쾅 울리도록 〈Tourniquet〉를 들으며 비탈길을 내려가는 동안 서서히 동이 터 새벽빛이 밝아왔고, 용케 깨지지 않고 남은 창문 몇 개가 반짝였다. 아직 엄밀히 말해 공사장인 이곳은 몇 년 전까지만 해도 펜스를 쳐서 접근을 막았지만 헤덴 거주민들이 몇 번이고 악착같이 새 입구를 트자 결국 그 상태 그대로 남게 되었다. 펜스는 다른 용도를 발견한 거주민들에 의해 대부분 없어졌고, 그나마 남은 부분도 무너져 풀밭 위에 흩어져 있었다.

그라피티 제거반도 손을 뗀 지 오래라 건물들 아래쪽은 대못과 진정한 예술이 뒤섞인 아수라장이었다. 헤덴 지역 철거 문제에 대해 책임질 당을 결정하는 법정 소송이 오 년째 계속되고 있었다. 법적으로 해결되기 전까지는 누구도 손 하나 까딱할 수 없었다. 이 지역은 도시 입장에

* 〈Irresponsible Hate Anthem〉의 가사.

서는 수치스러운 오점이었다. 실패한데다 어딘지 수상한 구석마저 있는 건축 프로젝트. 이제는 도시 난민의 집합소가 되어버린 곳. 이따금 경찰이 출동해 그들을 몰아내기도 했지만, 그 결과를 처리할 수단이 전무한 탓에 본인들도 차라리 모르길 바랐다.

플로라는 풀밭에서 아스팔트로 걸음을 옮겼다. 근처 건물에 붙은 표지판을 보니 에크바토르베겐까지 온 모양이었다. 표지판 주변에는 레게 머리를 한 악마가 벌거벗은 채 어마어마하게 발기된 성기를 한 손에 잡고 웃는 그라피티가 그려져 있었다.

플로라는 〈Tourniquet〉와 〈Angel With The Scabbed Wings〉 사이에서 워크맨 일시정지 버튼을 눌렀다. 테이프 한 면에 앨범 하나를 넣으려면 어쩔 수 없이 몇몇 곡은 빼야 했는데,* 이렇다 할 선택의 기준은 없었다. 플로라는 이어폰을 빼고 먹먹해진 귀청을 적막 속에 내놓았다. 그리고 속으로 칭얼대면서 겁을 집어먹은 자신을 질책했다.

중산층 티 내고 지랄이야.

무리는 아니었다. 그곳에서 들리는 것이라고는 사람이 내는 소리뿐이었기 때문이다. 관목이나 다른 나무를 심는 단계까지 가본 적도 없는 곳이니 새가 지저귀거나 잎사귀가 바스락거릴 턱이 없었다. 오직 떠들거나 고함치는 사람들의 목소리뿐. 그녀는 잰걸음으로 에크바토르베겐에서 라티투드베겐으로 꺾어졌다. 그러자 페테르가 사는 단지 안마당이 나왔다.

깨진 유릿조각을 밟는 소리가 아무것도 칠하지 않은 콘크리트 벽 사이에서 쩌렁쩌렁 울려댔다. 3층 건물로 둘러싸인 안마당 한가운데 거대한 구조물 하나가 우뚝 서 있었다. 페테르 말로는 원래 세탁장과 집회

* 원래 앨범에는 두 곡 사이에 다섯 곡이 더 수록되어 있다.

장, 또 폐품 수집장이 들어설 계획이었다고 했다. 그러나 빨래를 할 물도, 모을 폐품도 없거니와 모임을 갖고자 하는 의욕도 없었다.

플로라는 비닐봉지와 마분지 조각을 피해 조심조심 걸었지만, 유릿조각은 밟지 않을 도리가 없었다. 누군가 그녀의 존재를 알아차렸다. 세탁장 철문에 기대고 있던 그가 몸을 일으켜 그녀를 향해 다가오기 시작했다. 플로라는 좀더 걸음을 재촉해 가던 길을 계속 갔다.

"야아, 안녕…… 예쁜이……"

좁은 길목에서 남자는 플로라의 바로 앞을 막아섰다. 플로라는 주변을 살펴보았다. 아무도 없었다. 플로라보다 머리 하나는 큰 그 남자는 핀란드 억양으로 말했다. 무엇인지 알 수 없는 냄새도 풍겼다. 남자가 한 손을 들어올릴 때 손에 든 병을 보고 그녀는 냄새의 정체를 알아차렸다. 티뢰드*였다. 그는 플로라에게 병을 내밀었다. 병목에 빵조각 같은 것을 필터처럼 쑤셔넣은 것이 보였다.

"삐삐 롱스타킹, 안녕? 한잔할래?"

플로라는 고개를 저었다. "아뇨, 됐어요."

그 목소리에 남자는 퍼뜩 뭔가 깨달은 모양이었다. 그는 허리를 굽히고 플로라의 얼굴을 찬찬히 뜯어보았다. 플로라는 꼼짝도 하지 않고 서 있었다.

"뭐야……" 남자가 말했다. "이건 완전…… 애잖아. 여기서 뭐하니?"

"친구 집에 가려고요."

"아."

남자는 건들거리며 플로라의 말을 곧똘히 되씹었다. 그러고는 들고 있던 병을 바로 옆 바닥에 조심스럽게 내려놓았다. 플로라는 남자를 예

* 세정제나 부동액 등으로 쓰이는 공업용 알코올.

의 주시하면서 여차하면 곧장 행동을 취할 준비를 했다. 남자가 두 팔을 벌렸다.

"한번 안아줄래?"

플로라는 움직이지 않았다. 확실히 못돼먹은 남자 같지는 않았고, 다만 궁상맞아 보였다. 그러나 나쁜 놈이 나쁜 놈입네 하는 건 어린이 영화에서나 있는 일이다. 셔츠 아래쪽 단추들이 풀어졌는지 아니면 떨어졌는지 남자는 허연 배를 훤히 내놓고 있었다. 얼굴은 퉁퉁 부은 몸에 비해 지나칠 정도로 작았고, 희미한 불빛 아래서도 두 뺨과 코에 불거진 핏줄이 보였다. 남자는 팔을 힘없이 내렸다.

"딸이 하나 있는데…… 있었지…… 살아는 있어. 그런데…… 걔가 딱 네 또래야. 아마 그럴 거야." 남자는 곰곰이 생각했다. "열세 살. 못 본 지 팔 년 됐지. 카이사. 걔 이름이야." 그는 바지 호주머니를 뒤지다가 멈추고는 없구나, 라는 뜻의 몸짓을 해 보였다. "사진이 있었는데……"

남자가 어깨를 구부정하게 굽히는 것을 보고 플로라는 그가 울 거라고 생각했다. 플로라가 옆을 지나칠 때도 남자는 그대로 서서 혼잣말을 웅얼거렸다.

페테르가 지내는 곳은 1층인데도 창유리가 멀쩡했다. 원래 자전거 보관소로 설계되어 실제로 용도에 맞게 쓰이고 있는 그 공간은 창문이 강화유리라 깨려면 어느 정도 결단이 필요했다. 플로라는 몸을 수그리고 노크했다.

뒤에서 발을 질질 끄는 소리가 들려 돌아보니 방금 전의 그 핀란드 남자였다. 아까처럼 두 팔을 벌리고 다가오는 모습을 보자, 플로라의 마음속에 순간적으로 맨슨 버금가는 이미지가 스쳐지나갔다.

십자가에 못박힌 영계.

남자는 입술을 삐죽이 내밀면서 아기처럼 말했다. "한 번만 안아줌 안 될까?"

플로라는 허리를 펴고 일어서서 그의 손이 닿지 않는 곳으로 벗어났다. 핀란드 남자는 두 팔을 펼친 채 강아지 같은 눈으로 그 자리에 그대로 서 있었다. 플로라는 실눈을 뜨면서 고개를 기울였다. "아저씨가 얼마나 역겨운지 진짜 모르겠어요?"

유리창 뒤에서 손전등 불빛이 휙 지나가더니 페테르의 목소리가 들렸다. "누구세요?"

플로라는 핀란드 남자에게서 눈길을 떼지 않은 채 말했다. "나야."

플로라는 자전거 진입로의 작은 계단을 내려가 스프레이 페인트로 여름 풍경이 그려진, 자물쇠를 채워놓은 철문 앞에 섰다. 근방에서 자물쇠를 단 몇 안 되는 문 중 하나로, 자물쇠는 페테르가 직접 설치한 것이었다. 자물통이 왈각달각하더니 문이 열렸다. 페테르는 한 손으로는 몸에 두른 얇은 침낭을 붙잡고, 다른 손에는 손전등을 들고 있었다.

"들어와."

플로라는 여전히 그 자리에서 휘청거리며 밤과 추억을 향해 두 팔 벌린 핀란드 남자를 마지막으로 힐긋 보았다. 페테르가 등뒤로 문을 닫고 손전등으로 내부를 휘휘 비추자 플로라는 그곳이 어디건 상관없다는 기분이 되었다. 한쪽 벽면에는 자전거들이 나란히 서 있었고, 다른 쪽 벽은 오직 페테르의 배달용 스쿠터만을 위한 자리였다.

페테르가 역시 직접 칸막이를 설치해 만든 안쪽 방으로 다가가더니 벽걸이로 가려놓은 문을 열었다. 경찰이 쳐들어와도 그는 매번 용케 쫓겨나지 않고 버틸 수 있었다. 그들의 허술한 수색으로는 그 은신처가 눈에 들어오지 않았다.

칸막이 뒤에 있는 방은 고작해야 6평방미터였다. 거기에는 페테르가 쓰레기 적재함에서 발견해 스쿠터에 실어온 침대와 의자, 먹을 것을 차려놓는 테이블, 등유난로, 물통이 발 들일 틈도 없이 빼곡히 들어차 있었다. 더는 공간이 없었다. 침대 바로 옆 바닥에는 대형 휴대용 스테레오라디오가 자동차 배터리에 연결되어 있었다. 환경의 제약을 즐기기라도 하듯 페테르는 전동칫솔과 전기면도기를 썼다. 게임보이와 자명종, 휴대전화도 있었다. 물론 손전등도 빼놓을 수 없었다. 플로라는 선물로 으레 배터리를 가져왔다.

페테르는 문을 잠그고 침대에 뛰어올라가 침낭 지퍼를 열어 담요처럼 펼쳤다. 플로라는 셔츠와 바지를 벗고 그 옆으로 기어들어가 그의 어깨에 머리를 얹었다.

"페테르……"

"응?"

"무슨 일이 있었는지 알아? 오늘밤에?"

"모르지."

플로라는 페테르에게 전부 이야기했다. 할머니 집에서 자다가 깨어났을 때부터 앰뷸런스를 타고 시내로 나온 것까지. 이야기가 끝나자 페테르는 "이상하네"라고 한마디하고는 한쪽 팔을 둘러 그녀에게 팔베개를 해주었다. 몇 초 지나지 않아 그가 잠에 빠져 깊게 숨을 쉬는 소리가 들렸다.

그사이 새벽빛이 비쳐 하나뿐인 창문은 밝은 잿빛 사각형이 되었고, 플로라는 오래도록 그 광경을 쳐다보다가 잠이 들었다. 잿빛 사각형은 그녀가 눈을 감은 후에도 한동안 망막 위를 떠돌았다.

칸막이 너머에서 나는 소리에 잠에서 깼을 때 머릿속이 무지근해서 플로라는 고작 두어 시간밖에 자지 못했다는 것을 알았다. 그녀는 침대에서 일어나 앉아 방범용 구멍으로 밖을 내다보았다. 그 동네 기준으로는 그럭저럭 잘 차려입은, 아랍인처럼 보이는 남자가 자전거를 살살 굴려서 밖으로 내가고 있었다. 확신할 수는 없지만 누구인지 대충 알 것 같았다. 드로트닝가탄에서 항의 시위가 벌어질 때면 현수막 한쪽 끝을 드는 고정 멤버였다.

남자는 자전거를 밖에 내놓은 다음 문을 잠그고 떠났다. 페테르는 그 공간을 임대한 사람들에게만 열쇠를 주었다. 그들은 한 달에 20크로나를 내고 자물쇠를 채운 안전한 공간에 자전거를 보관했다. 당연하지만 경찰이 불시에 단속할 경우 책임은 질 수 없다는 것을 전제로 하는 거래였다.

플로라는 다시 드러누웠지만 잠이 오지 않았다. 황금빛 직사각형의 천장과 베개 위 페테르의 여드름 가득한 얼굴을 번갈아 바라보았다. 그러다가 한 시간 후에 자리에서 일어나 차를 마시려고 등유난로에 물을 끓이기 시작했다.

부엌 자리에서 쉭쉭 소리가 나자 페테르가 눈을 떴다. 그는 자리에서 일어나 앉아 몇시쯤 됐는지 알아보려는 듯 시계 대신 창밖을 내다보더니 "일찍 일어났네"라고 한마디하고는 다시 침대 위에 몸을 던져 드러누워버렸다.

플로라는 부글부글 끓는 물에 티백 두 개를 넣고 충분히 우려낸 다음, 잔 두 개에 찻물을 따르고 각각 설탕도 두 숟갈씩 넣어서 침대로 갔다. 함께 몇 모금 홀짝이고 나서 페테르가 말했다. "네가 여기 와서 해준 이야기 말이야……"

"응."

"진짜야?"

"응."

페테르는 고개를 끄덕이더니 잔을 한 번 흔들고는 말했다. "잘됐네." 그리고 자리에서 일어나 잔에 설탕을 한 숟갈 더 넣어서 다시 침대로 왔다. 그는 어쩌다 한 번씩 차와 설탕만으로 버티는 시기가 있었다.

"잘됐다고 생각해?" 플로라가 물었다.

"당연하지."

"뭐가?"

"몰라. 차 더 있어?"

"아니. 물이 없어."

"나중에 더 마시자."

페테르는 자리에서 일어나 오줌을 누러 갔다. 다른 사람들보다 살갗이 훨씬 얇기라도 한 듯 갈비뼈가 삐죽 불거져 있었다. 소변용 양동이에서 젖은 걸레를 빼낸 그는 무릎을 꿇고 앉아 제대로 조준하기 위해 양동이를 기울였다. 오줌 줄기가 금속 양동이를 때리는 쪼르르르 소리가 작게 들렸다. 플로라는 거기까지는 적응하지 못했다. 여기 오면 바깥의 간이 화장실에서 볼일을 봤다. 나라 입장에서는 비록 헤덴의 존재를 인정하고 싶지 않겠지만, 그래도 몇 년 전 모퉁이를 돌면 나오는 숲의 조그만 공터가 휴지와 오줌에 절어 누렇게 뜬 풀이 악취를 풍기는 쓰레기장으로 변해버리자 간이 화장실을 설치해주었다. 정기적으로 비워주기도 했다.

"경찰들한테 뭔가 다른 할 일이 생겼다면 잘된 거지." 페테르가 말했다. "그래서 그런 일이 일어나주는 게 좋다는 거야. 일어나야만 한다고."

"아무리 그래도 이상하다는 생각은 안 들어?" 플로라가 물었다.

"전에는 이런 일이 없었다는 게 이상하다. 물 좀더 떠와야 하나?"

페테르는 옷을 입은 뒤 스쿠터를 끌고 나갔다. 분해된 채 숲속에 버려져 있던 그 고물을 그가 원형을 복구하고 수리하는 데만 반년이 걸렸다. 애초에 살려낼 수 있는 건 차체와 바퀴뿐이었다. 그러나 그는 줍거나 교환해온 부품으로 기를 쓰고 수리했다. 짐판도 달고, 은색 스프레이로 도색한 후 연료 탱크에는 검은색으로 'Silverpilen'*이라는 글씨도 써넣었다. 스쿠터는 페테르가 아끼는 유일한 재산이었다. 페테르가 스너프킨**이라면 스쿠터는 그의 하모니카인 셈이었다.

플로라는 물통을 들고 스쿠터 짐판에 앉았다. 둘은 그 일대를 한 바퀴 돌면서 사람들이 문 밖에 내놓은 물통을 세 개나 수거했다. 이것이 페테르가 하는 사업의 총체였다. 자전거 보관, 이런저런 심부름. 그중에서도 특히 중요한 것은 물심부름이었다. 그렇게 번 천 크로나 남짓한 돈으로 재고품 상점에서 음식을 사먹는 것으로 생계를 유지했다. 링케뷔의 시장 상인들이 가끔 하루 장사를 끝내고 남은 야채 한 상자를 거저 주기도 했다.

둘은 스쿠터를 몰고 덜컹거리며 들판을 가로질러 아칼라베겐으로 갔다. 페테르는 셸 주유소에서 물통에 물을 가득 채웠다. 아홉시가 좀 못된 시각이었고, 충격적인 헤드라인을 단 신문들이 진열되어 있었다.

깨어난 시체들

간밤에 스웨덴인 2000명 무덤에서 돌아와

시체들 깨어나다

공포의 밤을 포착한 사진 독점 공개

* '은화살'이라는 뜻.

** 무민 시리즈에 나오는 캐릭터.

독점 공개라는 스냅사진 하나는 주먹다짐 현장을 찍은 것 같았다. 흰색 제복 차림의 사람들이 철제 카운터 사이에서 벌거벗은 노인들과 싸우고 있었다. 수의를 입은 채 묘석들 사이사이에 서 있는 노인들을 찍은 사진도 있었는데, 마치 옛날 공포영화의 포스터처럼 보였다.

"저것 좀 봐." 플로라가 말했다.

"응." 페테르가 대답했다. "물통 좀 같이 날라줄래?"

둘은 10리터들이 물통 네 개를 함께 스쿠터에 실었다. 주변을 둘러본 플로라는 실망하지 않을 수 없었다. 모든 것이 정상으로 보였다. 자동차에 기름을 넣는 사람들과 보도를 걷는 행인들을 태양이 나른하게 비추고 있었다. 플로라는 주유소 안으로 들어가 신문 두 종을 다 샀다. 점원은 말없이 돈을 받았다. 밖으로 나오니 한 남자가 자기 차 옆에 쭈그리고 앉아 타이어에 바람을 넣고 있었다.

아무 일도 없었던 것 같네……

페테르가 스쿠터에 시동을 걸어 플로라는 짐판에 올라탔고, 바큇자국이 깊게 난 들판을 다시 가로지르는 동안 물통을 꼭 붙들고 있었다. 어젯밤 세상이 뒤집힌 흔적 같은 건 남아 있지도 않았다.

플로라는 로메로의 좀비 3부작을 본 적이 있었다. 그런 것을 기대한 건 아니지만, 그래도…… 뭔가 있어야 했다. 신문사들이 새 기삿거리를 얻었다고 신나게 찧고 까부는 것 말고 다른 무언가가. 페테르는 아무것도 묻지 않았고 심란해하지도 않았다. 바로 그런 점이 좋아서 그를 찾아온 플로라였다. 현실을 피하고 싶었다. 하지만 지금 이렇게 흔들리는 짐판에 앉아 물통을 끌어안고 있으니 다시 도시로, 학교로, 분명 히스테리가 극에 달했을 그곳으로 돌아가고 싶은 마음이 간절했다.

만약 이걸로 끝이면 어떡하지? 일주일 정도 사람들 입에 오르내리다가…… 그냥 사라져버리면?

플로라는 주먹으로 물통 하나를 세게 치고는 눈물이 솟아 아려오는 눈을 깜빡거렸다. 한번 더 물통을 때렸다. 페테르는 왜 그러느냐고 묻지 않았다.

인두스트리가탄, 07:41

"얘야, 좀 어떠냐? 몸이 안 좋아?"

"아뇨, 그냥…… 잠을 제대로 못 자서 그래요."

"노라 브룬에서는 좀 어땠니?"

"취소됐어요. 전력에 문제가 생겨서요. 아무래도 지금 가봐야겠어요."

다비드는 어머니를 지나쳐 아들 망누스에게 다가갔다. 망누스가 활짝 웃으며 말했다. "나 열시 반까지 텔레비전 봤다? 그치, 할머니?"

"그래." 어머니가 면구스러운 듯 미소지었다. "당최 전원이 꺼져야 말이지. 게다가 머리가 깨질 것처럼 아파서 원……"

"나도 머리 아팠어." 망누스가 끼어들었다. "그래도 텔레비전은 봤어. 〈타잔〉 했거든."

다비드는 기계적으로 고개를 끄덕였다. 머릿속에서, 두 눈 뒤에서 용암이 끓어넘치고 있었다. 여기에 일 초라도 더 있다가는 폭발할 것만 같았다. 잠을 한숨도 자지 못했다. 새벽 여섯시가 되어서야 누군가 그에게 에바는 법의학 연구실로 갔다고 알려주었다. 더 알아보려 했지만 허탕만 치고 집으로 돌아와 찬물로 세수한 후 자동응답기에 남겨진 메시지를 들었다.

병원에서 온 것은 하나도 없었다. 기자를 제외하면 에바에게 무슨 일이 일어났는지 궁금해하는 사람은 장인뿐이었다. 그러나 장인은 물론

이고 자기 어머니에게도 말할 자신이 없었다. 다행히 어머니는 아무것도 몰랐다.

망누스가 손을 잡자 다비드는 약간 우악스럽게 아들을 잡아끌었다. 어머니가 미간을 찌푸리며 말했다. "그래, 에바는 잘 있고?"

"잘 있어요. 저희는 이제 가볼게요."

다비드는 인사한 후 망누스를 데리고 서둘러 계단을 내려갔다. 학교로 가는 길에 망누스가 전날 밤 본 〈타잔〉 이야기를 했지만, 다비드는 듣지도 않고 대충 웅얼거리며 고개를 끄덕였다. 학교까지 반쯤 왔을 때 다비드는 공원 벤치로 아들을 데려갔다.

"왜 그래?" 망누스가 물었다.

다비드는 아들의 무릎에 손을 얹은 채 도로만 물끄러미 바라보았다. 머릿속에서 활활 타오르는 열기를 식히려고, 잠재우려고 했다. 망누스가 책가방을 보고 부산스럽게 말했다.

"아빠! 나 과일이 한 개도 없어!"

그 말을 증명하듯 망누스가 빈 책가방을 보여주자 다비드는 말했다. "신문 판매점에서 사과 사줄게."

매일 나누던 대화가, 평소 하던 행동이 평정을 주었다. 한줄기 서광이 비치고 그 속에서 여덟 살 난 아들이 책가방 밑바닥을 뒤지고 있었다. 어디엔가 예전에 넣어둔 사과 한 알이라도 있을지 모르는 일 아닌가? 머리칼이 헤싱헤싱한 아이의 뒤통수에 아침 햇살이 내려앉았다.

절대로 널 아프게 하지 않을 거야, 아가. 무슨 일이 있어도.

공포가 밀려가 사라지면서, 감당할 수 없는 슬픔이 그 자리를 채웠다. 그 일도 이렇게 간단하다면. 아름다운 아침이었다. 기분좋게 따뜻한 햇살이 나무줄기와 콘크리트에 몽환적인 그늘을 드리우고 있었다. 그는 지금 여기, 학교에 가는 아들과 함께 공원 벤치에 앉아 있었고, 아들은 간식으로 사과가 필요했다. 아빠인 그는 가게에 들어가 주머니에서 몇 크로나를 꺼내 커다랗고 빨간 사과 한 알을 사줄 수 있고, 그러면 아이는 "잘 골랐어" 하면서 책가방에 집어넣을 것이다. 그 일도 이와 같다면.

"망누스……" 다비드가 입을 열었다.

"응? 나 사과 말고 배 사줘."

"그래. 그런데 망누스……"

지금 이 순간을 떠올리며 하룻밤을 꼬박 새웠다. 뭐라고 말해야 하나, 어떻게 해야 하나. 이런 일에는 에바가 선수였다. 덩치 큰 애들이 괴롭힐까봐 망누스가 겁을 낸다든가 뭔가 고민이 있을 때 함께 이야기를 나누며 어떻게 해야 할지 알려주는 건 에바의 몫이었다. 다비드도 옆에서 거들고 에바가 시키는 대로 말할 수는 있지만, 어디서부터 시작해야 할지는 알지 못했다. 뭐가 맞는지도.

"있잖아…… 어젯밤에 엄마한테 사고가 났어. 그래서 엄마가 병원에 있어."

"무슨 사고?"

"교통사고. 엘크를 들이받았대."

망누스의 눈이 휘둥그레졌다.

"엘크 죽었어?"

"그래, 그런 것 같아. 그런데…… 엄마가 며칠 동안 멀리 가 있어야 돼. 그래야 의사 선생님들이 엄마를…… 예전처럼 건강하게 만들어주니까."

"나는 보러 가면 안 돼?"

다비드는 목구멍에 치밀어오른 덩어리가 눈물로 녹아 흐르기 전에 자리에서 일어나 망누스의 손을 잡고 말했다. "지금 당장은 안 되고 나중에. 엄마가 다 나으면."

부자는 한동안 말없이 걸었다. 학교에 거의 다 왔을 때 망누스가 말했다. "그럼 엄마는 언제 낫는데?"

"금방. 배 사줄까?"

"으응."

다비드는 머리를 숙이고 신문 판매점으로 들어가 배를 하나 샀다. 나와보니 망누스가 신문의 헤드라인을 빤히 보고 있었다.

깨어난 시체들

간밤에 스웨덴인 2000명 무덤에서 돌아와

시체들 깨어나다

공포의 밤을 포착한 사진 독점 공개

망누스가 손가락으로 신문을 가리키며 물었다. "이거 진짜야?"

다비드는 노란 바탕 위에서 고함치고 있는 검은 글씨들을 힐끗 보았다. "모르겠는데." 그렇게 말하고 그는 배를 책가방에 집어넣었다. 학교에 들어가기 직전 망누스가 한번 더 물어보는 바람에 다비드는 또 거짓말을 했다.

두 사람은 교문에서 포옹했다. 다비드는 바로 돌아가지 않고 한동안 웅크리고 앉아 망누스가 등에 맨 커다란 책가방을 통통 튕기면서 키 큰 문으로 들어가는 모습을 지켜보았다.

옆에 선 학부모 두 명이 나누는 대화가 띄엄띄엄 들려왔다. "……공포영화처럼…… 좀비…… 어떻게든 한데 죄다 몰아넣길 바라야지…… 애들 생각하면……"

다비드는 그들이 망누스 반 아이들의 부모라는 것을 알아차렸다. 그리고 별안간 분노에 휩싸였다. 당장 그들에게 달려들어 어깨를 흔들며 이건 영화가 아니라고, 에바는 좀비가 아니라고, 죽자마자 살아난 것이고 곧 모든 게 다시 좋아질 거라고 소리소리 지르고 싶었다.

그런 분노의 기운이 전해지기라도 한 듯 한 명이 고개를 돌리더니 다비드를 알아보았다. 여자는 황급히 한 손으로 자기 입을 가리더니 금세 눈빛이 바뀌며 동정 어린 표정을 지었다. 그러고는 긴장해서 열 손가락을 파르르 떨며 다비드에게 다가와 말했다. "정말 뭐라고 말씀드려야 할지요…… 소식 들었어요…… 어쩌면 좋아요."

다비드는 여자를 노려보았다. "무슨 말씀을 하시는 거죠?"

여자는 그런 반응을 예상하지 못했는지 그가 뿜어내는 증오의 기운을 막을 요량인 양 두 손을 제 앞으로 들었다.

"아, 네." 그녀가 말했다. "저 알고 있어요…… 오늘 아침 뉴스에 나왔어요…… 그래서……"

다비드가 말귀를 알아듣는 데는 몇 초가 걸렸다. 기자와 이야기했던 걸 까맣게 잊어버리다니. 아무런 의미도 없는 그런 대화가 바깥세상에 무슨 의미를 전달하랴 생각했던 것이다. 이제 남자까지 앞으로 나섰다.

"저희가 뭐 도와드릴 일이라도?" 그가 물었다.

다비드는 고개를 젓고는 자리를 떴다. 그리고 신문 판매점 앞에, 아까 본 헤드라인들 앞에 멈춰 섰다.

망누스……

아침 뉴스를 본 학부모 중 한 사람이라도 자기 자식에게 뭔가 얘기를 했다면 망누스도 곧 알게 되지 않을까? 인간들이 그 정도로 머리가 안 돌아가나? 망누스를 데리고 나와야 하나?

어찌나 기운이 없는지 생각을 할 수도 없었다. 대신 그는 신문 판매점에 들어가 두 종의 신문을 다 사서 벤치에 앉았다. 신문을 다 읽고 나면 법의학 연구실에 가서 도대체 뭘 어떻게 할 작정인지 알아볼 계획이었다.

글자가 눈에 들어오지 않아 애가 닳았다. 아까 언뜻 들은 말이 계속 머릿속을 맴돌고 있었다.

공포영화…… 좀비……

공포영화라면 한 편도 본 적이 없지만 좀비가 위험한 존재, 안전을 위해서는 피해야 하는 존재라는 정도는 알고 있었다. 그는 눈을 세게 비비고는 사진과 기사에 집중했다.

엘리베이터가 덜컹 움직이기 시작한다. 두꺼운 콘크리트 벽을 통해 비명소리가 들린다. 엘리베이터 창으로 영안실이 보이고……

엄중한 르포르타주식 문체가 말미에 가서 탄원조로 바뀌었을 때, 다비드는 허리를 약간 곧추세웠다. 구스타브 말레르라는 이름의 기자는 글을 맺으면서 기사와는 전혀 어울리지 않게 자기 목소리를 내고 있었다.

……그럼에도 우리는 자문해야만 한다. 어떤 조처를 취해야 하는가, 그 문제에 대한 대답은 가족들이 해야 하지 않을까? 궁극적으로는 사랑에 관한 이 문제를 정부 관계자들이 단독으로 결정할 수 있는 것일까? 나는 그렇게 생각하지 않는다. 다른 사람들도 같은 마음일 것이다.

다비드는 신문을 내려놓았다.

그리고 생각했다. 그래, 이건 결국 사랑에 관한 문제야.

다비드는 신문이 말없는 조력자나 되는 양 접어서 호주머니에 집어넣은 뒤 택시를 잡아 타고 솔나로, 에바가 죄인처럼 갇혀 있는 그곳으로 향했다.

벨링뷔, 08:00

자명종이 울렸을 때 말레르는 고작 몇 초밖에 눈을 못 붙였다고 생각했지만, 사실은 안락의자에 앉은 채로 세 시간을 잤다. 몸이 의자의 일부가 된 것처럼 떨어지지 않았다. 엘리아스는 고개를 말레르 바로 옆에 붙이고 소파에 누워 있었다. 그는 팔을 뻗어 엘리아스의 손바닥에 자기 손가락을 대보았다. 아이의 손이 반응했다.

신문사에 보낸 글이 떠올라 초조해졌다. 엘리아스 이야기도 썼던가? 쓰긴 썼는데 구체적인 내용은 기억나지 않았다. 글을 쓰는 사십오 분간은 글자와 담배로 뒤범벅된 정신없는 시간이었다. 그후 안락의자로 물러나 앉았고, 의식의 스위치가 꺼져버렸다.

됐어. 그것 말고도 생각할 게 넘치도록 많았다. 말레르는 무거운 몸을 일으켜 발코니로 나가 담뱃불을 붙이고는 난간에 기댔다. 화창한 아침이었다. 하늘은 쨍하니 파랬고, 아직 덥지도 않았다. 부드러운 바람이 담뱃불에 부채질을 하고 가슴팍을 간질였다. 땀이 마르자 몸이 끈적였고, 셔츠는 기름기가 배어 뻣뻣했다. 폐 속으로 빨아들이는 담배연기가 마치 탁한 열기 같았다.

그는 단지 안마당 건너편에 있는 안나의 집 창문을 바라보았다.

안나에게 말해야 돼.

열시경이면 안나는 묘지를 찾을 테고, 무슨 일이 일어났는지 알게 될 것이다. 충격을 덜어줘야 했지만 말레르는 두려웠다. 딸이 어떻게 나올지 감을 잡을 수가 없었다. 엘리아스가 죽은 후 그녀가 끝내 암흑의 나락으로 떨어지지 않도록 받쳐준 막은 종잇장보다도 얇았다. 이제 그것마저 찢어질 판이었다. 그런 사태를 막으려고 한 일이 있었다. 안나는 시신을 화장하지 않았다. 안나는 엘리아스의 살을, 얼굴을, 피를 땅속에 간직하고 싶어했다. 아들이 계속해서 현실에 존재하기를 바랐다. 그렇다면 이런 상황도 극복할 수 있지 않을까? 어쩌면.

말레르는 담배를 끄고 호흡기에서 쌕쌕 소리가 날 만큼 있는 힘껏 두어 번 심호흡을 한 후 안으로 들어갔다.

바깥공기를 마시고 들어오니 방에서 얼마나 고약한 냄새가 나는지 알 수 있었다. 찌든 담배연기와 먼지가 뒤섞인 것도 모자라 코를 찌를 듯 강하게 풍겨오는……

뭐더라.

하바르티. 묵은 치즈 냄새. 플라스틱 뚜껑을 열고 몇 시간이 지난 뒤에도 손끝에, 후각의 기억에 달라붙어 있는 그 냄새. 자리에 서서 코로 공기를 들이마시자 냄새는 더 강하게 느껴졌다. 엘리아스의 배가 풍선처럼 부풀어 간밤에 단추 하나가 더 떨어져나가는 바람에 목께의 단추 하나만이 파자마 윗도리를 겨우 여미고 있었다.

그애는 엘리아스가 이 꼴이 된 걸 차마 보지 못할 거야.

말레르는 욕조에 물을 반쯤 채운 다음 엘리아스를 안고 욕실로 가서 옷을 벗겼다. 얼마 가지 않아 그 모든 것이 익숙해졌다. 시간이 더 지난 뒤에는 더이상 놀랄 것도 없었다.

엘리아스의 피부는 거무스름한 초록빛으로 올리브 색깔과 비슷했고, 매우 얇아서 바로 밑의 혈관이 다 비칠 정도였다. 가슴 여기저기는 수두라도 앓는 듯 체액으로 가득찬 작은 수포가 돋아 있었다. 뱃속의 가스만 어떻게 좀 빼낼 수 있다면. 그러면 그렇게까지 이상해 보이지 않고 그냥…… 심각한 화상을 입었거나 흉터가 생겼다고 볼 수도 있으련만.

옷을 벗겼는데도 엘리아스의 얼굴에는 변화가 없었다. 앞이 보이는지 어쩐지도 알 수 없었다. 아이의 눈은 푹 꺼진 눈꺼풀 속에서 말라 굳어버린 두 개의 작은 수액 덩어리처럼 보였다.

말레르는 엘리아스의 몸을 가만히 욕조 안에 뉘었다. 아이는 저항하지 않았다. 몸이 물에 점점 잠기자 아이가 한숨을 내쉬며 고약한 입냄새를 풍겼다. 말레르는 양치 컵에 물을 담아 까맣게 변색된 아이의 입술에 가져다댔다. 마실 기미가 전혀 보이지 않아 말레르는 컵을 기울여 아이의 입안으로 물을 조금 흘려넣었다. 물은 다시 밖으로 흘러나왔다.

그때 떠오르는 게 있었다. 아이티에 관한 책에서 죽었다가 깨어난 사람에 대해 읽었던 기억.

당장 서가에 가서 책을 찾아보고 싶은 충동을 꾹 눌러 참았다. 엘리아스를 욕조에 혼자 둘 엄두가 나지 않아서였다. 말레르는 세심하게 공들여 아이의 몸 구석구석을 스펀지로 닦아냈다. 상태가 가장 심각한 부분은 괴저 때문인지 조직이 완전히 죽어버려 검푸른색으로 변한 손가락과 발가락, 고추였다.

마지막으로 말레르는 엘리아스의 머리를 감겨주었다. 아이의 두피를 천천히 문지르면서 눈을 감자 잠시나마 예전으로 돌아간 듯한 기분이었다. 엘리아스의 머리를 감겨주던 그때와 거의 같았다. 그러나 머리를 헹궈주려고 눈을 뜬 그 순간, 머리칼이 뭉텅뭉텅 빠져 손가락 사이에 엉켜 있는 것이 보였다.

안 돼, 안 돼……

말레르는 물을 떠서 엘리아스의 머리에 뿌렸지만, 행여 머리카락이 더 빠질까봐 말려주지는 못했다. 욕조의 물은 이제 갈색이었다. 말레르는 마개를 뽑은 뒤 샤워기를 들고 따뜻한 물로 엘리아스를 씻겼다.

배…… 배……

엘리아스의 배에 손을 대고 가볍게 눌렀다. 아무 반응이 없자 좀더 힘주어 눌러보았다. 방귀 뀌는 소리가 났다. 더 눌렀다. 풍선에서 바람이 빠질 때처럼 방귀 소리가 이어지면서 항문으로 엷은 갈색 분비액이 새어나오더니 배수구 쪽으로 흘러내려갔다. 욕조 안에 고약한 냄새가 진동했다. 말레르는 참지 못하고 고개를 돌려 변기 뚜껑을 열고 속에 든 것을 게워냈다.

이렇게 하면 괜찮아질 거야…… 이러면 괜찮아질 거야……

그랬다. 이제 엘리아스는 전보다 조금 나아 보였다. 뒤를 돌아본 말레르는 그렇다고 믿기로 했다. 방금 전처럼 굶어죽은 듯한 몸이 아니었다. 하지만 피부는……

말레르는 엘리아스를 한번 더 물로 씻기고 욕조에서 데리고 나와 흰 목욕 수건으로 물기를 닦아준 다음, 침대로 안고 갔다. 보디로션을 가져와 아이의 가죽 같은 피부에 어느 한구석 빼놓지 않고 꼼꼼히 문질러 발랐다. 일 분 만에 피부가 전처럼 건조해져 그는 쾌재를 불렀다. 로션을 흡수하는 게 틀림없었다. 말레르는 튜브가 텅 빌 때까지 아이의 몸에 로션을 바르고 또 발랐다.

엄지손가락과 집게손가락으로 아이의 겨드랑이 살을 꼬집어보니 아까보다는 덜 뻣뻣했다. 이제 가죽이라기보다는 고무와 비슷했다. 그러나 건조한 것은 마찬가지였다. 로션을 더 사와야 할 모양이었다.

거기까지 하자 말레르는 일말의 안도감을 느꼈다. 피부를 부드럽게 풀어주는 것이 엘리아스를 위해 할 수 있는 첫번째 일이자 유일하게 소득이 있는 일이었다.

아이티……

책은 읽을 필요가 없었다. 기억하고 있었다.

그는 부엌에 가서 유리컵에 물을 반쯤 따른 다음 소금을 한 스푼 넣고 완전히 녹을 때까지 저었다. 맛을 보았다. 너무 짰다. 컵에 물을 가득 따라 저은 다음 다시 맛을 보았다. 그중 반을 버리고 그만큼 물을 다시 채웠다. 이제 어느 정도 바닷물 맛에 가까워졌다.

침실로 돌아온 말레르는 잠시 주저했다. 중태에 빠진 환자에게는 보통 포도당액, 즉 글루코스를 복용시켰다. 반면에 이러는 게 옳다는 것을 뒷받침하기 위해 그가 기댈 근거는 어디까지나 미신뿐이었다.

절대로…… 위험하거나 할 일은 없을 거야. 그렇겠지?

엘리아스의 생명의 불꽃은 금세라도 꺼질 듯 위태롭기 그지없었다. 훅 불기만 해도 영영 꺼져서 다시는 살아나지 않을 것만 같았다. 아무리 그래도 소금물 한 모금 마셨다고 설마……?

말레르는 한 손에 컵을 들고 침대 가장자리에 앉았다.

아이티는 좀비의 존재를 널리 믿는 지구상의 유일한 나라였다. 죽은 자가 산 자의 세상으로 돌아올 때 필요한 것은 바닷물이었다. 모든 신화는 얼마간 진실을 포함하는 법이다. 그렇지 않다면 오늘날까지 살아남을 수 없었을 것이다. 그러니까……

말레르는 한 손으로 엘리아스의 뒷목을 받쳤다. 아이를 일으켜 앉히는 그의 손등으로 젖은 머리칼에서 떨어진 물방울이 흘러내렸다. 그는 아이의 입술에 유리잔을 갖다대고 컵을 기울여 소금물을 조금 흘려넣었다. 엘리아스의 목울대가 짧게 경련하더니 위쪽으로 움직였다가 다시 내려갔다. 물을 삼킨 것이다.

말레르는 컵을 침대 옆 테이블에 내려놓고 엘리아스를 품에 감싸안았다. 연약한 몸에 행여 상처라도 입힐세라 너무 힘을 주지 않으려고 조심했다.

"할 수 있어, 이 녀석아. 할 수 있다고!"

엘리아스는 움직이지 않았고 몸도 여전히 뻣뻣했지만, 그래도 한 가지는 해냈다. 뭔가를 마신 것이다.

말레르가 기쁨을 느낀 것은 엘리아스에게서 생명의 기운이 보여서라기보다는 아이에게 뭔가 해줄 수 있기 때문이었는지도 몰랐다. 망연자실한 채 서서 아이를 내려다보고만 있지 않아도 되었다. 몸에 로션을 발라주었고, 마실 것도 주었다. 만일 해줄 수 있는 일이 더 있다면 시간이 흐르면서 알게 될 것이다. 지금은……

성공에 마음이 들뜬 말레르는 다시 컵을 들어 엘리아스의 입술에 가져다댔다. 그러나 너무 빨리 들이붓는 바람에 물이 밖으로 쏟아졌다. 엘리아스의 목울대는 움직이지 않았다.

"잠깐만…… 잠깐만……"

말레르는 부엌으로 달려가 엘리아스가 생전에 마지막으로 열이 났을 때 산 약과 함께 동봉되어 있던 작은 플라스틱 주사기를 찾아냈다. 그 주사기로 컵에 든 소금물을 빨아들여 엘리아스의 입술 사이에 10밀리그램을 천천히 흘려넣었다. 아이가 물을 삼켰다. 말레르는 주사기에 물이 하나도 남지 않을 때까지 계속했다. 그리고 주사기를 다시 채웠다. 십 분 후 엘리아스는 컵의 소금물을 다 마셨고, 말레르는 아이의 젖은 머리를 베개에 뉘었다.

눈에 띄게 달라진 점은 없지만, 지금 상태가 어떻든 간에 엘리아스는 외부세계로부터 뭔가를 받아들이려는 의지, 아니, 최소한 욕구 정도는 있었다……

말레르는 엘리아스를 침대에 누이고 자신도 그 옆에 누웠다.

아이에게서는 여전히 냄새가 났지만 목욕을 시킨 덕에 간신히 참을 만했다. 남아 있는 냄새도 이제 비누와 샴푸 향기에 뒤섞였다. 베개에 머리를 얹은 말레르는 눈을 가늘게 뜨고 손자의 얼굴을 찾으려 했지만 허사였다. 부드러운 선을 그렸던 옆얼굴은 툭 튀어나온 광대뼈와 푹 꺼진 코와 입술에 완전히 잠식당했다.

죽은 게 아니야. 살아 있는 거야. 좋아질 거야……

말레르는 잠이 들었다.

전화벨 소리에 깨어났을 때, 침대 옆 탁자의 시계는 열시 반을 가리키고 있었다. 말레르의 머릿속에 가장 먼저 떠오른 건 바로, 안나였다!

안나에게 말하지 못했다. 벌써 묘지에 다녀왔는지도 모른다. 그는 아까 뉘어놓은 그대로인 엘리아스를 황급히 힐긋 보고 침대 옆의 전화기를 들었다.

"말레르입니다."

"저예요, 안나."

이런 썅. 병신 같으니라고. 어떻게 잠을 잘 수 있지? 안나의 목소리는 갈라져 떨리고 있었다. 록스타에 다녀온 것이다. 말레르는 다리를 침대 옆으로 내리고 자리에서 일어나 앉았다.

"그래…… 잘 잤니? 좀 어떠냐?"

"아빠, 엘리아스가 없어졌어요." 사실을 말해주려고 숨을 들이쉬기가 무섭게 안나가 끼어드는 바람에 말레르는 한마디도 꺼내지 못했다. "어떤 남자 두 명이 오더니 저한테…… 글쎄…… 어젯밤에…… 죽었다 다시 깨어난 사람들이 있다는 거예요."

"어떤 남자들이던?"

"아빠, 제 말 들리세요? 제 말이 들리시냐고요!" 히스테릭한 안나의 목소리는 절규로 이어지기 직전이었다. "죽은 사람들이 다시 살아났는데, 엘리아스가…… 사람들 말이 그애 무덤이……"

"안나, 안나, 진정해라. 엘리아스 여기 있다." 말레르는 베개를 베고 있는 아이를 바라보며 그애의 이마를 만져보았다. "여기 있어. 나랑 같이." 전화기 저편에서 침묵이 흘렀다. "안나?"

"……살아 있나요, 엘리아스가? 아빠 말은 그러니까……"

"그래. 아니면 뭐라고 해야 하나……" 수화기에서 덜거덕거리는 소리가 났다. "안나? 안나?" 수화기 너머 멀리서 문이 열렸다가 닫히는 소리가 들렸다.

일났군……

말레르는 몸을 가누기 어려울 만큼 힘이 들었지만 자리에서 일어났다. 안나가 이리로 오고 있었다. 어떻게든……

어떻게 해야 하지?

완화해서, 부드럽게……

침실에 블라인드를 드리워놓긴 했지만, 그것만으로 엘리아스의 모습을 감추기에는 역부족이었다. 말레르는 재빨리 옷장에서 담요 한 장을 가져와 커튼 봉에 걸었다. 모서리 쪽 틈새로 빛이 새어들어왔지만 그래도 꽤 많이 어두워졌다.

촛불을 켜야 하나? 아니야. 그러면 상갓집에서 밤샘하는 것 같을 거야.

"엘리아스? 엘리아스?"

대답은 없었다. 말레르는 떨리는 손으로 마지막 남은 소금물을 주사기에 넣고 엘리아스의 입술에 가져다댔다. 방안이 어두컴컴한 탓에 눈이 착시현상을 일으켰는지도 모르지만, 말레르는 엘리아스가 입안의 물을 삼킬 뿐만 아니라 주사기를 빨려고 입술을 달싹이는 모습을 본 것 같았다.

건물 1층의 출입문이 열리는 소리가 들리자 말레르는 미처 생각할 겨를도 없이 안나를 맞이하러 현관으로 갔다. 머릿속에 광풍이라도 인 듯 정신없이 십 초가 지나기 무섭게 초인종이 울렸다. 그는 숨을 들이쉬고 문을 열었다.

안나는 티셔츠와 팬티만 입고 있었다. 신발도 신지 않았다.

"어디 있어요? 그 아이 어디 있어요?"

무작정 안으로 들어가려는 안나를 말레르가 붙들었다. "안나…… 잠깐 내 얘기 좀 들어봐라…… 안나……"

안나는 그의 손을 뿌리치려고 버둥거리면서 외쳤다. "엘리아스!" 말레르는 젖 먹던 힘까지 끌어모아 고함을 쳤다.

"안나! 그애는 죽었어!"

몸부림치던 안나는 가만히 서서 혼란스러운 눈으로 말레르를 보았다. 눈꺼풀이 파르르 떨리고 입술이 씰룩거렸다.

"죽어요? 하지만…… 하지만…… 아까는…… 그 사람들도……"

"잠깐만 내 얘기 좀 들을 수 없겠니?"

안나의 팔다리에서 갑자기 힘이 쭉 빠졌다. 말레르가 부축해 전화기 옆 의자에 앉히지 않았다면 그대로 바닥에 주저앉았을 것이다. 보이지 않는 힘에 이끌린 듯 안나의 고개가 한쪽에서 반대쪽으로 돌아갔다. 말레르는 딸이 침실을 보지 못하도록 마주앉아 그녀의 손을 잡았다.

"안나, 내 말 잘 들어. 엘리아스는 살아 있지만…… 죽은 상태야."

안나는 고개를 흔들며 양쪽 관자놀이를 손으로 눌렀다.

"무슨 말인지 못 알아듣겠어요. 아빠가 무슨 말을 하는지 모르겠어요. 모르겠……"

말레르는 두 손으로 안나의 머리를 붙잡아 자신의 눈을 똑바로 쳐다보도록 약간 힘주어 돌렸다.

"그애는 한 달 동안 땅속에 묻혀 있었어. 전하고는 달라진 모습이야. 전혀 다르다고. 너무…… 끔찍해."

"하지만 어떻게…… 그애는 분명……"

"안나, 나도 몰라. 아무도 몰라. 아이가 말을 안 해. 움직이지도 않고. 엘리아스는 맞아. 살아 있기도 하고. 하지만 너무 달라졌어. 꼭…… 죽은 사람 같아. 뭔가 할 수 있는 일이 있을지도 몰라. 하지만……"

"그애를 보고 싶어요."

말레르는 고개를 끄덕였다. "물론 그래야지. 하지만 마음의 준비를 해야 한다…… 준비를 해야 해……"

무슨 마음의 준비를 하란 말인가? 이런 상황에서 어느 누가 제대로 마음의 준비를 할 수 있을까?

말레르가 한 걸음 물러섰다. 안나는 그대로 앉아 있었다.

"그애는 어디 있죠?"

"침실에."

안나는 입술을 꼭 다문 채 몸을 앞으로 수그려 침실 문을 보았다. 정신을 차린 모양이었다. 대신 이제 두려워하고 있었다. 안나가 문 쪽으로 쭈뼛쭈뼛 손을 움직이면서 물었다. "어디…… 부러지진 않았고요?" 말레르를 바라보는 안나는 애원하는 눈빛이었다. 말레르는 고개를 흔들었다.

"아니. 하지만…… 수분이 다 빠졌고…… 살이 까매."

안나가 무릎에 얹어둔 양손을 바짝 맞잡았다.

"그러니까 아빠가……"

"그래."

안나는 고개를 끄덕이며 감정이 담기지 않은 목소리로 말했다. "거기 사람들이 궁금해하더라고요." 그러고는 일어나서 침실 쪽으로 걸어갔다. 말레르는 반걸음쯤 뒤에서 따라갔다. 약장을 뒤져서 진정제라도 찾아놓아야 만에 하나 안나가…… 아니다. 그런 게 있을 턱이 없었다. 그에게는 언어와 두 손 말고는 아무것도 없었다. 그런 것이 다 무슨 소용이 있을까마는.

안나는 쓰러지지 않았다. 비명을 지르지도 않았다. 말없이 침대로 다가가 거기 누워 있는 존재를 바라보았다. 그리고 침대에 걸터앉았다. 일 분 동안 아무 말 없이 그렇게 앉아 있다가 그녀가 마침내 입을 열었다. "잠깐 저 혼자만 있게 해주실래요?"

말레르는 방에서 나와 문을 닫았다. 그리고 밖에 서서 귀를 기울였다. 잠시 후, 다친 짐승이 우는 듯한 소리가 들렸다. 단조롭고 길게 이어지는 흐느낌. 그는 주먹 쥔 손의 관절을 깨물었지만 문을 열지는 않았다.

오 분 뒤 안나가 나왔다. 눈은 빨갰지만 침착했다. 안나는 손을 뒤로 뻗어 방문을 닫았다. 이제 오히려 말레르가 초조해지기 시작했다. 이러리라고는 예상하지 못했다. 안나는 소파에 가서 앉았다. 말레르도 따라가 바로 옆에 앉아 딸의 손을 잡았다.

"어땠던?"

안나는 꺼져 있는 텔레비전 화면을 바라보았다. 시선에는 어떤 감정도 담겨 있지 않았다. 그녀가 말했다. "엘리아스가 아니에요."

말레르는 대답하지 않았다. 가슴께의 통증이 어깨와 팔을 따라 번져나갔다. 그는 쿠션에 등을 기대고 빠르게 뛰는 심장을 달래려 애썼다. 뜨거운 손이 심장을 움켜잡고 쥐어짜자 그의 얼굴은 고통으로 일그러졌고…… 마침내 심장이 풀려났다. 박동은 평소의 리듬을 되찾았다. 그러나 안나는 아무것도 눈치채지 못했다. "엘리아스는 더이상 존재하지 않아요."

말레르는 숨을 헐떡이며 대꾸했다. "안나…… 내가."

안나는 자기 말에 힘을 싣듯 고개를 끄덕이며 덧붙였다. "엘리아스는 죽었다고요."

"안나, 내가…… 장담하는데……"

"아빠는 제 말뜻을 오해하고 있어요. 저게 엘리아스의 몸이라는 건 저도 알아요. 하지만 엘리아스는 이제 존재하지 않는다고요."

말레르는 할말을 찾지 못했다. 팔의 통증은 평온을, 성공적인 전투 뒤의 정적을 남겨놓고 누그러들었다. 그가 눈을 감으며 말했다. "어떻게 하면 좋겠니?"

"잘 보살펴주세요. 당연하죠. 하지만 엘리아스는 이제 사라졌어요. 그 아이는 우리 추억 속에서 사는 거예요. 그 아이가 있어야 할 곳은 거기예요. 다른 데는 어림도 없어요."

말레르는 고개를 끄덕이며 대꾸했다. "그래……"

아무 뜻도 담기지 않은 말이었다.

솔나, 08:45

지난밤 내내 단데뤼드의 환자들을 수송했다는 택시 기사는 사람들이 얼마나 멍청한지 한탄했다. 시체를 유령 보듯 무서워하는데, 지금 그게 문제인가. 문제는 박테리아란 말이다.

예를 들어 죽은 개가 우물에 빠졌다고 해보자. 사흘만 지나면 우물물은 유독 성분 때문에 마시기만 해도 목숨이 위태로워질 것이다. 르완다의 내진은 어떤가. 족히 수만 명이 사망했지만 그 자체는 대단한 비극이 아니다. 중요한 건 물이다. 시체들이 강물에 버려졌고, 그 때문에 마실 물이 없어서, 혹은 그 물을 마셔서 전쟁 사상자보다 훨씬 더 많은 수의 사람이 죽었다.

시체와 함께 온 박테리아. 진짜 위험은 거기에 있다.

다비드는 미터기 아래 제어반에 티슈갑이 붙어 있는 것을 보았다. 기사의 말이 진짜인지는 알 수 없어도 자기가 말한 것을 그가 믿어 의심치 않는다는 그 사실만큼은……

이야기가 사 년 전 화성에서 날아온 운석에 이르자 다비드는 더 듣지 않았다. 기사는 사뭇 몰입해 주저리주저리 떠들어댔지만, 일반 대중에게 알리지 않고 행한 비공개 실험의 결과가 어떻든 다비드는 전혀 관심이 없었다.

그들은 에바를 해부할 계획일까? 혹시 벌써 해버린 건 아닐까?

카롤린스카 의학 연구소에 도착한 기사가 구체적으로 어디로 가면 되겠느냐 알려달라고 했을 때, 다비드는 대답했다. "법의학 연구실이요."

기사가 다비드를 바라보았다. "거기서 일하세요? 아닌가?"

"아닙니다."

"다행이네요."

"왜요?"

기사는 고개를 젓더니 비밀이라도 발설하는 투로 말했다. "그냥 이렇게 말할게요…… 그곳 사람들은 정신 나간 종자예요. 몇몇은 그렇죠." 지극히 평범해 보이는 벽돌 건물 앞에 다비드를 내려주며 기사는 "행운을 빕니다"라고 말하고는 떠났다.

다비드는 안내 데스크로 가서 용건을 말했다. 직원은 금시초문인지 사방에 전화를 걸어대고 나서야 책임자를 찾아냈다. 그러고는 다비드에게 대기실에 앉아 기다리라고 했다.

대기실에는 비닐을 씌운 의자 두세 개가 놓여 있었다. 그곳의 분위기에 점차 불안감을 느낀 그가 주차장에서 기다리려고 막 일어났을 때 누군가 내부 구역으로 통하는 유리문을 밀고 들어왔다.

다비드는 피가 튄 앞치마를 두른 거한이 나오리라고 상상하던 중이었다. 그러나 다가온 사람은 여자였다. 키가 작고 짧게 자른 잿빛 머리칼에, 어마어마하게 큰 안경을 낀 파란 눈의 오십대 여자. 핏방울 하나 없는 흰색 가운 차림의 여자가 손을 내밀었다.

"안녕하세요. 엘리사베트 시몬손이라고 합니다."

다비드는 여자의 손을 잡았다. 여자는 건조한 손으로 그의 손을 꽉 맞잡았다.

"다비드라고 합니다. 저는…… 그러니까 에바 세테르베리가 제 아내입니다."

"아, 그러시군요. 정말 뭐라고 말씀드려야 할지……"

"그 사람이 여기 있나요?"

"네."

마음을 단단히 먹었는데도, 범죄의 흔적을 찾아 내장 속을 뒤지듯 샅샅이 자기를 뜯어보는 여자의 시선에 다비드는 긴장이 됐다. 그는 속마음을 들키지 않으려고 앞으로 팔짱을 꼈다.

"아내를 봐야겠습니다."

"죄송합니다. 심정은 이해하지만 그건 불가능합니다."

"왜요?"

"현재 아내분을…… 검사하는 중이라서 그렇습니다."

다비드는 얼굴을 찌푸렸다. '검사'라고 하기 전에 여자가 잠깐 머뭇거리는 것을 놓치지 않았다. 뭔가 다른 말을 하려고 했던 것이다. 다비드는 두 주먹을 꽉 쥐며 말했다. "그런 짓을 하면 안 되죠!"

여자가 고개를 갸웃했다. "무슨 말씀이시죠?"

다비드는 아까 여자가 나온 그곳을 향해, 병동을 향해 두 팔을 흔들어댔다. "아직 살아 있는 사람을 부검하다니 어디서 배워먹은 짓이냐고요!"

여자는 눈을 껌뻑이더니 예상 밖의 반응을 보였다. 큰 소리로 웃음을 터뜨린 것이다. 여자의 자그마한 얼굴 위로 주름의 그물망이 펼쳐졌다가 곧바로 사라졌다. 여자는 손사래를 쳤다. "죄송합니다." 그러고는 콧마루의 안경 브리지를 뒤로 밀더니 말했다. "선생님께서 그러시는 건 이해하는데…… 절대 걱정 안 하셔도 됩니다."

"아, 그렇군요! 그래, 그럼 뭘 하고 있는데요?"

"제가 말한 그대로입니다. 부인을 검사하고 있어요."

"그럼 왜 이런 데서 하죠?"

"왜냐하면…… 그게…… 제가 중독학 전문가거든요. 다시 말해 시신에서 이물질을 찾아내는 전문가라는 뜻입니다. 저희는 부인께 어떤 것이, 있어서는 안 되는 것이 침투했다는 가정하에 검사를 하고 있습니다. 살인으로 의심되는 사례를 다룰 때와 똑같이요."

"하지만 여기서는 사람을…… 토막내잖아요. 보통은요."

여자는 다비드가 자기 일터를 그렇게 말하는 것에 코를 찡긋거렸지만, 이내 고개를 끄덕이며 대답했다. "그래요, 맞습니다. 그럴 필요가 있으니까요. 하지만 부인의 경우는…… 다른 어디에서도 불가능한 기술을 동원할 수 있습니다. 굳이 사람을…… 토막내지 않아도 되는 기술이죠."

다비드는 비닐을 씌운 의자에 앉아 두 손으로 머리를 감싸안았다. 이물질…… 그녀의 몸에 침투한 모종의 것. 그들이 뭘 찾고 있는지 도무지 알 수 없었다. 그가 아는 것은 오직 한 가지뿐이었다.

"아내를 봐야겠습니다."

"이렇게 말씀드리면 조금 위안이 되실지 모르겠습니다만." 여자의 목소리가 다소 부드러워졌다. "부활자들은 모두 격리되어 있습니다. 저희가 뭔가 더 알아낼 때까지 말이죠. 선생님의 경우만 이런 것이 아닙니다."

다비드의 입가가 씰룩거렸다. "박테리아 때문, 아닌가요?"

"다른 것들도 있지만 맞습니다."

"제가 박테리아 같은 건 상관없다면요? 그래도 아내를 만나야겠다면요?"

"그건 저희 소관이 아닙니다. 이만 실례해야겠네요. 선생님 심정이 어떠실지 충분히……"

"알 턱이 없죠." 다비드는 자리에서 일어나 문 쪽으로 걸어갔다. 대기실을 떠나기 전에 뒤를 돌아보았다. "제가 틀렸을지도 모르죠. 하지만 당신들이 이럴 권리가 눈곱만큼도 없다고 믿어요. 저도 앞으로…… 뭔가 수를 쓸 겁니다."

여자는 대답하지 않았다. 다만 딱하다는 듯 올빼미 같은 눈으로 다비드를 보았다. 머리끝까지 화가 치민 다비드는 문을 활짝 열어젖히고 쿵쾅거리며 주차장으로 향했고, 문은 둔탁한 소리와 함께 도어스톱에 부딪혔다.

부록 1

저기 앉아 있는 사람 핑알 올손 아니야?

핑알 올손? 죽었잖아.

그랬지. 그런데 움직이는데?

하세 & 타게

신문기사

■ 2002년 8월 14일 〈아프톤블라데트〉

발굴된 시신이 도주 시도해

군 인력 무덤을 파다

87세의 나이로 사망한 지 6주째. 시신은 부패가 상당히 많이 진행된 상태였다. 그러나 그는 살아 있었고, 오늘 이른 새벽 자신의 무덤을 파헤치는 군인들을 피해 달아나려 했다. 스코그쉬르코고르덴 공원묘지에서 군이 최소 200기의 무덤을 조사하는 가운데 이처럼 충격적인 일들이 일어났다.

"구역질이 납니다. 지금껏 살아오면서 이렇게 최악의 일은 처음입니다." 현장에 있던 한 젊은 병사의 말이다.

오늘 새벽 1시 30분, 그들의 공포는 현실로 드러났다. 매장된 시신들이 살아 있었다. 군대가 공원묘지에서 발굴을 시작했을 때는 본지 기자도 현장에 있었다. 제일 먼저 발굴된 것은 87세 남성의 시신이었다. 매장된 지 6주가 지났음에도 살아 있었고, 부패가 상당히 진행된 상태였다. 시신은 현장에서 도주를 시도했으나 저지당했다. 그 과정에서 발생한 신체 접촉으로 시신의 살점이 상당 부분 떨어져나갔다. 병사들은 수의를 붙잡아 그를 가까스로 땅바닥에 뉘었다. 시신을 저지하는 데는 병사 2명이 동원되었다.

도주를 시도하다

"대안이 없습니다. 하지만 이것도 일시적인 조치입니다." 병사들이 펜스 설치를 시작한 것에 대해 요한 스텐베리 사령관이 말했다. 시신들을 저지하기 위해 공병대가 펜스를 세웠다. 그동안 다른 병사들은 뚜껑을 닫아둔 채 관을 발굴했다.

"기분좋은 일이라고는 할 수 없지만, 달리 어쩌겠습니까." 스텐베리 사령관은 어깨를 으쓱했다. 봉쇄가 완료된 것은 새벽 2시 30분, 묘지는 군 병력으로 가득했다. 병원 수송 차량은 1대도 보이지 않았다. 관뚜껑 개봉이 시작되자 기다렸다는 듯 무시무시한 광경이 펼쳐졌다.

시신들은 여기저기 머뭇머뭇 더듬대며 빠져나갈 길을 탐색했다. 병사들을 피해 도망치는 시신도 많았지만 이내 끌려왔다.

심리적 압박감

"지상의 지옥입니다." 펜스 옆에 무심히 앉아 있던 한 병사가 말했다. 바로 뒤에는 15구의 시신이 서서 몸으로 펜스를 밀고 있었다. 그들의 텅 빈 눈구멍이 기자와 병사를 향했다. 병사는 땅에 고개를 처박고 두 손으로 귀를 막았다.

요한 스텐베리 사령관은 "예상했던 일"이라고 말한다. "군에서 이렇게 많은 병력을 동원한 것도 그 때문입니다. 장병들에게는 미안하게 생각합니다.

심리적 압박감이 크겠죠."

사령관의 말에는 진심이 담겨 있지 않았다.

앰뷸런스 도착

3구의 시체를 추가로 파냈을 때 앰뷸런스가 도착했다. 몇몇 구역에서 언쟁이 벌어져 부대 지휘관들이 중재에 나섰다. 이번 호를 마감하는 과정에서 공원묘지가 애초부터 혼돈상태였음이 드러났다. 몇몇 시체는 도주에 성공했을 것이다. 근처 주민들에게 문단속을 철저히 하라는 긴급 공지가 돌았다. 남은 무덤은 오늘 발굴 예정이며, 시내의 나머지 18개 묘역에서도 같은 작업이 진행될 계획이다.

■ 〈엑스프레센〉 사설

어젯밤 있을 수 없는 일이 일어났다. 사망 선고를 받았거나 매장된 스웨덴인 약 2000명이 다시 살아난 것이다. 어떻게 이런 일이 가능한지, 또 앞으로 어떤 일이 일어날지는 두고볼 문제이지만, 그럼에도 근본적으로 떠오르는 의문이 있다. 이제 우리는 과연 죽음을 종말로 볼 수 있을 것인가?

그럴 수 없을 것이다.

인간에 대한 정의 중 하나는 자신의 죽음을 의식하는 동물이라는 것이다. 아마도 그럴 수 있는 유일한 존재이리라. 그러나 어젯밤 사건으로 우리는 인간 실존의 조건을 재구성하지 않을 수 없게 되었다.

죽음은 달리 말해 신진대사의 정지이다. 종교적, 혹은 초자연적 설명을 배제하면 남는 가설은 하나뿐이다. 바로 어떤 생물학적 메커니즘이 인간의 육신에 신진대사 재개 능력을 부여한다는 것이다. 현재까지 이에 대한 확실한 연구가 이루어진 적은 없지만 조짐은 많다.

죽음을 알리는 어떤 전통적인 징후도 현재로서는 유효하지 않다. 더이상 누가 죽었다고 언명할 방법은 없다. 모두 다시 살아날지도 모른다.

1980년대에 저온학低溫學이라는 것이 유행한 적이 있다. 소수의 재력가들이 자신의 사후에 시신을 냉동시킬 것을 유언장에 명시했다. 미국의 경우 그렇게 보존된 시신이 수천 구에 달한다.

숱한 질타를 받았던 저온학이 이제 와서 각광받는대도 놀랄 일은 아닐 것이다. 최소한 시신을 보존하는 방법에 대해 논의라도 되어야 한다.

분명 연구를 통해 시신 부활의 원인이 밝혀질 것이다. 같은 결과가 반복될 가능성도 있다. 특정한 질병을 이겨낸 환자의 혈액에서 항혈청을 분리할 수도 있을 것이다. 지난밤 우리는 수천 명의 사람이 죽음을 극복하는 것을 보았다. 그로부터 배울 수 있는 것은 무엇일까?

현재 인간의 시신 처리 방법은 기본적으로 그것의 폐기를 위해 고안되었다. 화장을 통해 신속하게 분해하거나 매장으로 천천히 분해하거나, 둘 중 하나였다. 앞으로는 개인의 결정에 맡겨야 할 것이다. 1달, 1년, 혹은 10년 후 우리는 죽음을 치유하는 방법을 발견하게 될지도 모른다.

그렇게 되면 누가 자신의 시신을 소각하길 바랄까?

라디오

■ 〈모르고네코트〉, 06:00

……오늘 아침 스웨덴군의 한 소식통이 밝힌 바에 따르면, 앞으로 발굴해야 할 무덤은 총 150기입니다. 오늘 하루 동안 일반인은 스톡홀름의 어느 묘

역에도 입장할 수 없습니다……

……12구의 시신이 여전히 행방불명상태입니다. 이 중 3구는 무덤이 파헤쳐진 채 발견되었고, 시신 또한 사라진 상태였습니다……

……지금 이 시각 스톡홀름 국회의사당에서 기자회견이 진행중입니다……

■ 〈모르고네코트〉, 07:00

……부활자의 가족들이 단데뤼드 병원 밖에 모였습니다. 내과과장 스텐 베리발은 〈모르고네코트〉 기자와의 인터뷰에서 현재 병원측은 면회를 허용할 수 없는 입장이라고 밝혔습니다.

"병원측에서도 아직 상황을 제대로 파악하지 못한 상태입니다. 부활자들은 격리되어 있지만 최고의 의료 지원을 받고 있습니다. 상황이 안전하다고 판단되는 즉시 면회를 허용할 계획입니다. 오늘이 될 수도 있고, 일주일 후가 될 수도 있고……"

……방금 기자회견이 끝난 국회의사당과 연결해보겠습니다.

보건복지부 장관: 지난 저녁 회의 결과, 의회는 이 시간 이후로 일체의 매장이나 화장을 무기한 금지하기로 결정했습니다. 간밤에 스톡홀름에서 사망한 네 명의 스웨덴인은 현재 부활의 조짐을 전혀 보이지 않지만……

기자: 그렇게 많은 시신을 보존할 공간은 있습니까?

장관: 네, 적어도 앞으로 한동안은 괜찮습니다. 최근 들어 영안실들이 이례적이라 할 만큼 한산하니까요.

기자: 그 이후에는 어떻게 대처하실 계획입니까?

장관: 이후에는…… 해결책을 강구해야 합니다. 짐작하시겠지만 이번 사태 같은 경우는…… 고려할 문제가 정말 많습니다.

……한편 경찰은 실종된 부활자 2명을 찾았습니다. 두 경우 모두 각자의 가족이 집에 숨긴 것으로 밝혀졌습니다……

■ 〈모르고네코트〉, 08:00

……〈모르고네코트〉 뉴스팀 인터뷰에 응한 단데뤼드 병원 직원에 의하면 어젯밤 내내 병원은 혼란상태에 빠져 있었습니다. 직원들 간의 협력이 아예 불가능한 병동도 몇몇 있었습니다.

오늘 새벽, 긴급회의 끝에 전 직원은 그 이상의 갈등을 방지하기 위해 병동 간 혼합 교대 근무를 실시하기로 결정했습니다.

……군대의 소식통이 제보한 바에 따르면, 부활자 무리와 직접 대면하는 상황에서 심상치 않은 현상이 발생한다고 합니다……

……스텐 베리발은 부활자들, 그중에서도 특히 묘지에 매장되어 있던 이들을 관리하는 데 따르는 애로사항에 대해 말했습니다.

"이론적으로 볼 때 이들은 죽은 사람들입니다. 인간 유기체의 사망 후 나타나는 모든 결과가 보이고 있죠. 더 간단히 말씀드리면, 일반 병실을 냉동실로 바꾸기 위해 많은 인력을 동원해 밤새도록 설비작업에 임하고 있다는 뜻입니다…… 윤리적 이유로 영안실은 사용하고 싶지 않지만…… 2000명에 달하기 때문에……"

……장례업체 포누스는, 당연히 정부의 권고를 따르겠지만 기술상의 이유로 신속한 통지를 바란다고 밝혔습니다……

텔레비전

■ TV4 아침 뉴스, 08:30

스튜디오 안: 단데뤼드 병원 내과과장 스텐 베리발(이하 SB), 요한 스텐베리 사령관(이하 JS), 초심리학 박사 루노 살린(이하 RS).

진행자: 현실적인 문제부터 논의해볼까요? 현재 단데뤼드 병원에 수용된 부활자는 모두 몇 명입니까?

SB: 1962명입니다. 지금 이 시간에도 몇 명 추가로 들어왔을 겁니다.

진행자: 듣기로는 부활자 중 지난밤에 다시…… 죽은 이도 몇 된다고요.

SB: 맞습니다.

진행자: 원인은 밝혀졌나요.

SB: 아니요, 정확하게 알 수는 없습니다. 다만 애초부터…… 다시 살기에는 상태가 매우 좋지 않은 부활자가 몇 있었습니다.

진행자: 그들이 죽었다고는 어떻게 판단할 수 있습니까?

SB: (미소를 지으며) "그냥 알 수 있어요"라고 말씀드릴 수도 있습니다. 죽었으니까요. 하지만 좀더 구체적으로 말하자면…… 뇌파를 측정하면 대뇌피질 내의 일정한 활동전류를 얻을 수 있는데, 이 전류가 멈추면 사망한 것으로 간주합니다. 현재의 정의에 따르면 그렇습니다. 그런데 부활자들의 뇌파를 측정한 결과, 기본적인 뇌기능이 다시 시작된 것으로 나타났습니다.

진행자: 요한 스텐베리 사령관님께 질문하겠습니다. 텔레파시 현상에 대한 이야기가 나왔다고 들었는데요.

JS: 그렇습니다.

진행자: 부활자와 직접 접촉한 장병들에게 그들의 생각을 읽는 능력이 생겼다는 게 사실입니까?

JS: 그렇진 않습니다. 지금까지 보고받은 현상은 어디까지나 살아 있는 사람들에 국한되어 있습니다.

진행자: 그때 일어난 갈등 상황에 대해 설명해주실 수 있습니까?

(JS가 SB를 보며 대답을 떠넘긴다)

SB: 그게, 묘지에서 어떤 일이 일어났는지는 알 수 없습니다만, 병원 직원들 간에 다소…… 견해차가 있었던 것은 사실입니다.

진행자: 다른 사람의 마음을 읽을 수 있게 되어서였나요?

SB: 모든 팀에는 갈등이 있고, 스트레스가 심한 상황이라면 더욱 두드러지는 측면이 있습니다. 지금 이런 갈등의 근거가 실제로…… 독심술이라는 신빙성 있는 증거는 전혀 없습니다.

진행자: 루노 살린 박사님의 견해는……

RS: 성인인 두 분이 자신의 세계관에 부합하지 않는다는 이유만으로 자명한 사실을 부인하는 게 저로서는 참 놀랍습니다. 그 사실이란 이런 것이죠. 부활자들이 거대한 집단을 이루면서 일종의 힘의 장이 생겨나자 그 주변 사람들에게 타인의 생각을 읽을 수 있는 능력이 생겼습니다. 저도 단데뤼드에 갔다가 직접 겪었습니다.

진행자: 스텐 베리발 과장님, 이 현상을 어떻게 보시는지요?

SB: (한숨을 내쉬며) 부활자의 뇌에서 발생하는 활동전류는…… 진폭이라고 해봐야 50만분의 1볼트밖에 안 되고, 알파파 주파수는 1에서 2헤르츠 사이를 왔다갔다하는 정도입니다. 신생아와 비슷한 수준이고, 활동전류, 그러니까 전류의 세기도 너무 약해요…… 어떻게 비유하면 좋을까요? 다시 말해 당장 죽을 사람과 다름없습니다. 그 정도로 약합니다.

RS: 그런 힘의 장에 대해 설명하면서 활동전류가 강하다는 사실이 아니라 약하다는 사실에 초점을 맞추시는 겁니까?

SB: 제 말은 이 같은 양상은 살아 있는 사람, 즉 완전히 성장한 인간에게서는 결코 나타난 적이 없다는 겁니다. 가령…… 부작용이 일어났을 가능성도 없지 않습니다. 시체들이 살 수 있다는 게 생물학적으로 어떻게 가능한지, 단 한 마디라도 좋으니 말할 수 있을까 싶어서 아직 RMV(분당 호흡량) 조사 결과를 기다리고 있는 입장입니다…… (냉소적인 표정으로 RS에게) 하지만 박사님이라면 이미 설명할 근거를 마련해놓으셨겠죠?

RS: 그렇습니다. 저는 그들의 영혼이 되돌아왔다고 생각합니다. (웃음) 만약 제가 어제 아침 여기 나와서 "오늘밤 죽은 자들이 무덤에서 깨어날 겁니다"라고 말했다면 여러분은 저를 그저 우스운 사람 정도가 아니라 정신병자로 여기셨겠죠. 영혼이라는 개념은 고대부터 있었고 지금도 많은 이가 신봉하고 있습니다. 텔레파시로 생각을 전하는 것이 가능하다는 증거는……

SB: 증거라고요.

RS: 희박하죠, 인정합니다. 하지만 가능성이라는 게 원래 그렇죠. 전적으로 일어날 수 없는 일은 아니라는 겁니다. 말하자면, 죽은 자들이 살아나는 상황은 차원이 다르죠. 그건 진짜 불가능합니다. 그런데 어쩌죠? 죽은 자들이 살아 돌아왔으니 말입니다. 그런데도 여러분은 여전히 텔레파시와 영혼의 존재를 믿지 못하는군요.

진행자: 스텐베리 사령관님, 이 모든 논의에 대해 뭐라고 말씀하시겠습니까?

JS: 신학적 문제에 대해 심사숙고하는 게 군대의 역할이라고 믿지는 않습니다. (RS를 보며) 그런 면에서는 다른 분들이 저보다 더 출중하시지 않습니까?

RS: 그러시다면야…… 만약 영혼이 있다면 에너지로 구성되어 있을 겁니다. 에너지의 어떤 형태라고 할 수 있죠. 이미 우리 모두 경험한바, 이 힘의 장의 근원은 뇌에서 추적되지 않습니다. 어림없죠. 육신에 속하지만 그 바깥에 있는 존재를 인정해보면 어떨까요. 초월적인 실체를……

JS: 무지한 군인의 입장을 양해해주십시오. 하지만 영혼이 육신 안이 아니라 다른 데 있다는 이야기는 금시초문입니다.

RS: 우리가 살아 있을 때는 그렇습니다. 그러나 이렇게…… 부활한 상태에서 뇌가 미지의 방식으로 기능한다는 건 인정된 사실입니다. 그렇다면 영혼에 대해서도 똑같이 인정하지 못할 이유가 도대체 무엇입니까? 만약 수많은 영혼이, 말하자면 몸을 벗어나 바깥에서 떠돌고 있다면, 그로 인해 발생되는 게…… 이걸 어떻게 말씀드려야 되나……

진행자: 시간이 거의 다 됐습니다. 정리하겠습니다. 이런 일이 일어난 이유가 뭐라고 보십니까, 스텐베리 사령관님?

JS: 그 질문에 대한 의견이 있다 해도 저는 함구하겠습니다.

진행자: 베리발 과장님?

SB: 말씀드렸듯이 저희는 조사 결과를 기다리고 있습니다.

진행자: 살린 박사님?

RS: 오류가 발생한 거죠. 뭔가 잘못되어서…… 정상적인 질서가 와해된 겁니다.

진행자: 그 점에 대해서라면 이 자리의 모두가 동의할 수 있을 것 같은데요. 그럼 오늘의 날씨를 알아보죠. 카밀라, 나와주세요.

카밀라: 지난 몇 주 동안 스톡홀름의 날씨를 장악했던 고기압은 오늘밤 서쪽에서 확장하는 저기압의 영향으로 수그러들겠습니다. 오늘밤에는 비가 많이 오겠습니다. 위성사진을 보면……

■ 미국 CNN 〈월드뉴스〉, 스웨덴 시각 08:30

……스웨덴의 수도에서 일어난 기이한 사건을 해명할 방법을 찾고 있는 중입니다. 아직 발견된 것은 없지만, 다른 지역에서도 잇따라 시체들이 깨어

날 가능성이 강하게 제기되고 있습니다. 오늘 아침 한 군 사령관은 테러리스트의 소행일 가능성을 배제할 수 없다고 말했습니다……

(스코그쉬르코고르덴 공원묘지, 펜스 뒤의 시체들과 묘지 사이를 오가는 군인들을 원거리에서 촬영한 화면)

■ 스페인 방송, 08:30

……이 같은 일이 스페인의 도시에서도 일어나길 바라며 기다리는 사람들이 많습니다. 그러나 현재까지는 스톡홀름에 국한된 현상으로 판단됩니다. 간밤에 그곳에서 부활한 사망자의 수는 2000명에 이르는 것으로 집계되었습니다. 오늘 아침 단데뤼드 병원 앞에 몰려든 가족 친지의 귀에는 의사의 말도, 성직자의 말도 들리지 않는 것 같습니다……

(단데뤼드 병원 밖에 모인 수백 명의 인파, 낙심한 표정의 사제)

■ 독일 ARD 〈타게스샤우〉, 09:00

……조사원들도 지난밤 난제를 해결하느라 바쁜 시간을 보냈습니다. 오늘 열린 기자회견에서 전한 바로는, 보통 사체에서 파괴되는 몇몇 효소가 이 부활자들에게서는 온전합니다. 현재로서는 이것들이 실제로 생명체에 영양분을 공급하는 바로 그 효소인지의 여부를 연구중이며……

(스웨덴의 연구소의 스톡푸티지,* 받침대에 수많은 시험관이 정렬되어 있다)

* 상시 촬영이 힘든 장면이나 장소를 사전에 찍어둔 영상.

■ **프랑스 TF1 〈주르날〉, 13:00**

……지난밤 묘지와 영안실에서 깨어났습니다. 프랑스 관광공사는 당분간 스톡홀름 여행을 자제해줄 것을 당부했습니다. 스웨덴의 다른 도시에서는 이런 현상이 나타나지 않은 것으로 보이며, 이 도시들을 방문하는 데는 제한이 없습니다. 스톡홀름 시민들은 오늘 아침 잠에서 깨어나 달라진 현실을 목격했습니다. 하지만 표면적으로 그들의 삶은 평상시로 되돌아간 듯 보입니다.

(공원묘지, 펜스 뒤의 시체들과 드로트닝가탄의 행인들을 교차 촬영한 화면)

8월 14일 II

꽃을 피우는 초록빛 힘

내가 잠깐 무덤을 떠나 돌아오면
당신이 죽은 얼굴에 미소를 되찾아줄래요?
그렇게 해줄 수 있나요?

에드 하코트, 〈This One's For You〉

벨링뷔, 11:55

안나가 가고 사십오 분이 지나자 말레르는 걱정이 되기 시작했다. 발코니로 나가 단지 마당을, 딸의 아파트를 자세히 살펴보았다. 도대체 무슨 수로 버티고 있는 거냐고. 아버지다운 노파심이 울컥 솟아올랐지만 이내 억눌렀다. 지금 상황에 도움될 것이 있다면 배려였다. 배려와 이해심.

지난 몇 년간 말레르는 엘리아스에게 할아버지 이상의 존재, 아버지에 가까운 존재였다. 어쩌면 그는 안나가 어렸을 때는 한창 일하느라 누리지 못했던 것을 되찾으려고 했는지도 몰랐다. 말레르가 엘리아스를 돌봐주고 유치원에서 데려오는 일을 맡아준 덕에 안나 역시 어느 정도 자유를 누릴 수 있었다. 그는 딸이 남는 시간을 제대로 활용하지 못한다고 생각했지만, 조언을 해봐야 이제 와서 그런 말씀 하셔봤자 늦었다는 걸 모르세요?라고 반발할 걸 알았기 때문에 왈가왈부하지 않으려 했다.

결국 다 그의 탓일 수도 있었다. 안나가 정착하지 못하는 것도, 한 직장에 진득이 붙어 있지 못하는 것도, 학업을 끝마치지 못한 것도 모두 학습된 행동이었다. 누가 그렇게 가르쳤을까? 기자를 업으로 삼은 구스타브 말레르였다.

안나가 어렸을 때만 다섯 번 이사를 했다. 더 큰 신문사에 더 좋은 자리를 얻을 때마다 그랬다. 안나가 아홉 살이 되고 말레르가 마침내 〈아프톤블라데트〉에 범죄 전문 기자로 정착했을 때, 아이의 엄마 쉴비아는 한계에 다다라 남편을 떠났다. 그러나 사실상 말레르가 그보다 훨씬 전에 쉴비아를 떠났다고 해야 옳았다.

그런 식으로 말레르는 딸에게 사는 법을 확실히 가르쳐준 셈이었다. 안나는 심리학을 전공했고, 여섯 달 뒤 자퇴할 때는 아버지에게 모든 게 당신 탓이라고 말할 수 있을 만큼 배웠다. 말레르는 전적으로 동의했지만 굳이 입 밖에 꺼내 말하지는 않았다. 자신의 운명은 자신이 책임져야 한다고 믿어서였다. 이론상으로는 그랬다.

말레르는 딸에 대해 유독 양가감정을 가졌다. 딸이 변명은 그만 늘어놓고, 정신 차리고 뭐든 해야 한다고 생각했다. 동시에 그애가 변명을 늘어놓는 것도, 정신을 차리지 못하는 것도, 아무것도 시작하지 못하는 것도 다 자기 탓이라고 생각했다. 그랬다. 그는 모든 것을 그의 탓으로 돌릴 자격이 있었다. 안나는 아니었다.

말레르가 담배에 불을 붙여 한 모금 빨았을 때 남자 세 명이 안나의 집 문 앞에 나타났다. 그는 몸을 수그리고 담배를 콘크리트 바닥에 비벼 껐다.

적에게 연기가 발각되면 안 되지.

그리고 그들이 자기 집 문 쪽으로 오는지 바짝 긴장해 귀를 기울였다. 아니었다. 그들은 이야기를 나누며 단지 마당을 떠났다. 무슨 내용인지는 들리지 않았다. 말레르는 새까매진 담배 끝부분을 뜯어버린 다음 다시 불을 붙이고 두 모금을 빨았다. 손가락이 떨렸다. 딸과 함께 여기서 도망쳐야 했다. 지금.

누군가 긴장하지 않을 수 없는 소식을 전해올 상황이 두려워 진작 집 전화도 휴대전화도 꺼둔 터였다. 메시지가 왔나 확인하려고 유선전화의 플러그를 꽂는 순간, 현관문이 열렸다. 말레르는 그대로 얼어붙어버렸다.

"아빠?"

열 손가락에 힘이 바짝 들어갔다가 다시 풀렸다. 안나가 한 손에 여행가방을 들고 방으로 걸어들어왔다. 말레르는 플러그를 콘센트에서 뽑아버렸다. 안나는 가방을 내려놓고 발코니 쪽으로 가서 창밖을 내다보았다.

"그 사람들 갔다." 말레르가 말했다. "내가 봤어."

긴장해 잔뜩 깨물고 있던 탓에 안나의 아랫입술은 선홍색을 띠고 있었다.

"그 사람들이 온 집안을 다 뒤졌어요. 레고를 흩뜨려놓고, 침대 밑까지 보더라고요." 안나는 콧방귀를 뀌었다. "다 큰 남자들이. 저더러…… 자기들에게 아이를 맡겨야 한다는 거예요."

"뭐하는 사람들인데?"

"경찰하고 의사요. 전염…… 어쩌고 하는 데서 통지서를 받아왔어요. 저한테 이건 불법이라고…… 엘리아스한테 위험하다고 했어요."

"그애가 여기 있다는 말은 안 했지?"

"네, 그런데……"

말레르는 고개를 끄덕이고 노트북을 덮은 뒤 필요한 케이블들을 모았다. "지금 당장 떠나야 돼."

"병원으로요?"

말레르는 눈을 질끈 감고는 언성을 높이지 않으려고 애썼다.

"아니, 안나. 병원이 아니야. 여름별장으로 가자."

"하지만 그 사람들 말이……"

"그 작자들이 무슨 소리를 하든 쥐뿔만큼도 관심 없다. 우린 떠나는 거야."

말레르가 노트북을 챙겨 침실로 가보니 안나가 팔짱을 낀 채 문 앞에 서 있었다. 그녀의 목소리는 침착하고 싸늘했다.

"이런 결정을 할 사람은 아빠가 아니에요."

"안나, 비켜줄래? 떠나야 돼. 그들이 언제고 다시 들이닥칠지 몰라. 가방 챙겨."

"아뇨, 아빠가 책임질 일이 아니라고요. 제가 아이 엄마예요."

말레르는 입술을 안으로 말아 깨물고는 안나의 눈을 똑바로 들여다보다 말했다. "네가 하루아침에 이렇게 엄마 노릇을 하겠다는 강한 의지를 보여주다니 정말 대견하구나. 지난 몇 년 동안 그런 모습을 본 기억이 별로 없는데. 그렇지만 난 엘리아스를 데리고 갈 작정이야. 너는 너 좋을 대로 해라."

"그러면 저는 경찰을 부르겠어요." 안나가 말했다. 한마디 한마디 서려 있던 얼음이 깨지기 시작했다. "정말 모르시겠어요?"

말레르는 사람의 마음을 조종하는 법을 알고 있었다. 마음만 먹었다면 부드러운 목소리로 은근히 딸에게 비난의 화살을 돌리고 몇 분 안에 자기가 계획한 곳으로 출발했을 것이다. 그러나 이번에는 배려하고자 하는 마음이, 또는 시간이 부족해서 그러지 않기로 했다. 대신 재갈 물린 분노를 풀어버릴 작정이었다. 그래야 보다 공정한 게임인 것 같았다. 그는 가방을 테이블 위에 올려놓고 침실을 가리켰다.

"아까는 재가 엘리아스가 아니라면서! 그러면서 무슨 엄마 노릇을 하겠다는 거야!"

안나는 마치 커피가 든 진공 팩을 연 것처럼 살짝 휘청하더니 소리내 울기 시작했다. 말레르는 속으로 자신을 저주했다. 공정한 게임이라니, 말도 안 되는 소리였다.

"안나, 미안하다. 진심이 아니……"

"진심이었어요." 몸을 곧추세우며 손등으로 눈물을 훔치는 안나의 모습에 말레르는 새삼 놀랐다. "아빠가 저 같은 건 눈곱만큼도 신경 안 쓴다는 거 살 떨리게 잘 알아요."

"그런 식으로 나오다니 너도 너무하는구나." 말레르는 뒤로 물러서며 자제력을 잃어갔다. "이제껏 널 보살핀 게 누구냐? 매일……"

"매일 짐짝처럼 보살펴주셨죠. 그래요, 의무감에 쫓겨서. 그런데 이제 그 짐짝이 방해되니까 치워버리려는 거고. 아빠는 지금까지 저를 배려해서 해주신 게 단 하나도 없어요. 머릿속에 죄책감 말고는 아무것도 없잖아요. 담배 한 대 주세요."

말레르는 가슴께의 호주머니를 뒤지려다 말았다.

"안나, 시간이 없어……"

"시간 있어요. 담배 한 대 달라고 했잖아요."

안나는 담배와 라이터를 받아들고 불을 붙인 다음 안락의자 끄트머리에 걸터앉았다. 말레르는 그 자리에 그대로 서 있었다.

"제가 이렇게 말하면 뭐라고 하실래요?" 안나가 입을 열었다. "아빠가 보살펴주는 내내 사실 전 혼자 있고 싶은 생각밖에 없었거든요? 하루가 멀다 하고 아빠가 숨가쁘게 왔다갔다하는 걸 보고 진짜 귀찮아 죽는 줄 알았다고요. 끼니는 골목 노점에서 핫도그로 때웠어요. 갖다주시는 음식은 필요 없었어요. 그래도 아빠 마음 편하시라고 그냥 참았다고요."

"그래?" 말레르가 맞섰다. "그러니까 네가 혼자 누워 있건 말건 내버려뒀어야 했다는 소리냐? 허구한 날……"

"혼자 아니었어요. 마음이 내키면 밤에 가끔 아는 사람한테 전화 걸어서……"

"아, 그랬겠지. 왜 아니겠니?" 말레르는 의도한 것보다 더 비아냥거리는 목소리로 말했다.

"왜 이러세요, 정말! 다 자기 생긴 대로 사는 거 아니에요? 그래도 제가 죽을 만큼 슬펐던 건 엘리아스 때문이었어요. 하지만 아빠는 뭐가 그렇게 애석했는지 의문이네요. 속죄할 수 있다는 궁상맞은 희망이 사라져서 아닌가요? 하여간 더이상 편의를 봐드리지 않을 거예요." 안나는 반쯤 피운 담배를 끄고 침실로 들어갔다.

말레르는 양팔을 늘어뜨린 채 미동도 하지 않고 서 있었다. 부끄러워서가 아니었다. 안나의 말은 하나도 와 닿는 구석이 없었다. 사실일 수도 있지만, 그의 생각과는 달랐다. 그러나 딸은 새로운 사실을 던져주었다…… 그렇게 입 밖에 내어 말하지 않았다면 그녀가 그런 생각을 품고 있다는 것조차 그는 몰랐을 것이다.

엘리아스는 무기력한 외계인처럼 두 팔을 쭉 펴고 누워 있었다. 안나는 침대 모서리에 걸터앉아 아이의 주먹 쥔 손에 자기 손가락을 가져다 대고 있었다.

"보세요." 그녀가 말했다.

"그래." 그리고 말레르는 곧바로 "나도 안다"라는 말이 나올세라 입술을 꾹 다물었다. 대신 침대 반대편으로 가 앉아 엘리아스의 다른 쪽 손에 손가락을 댔다. 아이의 손이 그의 손가락을 그러쥐었다. 부녀는 각자 손가락을 아이의 손에 쥐인 채 한동안 그대로 있었다. 멀리서 사이렌 울리는 소리가 말레르의 귀에 들려왔다.

"얘한테 뭘 줘야 되죠?" 안나가 물었다.

말레르는 소금물 얘기를 들려주었다. 안나의 질문에는 묵종의 기색이 담겨 있었지만, 그는 더 밀고 나가고 싶지 않았다. 이제 안나가 결정할 문제였다. 틀린 결정만 하지 않는 한.

"설탕은요?" 안나가 물었다. "포도당액을 준다면서요."

"괜찮지 않을까." 말레르가 말했다. "한번 해보지, 뭐."

안나는 고개를 끄덕이고 엘리아스의 손등에 입을 맞춘 후, 손가락을 살살 빼내고 말했다. "그럼 이제 가요."

말레르가 문 앞으로 차를 끌고 오자 안나가 침대시트에 둘둘 싼 엘리아스를 안고 나와 뒷좌석에 뉜 다음 자기도 차에 올라탔다. 하루종일 주차장에 세워져 있던 차 안은 찜통이나 다름없었다. 말레르는 양쪽 차창을 모두 내리고 선루프를 열었다.

광장까지 가서 그늘에 차를 세우고 뛰다시피 약국으로 들어갔다. 바구니 안에 포도당 열 팩과 로션 네 병을 넣었다. 그리고 주사기 두 개. 마지막으로 유아용품 진열대 앞에서 서성거리다 젖병을 몇 개 챙겼다. 젖꼭지에 구멍이 하나만 뚫렸는지도 확인했다.

안나와 엘리아스를 차 안에 너무 오래 두긴 싫었지만, 약국에서 뭔가를 고르려니 우왕좌왕했다. 반창고, 모기약, 항진균 크림, 비타민, 연고가 진열된 선반을 이리저리 둘러보았다. 도움이 될 만한 것이 분명 더 있을 터였다.

손이 가는 대로 비타민 병과 허브 약품 몇 개를 골랐다.

계산대의 여자가 말레르의 몸을 보더니 그다음에는 그가 고른 물건들을 보았다. 그녀가 사무적인 가면 뒤에서 머릿속으로 그만큼의 당분, 약병, 보디로션과 그의 상관관계를 이리저리 가늠하는 게 빤히 보였다.

말레르는 현찰로 값을 치른 뒤 물건을 욱여넣어 묵직해진 봉투를 들고 약국 밖으로 나갔고, 여자는 안녕히 가시라고 인사했다.

노르텔리에까지 가는 내내 부녀는 말이 없었다. 안나는 뒷좌석에 앉아 엘리아스를 무릎에 누이고 아이의 손가락을 감아쥔 채 앞만 뚫어져라 바라보고 있었다. 말레르가 카펠셰르로 빠지는 분기점에 들어섰을 때 안나가 물었다. "그 사람들이 우릴 거기까지 찾아나서지 않겠어요?"

"모르지." 그가 말했다. "그들이 그렇게까지…… 목적의식이 투철하지 않기를 바라고 있다고나 할까. 그리고 외곽으로 가야 더 마음 편할 거고."

말레르는 라디오를 켰다. 공영방송에서는 음악이 나오지 않았고, 민영방송만이 무슨 일이 있었느냐는 듯 평소와 다름없이 진행중이었다. 한동안 P1 채널에 주파수를 맞춰두었지만 그들이 알고 있는 것 이상의 정보는 거의 얻을 수 없었다. 여덟 명의 부활자가 여전히 행방불명이었다.

"다른 일곱 명은 지금 뭘 하고 있는지 궁금하구나." 말레르는 그렇게 말하고 라디오를 껐다.

"우리랑 비슷하겠죠." 안나가 말했다. "도대체 아빠는 무슨 근거로 우리가 잘하고 있고 남들은 다 틀렸다고 생각하실 수 있어요?"

말레르는 도로에서 눈을 떼고 고개를 돌려 이 초 정도 안나를 바라보았다. 딸은 진지하게 묻고 있었다.

"잘하는 건지 아닌지는 나도 모른다." 그가 말했다. "하지만 이건 알아. 남들도 모르기는 마찬가지라는 것. 내가 일할 때만 봐도…… 정부 관계자라는 치들이 왜 그래야 하는지도, 어떤 결과가 나올지도 모르면서 다만 딱 한 가지 이유…… 그렇게 해야 남들 눈에 뭔가 하는 것처럼 보인다는 이유로 일할 때가 얼마나 많은지 알면 너도 놀랄 거다." 대화가 어느 정도 무르익은 참에 그는 용기를 내어 딸에게 물어보았다. "네 생각엔 우리가 잘하고 있는 것 같지 않니?"

안나는 잠깐 말이 없었다. 엘리아스를 굽어보다 일순 얼굴을 찡그리는 딸의 모습이 룸미러에 비쳤다. "창문 좀더 열어주시면 안 돼요?"

말레르는 버튼을 눌러 최대한 창문을 내렸다. 안나는 뒤로 몸을 기대며 고개를 좌석 윗부분에 대고 뒤로 젖혔다. 그리고 천장을 바라보며 말했다. "얘 냄새는 왜 가시질 않는 거죠?"

말레르는 또 한번 뒤쪽을 힐긋 바라보았다. 침대시트 사이로 검은 반점이 난 엘리아스의 초록빛 얼굴이 보였다. 그렇게 있으니 아이는 붕대를 두른 미라 같았다.

"전 이 아이를 포기하고 싶지 않아요." 안나가 말했다. "그게 다예요."

별장 주변의 초목은 웃자라 시들어 있었다. 초여름 포치 주변에 걷잡을 수 없이 무성하게 자랐던 인동덩굴은 이제 볼썽사납게 뒤엉켜 마치 포장재로 포치를 감싼 듯한 인상이었다.

말레르는 정문을 10미터 앞두고 차를 세운 다음 시동을 껐다.

"자." 그가 갈색이 된 잔디밭을 내다보며 말했다. "드디어 왔구나."

별장은 고리 모양의 코홀마 휴양지 끝자락에 있었다. 바닷가에 가려면 숲길을 수백 미터는 걸어야 했지만, 차에서 내리니 공기에서 바닷가 특유의 기운이 느껴졌다. 깊이 숨을 들이마시자 자유의 전망이 가슴 가득히 차올랐다.

그제야 그는 그간 자신이 무슨 생각이었는지 깨달았다.

별장이 아파트보다 더 안전할 것 같았다. 물론 바다 때문이었다. 탁 트인 푸르른 망망대해. 사람들이 온다 해도 언제나…… 도망칠 수 있는 여지가 있었다. 섬으로 가면 될 것이다.

십오 년 전 여윳돈으로 별장을 매입한 것이 이제야 생색이 났다. 숲을 통과해 전해지는 묵직한 천둥에 차체가 살짝 떨렸다. 말레르는 한숨을 내쉬었다.

남쪽으로 500미터를 가면 카펠셰르 도선장이 있었다. 십오 년에서 이십 년 전쯤 핀란드 본토와 올란드 제도로 가는 통행이 증가하면서 페리는 편수도 늘어나고 대중적 오락시설이 되었지만, 인접 지역의 부동산 가치는 반이나 폭락했다. 공항 바로 옆에 사는 것만큼 나쁘지는 않아도 거의 그에 맞먹었다. 페리는 24시간 운항했고, 그 소리에 무심해지려면 일주일 정도는 버텨야 했다.

부녀는 여장을 풀기 시작했다.

말레르는 뒷좌석의 엘리아스를 안아들고 별장까지 데려갔고, 배수관에서 열쇠를 찾아내 문을 열었다. 별장 안에서는 눅눅한 냄새가 났다. 그는 깃털, 돌멩이, 나뭇조각 등 지나간 여름들의 보물이 창틀과 선반에 어지럽게 널려 있는 엘리아스의 방으로 아이를 데려갔다.

엘리아스를 침대에 누이고 창문을 열었다. 짭조름한 바람이 방안으로 휘몰아쳐 들어와 춤을 청했다.

그렇다. 이곳에 오기로 결정한 건 잘한 일이었다. 여기는 공간과 시간이 있었다. 그들이 원한 모든 것이었다.

테뷔 자치시, 12:30

간밤에 플로라와 통화한 후 엘뷔는 잠이 오지 않아 애를 먹었다. 그림베리를 읽는 데 좀더 시간을 할애해야 했다. 적절한 타이밍인지 아닌지는 모르겠지만, 구스타브 2세 아돌프*의 죽음을 다룬 페이지를 막 읽을 차례였다. 왕의 시신과 과부가 된 마리아 엘레오노라 왕비의 괴이쩍은 관계를 설명한 부분에서 눈을 뗄 수 없었다.

마리아 엘레오노라는 남편의 시신을 내주지 않았다. 독일에서 이동하는 내내 그의 시신을 알현하고 또 알현했다. 사람들이 강제로 떼어놓자, 그녀는 기어코 남편의 심장을 꺼냈고(대체 어떻게 꺼냈는지 제대로 설명하지 않은 그림베리에게 엘뷔는 더없이 부아가 치밀었다), 그들을 협박해 시신을 다시 손에 넣으려고 했다……

장례여행을 함께했던 스웨덴 재상은 다음과 같이 썼다.

'시신이 변색되고 부패하는 것도 아랑곳하지 않는 왕비의 사고방식이나 공경과 애정의 표시를 퍼붓는 태도는 가히 인식의 경지를 벗어났다고 해도 좋을 정도다.'

엘뷔는 책을 내려놓고 이 내용을 곱씹어보았다. 엘뷔와는 관점이 달랐다. 만약 왕이 관에서 일어났다면 왕비는 분명 환희에 차서 썩어가는 몸을 자기 품에 안았을 것이다. 어쩌면 그렇게 다를까? 엘뷔가 냉혈한인 걸까?

몇 페이지를 더 읽다보니 그에 대한 설명이라고 할 수 있는 대목이 나왔다. 마리아 엘레오노라는 그전에 두 명이 들어갈 수 있는 관을 준비해두었다. 한 자리는 죽은 군주를 위한 것이요, 다른 하나는 그녀 자신을 위한 것이었다. 그렇게까지 한 이유는 생전의 왕을 '거의 누리지 못했기' 때문이었다. 그런데 왕이 세상을 떠났으니 그 기회를 십분 활용하고 싶었던 것이다.

바로 그 점에 동감할 수 없다는 것이 엘뷔의 문제였다. 엘뷔는 토레가

* 1611년부터 1632년까지 재위한 스웨덴의 국왕. 삼십년전쟁 때 독일에서 전사했다.

살아 있을 적에 충분히 그를 '누릴' 수 있었다. 결혼을 통해 신경질적인 한 여자를 자상하게 받아준 열 살 위의 남자, 단 한 번도 그녀의 속내를 헤아리지 못하면서 평생토록 그녀를 아끼고 이끌어주었던 그가 세상을 떠날 즈음, 엘뷔는 그에 대해서는 볼장 다 봤다고 생각했다. 최선을 다한 남편에게 딱히 원망은 없었다. 그러나 더이상은 사양이었다.

그런 생각으로 마음을 가라앉힌 엘뷔는 책을 내려놓고 잠을 청했지만 잠들지 못했다. 네시 반에 어쩔 수 없이 일어나 삼십 분 동안 변기에 앉아 있다가 다시 침실로 돌아와 몸을 뉘었을 때는 동이 트기 시작했다. 블라인드를 내리고 수면제 몇 알을 삼킨 후에야 잠시나마 눈을 붙일 수 있었다. 까무룩 잠이 들고 깨기를 반복하다 열한시에 일어난 그녀는 가뿐하고 기운찬, 기대에 한껏 부푼 마음이었다.

뉴스를 보기 전까지는.

중요한 문제는 거의 한마디도 언급되지 않았다. 그런 건 존재하지도 않는 양 시치미를 떼고 있었다. 드문드문 목사나 주교가 나와 몇 마디 떠들긴 했지만, 도대체 무슨 소리를 하는 건지 어이가 없었다.

근심하는 유족, 교회의 상담 전화, 이런 상황 때문에 괴로워하는 많은 사람, 어쩌고저쩌고.

엘뷔는 괴롭지 않았다. 오히려 머리끝까지 화가 났다.

통계, 야간 발굴작업의 광경. 그즈음 군인들은 관련 무덤을 거의 다 파헤쳤고, 죽은 지 두 달이 넘어서 예상컨대 깨어나지 않았을 시신의 무덤도 몇 기 더 팠다. 부활자의 수는 이천 명에 달했다.

조금 전 수상이 비행기로 알란다 공항에 도착하자 기자들이 득달같이 몰려들었다. 수상은 상황의 심각성을 강조할 요량인 듯 안경을 벗더니 속수무책인 표정으로 카메라를 응시하며 말했다.

"지금 스웨덴은. 충격의 도가니에 빠져 있습니다. 저는 모든 국민의.

협조를 바랍니다. 지금의 상황이. 더 악화되어선 안 됩니다. 저를 비롯한. 우리 정부는. 최선을 다해. 대책을 강구할 것입니다. 국민 여러분께. 여러분이 필요로 하는. 도움을 드리겠습니다.

그러나 잊지 맙시다……"

수상은 집게손가락을 치켜들고 적당히 슬픈 표정으로 주변을 둘러보았다. 엘뷔는 온몸을 긴장한 채 텔레비전 가까이 몸을 기울였다. 올 것이 오고 있다. 마침내. 수상은 입을 열었다. "언젠가 우리 모두 같은 길을 걷게 될 것입니다. 그 무엇도 이들과 다르지 않을 겁니다. 우리가 말입니다."

수상이 모두에게 감사를 표하자 대기중인 자동차까지 길이 열렸다. 엘뷔는 입이 떡 벌어졌다.

저 작자마저……

그녀는 수상이 성서를 알고, 성서 구절을 즐겨 인용한다는 것을 알고 있었다. 그러나 이렇게 절박한 때 그가 성서의 '성'도 언급할 생각이 없는 것을 보자 낭패감이 너무 커 불에 기름을 부은 격이었다. 이런 상황이 아니면 도대체 언제 한단 말인가.

언젠가 우리 모두 같은 길을 걷게 될 것입니다……

엘뷔는 텔레비전을 탁 꺼버리고 큰 소리로 외쳤다. "염병할 놈……어디서 쇼를 하고 있어!"

엘뷔는 너무나 화가 난 나머지 자신을 추스르지 못하고 집안을 왔다갔다했다. 응접실로 가서 토레의 체액이 얼룩진 찬송가 복사본을 집어 구깃구깃 구겨서는 쓰레기통에 처넣었다. 그리고 하가르에게 전화를 걸었다.

교회에서 가장 주변이 좋고 바지런한 친구였다. 지난 십이 년 동안 엘뷔와 하가르는 앙네스와 함께 토요 예배 때 신자들에게 커피를 대접하고 돌아가면서 케이크를 만들었다. 앙네스가 좌골신경통을 앓아 거동이 불편해지면서부터 최근 삼 년은 엘뷔와 하가르가 그 일을 도맡았다.

벨이 두 번 울렸을 때 하가르가 전화를 받았다.

"612-1926!"

약간 가는귀가 먹은 하가르가 거의 고함치듯 말해서 엘뷔는 귀에서 전화기를 뗐다.

"나야."

"엘뷔! 무슨 사달이 난 것 같던데. 자기네……"

"그래, 알아. 저기 말이야……"

"토레! 토레가……?"

"그래."

"돌아왔구나……"

"응, 그랬어."

잠시 침묵이 흘렀다. 이윽고 하가르가 약간 작아진 목소리로 말했다.

"그랬구나. 그럼 자기를 찾아서 집에 온 거야?"

"그래. 하지만 병원에서 데리러 왔어. 그것 때문에 전화한 건 아니야. 뉴스 봤어?"

"당연하지. 아침 내내 봤어. 도저히 믿기지가 않네. 그래서, 무서웠어?"

"토레? 그래, 처음엔 좀 그랬던 것 같은데…… 결국 잘 해결됐어. 그게 중요한 게 아니라, 저기…… 수상이 말하는 것 들었어?"

"응." 하가르는 뭔가 시큼한 것을 씹은 듯한 말투였다. "수상이 왜?"

엘뷔는 하가르에게 보이지 않는다는 것도 잊고 고개를 가만히 내저었다. 그녀는 복도에 있는 작은 성상을 바라보다가 천천히 말했다. "하가르, 지금 내가 생각하는 거, 자기도 생각하고 있어?"

"뭘 생각해?"

"지금 일어나는 일에 대해서."

"부활?"

엘뷔는 미소지었다. 하가르는 믿어도 될 줄 알았다. 엘뷔는 성상을 향해, 지상의 왕인 예수를 향해 고개를 끄덕이며 말했다. "그래, 맞아. 그런데 그 작자들은 그것에 대해 입도 뻥긋 안 하더군."

"그러게." 하가르의 목소리가 다시 커졌다. "가증스럽지 뭐야! 이건 예정된 일이잖아!"

그들은 몇 분 동안 죽이 착착 맞아 이야기를 나눈 후 뭔가 해야 한다고 다짐했지만, 구체적으로 뭘 할지는 정하지 않고 막연한 얘기로 전화를 끊었다.

엘뷔는 기분이 조금 풀리는 것 같았다. 자기와 같은 생각을 하는 사람이 있다. 더 있을지도 모른다. 발코니 창가로 간 그녀는 지금 일어나는 사태의 의미를 깨달은 이들을 찾을 것처럼 밖을 내다보았다. 그녀의 눈에 뭔가 다른 것이, 요즘 몇 주 동안 통 본 적이 없는 것이 들어왔다. 구름.

쪽빛 하늘을 도드라져 보이게 하는 여름철의 솜털구름이 아니었다. 웬걸, 거무스름한 강기슭에서 강력한 뇌운이 움직임을 알아보기 어려울 만큼 느릿느릿 흘러가고 있었다. 엘뷔는 뱃속이 콕콕 쑤시는 통증을 느꼈다. 바로 이것인가? 때가 오면 세상은 이런 모습이 되는 것인가?

엘뷔는 한동안 집안을 서성이며 하품을 하면서도 때가 될 것에 대비해 준비하려고 했다. 어떻게 해야 하는지는 알지 못했다.

지붕 위에 있는 자는 집안에 있는 물건을 가지러 내려가지 말며, 밭에 있는 자는 겉옷을 가지러 뒤로 돌이키지 말지어다.

준비할 것은 없었다. 엘뷔는 그다음 구절이 생각나지 않아 독서의자에 앉아 마태복음 24장을 찾아보았다. 그리고 나머지 구절을 읽으며 소름이 돋는 것을 느꼈다.

이는 그때에 큰 환난이 있겠음이라 창세로부터 지금까지 이런 환난이 없었고 후에도 없으리라.

엘뷔는 집단 수용소를 보았고, 플로라를 보았다.

그러나 택하신 자들을 위하여 그날들을 감하시리라.

일상적인 의미의 고통이나 괴로움에 대해 언급한 구절은 하나도 없었다. 그냥 지금껏 닥친 것을 훨씬 뛰어넘는 환난이라고만 나와 있었다. 지금껏 우리가 경험해본 적 없는 괴로움. 스웨덴어 번역판이라서인지도 모른다. 원본에는 전적으로 육체적인, 견딜 수 없는 통증이 직설적으로 표현되어 있는지도 모른다. 엘뷔의 눈꺼풀이 점점 무거워졌다.

어쩌면 원본에…… 칠십인역 성경*에는…… 사십 개의 방에서 사십 명의 수도사가…… 백 마리의 원숭이가 백 대의 타자기를 백 년 동안……

두서없이 뒤죽박죽 떠오르는 이미지 사이를 하릴없이 떠돌며 앉아 있던 엘뷔의 턱이 가슴 쪽으로 툭 떨어졌다.

텔레비전이 켜지는 소리에 잠이 깼다.

눈꺼풀 속이 주황색으로 변해서 눈을 떠보았지만, 화면이 너무 눈부셔서 다시 감을 수밖에 없었다. 텔레비전은 작은 태양인 양 이글이글 빛을 발했고, 엘뷔는 시험 삼아 실눈을 떠보았다.

강렬한 빛에 눈이 어느 정도 익숙해졌을 때 화면 중앙에 하나의 형상이 보였다. 그 주위로 빛이 후광처럼 여울지고 있었다. 아니, 형상 자체에서 뿜어져나오는 빛인지도 몰랐다. 그 여자다. 엘뷔는 곧바로 알아보

* 기원전 3세기에 그리스어로 번역된 구약성서.

았다. 그러자 가슴이 터질 것처럼 전율이 일었다.

여자는 검은 머리에 군청색 망토를 둘렀고, 누가 보더라도 막 자기 자식의 죽음을 목격한 어머니라는 것을 알아차릴 만큼 두 눈에 슬픔이 가득했다. 십자가 발치에 서서 그들이 아들의 손에 쇠지레로 못을 박는 것을 본 여인. 한때는 엄마의 가슴을 찾아 열심히 꼬무락거렸던 고사리 같은 손가락은 이제 뻣뻣하게 뒤틀렸다. 쇠가 나무를 갈면서 파고들자 그 손도 갈기갈기 찢겨나갔다. 그리고 모든 것이 사라졌다.

"성모마리아시여……" 엘뷔는 그렇게 속삭이며 감히 쳐다보지도 못했다. 불현듯 창세로부터 지금까지 이런 환난이 없었다는 말이 이해가 되어서였다. 마리아의 눈만 봐도 알 수 있었다. 좋은 것을 모두 합쳐놓은 것 같았던 자식, 그런 자식의 시신과 마주할 때 느끼는 어머니의 고통. 단순히 젖을 먹이고 애지중지 키운 자식이 고문에 이어 처형까지 당하는 모습을 지켜봐야 하는 아픔만이 아니라, 그런 일이 일어나는 세상이 존재한다는 괴로움이기도 했다.

엘뷔는 마리아가 환대의 표시로 두 팔을 벌리는 것을 곁눈질로 보았다. 바닥에 무릎을 꿇으려고 의자에서 일어나는 엘뷔에게 성모마리아가 말했다. "앉아 있어도 된다, 엘뷔."

그 목소리는 속삭이는 것처럼 나지막했다. 하늘 위에서 울리는 엄청난 우레가 아니라 한 푼의 동전을, 먹을 것을 면괴스레 구걸하는 거지 소녀의 애원에 가까운 목소리였다.

앉아 있어도 된다, 엘뷔.

마리아는 엘뷔의 이름을 알고 있었고, 그 말은 엘뷔가 한평생 달리고 일했으니 이제 잠시나마 앉아서 쉬어도 된다는 암시를 담고 있었다. 잠깐이지만 용기를 내 화면에 시선을 던진 엘뷔는 마리아의 손끝마다 자잘한 별들이 반짝이는 것을 보았다. 아니면 물방울, 마리아의 눈에서 닦아낸 눈물방울인지도 몰랐다.

"엘뷔." 성모마리아가 말했다. "너에게 주어진 사명이 있다."

"예." 엘뷔는 소리내지 않고 입모양으로만 속삭였다.

"그들은 내게 와야만 한다. 그들이 구원받을 수 있는 길은 나에게 오는 것뿐이다. 네가 그들을 설득해야 한다."

엘뷔는 전에도 그런 일을 겪었다. 중대한 순간임에도 그녀의 눈에는 사람들이, 꼬장꼬장한 눈빛으로 그녀의 접근을 거부하는 이웃들이 보였다. 그래서 물었다. "어떻게요? 제가 어떻게 해야 그들이 제 말을 듣겠습니까?"

순간 마리아의 눈을 똑바로 응시한 엘뷔는 공포로 얼어붙고 말았다. 그 눈 속에는 인류가 회개하지 않을 때, 마리아의 품안에서 구원을 찾지 않을 때 맞닥뜨리게 될 고통이 보였다. 마리아가 한 손을 내밀며 말했다. "이것이 네 표지가 되어줄 것이다."

뭔가 엘뷔의 이마에 닿았다. 텔레비전이 꺼졌다. 엘뷔는 의자에서 옆으로 쓰러졌고, 그 결에 머리가 폭발하고 말았다.

눈을 떠보니 엘뷔는 유리 테이블 모서리에 이마를 내리누르고 있었다. 머리가 아팠다. 현기증을 느끼며 의자에 똑바로 앉아 테이블을 내려다보았다. 모서리에 붉은 얼룩이 있고 러그에 핏방울이 점점이 떨어져 있었다.

텔레비전은 꺼져 있었고, 조용했다.

엘뷔는 후들후들 떨리는 다리로 일어나 복도로 걸어나가서 거울을 보았다.

눈썹 위 이마에 3센티미터 길이의 그리 깊지 않은 상처가 마이너스 기호처럼 정확하게 수평으로 나 있었다. 상처에서는 아직도 굵은 핏방울이 새어나오고 있었다. 그녀는 눈가에 맺힌 핏방울을 훔쳤다.

휴지를 돌돌 말아 부엌에 흘린 피를 닦아 없앴다. 차마 휴지를 버리지는 못하고 유리병에 넣어 뚜껑을 돌려 막았다.

그리고 하가르에게 전화를 걸었다.

전화벨이 울리는 동안 눈을 감자 마리아의 모습이 생생히 떠올랐다. 딱 하나 이해되지 않는 것이 있었다. 마리아가 손을 뻗어 엘뷔의 이마에 대기 직전 그 손끝마다 반짝이는 것이 보였다. 갈고리였다. 흔한 낚싯바늘보다 더 작고 가느다란 갈고리들이 마리아의 살갗을 뚫고 나와 있었다.

제대로 표현할 수는 없지만 어떤 의미에서 엘뷔는 마리아가 인간의 눈이 빚어낸 허상에 지나지 않는다고 확신했다. 그것은 성모의 모습으로 나타난 하나의 발현이었다. 하지만 그 갈고리는? 갈고리는 무엇을 의미하는 것일까?

하가르가 전화를 받았을 때, 엘뷔는 그런 의문은 잠시 묻어두고 인생 최고의 순간을 이야기하기 시작했다.

코홀마, 13:30

말레르가 별장 안으로 사라지자 안나는 트렁크에서 가방들을 꺼냈다. 그것들을 들고 마당을 가로질러 엘리아스의 그네를 매달아놓은 소나무를 지나고, 일 년 내내 바깥에 나와 있어 바람에 바짝 말라 갈라진 테이블을 지나쳤다. 거기에 멈춰 서서 가방들을 내려놓았다. 그리고 미동도 없이 서서 지금까지의 상황을 쭉 돌이켜보았다.

어떻게 이런 일이 일어났지? 어쩌다 내 자식이던 아이를 아버지가 돌보고 나는 하인이나 다름없는 위치로 전락하게 되었지?

날씨가 무덥고 답답한 것이 천둥이 칠 것만 같았다. 안나는 하늘을 쳐다보았다. 그랬다. 종잇장처럼 얇은 하얀빛 막이 덮여 있었고, 거대한 먹구름이 섬에서 해안 쪽으로 흘러가고 있었다. 만물이 기대감으로 진동하는 것 같았다. 잔디는 곧 하늘에서 쏟아져내릴 자비에 관해 서로 속닥대며 알려주고 있었다.

안나는 너무나 어지러운 나머지 속이 다 메스꺼웠다. 한 달이 넘도록 그녀는 움직임도 말수도 최대한 줄이며 진공상태 속에서 살았고, 그러자 부지불식간에 삶이 그녀를 갈기갈기 찢고 할퀴었다. 한 달이 넘도록 그녀는 시체와 다름없는 신세였다.

그러던 어느 날, 갑자기, 엘리아스가 돌아온 것이다. 여기저기를 쑤셔대는 경찰들, 도망, 행동, 대화, 결정. 그녀는 결정을 내릴 수 없었다. 아버지가 대신 결정했다. 그녀는 진작부터 중심에서 밀려나 있었다.

안나는 짐을 그대로 두고 숲속으로 걸어갔다.

작년의 낙엽이 발밑에서 바삭바삭 소리를 내며 부서졌고, 잔디 밖으로 삐져나와 가로로 누운 소나무 뿌리들이 발바닥에 치받쳤다. 카펠셰르에서 우르르 울려오는 천둥이 불행의 예감처럼 숲을 떠돌았다. 안나는 정처 없이 걷다가 바다에 면한 습지를 향해 내려갔다.

이끼로 뒤덮인 탁 트인 벌에 다다르자, 햇빛에 마른 소나무의 침엽과 켜켜이 두툼한 진창의 냄새가 뒤섞여 코를 톡 쏘았다. 보통은 습지의 물기를 머금어 짙은 녹색이던 이끼도 지금은 일대가 바짝 마른 탓에 옅은 녹색으로 변했고 군데군데 베이지색을 띠고 있었다. 안나가 걸음을 내디디자 표면이 얼어붙은 눈 위를 걷는 것처럼 이끼가 바스러지며 발이 푹푹 빠졌다.

안나는 벌 한가운데를 향해 걸어갔다. 주위를 에워싼 낙엽수들이 가지를 뻗어 둥근 지붕을 이루었고, 그 사이사이로 햇살이 쭉 비쳐들어왔다. 안나는 한가운데 다다라 드러누웠다. 이끼가 그녀를 받아주었고, 몸 주위로 솟아올랐다. 그녀는 격자무늬를 그리는 나뭇가지들의 지지부진한 움직임을 물끄러미 올려다보다가 그대로 사라져버렸다.

그곳에 그렇게 얼마나 누워 있었을까? 삼십 분? 한 시간?

별장에서 아버지가 그녀의 이름을 소리쳐 부르지 않았다면 좀더 오랫동안 그러고 있었을 것이다.

"안나…… 아아안나아아!"

안나는 늪의 포옹에서 빠져나와 일어섰지만 대답은 하지 않았다. 그녀는 자신의 몸에, 특히 살갗으로 들어와 그녀를 가득 채웠던 그 느낌에 완전히 빠져 있었다. 고개를 돌려 방금 전까지 누워 있던 곳을 보았다. 본을 뜨듯 그녀의 몸이 뚜렷이 새겨졌던 이끼의 늪은 이제 귀에 들리도록 분명한 신음 소리를 내며 예전 형태로 돌아가고 있었다.

육신의 살갗이 바뀐 것이다. 안나의 심정은 그랬다. 그녀는 과거의 살갗을, 쭈글쭈글해지고 노화될 대로 노화돼 저기 움푹 팬 이끼 구덩이 속에 놓여 있어야 할 그 살갗을 찾고 있었다.

진짜로 볼 수는 없었지만 느낌만은 너무나 강렬해서 안나는 티셔츠 소매를 걷어올리고 문신이 아직도 그대로 있는지 확인했다.

아무렴. 그녀의 오른쪽 어깨에는 여전히 작고 까만 글씨로 '뼛속까지 나쁜'이라고 새겨져 있었다. 비록 그 문신이 속하는 세계와 소통을 단절한 지도 십이 년이었지만, 일종의 자부심 때문에 레이저로 지우지 않고 버티듯 간직해왔다.

"아안나아아!"

안나는 습지 가장자리로 걸어가 소리쳤다. "저 여기 있어요!"

말레르는 거기가 유사流砂나 되는 것처럼 이끼밭이 시작되는 경계에 와서 멈춰 섰다. 그가 두 손을 허리춤에 올렸다.

"어딜 갔다 오는 거냐?"

안나는 이끼밭 한가운데를 가리켰다. "저기요."

말레르는 얼굴을 찡그리더니 이끼가 움푹 팬 곳을 바라보았다.

"짐 전부 안에 들여놨다." 그가 말했다.

"잘하셨어요." 안나는 대답하고 아버지를 지나쳐 별장을 향해 걸어갔다. 그도 뒤따라 걸어오면서 손으로 딸의 등을 털어냈다.

"꼴이 이게 뭐니." 그가 말했다.

안나는 대답하지 않았다. 나무뿌리를 디디는 그녀의 발걸음은 깃털처럼 가벼웠다. 마음속에 뭔가 섬세하고도 소중한 것이 자리잡았는데 입 밖에 내어 말하면 흩어져버릴지도 몰랐다. 부녀는 말없이 별장을 향해 걸었고, 안나는 자신의 행동에 대해 아버지가 어렸을 때처럼 이러쿵저러쿵 토를 달지 않는 데, 이제는 그녀를 있는 그대로 인정하는 데 감사했다.

엘리아스의 침대 옆 테이블에는 포도당 한 팩과 소금, 물주전자, 계량컵, 주사기 두 개가 놓여 있었다.

안나가 보기에는 변한 것이 하나도 없었다. 말레르가 깨끗하고 하얀 시트로 엘리아스의 몸을 덮어놓았다. 양쪽 옆구리에 나란히 늘어뜨린 노인네 같은 손은 쭈그러든 두 개의 새 발톱 같았다. 그녀가 보고 있는 것은 시체였다. 아들의 시체. 아이가 눈을 뜨고 엄마를 보려 했다면, 그것만으로도 뭔가 달라졌을지 모른다. 하지만 반쯤 감긴 눈꺼풀 아래 있는 것은 바짝 마른 플라스틱 콘택트렌즈처럼 생명이 없었다. 아무것도 없었다.

어쩌면 되돌아가는 길이 있을지도 모른다. 아버지는 그렇게 생각하는 것 같았다. 하지만 그렇다 해도 그 길이 너무나 길어 안나는 끝은커녕 시작점이 어디인지도 상상할 수 없었다. 엘리아스는 죽었다. 그의 그림자가 여기 누워 있지만 그녀가 사랑했던 소년, 티끌 하나 없이 소중히 간직하고 싶은 추억의 대상과는 아무 관계가 없었다.

말레르가 들어와 안나 옆에 섰다. "주사기로 당액을 줬더니 조금 마시더라."

안나는 고개를 끄덕이고 침대 옆에 쭈그리고 앉았다.

"엘리아스? 엘리아스? 엄마 왔어."

엘리아스는 단 1밀리미터도 움직이지 않았다. 엄마의 목소리를 들었음직한 기미는 전혀 없었다. 안나의 마음속에 자리잡았던 섬세한 것은 오그라들어 사라지고 암막 같은 절망이 차올랐다. 안나는 재빨리 일어나 방을 나갔다. 부엌에는 방금 끓인 커피 향이 감돌았다. 모든 것이 처음으로 뒷걸음쳐버렸다.

안나는 엘리아스를 보살필 것이다. 할 수 있는 일을 할 것이다. 그러나 단 일 초도 아들을 되찾을 거라며 들뜨지 않을 작정이었고, 무슨 일이 있어도 저 미라의 형상 어딘가에 아이가 갇혀 빠져나오려고 몸부림친다는 상상은 하지 않을 작정이었다. 그랬다가는 안나 자신이 산산조각날 게 틀림없었다. 그것은 어마어마한 상처가 될 것이었다.

안나는 커피를 두 잔 따라 테이블 위에 올려놓았다. 이제 마음이 진정되었다. 아버지와 대화할 준비가 되었다. 밖을 보니 하늘을 덮은 막이 잿빛으로 변해가고 있었다. 희미한 산들바람이 숲을 지나며 서걱거리는 소리를 냈다. 안나는 아버지를 바라보았다.

그는 지쳐 보였다. 눈 밑 지방이 평소보다 더 불거졌고 얼굴 전체가 중력에 시달리는 듯 아래로 한껏 늘어져 굵고 가는 주름으로 가득했다.

"아빠, 좀 쉬셔야 하는 거 아니에요?"

말레르가 고개를 젓자 볼이 흔들거렸다.

"시간이 없어. 신문사에 전화했더니 나를 찾는 사람이 있대. 그 남자 아내가…… 아무튼 내가 기사를 더 써줬으면 하는데, 좀 두고봐야겠다…… 먹을 것도 필요하고 또……"

말레르는 어깨를 으쓱하고 한숨을 내쉬었다. 안나는 커피를 몇 모금 삼켰다. 아버지가 커피를 끓이면 늘 그렇듯 이번에도 그녀에게는 좀 진했다. "가셔도 돼요. 제가 여기 있을게요."

말레르는 딸을 바라보았다. 그의 얼굴이 부어오른 탓에 작고 충혈된 눈은 파묻혀 사라진 것처럼 보일 정도였다.

"네가 알아서 한다는 소리냐?"

"네, 당연하죠."

"자신 있어?"

안나는 커피잔을 사납게 내려놓았다. "저를 못 믿으시는군요. 알아요. 그런데 저도 아빠를 못 믿거든요? 불신의 뿌리가 깊죠. 뭘 바라시는지 모르겠어요."

안나는 테이블에서 일어나 커피에 넣을 우유를 찾으러 냉장고로 갔다. 냉장고는 비어 있었다. 테이블로 다시 돌아왔을 때 말레르는 의자 깊숙이 몸을 묻고 앉아 있었다.

"난 모든 것이 괜찮아지기를 바랄 뿐이야."

안나는 고개를 끄덕였다. "믿어요. 하지만 아빠는 아빠가 생각하시는 대로 일이 풀리길 바라시잖아요. 아빠가 계획한 대로, 더없이 이성적인 방식대로 말이에요. 가세요. 전 여기서 알아서 할게요."

부녀는 포위공격에 대비해 사재기를 하듯, 필요한 물품들의 목록을 만들며 쇼핑 계획을 세웠다.

말레르가 나가자 안나는 엘리아스를 살펴본 후 집안을 돌아다니면서 러그를 털고, 창틀의 죽은 파리를 털어내고, 진공청소기를 돌렸다. 부엌 조리대를 닦던 중 쓰지 않은 아기 젖병을 발견했다. 그녀는 청소기를 치우고 엘리아스에게 갔다. 포도당을 흔들어 젖병에 넣고 물을 채운 다음 잘 섞일 때까지 흔들어주었다. 그런 다음 젖병을 들고 침대 가에 앉아 엘리아스를 바라보았다.

젖병을 손에 쥐고 있는 것만으로도 옛 기억이 떠올랐다. 엘리아스는 네 살이 되도록 밤이면 젖병을 갖고 자고 싶어했다. 단 한 번도 공갈젖꼭지를 쓰지 않았고, 엄지손가락을 빤 적도 없었다. 오로지 자기 젖병만 찾았다.

잠자리에 든 아이의 침대 옆에 이렇게 앉아 있던 적이 셀 수 없이 많았다. 아이에게 입을 맞춰주고 잘 자라고 말한 다음 젖병을 주었다. 아이가 고사리 같은 손으로 젖병을 꼭 쥐고 입으로 젖꼭지를 빨면서 점차 시선이 아득해질 때 안나는 안도감을 느꼈다. 아이가 해냈다는 생각에.

"자, 엘리아스……"

안나는 젖꼭지를 아이의 입에 가져다댔다. 말레르는 엘리아스가 아직 제 손으로 마시지 못하니 기다려야 할 거라고 말했다. 그래도 안나는 시도해보고 싶었다. 물기 없는 고무가 엘리아스의 입술에 닿았다. 움직임은 없었다. 안나는 조심스럽게 입술 사이로 젖꼭지를 밀어넣었다.

뭔가 달라졌다. 처음에 안나는 벌레가 배 위로 기어다닌다고 생각해 고개를 숙여 아래를 보았다. 엘리아스가 손가락을 꼼지락대고 있었다. 뻣뻣하고 굼뜨긴 했지만 움직이고 있었다.

고개를 들어 다시 아이의 얼굴을 보니, 입술이 젖꼭지를 단단히 물고 있었다. 그리고 빨고 있었다. 불쏘시개처럼 바짝 마른 입술이 조금씩 조금씩 움직였고, 목의 근육도 보일 듯 말 듯 움직였다.

손에 쥔 젖병이 흔들리자 안나는 다른 손으로 자신의 입을 때리다시피 막았다. 혀에서 쇠 맛이 느껴졌다.

엘리아스가 젖병의 물을 마시고 있었다.

너무나 괴로워 숨도 제대로 쉴 수 없었지만, 고통과 희망의 첫번째 파도가 잠잠해지자 안나는 손을 뻗어 계속 물을 마시는 아이의 뺨을 쓰다듬었다. 그리고 그 몸 위로 고개를 숙였다.

"내 새끼…… 착하고 예쁜 내 새끼……"

쿵스홀멘, 13:45

애새끼, 애새끼, 애새끼들……

다비드는 학교 운동장에 서서 아이들이 학교 건물에서 물처럼 쏟아져나오는 것을 지켜보았다. 색깔도 가지각색인 어린것들이 셋, 넷, 열, 삼십 명씩 배낭을 메고 계단을 뛰어내려왔다. 인간의 편린들, 지도와 훈육의 대상인 다수. 그런 아이들 사백 명을 하루에 여섯 시간씩 이 건물 안에 채워넣었다가, 여섯 시간이 지나면 다시 밖으로 빼낸다.

물질.

그러나 한 아이에게 초점을 맞추어 가까이 다가가면 이 세계의 버팀목을 만나게 된다. 어머니와 아버지, 조부모, 친척, 친구들이 있는 아이. 수많은 삶이 제대로 굴러가는 데 꼭 필요한 존재인 한 아이. 아이들은 여리고, 그 여린 어깨 위에 그토록 많은 삶이 매달려 있다. 그들의 세계는 여려서 어른들이 관리한다. 모든 것이 여리다.

다비드는 하루종일 꿈속을 헤매듯 이리저리 걸어다녔다. 법의학 연구실을 나와 피자 가게에 가서 물 1리터를 마시고 공원 나무 아래 누워 세 시간 가까이 잤다. 개가 짖어대는 통에 잠이 깬 그는 자신을 몰아낸 세계를 향해 눈을 떴다. 사람들이 소풍을 나왔고, 아이들은 잔디밭에서 뛰어다니고 있었다. 하지만 그는 더이상 그런 삶의 일부가 아니었다.

그와 무관하지 않은 게 있다면 서서히 다가오는 먹구름뿐이었다. 아직까지는 멀리 있지만 점점 스톡홀름 쪽으로 접근하는 것 같았다. 우르르 울리는 소리가 들리자 눈꺼풀 속이 간지러웠다. 그가 누워 있는 나무 아래는 햇빛이 들지 않아 그는 밑동에 기대어 웅크려 앉아 신문을 집어 들고 아까 그 기사를 다시 읽었다. 역시 그와 관련있는 내용 같았다.

뭘 말하고 싶은지, 정말로 원하는 게 무엇인지 딱히 알지 못하면서도 그는 휴대전화를 꺼내 신문사에 전화를 걸었다. 자기가 누구인지 밝힌 후 구스타브 말레르와 통화하고 싶다고 말했다. 그리고 말레르가 프리랜서 기자라는 사실을 알게 되었다. 상대의 말은 이랬다. 죄송하지만 말레르의 전화번호를 알려줄 수는 없다, 그러나 메시지는 전해주겠다, 용건이 무엇인지?

"아뇨, 그냥…… 그분과 통화를 하고 싶어서요."

그러자 상대는 전해주겠노라고 말했다.

다비드는 쿵스홀멘으로 돌아가는 지하철을 탔다. 칸칸마다 너나 할 것 없이 떠들고 있었다, 시체에 대해. 모두 무시무시하다고 생각하고 있었다. 누군가 다비드를 알아보고 입을 다물었다. 이번에는 위로조차 없었다.

학교로 향하는 길에서도 자신과 세계를 일상적으로 이어주던 끈들이 끊어져버렸음을 여실히 느낄 수 있었다. 그라는 존재는 기껏해야 허공을 헤매며 장애물을 피해다니다가 신호등 빨간불에 멈춰 서는 두 개의 눈알에 지나지 않았다. 학교에 도착한 그는 검은 철제 난간을 붙잡고 매달려 있었다.

이윽고 종이 울리더니 아이들이 쏟아져나왔다. 다비드는 눈을 뜨고 다수의 생체조직이 깡충깡충 뛰고 까불며 계단을 내려오는 것을 보았고, 몸이 휩쓸려가지 않도록 난간을 부여잡았다.

홍수의 물결이 운동장 전체로 쫙 펼쳐지면서 정문 밖으로 범람하기 시작했을 때 망누스가 나왔다. 아이는 아등바등 문을 밀어 열더니, 층계참에 서서 두리번거렸다.

다비드는 움켜쥔 난간의 존재를 새삼 깨달았다. 난간을 부여잡을 손이 있다는 사실을, 그 손이 자기 소유의 몸뚱이에 붙어 있다는 사실을 깨달았다. 그는 자기 몸으로 되돌아왔고, 그리고…… 아비가 되었다. 이 세계로 다시 돌아와, 아들을 만나러 갔다.

"안녕하시오, 동지."

망누스는 배낭을 위로 치켜들고는 땅바닥을 말끄러미 내려다보았다.

"아빠……"

"응?"

"엄마가 오크가 됐어?"

학교에서 말이 오간 게 분명했다. 다비드는 아이에게 어떻게 말해야 할지 몰라 갈팡질팡했다. 어떻게 해야 아이가 차근차근 받아들일 수 있을지 생각해봤지만, 그 가능성은 이미 물건너간 뒤였다. 그는 망누스의 손을 잡고 함께 집으로 걸어가기 시작했다.

"오늘 학교에서 그런 이야길 했니?"

"응, 로빈이 엄마가 오크랑 똑같아졌다는 거야. 오크는 사람 살을 뜯어먹고 그러잖아."

"음, 선생님은 뭐라고 하시던?"

"그런 거 아니라고 하셨어…… 아빠?"

"그래."

"나사로*가 누구인지 알아?"

"응, 이리 와봐……"

부자는 보도 가장자리에 앉았다. 망누스가 포켓몬을 꺼냈다.

"나 애들이랑 카드 다섯 장 바꿨다? 아빠도 볼래?"

"망누스, 있잖아……"

다비드가 손에서 카드를 가져가도 망누스는 가만히 있었다. 다비드는 아들의 뒤통수를 쓰다듬었다. 여름 햇살 같은 백금빛 머리칼 밑으로 잔망스러운 머리통이 느껴졌다.

"우선 알아야 할 게, 엄마는…… 오크가 된 게 아니야. 그냥 사고를 당한 거야."

할말이 바닥나 더는 이어나갈 수 없었다. 다비드는 카드를 휘릭휘릭 넘겼다. 그리머, 코핑, 개스틀리, 텐타쿨.** 모두 무시무시한 괴물이었다.

어쩌자고 이런 세계의 모든 것은 공포에 발을 디디고 있는 것일까?

망누스가 개스틀리를 가리켰다. "무섭지, 그치?"

"으음. 저기, 그러니까…… 망누스가 오늘 있었던 일 이야기한 거 있지. 엄마한테 그런 일이 일어난 건 맞아. 하지만 엄마는…… 다른 누구보다 건강해."

망누스는 카드를 다시 받아들고 한동안 정리하다가 불쑥 물었다. "엄마 죽었어?"

"그래, 하지만…… 살아났어."

---

* 신약성서에 나오는 인물. 죽은 지 나흘 만에 예수가 부활시켰다.

** 각각 오염된 진흙, 독가스, 유령, 해파리 캐릭터. 국내에는 질퍽이, 또가스, 고오스, 왕눈해로 알려져 있다.

망누스는 고개를 끄덕였다. "그럼 언제 집에 와?"

"몰라. 하지만 올 거야. 어떻게든."

그들은 말없이 나란히 앉아 있었다. 망누스는 카드를 다 정리한 뒤 두어 장을 유심히 들여다보았다. 그러더니 아빠의 어깨에 고개를 묻고 울기 시작했다. 다비드는 아들을 와락 끌어안았다. 망누스는 몸을 동그랗게 말며 아빠의 가슴에 얼굴을 지그시 눌렀다. "엄마가 지금 집에 있으면 좋겠어. 내가 집에 갔을 때."

다비드의 눈에서도 눈물이 왈칵 솟아올랐다. 그는 망누스를 앞뒤로 흔들면서 머리칼을 쓰다듬어주었다.

"그래, 아가…… 그래."

본데가탄, 15:00

3층에 있는 플로라의 아파트로 휘어져 올라가는 돌계단은 몇 세대에 걸친 사람들의 발걸음으로 둥글게 닳았다. 오래된 집들이 으레 그렇듯 본데가탄에 위치한 이 집도 세월과 함께 품격이 생겨났다. 목재와 석재는 툭 튀어나왔거나 닳아버렸지만, 콘크리트가 갈라지거나 쪼개진 곳은 없었다. 특색 있는 건물이었다. 플로라는 저도 모르는 사이 그 건물을 좋아하고 있었다.

마흔두 개의 계단이 다 어떻게 다른지, 층계참의 벽이 어떻게 제각각인지도 알고 있었다. 일 년 전쯤, 플로라는 정문 옆 아래쪽에 펠트펜으로 주먹만한 아나키스트 심벌*을 그렸다. 매번 그곳을 지날 때마다 도리

* 둥근 원 안에 알파벳 A를 그린 문양.

어 자기가 흠칫하다 새로 페인트를 덧칠하면서 비로소 부담을 덜었다.

계단을 다 올라갔을 때 플로라는 머리가 아득해지는 기분이었다. 하루종일 아무것도 먹지 않은데다 간밤에 몇 시간 못 잔 탓이었다. 문을 열자 거실 쪽에서 이삼 초 동안 골수를 긁어대는 듯한 테크노 음악이 들리더니 이내 꺼졌다. 그러고는 숨을 죽이고 초조하게 떠들어대는 소리와 재빠르게 움직이는 소리가 들렸다.

거실로 들어서자, 열 살배기 동생 빅토르와 그곳에서 하룻밤을 함께 지낸 그의 친구 마르틴이 안락의자에 앉아 『도날드 덕』을 정신없이 보는 모습이 눈에 들어왔다.

"빅토르?"

빅토르는 만화에서 눈도 떼지 않고 "으응" 하고만 대답했다. 마르틴은 잡지를 위로 치켜올리는 바람에 얼굴이 보이지 않았다. 뭐라고 해봐야 입만 아플 게 뻔해서 플로라는 VCR의 버튼을 눌러 비디오테이프를 꺼내들고 빅토르에게 내밀어 보였다.

"뭣들 하고 계셨어?" 빅토르는 대답이 없었다. 플로라는 동생의 손에서 만화책을 가로챘다. "야! 내가 묻고 있잖아!"

"진정해." 빅토르가 말했다. "뭔지만 보려고 했어."

"한 시간 동안이나?"

"오 분인데."

"뻥치시네. 음악 들으니까 어디쯤인지 계산 딱 나오는데 뭘. 거의 끝까지 다 봤지?"

"그럼 누나는 도대체 몇 번이나 본 거야?"

플로라는 〈시체들의 낮〉* 비디오테이프를 빅토르의 머리에 대고 아프

* 조지 로메로 감독의 좀비 3부작 중 3부.

지 않게 때렸다.

"누나 물건에 손대지 마라."

"무슨 영화인지 확인만 하려고 그랬다니까."

"그래서, 재미있었어?"

두 소년은 눈빛을 교환하더니 고개를 흔들었다. 빅토르가 말했다. "그래도 자기들끼리 팔다리 잡아뜯는 장면은 죽이던데."

"응, 진짜 죽여주지. 오늘밤 너네 꿈자리가 어떨지 아주 기대된다."

플로라는 동생들이 자기 비디오 라이브러리에 다시 손댈 거라고 생각하지 않았다. 두 소년의 몸에서 스며나오는 아이다운 혐오와 공포가 느껴졌다. 영화가 제대로 먹힌 셈이었다. 열두 살 때 나이가 더 많은 친구 집에서 〈홀로코스트3〉*을 보고 한시도 그 장면들을 잊을 수 없었던 플로라처럼, 빅토르와 마르틴도 영화 속 이미지에 시달릴 것이다.

"누나." 빅토르가 물었다. "진짜 시체들이 무덤에서 나왔어? 진짜야?"

"그래."

"영화랑 똑같아?" 빅토르가 플로라의 손에 들려 있는 비디오테이프를 가리켰다. "그것들이 사람 잡아먹고 막 그래?"

"아니."

"그럼 뭔데?"

플로라는 어깨를 으쓱했다. 빅토르는 할아버지가 세상을 떠났을 때 더없이 슬퍼했지만, 플로라는 그것이 할아버지 때문이라기보다는 죽음 그 자체 때문임을 눈치챘었다. 죽음은 사람이 정말로 자취를 감춰버리는 것, 모두 사라져버릴 존재라는 것을 의미했다.

* 움베르토 렌치 감독의 1981년 영화로, 살육 장면의 수위가 높아 여러 나라에서 상영금지 처분을 받았다. 원제는 〈Cannibal Ferox〉.

"겁나니?" 플로라가 물었다.

"학교 끝나고 집에 오는데 진짜 무서웠어." 마르틴이 말했다. "사람들을 보는데, 전부 좀비 같았어."

"나도." 빅토르가 말했다. "근데 나 진짜 좀비 하나 봤다? 눈을 보니까 완전히 미쳤어. 아, 씨, 그래서 엄청 빨리 도망쳤거든? 근데 할아버지도 그렇게 되는 거야?"

"몰라." 플로라는 거짓말을 하고 자기 방으로 갔다.

플로라는 자신을 응시하는 포스터 속 핀헤드*를 향해 고개를 끄덕이고 비디오테이프를 도로 서가에 꽂았다. 뭐든 먹어야 했지만 냉장고에 가서 음식을 꺼낼 기운도 없었다. 허기가 지면 금욕주의자가 된 것 같아 기분이 좋았다. 침대에 눕자 몸이 편안했다.

잠시 쉰 뒤 〈프리티 우먼〉 DVD 케이스를 꺼내 안에 보관해둔 면도날을 꺼냈다. 면도날을 썼던 시절, 부모에게 들킨 적은 한 번도 없었다.

팔뚝의 상처들은 아마추어 시절의 흔적이고, 플로라는 곧바로 쇄골, 견갑골로 옮겨갔다. 견갑골 바깥쪽에 난 두 개의 칼자국은 날개를 잘라낸 것이 아닌가 싶을 정도로 깊었다. 아름다운 비유지만 당시로서는 겁에 질렸었다. 피가 멈추질 않았다. 그때가 우연히 할머니와 이야기를 나눈 즈음이기도 했다. 그후로 인생은 아주 조금 견딜 만해졌고, 날개를 잘라낸 것 같은 상처가 마지막 흉터가 되었다.

플로라는 물끄러미 바라보던 면도날을 포장지에서 꺼내 손가락 사이에서 빙빙 돌렸다…… 과연. 이토록 자해 욕구가 강하게 든 것도 정말 오랜만이었다.

* 공포영화 '헬레이저' 시리즈에 등장하는 지옥의 사자.

서가에 꽂힌 책 제목들을 훑으며 읽고 싶은 것이 있는지 살펴보았다. 대부분 공포소설이었다. 스티븐 킹, 클라이브 바커, 러브크래프트. 다 읽었고, 다시 보고 싶은 생각은 없었다. 그런 플로라의 눈에 그림책 한 권이, 작가의 이름이 들어왔을 때 머릿속에서 작은 종이 울렸다.

에바 세테르베리의 『비버 브루노가 집을 찾아가요』였다. 그녀는 책을 꺼내 강 한복판 나뭇가지를 쌓아 만든 제 집 앞에 서 있는 비버의 그림을 보았다.

에바 세테르베리……

맞다. 신문에서 그 여자에 관한 기사를 읽었다. 사후 경과 시간이 가장 짧은 사람이었고, 말을 할 수 있다고 했다.

"안됐네." 플로라는 혼잣말을 하며 책을 펼쳤다. 그보다 오 년 앞서 나온 『비버 브루노가 길을 잃었어요』도 있고, 곧 출간된다던 세번째 책도 고대하던 참이었다. 부모님이 사준 책들 중에서 무민을 빼면 브루노 시리즈가 제일 좋았다. 아스트리드 린드그렌*은 도저히 맞지 않아 포기해버렸다.

플로라가 좋아했고 여전히 높이 사는 점은 슬픔에, 죽음에 접근하는 그 책들의 진솔한 태도였다. 무민 시리즈에서 '그로크'라는 이름으로 그려진 죽음은 브루노 시리즈에서는 강에 숨어 살며 끊임없이 위협을 가하는 바텐만넨**으로 그려졌다. 바텐만넨은 익사의 상징이었고, 브루노의 집을 물에 휩쓸려 떠내려가게 만드는 힘의 소유자, 파괴자였다.

책을 얼마 읽지도 않아서 플로라는 울기 시작했다. 앞으로 브루노 시리즈 같은 책이 나올 일은 결코 없을 것이다. 브루노는 자신을 만들어

* 스웨덴의 동화작가. 말괄량이 삐삐로 유명하다.
** '물의 존재(waterman)'라는 의미의 스웨덴어.

준 사람과 함께 죽어버렸다. 바텐만넨이 기어코 브루노를 죽여버린 것이다.

플로라는 울음을 멈출 수가 없었다. 그녀는 책을 쓰다듬었고, 브루노의 반지르르한 털을 쓰다듬으며 속삭였다. "우리 불쌍한 브루노……"

코홀마, 17:00

말레르는 차에 물건을 잔뜩 싣고 해변 마을을 통해 별장으로 향했다. 휴가철이 끝나서 별장에 있는 사람들은 얼마 되지 않았다. 주말이 되면 더 적어질 것이다.

말레르의 별장에서 가장 가까이 사는 이웃 아론손이 길가에 서서 덩굴식물에 물을 주고 있었다. 말레르를 알아본 그가 이리 오라고 손을 흔드는 모습에 말레르는 얼굴을 찡그리지 않으려고 애썼다. 무시해버릴 만큼 성격이 모질지 못했다. 말레르는 차를 세우고 창문을 내렸다. 칠십대에 피골이 상접한 아론손은 데님 천에 'Black&Decker'*라고 새겨진 어부용 모자를 쓰고 있었다.

"안녕하시오, 구스타브 씨. 드디어 여기까지 왕림하셨구먼."

"그랬네요." 말레르는 그렇게 대꾸하고 아론손의 손에 들려 있는 물뿌리개를 가리키며 물었다. "물을 줄 필요가 있을까요?"

아론손은 점차 구름이 쌓여가는 하늘을 힐끗 올려다보고는 어깨를 으쓱했다. "버릇이 돼놔서."

아론손은 덩굴식물을 공들여 보살폈다. 굵직하고 잎이 무성한 줄기

* 미국의 전동공구 및 가전, 부품 제조회사.

들이 그의 별장으로 들어가는 통로 아치를 둘둘 휘감고 올라가 있었다. 아치 꼭대기에 달린 연철 표지판에는 '평화의 숲'이라고 적혀 있었다. 은퇴 후 아론손은 이 여름별장을 스웨덴 어디서도 찾아볼 수 없을 만큼 깔끔한 낙원으로 꾸며놓았다. 한창 물 사용이 제한되는데도 아치 길의 녹색식물들로 보건대 아론손은 아랑곳하지 않는 모양이었다.

"저기." 아론손이 말했다. "내가 자네 딸기를 좀 땄어. 언짢아하지 않았으면 좋겠네. 순록이 자꾸 먹더라고."

"괜찮아요. 그렇게라도 소용이 있었으니 다행이네요." 말레르는 아론손보다는 순록이 먹는 쪽이 더 좋았을 거라고 생각했지만 내색하지는 않았다.

아론손은 쩝 입맛을 다셨다. "딸기가 아주 잘 익었더군. 물론 그것도 가뭄 전 이야기지만. 그나저나 자네가 쓴 기사 읽었네. 정말 그렇게 생각하는 거야, 아니면 그냥…… 뭐라고 해야 하나, 거 왜 있잖아."

말레르는 고개를 흔들었다. "무슨 말씀을 하시려는 거죠?"

아론손은 황급히 물러섰다. "아니, 그냥…… 기사 좋다고. 오랜만에 쓴 거지, 그렇지?"

"네."

그러는 내내 말레르는 엔진을 공회전상태로 두었다. 그는 다시 길 쪽을 바라보면서 가야 된다고 시위했지만 아론손은 눈치채지 못했다.

"그러고 나서 여기로 왔군. 딸도 함께."

말레르는 고개를 끄덕였다. 아론손은 소름끼칠 정도로 주변 일들을 꿰고 있었다. 이름, 날짜, 사건을 기억했고, 휴양지에서 지내는 모두가 어떻게 지내는지 꼬박꼬박 챙겼다. 코홀마에 지역신문이라도 발행될 경우, 아론손이 편집인이 되리라는 건 두말하면 잔소리였다.

아론손은 굽잇길 너머 말레르의 별장 쪽을 바라보았다. 여기서 보이지 않다니, 천우신조라 할 만했다.

"그럼 어린애는? 엘리아스. 그애는……?"

"제 아비랑 같이 있어요."

"그래, 그렇군. 엄마 집 아빠 집을 왔다갔다하는 거지. 그렇다면 자네와 딸만 온 거군. 알았어." 아론손은 노르텔리에의 플뤽퓌렌에서 산 물건들이 담긴 가방으로 그득한 차 뒷좌석을 힐끔 보았다. "오래 있나봐?"

"봐서요. 저기, 그런데 제가 이제……"

"그래." 아론손은 그들 뒤쪽 길로 고개를 홱 돌리더니 연민 어린 목소리로 말했다. "시베르츠 말이야, 암에 걸렸대. 들었나? 부부 둘 다. 끽해야 한 달밖에 안 남았다는 진단을 받았다지. 왜 가끔 그런 일들이 일어나잖나."

"네, 그럼 저는 이만……" 말레르가 공회전상태에서 액셀을 슬쩍 밟았을 때야 아론손은 한 발짝 물러섰다.

"아무렴." 아론손이 말했다. "딸아이에게 가봐야지. 내 언제고 한번 들름세."

곧바로 안 된다고 거절할 만한 이유가 떠오르지 않아 말레르는 어정쩡하게 고개를 끄덕이고는 별장으로 차를 몰았다.

아론손. 엄벙덤벙하느라 이곳에 남들이 있다는 사실을 잊어버렸다. 말레르의 눈에는 별장, 숲, 바다 말고는 아무것도 들어오지 않았다. 자기와 아무 상관 없는 일에도 어떻게든 끼어들기 좋아하는 오지랖 넓은 작자들은 보이지 않았다.

낯선 차가 근방에 좀 오래 주차한다 싶기 무섭게 경찰에 신고한 게 누구였나? 아론손이었다. 올레 스타르크가 장애인의 몸으로 숲속에서 일한다는 사실을 사회복지 담당원에게 몰래 찌른 건 누구였나? 모두 알고 있었다. 아론손이었다.

아까 그 질문의 저의는 무엇이었을까? 정말 그렇게 생각하는 거야?

조심해야 했다. 제기랄. 아론손은 독선적이고 재수없는 영감탱이였다. 왜 누구든 나서서 저 집에 불을 질러 깡그리 없애버리지 않는 걸까? 되도록 저 작자가 안에서 자고 있을 때 그래주면 금상첨화일 텐데.

말레르는 이를 악다물었다. 신경쓸 문제가 산적해 있는 판이었다.

그는 차에서 내려 신경질적으로 짐을 부리기 시작했다. 종이봉지의 손잡이 하나가 뜯겨나가면서 몇 킬로그램이나 되는 과일과 채소가 쏟아지자 한바탕 욕설을 퍼부으며 마구잡이로 발길질을 하고 싶은 심정이었다. 간신히 자제했지만, 아론손을 생각하자 더욱 화가 치밀었다.

봉지를 두 팔로 안고 별장을 향해 걸어가면서 말레르는 혹시 아론손이 굽잇길에서 훔쳐보고 있지나 않은지 어깨 너머로 슬쩍 살펴보았다. 아론손은 보이지 않았다.

말레르는 부엌 식탁에 봉지를 내려놓고 외쳤다. "안에 있니?" 하지만 아무 대답도 들리지 않아 침실로 갔다.

엘리아스는 말레르가 아까 나갈 때처럼 누워 있었지만, 지금은 양손을 가슴 위에 얹고 있었다. 그는 침을 꿀꺽 삼켰다. 언제쯤 저 아이의 변한 모습에 익숙해질까?

침대 바로 옆 바닥에 안나가 있었다. 안나는 죽은 사람처럼 누워서 휘둥그레 뜬 눈을 천장으로 향하고 있었다.

"안나?"

안나는 고개도 돌리지 않고 꺼질 듯한 목소리로 대답했다. "네?"

엘리아스의 머리 옆에 아기 젖병이 놓여 있었다. 안에 든 내용물이 시트로 약간 새어나와 있었다. 말레르는 젖병을 집어 침대 옆 테이블에 올려놓았다.

"이게 뭐냐?"

말레르는 아직도 짜증이 가시지 않았다. 숨막히는 열기 속에서 노르텔리에를 종횡무진하며 차근차근 물건을 챙겨오기란 지옥에서 보내는 시간에 버금가는 과정이었다. 별장에 돌아오면 조금이라도 평화롭고 고요하길 바랐다. 그러나 지금 보니 새로운 일이 있었다. 하지만 안나는 대답하지 않았다. 그는 딸을 발로 쿡쿡 찌르고 싶은 충동을 억눌렀다.

"말해봐, 이게 뭐냐?"

안나의 눈은 퉁퉁 부었고 빨갰다. 한참 전 켜켜이 쌓인 울음기 사이로 그녀가 간신히 속삭였다. "엘리아스가 살아 있어요……"

"그래, 안다." 말레르는 젖병을 집어들고 흔들었다. 병 바닥에는 미처 녹지 않은 당분이 조금 남아 있었다. "이걸 준 거냐?"

안나는 조용히 고개를 끄덕였다. "마시더라고요."

"그래, 그거 잘됐구나."

"빨아먹었어요."

"그래."

이 새로운 소식에 말도 못하게 기뻐해야 한다는 것을 말레르도 알았지만, 수면부족과 탈진과 열기 때문에 머리가 멍했다.

"다른 짐 좀 내리게 도와줄래?"

안나는 고개를 들어 말레르를 쳐다보았다. 오래도록. 마치 다른 행성에서 온 외계인의 말귀를 알아들으려는 듯한 태도였다. 그는 소맷부리로 이마를 훔치고는 짜증이 나서 말했다. "냉동식품이 있어서 빨리 가져오지 않으면 녹는다……"

"알았어요." 안나는 그렇게 말하고 자리에서 일어났다. "꺼내올게요. 냉동식품."

이즈음 말을 해줘야 했다. 뭔가 틀어져버렸다. 말레르는 생각할 힘조차 없었다. 안나가 차로 가자, 그는 자기 방에 가서 침대에 누웠다. 심란한 가운데 자기가 없는 동안 안나가 방을 치운 것을 알아차렸다. 천장의 돌림띠 장식에 뒤엉킨 채 매달린 거미줄만이 이곳에 한동안 아무도 산 적이 없다는 사실을 말해주었다. 그는 안나가 별장 안으로 들어와 부엌에서 이것저것 치우느라 종이봉지가 바스락거리는 소리를 멍하니 들었다.

큰 봉투에서 나는 저 소리는 다……

완전히 잠든 건 아니지만 서서히 빠져들려는 순간 몸이 움찔했고, 말레르는 그날 하루의 어느 때보다 훨씬 더 기민해져서 눈을 번쩍 떴다. 한동안 침대에 누운 채 눈꺼풀에 모래가 낀 듯한 느낌이 사라진 것을 만끽했다. 그리고 자리에서 일어나 부엌으로 갔다.

안나가 부엌 식탁에 앉아 말레르가 도서관에서 빌려온 책들 중 한 권을 읽고 있었다.

"얘야." 그가 말했다. "뭘 읽고 있니?"

안나는 『자폐증과 놀이』의 표지를 보여주고는 다시 읽기 시작했다.

말레르는 잠깐 망설이다가 침실로 발걸음을 옮겼지만 이내 멈춰 섰다. 침대에 누운 엘리아스가 혼자서 한 손에 젖병을 쥐고 있었다. 그는 눈을 껌뻑이며 가까이 다가갔다.

여느 아이들이 할 수 있는 행동을 한다는 사실에 혹해 상상한 것일 수도 있지만, 어쩐지 엘리아스의 얼굴이 조금…… 더 건강해진 것 같았다. 빳빳하고 딱딱하지도, 노인처럼 보이지도 않았다. 건조한 피부에 알 듯 모를 듯 빛과 생기가 도는 것 같았다.

눈은 여전히 감은 채 입에 젖병을 물고 있는 모습이 마치…… 맛을 음미하는 것처럼 보였다. 말레르는 침대 옆에 무릎을 꿇고 앉았다.

"엘리아스?"

그를 보았거나 그의 목소리를 들은 증거라고 할 만한 움직임은 일절 없었다. 하지만 엘리아스의 입술은 간신히 알아볼 정도로 미묘하게 젖병을 빨았고 목은 입안에 든 것을 삼키는 중이었다. 말레르는 손을 뻗어 아이의 고수머리를 가만히 쓸어주었다. 손 밑에 와 닿는 느낌이 부드럽고 매끄러웠다.

안나는 책을 내려놓고 창밖을 바라보고 있었다. 소나무 벽이 보이고, 홀로 우뚝 선 물푸레나무 가지 사이에는 널빤지와 판지로 만든 오두막집의 스케치가 붙어 있었다. 작년 여름 안나가 엘리아스와 함께 짓기 시작한 집이었다. 말레르는 사다리 위로 올라가지 못했다.

말레르가 그녀 뒤에 가 서서 말했다. "대단해."

"뭐가요? 오두막집이요?"

"아니, 물을 마신다는 게. 저 혼자서."

"그래요."

말레르는 숨을 깊이 들이마셨다가 다시 내쉬었다. 그리고 말했다. "용서해다오."

"뭘요?"

"글쎄…… 모르겠다. 모두 다."

안나는 고개를 흔들었다. "어차피 이렇게 될 일이었어요."

"그래. 위스키 좀 할 테냐?"

"그래요."

말레르는 유리잔 두 개에 위스키를 조금 따른 후 식탁 위에 놓았다. 그리고 자기 잔을 안나를 향해 들어올리고는 말했다. "휴전? 잠정적으로?"

"휴전. 잠정적으로."

부녀는 각자 한 모금씩 마시고 정확히 동시에 한숨을 내쉬었고, 그래서 둘 다 미소를 지었다. 안나는 엘리아스의 손바닥과 손가락이 부드러워진다 싶을 때까지 계속 문지르고 젖병을 두 손에 쥐여주었다고 말했다.

말레르가 아론손 얘기를 꺼내며 조심해야겠다고 하자, 안나는 꼬치꼬치 캐묻기 좋아하는 아론손을 흉내내 험상궂은 표정을 지었다.

말레르는 안나가 읽던 책을 집어들고 물었다. "어떻던?"

"괜찮아요. 하지만 내용 전체가…… 여기 나온 훈련 과정이……" 안나의 목소리가 떨렸다. "더 건강한 애들을 위한 거라서." 안나는 두 손으로 얼굴을 가렸다. "하지만 저애는 상태가 너무 나쁘잖아요." 그녀가 발작적으로 숨을 토해냈다.

말레르는 자리에서 일어나 딸 옆으로 가 양어깨를 잡고 그의 배에 머리를 기대게 했다. 안나는 그에게 몸을 맡겼다. 말레르는 딸의 머리칼을 쓰다듬으면서 속삭였다. "좋아질 거야…… 좋아질 거야…… 보렴, 오늘만 해도 어떤 일이 있었니." 안나가 배에 머리를 지그시 누르듯 기댔다. 말레르가 말했다. "우린 희망을 가져야 해."

안나는 그의 배에 머리를 기댄 채로 고개를 끄덕였다.

"그러고 있어요. 그래서 가슴이 찢어지고 미치고 팔짝 뛸 것 같아요."

난데없이 그녀가 고개를 홱 돌리더니 눈가를 훔치며 자리에서 일어나 말했다. "와보세요."

말레르는 딸을 따라 침실로 갔다. 그들은 엘리아스의 침대에 나란히 앉았다. 안나가 말했다. "아가야, 안녕. 엄마랑 할아버지가 같이 왔단다." 안나는 말레르를 돌아보았다. "아빠, 얘 얼굴 좀 보고 있으세요. 제가 미친 거면 미쳤다고 해주세요."

말레르는 보았다. 엘리아스가 젖병을 붙잡고 있을 때 그가 본 것은 죄다 사라져버리고 없었다. 완전히 닫힌 아이의 얼굴에 생명은 존재하지 않았다. 말레르는 가슴이 철렁 내려앉았다. 안나가 시트를 끌어내렸다. 아이는 별장에 있던 파자마를 입혀놓은 모습이었다. 바지 자락이 무릎께에 겨우 닿았다.

안나는 집게손가락과 가운뎃손가락을 엘리아스의 허벅지에 대고 배 쪽으로 차례차례 짚어올라가면서 노래를 시작했다.

"생쥐 한 마리가 오고 있어요…… 살금살금 기어서 걸어오네요……"

안나의 손가락이 엘리아스의 골반을 가로질렀다.

"살금살금 기어서 걸어오네요…… 그러다 갑자기 말하네요……"

안나는 엘리아스의 배꼽을 꾹 찔렀다.

"삐이이이!"

그때 말레르는 보았다. 그것은 미세하게 씰룩거리는 하나의 낌새에 불과했다. 그러나 분명히 보았다. 엘리아스의 얼굴에 감도는 미소를.

테뷔 자치시, 18:00

하가르는 자기의 오른쪽 무릎을 토닥토닥 두드렸다.

"비가 오려나. 오후 내내 이 무릎이 쿡쿡 쑤시네."

엘뷔는 창가에 기대어 밖을 내다보았다. 그랬다. 심상치 않은 기운이 다가오고 있음을 알기 위해 굳이 늙은 무릎까지 동원할 필요도 없었다. 거대한 구름이 오후를 저녁으로 바꿀 만큼 가까이 다가와 태양을 가리고 있었다. 대기가 전기로 가득했다. 그것이 엘뷔에게 의미하는 바는 하나뿐이었다. 그녀는 빈 찻잔들을 물에 헹구며 말했다. "우린 오늘밤

나가야 돼."

하가르는 동의의 표시로 고개를 끄덕였다. 그녀는 준비가 되어 있었다. 통화를 하면서 엘뷔는 하가르에게 언제고 즉시 사명을 이행해야 할지 모르니 적절한 옷을 입으라고 말해두었다.

하가르가 고른 자잘한 별무늬의 파란 실크 드레스는 엘뷔의 취향에는 다소 야했지만 본인이 "더없이 중대한 때"라 한 이상 가타부타 할 수가 없었다.

하가르는 한 치의 의심도 없었다. 환영을 봤다는 엘뷔의 말에 그녀는 쿡쿡 웃으며 축하해주었다. 심판의 날에 성모마리아가 직접 나타나는 것은 예상 밖의 일이 아니다, 그 발현을 목격할 사람으로 선택됐다는 것은 엘뷔에게 엄청난 축복이다, 하지만 친구가 수백만 크로나에 달하는 로토복권에 당첨되면 사람 마음이란……

솔직한 심정으로 엘뷔는 하가르가 이 모든 것을 다분히 경박하게 받아들이는 것이 달갑지만은 않았다. 파티 드레스를 입은 것도 모자라 자신의 상황을 복권 당첨에 비교하다니.

성모마리아와의 조우는 엘뷔에게 초현실적인 충격이었다. 그녀가 살아생전 겪은 가장 큰 사건이라고 해도 과언이 아니었다. 그러나 하가르는 엘뷔의 이마 상처를 보고 손뼉을 치며 말했다. "대단하다! 멋져!" 자기가 외계인에게 납치되었다고 해도 비슷한 반응이리라는 의심이 들었다. 하가르는 무슨 일이 터지면 그게 뭐든 상관없이 과도하게 좋아하는 것 같았다.

하가르는 이제껏 세 번 결혼했다. 십 년 전 마지막 남편 루네가 세상을 떠난 후 그녀에게는 세미나와 모임 참석 말고는 이렇다 할 소일거리가 없었다. 지난 삼 년 동안 또래 남자 한 명과 연애를 하긴 했지만 그의 집으로 들어가 살지는 않았다. 하가르 말로는 어디까지나 대화 상대였다. 그마저도 남자가 노망이 나면서 끝났다.

그러니 엘뷔와는 판연히 다른 경박한 여자라고 봐도 좋을 것이다. 그래도 그들은 단짝이었다. 왜? 첫째, 하가르는 엘뷔와 유머 코드가 비슷했다. 그것만으로도 관계는 꽤 오래 유지되는 법이다. 그런데다 하가르는 교양을 갖추었고 그 나이에도 명민했다. 엘뷔의 오랜 친구들이 모두 그런 것은 아니었다. 또한 둘은 거의 언제나 의견이 엇갈렸지만 서로를 이해했다.

그러나 엘뷔로서는 성모마리아와 관련한 이번 문제만은 하가르처럼 경거망동할 수 없었다. 그러고 싶지도 않았다. 이건 심각한 일이었다. 하가르도 이해해주길 바랐다.

하가르는 무릎을 문지르며 얼굴을 찡그렸다.

"어디서부터 시작하지? 제 나라에서는 절대 예언자가 될 수 없는 노릇이잖아. 예언을 간직하고 어디 다른 데로 가야 하지 않겠어?"

엘뷔는 테이블 맞은편에 앉아 하가르를 뚫어져라 바라보았다. 하가르의 시선이 흐트러지기 시작했다. "왜 그래?"

"저기, 하가르, 자기가 이해해야 할 게……" 엘뷔는 강조의 뜻으로 손가락 관절을 테이블에 탁탁 두드렸다. "우린 지금 삼중 서커스 쇼를 하려는 게 아니야. 무슨 복권이라도 당첨된 것처럼 짜릿하다고 생각하는지는 모르겠는데, 자기가 함께하고 싶다면 이해해야 할 게……"

엘뷔는 이마에 붙인 반창고를 가볍게 쓸었다. 아까부터 흉터가 간질거렸다. 그녀가 말을 이었다. "지금 이 상황이 어떤 의미냐는 거야. 동정녀 마리아인 성모님께서 친히 말씀하셨잖아. 내가 사람들을 이끌고 와야 한다고. 그러려면 뭐가 필요하겠어?"

하가르가 얼버무리듯 대답했다. "사람들이 믿어야겠지."

"맞아, 턱수염을 기르라거나 재산을 처분하라는 얘기와는 달라. 확신을 가지고 사람들에게 믿음을 줘야 해. 그래서 자기한테 물어보고 싶은 게 있는데, 하가르……" 엘뤼는 스스로의 목소리에 겁이 났지만, 그래도 말했다. "자기는 주 예수그리스도를 믿어?"

하가르는 의자에서 어색하게 몸을 뒤틀더니 선생님의 꾸중을 들은 학생처럼 엘뤼를 째려보다가 말했다. "알면서 왜 물어봐."

"그렇지 않아!" 엘뤼는 집게손가락을 허공에 치켜들었다. 하가르에게 이야기할 때면 늘 어조가 높아지는 엘뤼였지만 지금은 목소리가 전에 없이 격앙되었다. "아니야, 하가르! 내가 묻고 있잖아. 자기는 주 예수그리스도, 하느님의 독생자를 믿느냐고."

"그래!" 하가르는 주먹을 움켜쥐었다. "나는 하느님 아버지의 독생자, 본디오 빌라도에게 고난을 받으사 십자가에 못박혀 죽으시고 장사한 지 사흘 만에 죽은 자 가운데서 다시 살아나시어 하늘에 오르신 주 예수그리스도를 믿어. 믿는다고!"

하가르가 무슨 말을 했어도 물러섰을 엘뤼였다. 그녀는 미소지었다.

"좋아, 그렇다면 함께해도 돼."

하가르는 고개를 천천히 저었다. "맙소사! 엘뤼, 도대체 왜 그러는 건데?"

엘뤼는 할말이 없었다.

그들이 굳은 결의를 품고 나섰을 때, 거대한 뚜껑이 지구를 덮은 듯 하늘은 더욱 어두워져 있었다. 둘 다 우산을 챙겼다. 하가르는 무릎이 그냥 쑤시는 정도가 아니라 참기 힘들 만큼 아프다고 구시렁댔다. 엄청난 폭풍이 몰려올 기세였다.

하지만 아직 비 한 방울 떨어지지 않았다. 새들은 조용히 가지에 앉아 있었고, 사람들은 집안에서 기다리고 있었다. 기압 때문에 피가 머리로 치솟아 잔뜩 취한 기분이었다. 엘뷔는 행복했다. 아마 바로 오늘 밤일 것이다. 그녀는 계시를 받은 여러 사람 중 하나일지도 모른다. 엘뷔는 주어진 사명을 수행할 작정이었다.

그들은 이웃인 쇠델룬드의 집부터 시작했다. 엘뷔는 그 집 남자가 파르마시아*의 중견 간부이고 여자는 조기 은퇴한 사서임을 알고 있었다. 부부가 그곳에 산 지는 꽤 오래됐지만 엘뷔는 한 번도 그들과 가깝게 지낸 적이 없었다.

문을 열어준 사람은 남편이었다. 체크무늬 저지 셔츠를 걸친 그는 도독한 올챙이배에 두피가 훤히 들여다보일 정도로 머리숱이 적고 코밑 수염을 기른 모습이었다.

때가 되면 저절로 머릿속에 영감이 떠오를 거라고 믿어 의심치 않았기 때문에 엘뷔는 별다른 준비를 해두지 않았다. 남자는 엘뷔를 알아보고 사람 좋은 미소를 지었다.

"이런, 이런, 룬드베리 부인. 이제 좀 괜찮아지셨나봐요. 마실을 다 나오시고."

"네." 엘뷔가 말했다. "여긴 하가르예요."

"그렇군요. 안녕하세요." 남자의 시선이 엘뷔에게서 하가르로 옮겨갔다. "제가 뭐 도와드릴 일이라도?"

"좀 들어가도 될까요? 긴히 말씀드릴 일이 있어서요."

남자가 눈썹을 치켜세우더니 어깨 너머를 돌아보았다. 집안의 상태가 엘뷔 일행을 들일 만한지 확인하는 것 같았다. 그는 다시 두 사람에게 고개를 돌리고 뭔가 물어보려는 듯했지만 그냥 이렇게만 말했다. "물론

* 스웨덴의 제약 및 생명공학 회사.

이죠, 들어오세요."

엘뷔와 그녀를 뒤따라 하가르가 현관으로 들어서는데 남자가 엘뷔의 이마를 가리키며 물었다. "다치신 거예요?"

엘뷔는 고개를 흔들었다. "그 반대랍니다."

그 대답만으로는 성이 차지 않는지 남자는 얼굴을 찌푸렸고, 엘뷔와 하가르가 안으로 들어오도록 몇 발짝 물러나 두 손을 배 위에 얹고 서 있었다. 현관은 장식이 검소하면서도 우아해 남자의 분위기와는 어울리지 않는 게 아무래도 부인 솜씨인 듯싶었다.

하가르는 탄성을 질렀다. "어쩜, 예쁘기도 해라!"

"네, 그렇죠……" 남자는 주위를 둘러보는 품새가 새삼 자기 집이 남다르다고 생각하는 것 같았다. "그러니까…… 특정한 양식, 이 있다고 해도 되겠죠."

"네?" 하가르가 말했다.

엘뷔가 성난 얼굴로 하가르를 쏘아보는 사이 남자는 방금 한 말을 반복하고는 기다렸다. 뭐라고 할지 마음을 정하기도 전에 엘뷔의 입에서 말이 불쑥 튀어나왔다.

"때가 되었습니다. 준비하십시오."

남자는 고개를 약간 앞으로 뺐다. "네? 무엇을요?"

"주 예수께서 강림하십니다."

남자가 눈이 휘둥그레져서 뭔가 말하려 했지만 엘뷔는 말을 이었다. "시체들이 깨어났어요. 이미 들으셨겠지만."

"네, 하지만……"

"아뇨." 엘뷔가 그의 말을 막았다. "하지만이 아니에요. 어젯밤 제 남편이 집으로 돌아왔고, 그와 똑같은 일이 사방에서 일어났어요. 과학자들은 갈팡질팡하면서 '불가능한 일'이라느니 '설명할 수 없는 일'이라느니 지껄이죠. 하지만 지극히 자명한 상황이고, 우리 모두 이런 일이 일어나리라는 것을 알고 있었습니다. 그런데도 이렇게 가만히 앉아서 이 사태를 일상다반사로 치부할 건가요?"

안주인이 수건으로 손을 닦으며 부엌에서 나왔다. 엘뷔는 여자가 하가르와 인사하는 소리를 들었다. 남자가 물었다. "그런데…… 뭘 바라시는 거죠?"

"저희가 바라는 건……" 엘뷔는 부지불식간에 손을 치켜올려 엄지 손가락을 구부려 약손가락으로 누르고 나머지 손가락은 쭉 펴서 평화의 신호를 해 보였다. "여러분이 주 예수를 믿으시는 거예요."

남자가 살짝 공포에 질린 눈빛으로 아내를 보았다. 남편을 마주보는 여자의 눈빛은 이 제안에 대한 자기들의 입장을 밝혀야 한다고 말하는 것 같았다. 남자는 고개를 설레설레 저었다. "믿음의 문제는 각자의 소관이죠."

엘뷔는 고개를 끄덕였다. "당연히 그렇죠. 하지만 주변을 보세요. 지금 일어나는 이 모든 일을 달리 합당하게 설명하실 수 있나요?"

여자가 헛기침을 하고는 말했다. "아무래도 저희는……"

"잠깐만, 마틸다." 남자가 손을 들어 아내를 제지하고는 엘뷔를 바라보았다. "그래서 뭘 하자는 겁니까? 뭘 어쩌라고요?"

엘뷔가 대답하기도 전에 하가르가 나섰다. "성모마리아께서 엘뷔 앞에 나타나 사람들에게 말하라 하셨어요. 이 친구에게는 선택의 여지가 없어요. 저도 마찬가지고요. 전 이 친구를 믿어요. 예수님도 믿고요."

엘뷔는 고개를 끄덕였다. 처음으로 하가르의 존재가치를 실감했다. 예수님에게 베드로라는 반석이 있었던 것과 마찬가지였다. 이런 비유에 지나치게 연연할 건 없겠지만.

"명령하는 게 아닙니다." 엘뷔가 말했다. "하고 싶은 대로 하셔야죠.

저희가 어느 누구에게 이래라저래라 강요할 수 있겠어요? 다만…… 이렇게 모든 증거가 드러나고 있는 지금 하느님을 외면하고 가고 싶은 길만 간다면 끔찍한 실수일 수도 있다는 것을 알려드리고 싶었어요."

여자는 엘뷔와 하가르에게 끔찍한 질병의 백신을 권유받은 것처럼 더없이 근심 어린 표정으로 남편을 바라보았고, 이내 그가 그들을 내칠 작정임을 눈치챘다.

과연 남자는 화가 난 듯 고개를 세차게 흔들더니 엘뷔와 하가르를 지나쳐 현관문을 열었다.

"나한테는 협박처럼 들리네요." 남자는 엘뷔와 하가르에게 나가라는 손짓을 해 보였다. "하지만 행운을 빕니다. 정신 나간 영혼은 널리고 널렸으니까."

엘뷔와 하가르는 현관 밖 층계참으로 나갔다. 남자가 문을 닫기 전에 엘뷔가 말했다. "혹시 마음이 바뀌시거든…… 제 집 문은 열려 있어요. 언제나."

남자가 꽝 문을 닫았다.

다시 거리로 나오자, 하가르가 그 집을 향해 혀를 날름 내밀고는 말했다. "잘 안 되네." 그리고 손바닥으로 이마를 꽉 누르고 있는 엘뷔를 힐끗 보고 물었다. "왜 그래?"

엘뷔는 눈을 감았다. "머리가 너무 이상해."

"천둥 때문에 그래." 하가르는 그렇게 말하고 우산 끝으로 하늘을 가리켰다.

"아니야……" 엘뷔는 한 손으로 하가르의 어깨를 짚어 몸을 가눴다.

하가르가 엘뷔의 팔뚝을 움켜쥐었다. "엘뷔, 왜 그러는데?"

"딱히 뭐라고……" 엘뷔는 자기 이마를 철썩 쳤다. "뭐랄까…… 뭔가 다른 게 들어온 것 같아. 다른 목소리가. 내가 '제 집 문은 열려 있어요'라고 했잖아. 사실 난 그런 말은 할 생각이 없었어. 머릿속에 떠오르지도 않았다고. 그런데 그냥…… 입 밖으로 나오더라고."

하가르는 몸을 숙이고 입구라도 찾겠다는 듯 엘뷔의 이마를 살폈지만 보이는 건 반창고뿐이었다. 그녀는 입술을 오므리고는 말했다. "열두 사도를 생각해봐. 갑자기 만국어를 할 수 있게 되었잖아. 고만한 계시쯤이야 자기 앞에 성모마리아께서 나타난 것에 비하면 아무것도 아니야, 안 그래?"

엘뷔는 고개를 끄덕이고 몸을 쭉 폈다. "그래, 나도 그렇게 생각해."

"그럼 계속 가볼까?" 좀 전의 남자가 집 창문 너머로 그들을 바라보는 것을 보고 하가르가 고개를 끄덕였다. "저런 것들이야 말라비틀어진 나무 작대기지."

엘뷔는 힘없이 미소를 짓고는 말했다. "주님께서는 죽은 나무에 싹을 틔우는 것보다 더 위대한 기적을 일으키셨잖아."

"옳거니." 하가르가 말했다. "바로 그 정신이야."

그들은 다시 길을 나섰다.

본데가탄, 18:30

부모님이 귀가했을 때 플로라는 컴퓨터 앞에 앉아 있었다. 그녀는 어느 기독교도 채팅방에 로그인해 좀비를 주제로 악마주의적 논지를 펼쳤고, 사탄이 한시바삐 강림하도록 팔셰핑 집회에서 악마 미사를 올리고 있다고 말했다. 처음에 사람들이 플로라가 열혈 오순절파라고, 그런데 진짜 빛, 혹은 어둠을 본 거라고 믿을 때가 제일 재미있었다. 이제는 다들 그녀를 교화하겠다고 열심이었다. 하지만 플로라가 도를 넘어서자 오히려 그들은 떨어져나갔고, 그즈음 현관문이 열리더니 마르가레타가 소리쳤다. "애들아! 엄마 왔다!"

플로라는 "안녕, 지옥에서 보자고"라고 치고 로그아웃했다. 그러고는 키보드 위에 손을 얹은 채 버스럭거리는 소리를 기다렸다. 들렸다. 부모님이 여행에서 돌아오면 늘 나는 소리. 쇼핑백이 버스럭거리는 소리였다.

"애들아!"

플로라는 눈을 감고 엄마 아빠가 알록달록한 플라스틱 공의 바다에 빠져 가라앉는 모습을 그려보았다. 그들의 머리가 사라지면서 쉭쉭 소리가 났다. 맨슨의 음악을 틀어 기타 사운드의 벽으로 부모의 목소리를 차단해버려도 좋겠지만, 시체와 관련한 이 사태를 엄마가 어떻게 받아들이는지 궁금해졌다. 런던에서 전화를 걸어와 사정을 알게 되었다고, 할머니와 통화하면서 들은 터였다. 플로라는 엄마의 생각이 궁금했다.

과연 부엌 바닥은 영국 부티크의 로고가 박힌 비닐백으로 뒤덮여 있었다. 마르가레타와 예란은 그 한복판에서 짐을 푸는 중이었고, 빅토르는 배터리로 작동하는 물총 생각에 초조한 표정으로 기다리고 있었다. 플로라는 팔짱을 끼고 문기둥에 기대섰다. 마르가레타의 시선이 그녀에게 가닿았다.

"잘 있었어, 우리 딸? 그동안 잘하고 있었어?"

"네."

엄마는 평소와 다름없는 목소리였다. 활기차고 자신이 넘쳤다. 심상치 않은 일 같은 건 전혀 없다는 투. 그래서 플로라는 덧붙였다. "좀 죽음이었어요."

가방 하나를 뒤지는 마르가레타의 얼굴에 한 번의 채찍질처럼 미소가 반짝 솟았다가 사라졌다. 플로라는 시야 한구석에서 예란의 날카로운 눈길이 날아드는 것을 보았다. 마르가레타가 상자 하나를 꺼내 빅토르에게 내밀었다.

"……여기, 네 거야."

빅토르는 얼굴을 찌푸리며 상자를 열고는 섬세한 간달프 조각상을 꺼내 두 손으로 이리저리 뒤집어보았다. 이루 말할 수 없이 실망한 표정이었다. 플로라는 상자에 붙은 가격표를 보았다. 59파운드 90펜스.

"너무 진짜 같은 것만 팔더라." 예란이 말하며 두 손을 내밀어 보였다. "그래서……"

"어떤 게 진짜 같았는데요?" 빅토르가 물었다.

"라이플. 방아쇠를 당기면 진짜 총 쏘는 소리가 나더라고. 엄마 아빠 생각에…… 너한테 줘선 안 되겠다 싶었어. 그래서 대신 이걸 산 거야."

"이걸로 뭘 해요?"

"방에 놓으면 되잖아. 싫어?"

빅토르는 조각상을 보았다. 아이의 어깨가 축 처졌다.

"아뇨, 아니죠. 왜 싫겠어요."

마르가레타는 새 가방을 뒤지면서 고개도 들지 않고 물었다. "뭐라고 해야 한다고?"

"고맙습니다." 빅토르는 그렇게 말하고 잡아먹어도 시원치 않다는 표정으로 간달프를 들여다보았다.

마르가레타가 새 상자를 들고 허리를 펴고 일어나 플로라에게 내밀었다.

"이건 네 선물이야. 갖고 싶어했던 게 이거 아니니?"

플로라가 받은 것은 아이팟이었다. 그녀는 상자를 도로 엄마에게 내밀었다.

"고마워요. 그런데 이미 하나 있어요."

마르가레타는 상자를 받지 않고 손가락으로 가리켰다.

"그래도 어쨌든……" 그녀가 예란을 돌아보며 물었다. "이백 장이었나?"

"삼백." 예란이 대답했다.

"……앨범 삼백 장을 넣을 수 있어. 전부 합해서."

"네." 플로라가 말했다. "알아요. 그런데 필요 없어요. 저도 있어요."

정적이 감돌았다. 버스럭거리는 비닐백 소리가 한숨처럼 들렸다. 플로라는 그 소리를 만끽했다. 모든 것을 돈으로 살 수는 없는 법이다. 아무렴. 돈으로 모든 것을 살 수는 없는 법이다. 예란이 두 손을 짝 마주쳤다.

"너희 둘 다 감사할 줄 모르다니 참 기가 막히는구나." 그가 말했다.

"무슨 일이 일어났는지 모르세요?" 플로라가 물었다.

마르가레타는 고개를 흔들었다. 그 얘긴 지금 하지 마. 하지만 플로라는 엄마의 의중을 잘못 읽은 척했다.

"그러니까." 그녀가 말했다. "어젯밤 열한시에……"

"너희 뭐 좀 먹었니? 식사했어?" 마르가레타는 딸을 가로막으며 결국 그녀의 손에서 상자를 빼어들었다. 그리고 대답을 기다릴 것도 없이 플로라를 향해 상자를 들어올려 보였다. "그럼 이거 다시 팔까? 아니면 다른 사람한테 줘? 그랬으면 좋겠니?"

플로라는 모질게 다물고 있던 엄마의 입이 잠깐 열리더니 아랫입술이 떨리다가 다시 닫히는 모습을 빤히 바라보았다.

미안해할 수도 있지. 하지만 그러고 싶지 않아.

"엄마 가지세요." 플로라가 말했다.

"이걸로 뭘 하라고?"

"저야 모르죠. 비에른 아프셀리우스*는 어때요?"

플로라는 자기 방으로 가서 문을 닫았다. 머릿속에 자책감과 분노와 피로가 찐득찐득하게 뭉쳐 있는 것 같았다. 그런 기분을 날려버리려고, 머릿속을 환기시키려고 〈Portrait of an American Family〉**를 틀었다. 침대에 누워 맨슨의 바이브레이션이 피부를 뚫고 들어와 상처난 부위에 연고를 바르고 잠들어버린 감성을 콕콕 찌르도록 몸을 맡겼다.

백인 쓰레기들아! 무릎을 꿇어라!

케이크와 비역질을 즐길 시간이다!***

이 첫 곡으로 최악이었던 기분을 털어낸 뒤 플로라는 다른 곡들을 건너뛰고 〈Wrapped In Plastic〉을 튼 다음 다시 침대에 드러누워 눈을 감았다.

스테이크는 차갑지만, 비닐 포장이 되어 있으니……

플로라는 온통 랩에 감싸인 스톡홀름 시를 그려보았다. 보도에 둘러쳐진 비닐 랩, 물위를 덮은 얇은 막. 물에 손가락을 담그려 해도 느껴지는 것은 볼록하게 부풀어오르는 비닐뿐. 사람들의 얼굴을 감싼 랩, 박테리아 전염을 막기 위해 발라놓은 액상 플라스틱. 질긴 버블 랩을 몸에 감고 데굴데굴 굴러가는 강아지.

노래의 음량이 뚝 떨어져서 플로라는 눈을 떴다. 마르가레타가 침대 발치에 서서 팔짱을 끼고 있었다.

"플로라." 그녀가 입을 열었다. "네가 우리와 함께 사는 한은……"

"알아요, 알아."

"뭘 아는데?"

---

* 스웨덴의 싱어송라이터. 사회주의자로 사랑이나 인생을 노래한 대중적인 곡 외에 정치적인 곡도 다수 발표했다.

** 메릴린 맨슨의 데뷔 앨범.

*** 〈Cake And Sodomy〉의 가사.

플로라는 이 빤한 절차를 알고 있었다. 각본을 통째로 꿰고 있었다. 행동거지 똑바로 해. 내가 아는 젊은것들은 너나 할 것 없이 그 모양이지. 귀 뒤는 씻고 다니는 거니? 하루종일 귀에 아이팟을 꽂고 살면서 켄트를 듣든가 말든가. 하지만 요케 베리*가 너희한테 징징대는 요지는 튀어서 좋을 것 없다는 거야. 주어진 본분을 다해. 조금은 감사할 줄도 알아야지. 또 받은 걸 갚을 줄도 알아야 하고.

긁어 부스럼을 만들지 않을 작정이었다. 이번에는.

“얘기 안 하실 건가요?” 플로라가 물었다.

“뭘?”

“할아버지 일이요.”

마르가레타는 두 팔을 올렸다가…… 떨어뜨리고…… 숨을 깊이 들이마시면서 다시 치켜올렸다.

“그 문제에 대해 내가 무슨 말을 했으면 좋겠니?”

플로라는 마르가레타의 눈을 똑바로 쳐다보았고 공포를 읽었다. 하지만 상관하지 않았다. 포기하고 벽 쪽으로 돌아누웠다.

“됐어요. 정신과 의사나 데려오세요.”

“뭐?”

“말했잖아요. 정신과 의사 데려오시라고요. 저는 좀 혼자 있을게요.”

몇 초 동안 등뒤에서 엄마의 존재감이 느껴졌지만, 이내 문을 쾅 닫고 나가는 소리가 들렸다.

그 난쟁이……

마르가레타가 두려워하는 존재였다.

여섯 달 전, 마르가레타는 플로라를 억지로 청소년 정신과 강연에 끌

---

* 켄트의 리드싱어.

고 갔다가 집에 돌아와서는 난데없이 할아버지 이야기를 터놓고 시작했다.

"견딜 수가 없어." 그녀가 말했다. "그 공허한 눈빛, 목석처럼 앉아서 아무 말도 안 하는 아버지라니, 배겨낼 재간이 없다고."

당시 몇 달 동안 아버지를 찾아가지 않던 마르가레타였다.

"그리고 언제나." 그녀가 말을 이었다. "언제나 이런 상상을 하게 되는 거야. 우리 아버지 몸속에, 아버지 머릿속 어딘가에…… 난쟁이가 있다고…… 생각이 분명하고 세상을 훤히 내다보는 난쟁이가 나를 비난하고 있다고. 우리 딸은 왜 나를 보러 오지 않지? 그런 생각을 하는 거야. 그렇게 머릿속에 들어앉아서 기다리는데…… 난 도저히 감당이 안 돼."

그래서 플로라는 엄마가 일주일에 한 번(플로라의 자해가 가장 잦았던 때는 일주일에 두 번) 상담하는 정신과 의사와 주로 나누는 이야기 중에 할아버지도 있을 거라고 간파했다.

그때도 플로라는 엄마가 싫더라도 할아버지를 보러 가는 게 더 나을 거라고 생각했다. 그러나 마르가레타는 심리학을 신봉했다. 사람이 완전해질 수 있다고 생각했다. 성심을 다해 하나씩하나씩 자신의 문제점을 해결하면 언제든 조화로운 경지에 이를 수 있다고. 학위도 마찬가지였다. 모든 문제에는 해결책이 있으니까. 그렇지 않은 문제는 제외시켜 버렸다.

그런 사람한테 뭘 어떻게 할 수 있을까? 무시해버릴 수밖에! 머릿속 난쟁이? 그딴 건 없어. 언급할 가치도, 아니, 생각할 가치도 없어.

그런데 그 난쟁이가 밖으로 나온 것이다. 난쟁이는 텅 빈 눈으로 이리저리 돌아다니고 있었다. 마르가레타에게 비난의 손가락질을 하려고 단데뤼드에서 기다리고 있었다.

그런데 그것은 해결할 수 없는 문제였다. 따라서 문제가 될 수 없었다. 존재하지 않으니까.

플로라는 CD의 앞쪽 트랙으로 되돌아가 음량을 높였다.

스테이크는 차갑지만, 비닐 포장이 되어 있으니……

비닐 랩.

삼십 분이 지나 천둥이 우르르 치기 시작하면서 인터넷 연결이 끊겼다. 플로라는 엘뷔에게 전화를 했지만 받지 않았다. 페테르에게 걸어보니 신호가 딱 한 번 가기 무섭게 받았다.

"페테르입니다." 속삭임에 가까운 나직한 목소리였다.

"안녕. 나야, 플로라. 혹시 무슨 일 있어?"

"경찰. 집을 싹쓸이하고 있어."

전자 합성음처럼 감정이 없었지만 그 목소리에 증오가 어려 있는 것을 플로라는 느낄 수 있었다.

"왜?"

페테르가 코웃음을 치자 수화기에서 지직거리는 소리가 났다. "왜? 내가 어떻게 알아. 재미있어서 그러나보지."

"어떻게 스쿠터는 잘 숨겼어?"

"응. 그런데 자전거를 죄다 쓸어갔어."

"설마."

"그렇다니깐. 이렇게 많이 온 건 처음이야. 특공대 여덟 팀에 밴 한 대. 지금 죄다 쓸어내고 있어. 전부 다."

"넌 어쩌고 있어?"

"그만 끊자. 더 이야기 못해. 찍소리 말고 있어야 돼. 나중에 봐."

"그래, 괜찮아……"

전화가 끊겼다.

"……지길 바라야지."

쿵스홀멘, 20:15

첫 번개가 번쩍하며 노르말름의 하늘을 갈랐을 때, 다비드는 냉장고 앞에 서서 꽁꽁 언 라즈베리 팩을 뚫어져라 보고 있었다. 곧바로 우르르 진동하는 소리가 환몽에 빠져 있던 그를 흔들어 깨웠고, 그제야 다비드는 라즈베리를 맨 뒤쪽에 쑤셔넣고 빵 한 덩어리가 든 봉지를 꺼냈다.

로스튼토스트. 유통기한 8월 16일. 일주일 전 그 빵을 샀을 때만 해도 모든 것이 평탄했다. 좋은 날과 별 볼일 없는 날이 차곡차곡 쌓여가던 삶. 냉동고 문을 닫은 다비드는 이제 빵을 보며 멍해졌다.

앞으로 얼마나?

앞으로 며칠을, 몇 년을 더 기다려야 에바의 사고 이후 시간에 단 하나라도 좋은 기억이 남게 될까? 그런 때가 오긴 할까?

"아빠, 저기 좀 봐."

부엌 식탁에 앉아 있던 망누스가 창밖을 가리켰다. 하늘을 흑판 삼아 미세한 분필선이 깜빡거리기 무섭게 곧바로 천둥이 꽝 울렸는데, 다비드는 그 두 현상에 어떤 연관도 없는 것 같았다. 망누스는 차분하게 계산을 하더니 천둥이 3킬로미터 밖에서 쳤다고 말했다. 빗물의 띠들이 창을 타고 미끄러졌다.

다비드는 망누스의 간식으로 돌처럼 딱딱해진 빵 두 조각을 봉투에서 꺼내 토스터에 넣었다. 저녁으로 요리한 스파게티는 소스가 타버리는 바람에 둘 다 많이 먹지 못했다. 식사 후 부자는 〈슈렉〉을 네번째로 보았고, 망누스가 과자 봉지의 반을 비우는 동안 다비드는 와인을 세 잔 마셨다. 이제 배가 고프지 않았다.

점차 가까이 다가오는 굉음 때문에 집이 흔들렸다. 다비드는 망누스를 달래서 치즈와 마멀레이드를 얹은 토스트 한 쪽과 우유 한 잔을 먹였다. 그는 망누스가 애지중지해야 할 기계처럼 여겨지다가도, 어떤 때는 자신과 함께 지구상에 남은 유일한 생명체 같기도 했다. 와인이 들어가니 후자 쪽으로 마음이 기울어서 아들을 볼 때마다 눈물을 참아야 했다.

망누스가 이를 닦는다며 순식간에 시야에서 사라져버리자, 다비드는 뱃속에서 공포의 불길이 타오르는 것을 느꼈다. 그는 남은 와인을 병째 들이켜고 부엌 식탁에 기대어 번개를 바라보았다.

일 분 만에 망누스가 돌아와 옆에 섰다.

"아빠, 왜 빛이 소리보다 빠른 거야?"

"왜냐하면……" 다비드는 두 손으로 마른세수를 했다. "왜냐하면…… 좋은 질문이야. 아빠는 모르겠네. 그러니까 어……" 그는 입을 다물었다. 하마터면 헛소리를 할 뻔했다. 엄마한테 물어볼래? 대신 다른 말을 했다. "이제 잘 시간이야."

망누스를 침대에 누인 후, 다비드는 너무 피곤해서 옛날이야기는 못 해주겠다고 말했다. 망누스가 대신 책을 읽어달라고 해서 그는 점무늬 하나를 잃어버린 표범 이야기를 읽어주었다. 이미 여러 번 들었는데도 아이는 표범이 자기 털의 점무늬를 세다가 하나가 없어진 것을 알아차리는 장면에서 늘 즐거워했다.

오늘밤 다비드는 평소처럼 재담꾼 기질을 발휘할 여력이 없었다. 화들짝 놀란 표범을 연기하려고 애써봤지만, 기특하게도 망누스가 키득거려주는 게 도리어 안쓰러워서 포기하고 그냥 글을 읽기만 했다. 이야기가 끝나고 부자는 한동안 서로 말이 없었다. 다비드가 일어서려고 할 때 망누스가 입을 열었다. "아빠?"

"응?"

"엄마가 집으로 올까?"

"무슨 말이야?"

망누스는 몸을 웅크려 무릎을 가슴 쪽으로 끌어안았다. "엄마가 지금의 엄마로 집에 오면, 그러면 죽은 사람이야?"

"아니, 엄마는 나중에 올 거야. 건강해지면."

"엄마가 여기 왔는데 죽었으면 싫어."

"안 그럴 거야."

"진짜로?"

"진짜로."

다비드는 침대 위로 몸을 수그려 망누스의 뺨에, 그리고 입에 뽀뽀해 주었다. 평소의 망누스라면 눈싸움을 하자는 둥 우스운 표정을 짓는 둥 애를 먹였을 텐데 오늘은 그냥 가만히 누워서 고분고분 입맞춤을 받았다. 다비드가 허리를 펴고 일어서서 보니 망누스는 눈썹을 찌푸리고 있었다. 뭔가 생각에 잠겨 물어보고 싶은 게 있는 것이었다. 다비드는 기다렸다. 망누스가 그의 눈을 똑바로 쳐다보았다.

"아빠, 엄마 없어도 괜찮겠어?"

다비드는 턱이 굳어버렸다. 일 초 일 초가 째깍째깍 흘러갔다. 의식 배면에서 이성의 목소리가 고함쳤다. 뭐든 말해, 당장 말하라고! 너 때문에 애가 겁먹고 있잖아! 마침내 다비드는 간신히 입을 열었다. "그만 자자, 얘야. 다 괜찮아질 거야."

아이의 침실 문을 열어두고 욕실로 간 다비드는 욕조의 수도를 틀어놓고서 자신이 흐느껴 우는 소리가 들리지 않기만 바랐다.

여러 번, 에바가 죽는 것을 상상했다. 상상해보려고 했다. 아니다. 에바가 죽는다는 생각이 시도 때도 없이 닥쳐왔다. 그랬다. 언제고 일어나기 마련인 일, 매일 신문으로 접하는 일이었다. 길, 호수, 이렇다 할 특징이 전혀 없는 숲속의 습지를 찍은 사진들. 누구는 추돌사고로 죽고, 누구는 물에 빠져 죽고, 누구는 살해를 당했다.

그리고 다비드는 생각했다. 판에 박힌 일상과 의무로 채워진 공허한 삶이 계속되다 어느 순간 어디선가 한줄기 빛이 비쳐든다고. 그러나 막상 그 일이 닥치니, 아니나 다를까, 가장 끔찍한 고통은 그가 미처 상상해보지도 못한 데서 나왔다.

아빠, 엄마 없어도 괜찮겠어?

여덟 살짜리의 입에서 어떻게 그런 말이 나올 수 있지?

다비드는 물이 서서히 차오르는 욕조에 주저앉아 머리를 수그리고 있었다. 망누스 앞에서 슬픔을 감춘다는 것부터가 잘못된 일인지도 몰랐다. 그러나 에바는 죽은 게 아니니 슬퍼해서는 안 되었다. 그렇다고 살아 있는 것도 아니라 희망을 품을 수도 없었다. 아무것도 할 수 없었다.

다비드는 물을 잠그고 욕조 마개를 뽑은 다음 부엌으로 나와 새 와인병의 뚜껑을 열었다. 잔에 와인을 따르려는데, 망누스가 담요를 몸에 둘둘 말고 나왔다.

"아빠, 나 잠이 안 와."

다비드는 망누스를 안고 그와 에바의 방으로 데려가 다시 침대에 뉘었다. 큰 침대에 누이니 망누스는 거의 사라진 것 같았다. 아이는 어렸을 때 이 침대에서 아장아장 걸어다니기도 하고, 한밤중에 깨어나기도 했다. 이곳은 안전했다. 다비드는 아들 옆에 누워 한 손을 어깨에 얹어주었다. 망누스가 꼼지락대며 품으로 파고들더니 크게 한숨을 내쉬었다.

눈을 감으며 다비드는 궁금해졌다. 내 큰 침대는 어디지?

어머니가 아침 뉴스를 보았을까봐 걱정이 태산 같았지만 아니었고, 그래서 오후에 어머니가 전화를 걸어와 간밤에 일어난 사건들에 대해 놀라서 떠들자 다비드는 한동안 듣고만 있다가 바쁘다고 했다. 어머니와 장인도 알아야 하는 일이지만, 지금 당장은 도저히 말을 꺼낼 수가 없었다.

망누스의 숨소리가 쌔근쌔근해졌다. 아이는 다비드의 겨드랑이에 머리를 묻고 있었다.

나는 어디로 가지?

가득찬 와인 병이 기다리고 있는 부엌 싱크대 말고는 아무 생각도 떠오르지 않았다. 망누스가 완전히 곯아떨어지면 당장 갈 생각이었다. 다비드의 큰 침대, 다비드의 유일한 안식처는 에바였지만, 그녀에게 가는 길은 끊겨버렸다. 그는 베개 깊숙이 머리를 묻고 천장에서 간혹 깜빡이는 파란빛을 바라보았다. 우르르 울리는 소리는 이제 아득하니 산 너머에서 거인들이 구시렁대는 것 같았다. 발끝으로 창턱을 건너는 요정처럼 비가 흩뿌렸다.

……그리고 죽은 자들이 깨어났으니……

휙 스쳐지나가는 생각에 다비드는 옳다구나 하고 매달렸다.

만약 모든 일이…… 불가능한 모든 일이 일어나기 시작한다면.

그래. 뱀파이어가 나타난다면. 물건이 둥둥 떠다니고 사라져버린다면. 트롤이 산에서 나온다면. 동물이 말을 하거나 예수가 재림한다면. 모든 것이…… 전과 달라진다면.

다비드는 미소를 지었다. 마음을 어루만져주는 생각에 미소가 떠올랐다. 공원 소풍과 자동화된 전화 시스템. 사회가 정상적으로 지속된다는 것은 기만이었다. 오히려 붕괴되고 초현실적인 상태가 해방인 것이다. 생물학적 견지에서 기현상을 이해해보려는 과학자들의 시도는 다비드와는 하등 상관이 없었다. 천사여, 오라. 요정이여, 오라. 세상이 추워지기 시작했으니.

테뷔 자치시, 20:20

엘뷔와 하가르는 두 시간 동안 열두 집을 돌며 어림잡아 스무 명의 사람을 만났다. 용건을 듣자마자 문전박대하는 집도 있었지만, 예상한 것보다 더 많은 사람이 기꺼이 그들의 이야기를 듣고자 했다. 엘뷔 자신은 여호와의 증인 신자들이 몇 번 찾아올 때마다 정중하게 거절했었다. 한번은 부엌 창가에 앉아 그들의 모습을 좇았는데, 그들은 각각의 집을 방문하기가 무섭게 길거리로 내몰렸다. 그에 비하면 엘뷔와 하가르는 훨씬 나은 편이었다.

사태가 워낙 심상치 않아서일 수도 있고, 확신에 찬 태도에서 묻어나는 엘뷔의 열정이 유별나서일 수도 있었다. 비록 계시와 사명을 받았지만, 엘뷔는 곧바로 모든 사람을 납득시킬 수 있다고 믿을 만큼 순진하지 않았다. 성서에서도 그런 일은 일어나지 않았다.

폭풍 전의 압력이 투명한 모슬린처럼 시종 그들의 몸에 휘감겼지만, 정작 폭풍은 제멋대로 날뛰기 전에 그들이 사명을 완수하도록 팔짱을 끼고 기다려주는 것 같았다.

엘뷔와 하가르에게 관심을 보이거나 그들의 말을 믿는 사람은 대부분 그들 또래의 여자들이었다. 몇 안 되지만 남자들도 있었다. 삼십대 남자 하나는 그들을 열렬히 환영했다. 컴퓨터 컨설턴트라고 자신을 소개한 그는 그들의 전언을 더욱 널리 알릴 인터넷 웹사이트를 구축할 일이 생기면 기꺼이 돕겠다고 제안했다. 엘뷔와 하가르는 생각해보겠다고 대답했다.

여덟시가 되자 폭풍은 이제 고삐 풀린 말처럼 날뛰었다. 바람이 나무 꼭대기를 흔들어대기 시작했을 때 사위는 이미 겨울밤처럼 어둑해졌고, 곧바로 비가 쏟아졌다. 그리고 몇 분 만에 폭우로 돌변했다.

우산을 펼치자 빗물이 우산을 타고 쏟아지며 엘뷔와 하가르를 에워싸는 커튼이 되었고, 주차된 자동차들의 금속 지붕을 요란스럽게 난타했다. 하도 시끄러워서 두 사람이 서로의 목소리를 들을 수 없을 정도였다. 그들은 팔짱을 끼고 집 쪽으로 계속 걸었다.

"계시록의 세상 속을 걷는 늙은 말 두 마리라니, 궁상맞기도 해라!" 하가르가 큰 소리로 외쳤다. 엘뷔는 그 말이 그들 둘인지 그들의 다리인지 알 수 없었지만, 하늘에 구멍이 뚫린 것처럼 비가 퍼부어대는데 그 뜻을 묻는 건 눈치 없는 짓이었다. 그들은 납작한 신발 주변으로 말없이 물을 튀기며 철벅철벅 걸어갔다.

비가 어찌나 많이 오는지 숨쉴 공기조차 모자라는 것 같았다. 그들은 탈진하지 않으려고 휘어지는 우산 아래서 천천히 걸었다. 엘뷔의 집에 도착한 바로 그 순간 첫번째 번개가 내리치더니, 이 초쯤 지나자 숙명의 북이 연타를 치듯 천둥이 길을 따라 마구 울려댔다.

하가르는 우산을 접어 세차게 흔들더니 너털웃음을 터뜨렸다. "어휴! 이게 바로 종말이야. 자기도 그렇게 생각해?"

엘뷔는 입을 일그러뜨리며 미소지었다. "자기 생각이 곧 내 생각이지."

"이런, 이런……" 하가르는 고개를 설레설레 저었다. "말씀대로 하늘이 활짝 열린 거야."

엘뷔의 대답은 묻혀버렸다. 폭풍이 더 가까이 몰려와 집이 돌풍에 흔들렸고, 찬장의 와인 잔들이 드르륵 떨렸다. 하가르는 펄쩍 뛰더니 물었다. "번개 치면 겁나?"

"아니, 자기는?"

"겁은 안 나는데, 아무래도……" 하가르는 고개를 한쪽으로 기울이고 보청기에 달린 뭔가를 돌렸다. 그러고는 좀더 큰 목소리로 말했다. "이렇게 하면 아주 잘 들리지는 않지만, 그래도 천둥소리가…… 너무 커서 말이야."

천둥 치는 횟수가 잦아지자 하가르는 겁에 질린 눈빛으로 천장을 쏘아보았다. 무섭지 않다는 말은 사실이 아닌 것 같았다. 엘뷔가 손을 잡아주자 하가르는 고마운 듯 그 손을 꽉 붙들고 엘뷔가 이끄는 대로 거실로 향했다. 엘뷔는 어디까지나…… 믿을 뿐이었다. 모든 것은 예정된 대로 일어났고, 그들은 할 수 있는 바를 했다.

거실에 갔을 때 천장의 전등이 살짝 흔들린다 싶더니, 그대로 나가버렸다. 집안의 모든 불이 꺼져 한 치 앞도 보이지 않을 만큼 어두웠다. 하가르가 엘뷔의 손을 더욱 세게 움켜잡으며 물었다. "기도할까?"

둘은 거실 바닥에서 뻣뻣해진 다리에 힘을 빼고 제대로 자세를 잡으려고 했다. 하가르가 무릎을 꿇다가 괴로운 듯 얼굴을 찡그리며 말했다. "아무래도 난 안 되겠어…… 이놈의 무릎이……"

엘뷔는 그녀를 부축해 다시 일으키고는 안락의자에 엉덩이를 꼭 붙이고 나란히 앉았다. 쏟아지는 비가 지붕을 때리고 천둥이 온 세상을 호령하는 가운데, 그들은 손깍지를 끼고 고개를 숙인 채 기도를 올렸다.

전기가 나간 지 십 분이 지났는데도 태풍은 여전히 집 위로 눈부신 섬광을 내리꽂았다. 엘뷔는 블라인드를 내리고 초 두 개에 불을 붙여 커피 테이블 위에 놓았다. 하가르는 소파에 아픈 무릎을 올려놓고 반쯤 드러누워 있는 모습이 번갯불에 번득이는 영화 속 괴물에서 위엄 있는 성자로 환골탈태한 것 같았다.

엘뷔는 점점 울화가 치밀어 거실을 서성였다.

"모르겠어." 그녀가 말했다. "모르겠단 말이야."

"뭐라고?" 하가르가 손가락을 모아 귀 뒤에 가져다댔지만 엘뷔는 손사래를 쳤다. 이렇다 할 말이 떠오르지 않았다.

어째서 아무 일도 일어나지 않는 거지?

많은 사람이 순식간에 개종하리라고 예상하진 않았지만, 그래도…… 두 여자가 노구를 이끌고 발품을 팔며 그들의 믿음을 소리쳐 알리는 것 이상으로 이 사명의 중대성을 입증할 뭔가가 필요했다. 어쨌거나 엘뷔는 선택받은 자였고, 성모께서 친히 간택하신 자였고, 표지를 지닌 자였다. 그런 계시를 받았는데 고작 이뿐인가?

그럴 수도. 중요한 것은 계시에 의지하는 것이다. 흘려보내서는 안 된다.

하지만 언제까지요, 하느님? 언제까지요?

또다시 집안을 배회하던 중 조심스럽게 문을 두드리는 소리가 들려 현관에 발을 들였다. 그리고 문을 열었다.

이웃집 여자가 흠뻑 젖은 모습으로 서 있었다. 머리는 헝클어졌고 입고 있는 옷은 군데군데 젖어서 얼룩덜룩했다. 연달아 내리치는 번개 불빛에 번득번득 드러나는 여자의 모습은 머리부터 발끝까지 궁상맞아 보였다.

"자, 자, 들어오세요." 엘뷔는 여자를 현관으로 안내했다.

"실례합니다." 여자가 입을 열었다. "하지만 아까…… 언제나 문을 열어놓겠다고 하셔서. 그리고 가신 뒤부터 제 남편이 아주 이상해졌어요. 술을 퍼마시더니 나가버렸는데…… 만일 오늘이 진짜로 마지막 심판의 날이 된다면……"

"이해해요." 엘뷔가 말했다. 진심이었다. "들어오시죠."

여자가 욕실에서 수건으로 머리를 말리는 동안, 또 한번 문 두드리는 소리가 났다.

애꿎은 문은 왜 자꾸 두드리고……

그제야 엘뷔는 전기가 나가면서 초인종도 무용지물이 되었다는 데 생각이 미쳤다. 이웃집 남자가 도망친 아내를 붙잡으러 온 게 아닐까 겁이 나면서도, 보자마자 연대의 자유에 대해 말하겠다고 마음먹고 문을 열었다.

그러나 이웃집 남자가 아니었다. 엘뷔와 하가르가 방문했을 때 마음이 흔들리는 것 같던 부인 중 하나인 그레타였다. 그녀는 방금 전의 이웃 여자보다는 잘 차려입고 있었다. 머리와 어깨에 뒤집어쓴 선명한 초록색의 판초형 우비 아래로 그녀가 바구니를 내밀었다.

"커피랑 집에서 만든 페이스트리를 좀 가져왔어요. 함께 밤새우는 데 좋을 것 같아서."

또다른 여자가 찾아온 것은 그로부터 얼마 지나지 않아서였다. 그녀는 혹시 엘뷔의 집에 없을지도 모른다는 생각으로 초 한 상자를 가지고 왔다. 마지막으로 컴퓨터 컨설턴트라는 젊은이 마티아스가 왔다. 그는 노트북을 챙겨올 생각도 했지만, 태풍이 계속 몰아치는 마당에 소용없다는 결론을 내렸다고 했다.

모두 함께 거실에 모여 양초에 불을 붙이고, 커피를 따르고, 페이스트리를 돌리자 이런저런 이야기들이 한꺼번에 터져나왔다. 천둥이 그친 터라 하가르도 보청기의 음량을 높이고 대화에 참여했다.

폭풍우가 징조라는 데 모두 동의했다. 그것이 엘뷔의 말에 힘을 실어 준 것이다. 만약 오늘밤 세상의 종말이 온다면, 아니, 최소한 그들이 알고 있는 대로 인생을 뒤집을 만한 변화가 생긴다면, 마음이 같은 사람들끼리 모일 수 있는데 굳이 혼자 주저앉아 있고 싶지 않았던 것이다.

그 문제로 한동안 이야기를 나누다보니 어느새 모두 엘뷔를 보고 있었다. 그녀는 뭔가 말해주길 바라는 사람들의 마음을 알아차렸다.

"뭐, 그래요." 그녀가 입을 열었다. "우리가 스스로 할 수 있는 건 아무것도 없어요. 믿음은 함께 나눌 때만 존재할 수 있죠. 여기에 와주시다니 축복이라고 생각합니다. 함께할 때 우리는 제각각 떨어져 있을 때보다 더 강하니까요. 같이 밤을 새워봅시다. 오늘이 마지막날이라면 적어도 함께 최후를 맞이할 수 있겠지요. 서로 손을 잡으십시다."

엘뷔는 수줍게 말을 맺었다. 영감을 받은 것은 아니었다. 그녀의 한마디를 원하는 사람들의 바람에 부응하려 했을 뿐이다. 판에 박힌 그 말을 모두 가만히 곱씹고 있는데 하가르가 불쑥 큰 소리로 말했다. "매트리스 좀 있나?"

엘뷔는 미소지었다. "마음 가는 곳에 여지도 있고 다른 것도 있는 법."

"찬송이라도 부를까요?" 젊은 남자가 말했다.

물론 불러야 했다. 모두 적절한 찬송이 뭘까 마음속으로 고민했다. 하가르는 사람들을 둘러보았다.

"무슨 일이야?" 그녀가 엘뷔에게 물었다.

"찬송을 부르려고!" 엘뷔가 목소리를 돋우어 말했다. "어떤 노래가 좋을지 생각하는 중이야."

하가르는 잠깐 생각하더니 큰 소리로 노래를 시작했다. 주께 더 가까이……

모두 하가르를 따라 성심껏 노래했다. 모두 한껏 목청을 높이자 그

숨결에 촛불이 흔들릴 정도였다. 그들의 목소리가 폭풍우 소리를 잠재웠다.

본데가탄, 21:50

위층 파티 룸에서 쉰 살 생일을 맞은 사람의 파티가 절정을 달리고 있었다. 폭풍우는 잦아들었고, 웃고 떠드는 소리가 계단통을 타고 플로라의 방에까지 들렸다. 다들 〈Hög Standard〉*를 따라 부르는 노랫소리도 배경음처럼 들려왔다. 부끄러운 줄 모르고 그런 음악을 틀다니, 플로라로서는 아무리 애를 써도 이해가 되지 않는 족속이었다.

플로라는 꼼짝 않고 누워서 자신이 나고 자란 중산계급 세계에 대한 혐오감을 즐겼다. 세련되게 비웃을 수 있다면 좀 유별나도 문제될 건 없었다. 도를 넘어서면 정신과 의사에게 맡길 일이다. 플로라의 마음은 결코 편한 적이 없었다. 인내심이 구속복처럼 온몸을 칭칭 감싸고 있어서 두 팔을 내두르며 비명을 지르고 싶을 뿐이었다.

아홉시 반이 되자 빅토르는 침실로 들어가야 했고, 플로라는 아무 일도 일어나지 않았고 만사가 형통이라는 듯 활기찬 목소리로 파티에 초청하는 전화를 거절했다.

몸을 굴려 침대에서 일어난 플로라는 거실로 가서 뉴스를 보려고 텔레비전을 켰다. 페테르에게서는 그후 일절 연락이 없었지만 전화를 걸어 그의 침묵을 깰 엄두가 나지 않았다.

---

* 스웨덴의 싱어송라이터 펩스 페르손의 곡. 제목은 '고품격'이라는 뜻으로, 물질주의와 소비주의를 비판하는 내용을 담고 있다.

뉴스는 거의 부활에 관한 소식만을 집중적으로 전했다. 분자생물학 교수 하나가 나와서 처음에는 공격적인 분해 박테리아인 줄 알았던 것이 결국 세포의 1차적 에너지 공급원인 ATP라는 조효소임이 밝혀졌다고 했다. 당혹스러운 사실은 그렇게 낮은 온도에서도 살아남았다는 점이었다.

"눈 속에서 꺼낸 빵 반죽이 발효해 부풀어오르는 것과 같은 경우라고 볼 수 있지요." 인기 있는 과학 쇼 프로그램에도 출연하는 그 교수의 말이었다.

ATP의 황당한 생명력은 막 사망한 인체가 사후경직을 어떻게 극복할 수 있었는지도 설명해주었다. 근육이 굳는 것은 다름아닌 ATP가 붕괴되기 때문이다.

"일단은, 지금 이야기하는 이것이 돌연변이 형태의 ATP라고 가정해 보죠. 그렇다 해도……" 교수는 한층 강조하려고 집게손가락과 엄지손가락을 딱 튕겼다. "이 효소로 인해 시체들이 깨어났는지, 아니면 시체들이 깨어난 결과 효소의 활동이 시작되었는지는 미지수입니다."

교수는 두 팔을 앞으로 내뻗으며 미소지었다. 원인일까요, 결과일까요? 여러분은 어떻게 생각하십니까? 플로라는 이 모든 것이 과다 포획한 대구의 보존 문제라도 되는 양 점잔 빼는 교수의 말투가 마음에 들지 않았다.

그러나 다음 보도로 넘어갔을 때 플로라는 화면 앞으로 가까이 다가갔다.

그날 오후 방송 제작진 중 한 명이 허가를 받아 단네뤼드에 들어갔다. 스무 명의 부활자가 널찍한 병동 바닥과 침대, 의자에 앉아 있는 모습이 화면에 나타났다. 가장 먼저 눈에 띄는 것은 부활자들의 얼굴이었다. 놀랍게도 하나같이 똑같은 표정이었다. 무언의 경외감. 휘둥그레진 눈과 헤벌어진 입. 파란색 환자복을 입은 모습이 마치 마술사를 보고 있는 교복 차림의 아이들 같았다.

이윽고 카메라가 뒤로 빠지자, 그들이 뚫어져라 보고 있는 대상의 정체가 드러났다. 메트로놈. 바퀴 달린 카트에 올려둔 메트로놈은 왼쪽에서 오른쪽으로, 왼쪽으로, 오른쪽으로, 왼쪽으로 똑딱거리며 청중의 넋을 빼놓았다. 바로 옆에는 간호사 한 명이 카메라를 의식해 허리를 곧게 펴고 앉아 있었다.

메트로놈이 멈추면 곧바로 다시 작동시키기 위해 한 사람이 대기중입니다.

진행자는 메트로놈의 효과를 발견한 후 병원의 상황이 호전되었고, 이밖에도 다른 방도를 찾기 위한 시도가 계속되고 있다고 보이스오버로 전했다.

날씨는 쭉 잦은 변화가 예상되었다.

플로라는 텔레비전을 끄고 화면에 비친 자신의 모습을 바라보며 앉아 있었다. 위층의 떠들썩한 소리가 적막을 뚫고 들어왔다. 사람들이 화음까지 맞추어 옛날 응원가를 부르기 시작했다. 노래가 끝나자 한층 더 커진 목소리와 웃음소리가 들렸다.

플로라는 몸을 뒤로 젖혀 바닥에 길게 드러누웠다.

알아. 그녀는 생각했다. 저기 뭐가 모자라는지. 죽음이야. 저들에겐 죽음이란 것이 존재하지 않아, 허용되지 않았거든. 그런데 나한테는 사방에 널려 있는 게 죽음이지.

그녀는 자신을 향해 미소지었다.

이봐, 플로라. 허풍은 떨지 말자고.

빅토르가 자기 방에서 나왔다. 팬티 바람의 동생이 너무 앙상하고 연약해 보여서 플로라는 새삼스레 마음이 짠했다.

"누나." 빅토르가 말했다. "시체들 무서울까? 아까 그 영화처럼."

플로라가 자기 옆 바닥을 탁탁 치자 빅토르는 와 앉더니 춥지도 않은데 무릎을 모으고 턱을 얹었다.

"영화는…… 다 꾸며낸 거야." 플로라가 말했다. "바실리스크가 진짜 있겠어? 해리 포터에 나오는 괴물 말이야."

빅토르는 고개를 저었다.

"그렇지. 그럼 이건 어떨까…… 엘프와 호빗이 진짜로 있을까? 반지의 제왕에 나오지?"

빅토르는 잠깐 망설이다가 이내 고개를 저으며 대답했다. "아니. 하지만 난쟁이는 있잖아."

"그래." 플로라가 말했다. "하지만 난쟁이들이 도끼 들고 다니는 거 본 적 있어? 없지? 아까 영화에 나왔던 좀비도 바실리스크나 골룸하고 똑같아. 그냥 꾸며낸 거야. 좀비도 실제로는 전혀 달라."

"실제로는 어떤데?"

"실제로는……" 플로라는 꺼진 텔레비전 화면을 바라보았다. "실제로는 친절해. 적어도, 사람은 절대 안 해쳐."

"진짜로?"

"진짜로. 이제 가서 자."

스바르바르가탄, 22:15

전화벨이 울렸을 때, 침대 옆 탁자에 놓인 시계는 열시 십오분을 가리키고 있었다. 망누스가 쌕쌕거리며 잠든 지 꽤 되어서 다비드는 저릿한 팔을 빼고 부엌으로 나와 전화를 받았다.

"다비드입니다."

"안녕하세요. 저는 구스타브 말레르입니다. 밤늦은 시간에 실례가 아니길 바랍니다. 저를 찾으셨다고요."

"아…… 별것 아니었는데." 와인 병과 잔이 눈에 들어와 다비드는 조금 따랐다. "솔직히 말씀드려서……" 그는 와인을 한 모금 꿀꺽 마셨다. "제가 왜 연락을 드렸는지도 모르겠네요."

"그렇군요." 말레르가 대답했다. "그럴 때가 가끔 있죠. 건배."

전화기 저편에서 잔 부딪치는 소리가 들렸다. 그래서 다비드도 술잔을 들어올리고 "건배"라고 말한 후 한 모금 더 마셨다.

몇 초 침묵이 흘렀다.

"그래, 좀 어떠십니까?" 말레르가 물었다.

그래서 다비드는 말레르에게 이야기했다. 술 때문인지, 억눌린 고뇌 때문인지, 아니면 말레르의 목소리에 담긴 무엇 때문인지는 알 수 없었지만 장벽이 사라졌다. 다비드는 전화기 저편의 낯선 자가 관심이 있는지도 개의치 않고 사고, 부활, 망누스, 법의학 연구실, 삶의 낭떠러지에서 떨어진 기분, 에바를 사랑하는 마음에 대해 털어놓았다. 입안이 말라 와인을 더 마실 때를 빼고 쉬지도 않고, 못해도 십 분은 떠들어댔다. 다비드가 잔에 와인을 따르는데 말레르가 말했다. "죽음은 서로를 소외시키는 능력이 있죠."

"그래요." 다비드가 다시 이어서 말했다. "제가 이러는 걸 양해해주셨으면 좋겠네요…… 저도 이유를 모르겠어요…… 어느 누구한테도 이런 말을 한 적이 없는데……" 다비드는 말을 멈추고 잔을 입에 가져갔다. 그러다가 문득 뱃속을 스쳐가는 싸늘한 기운에 와인이 튈 정도로 잔을 거칠게 내려놓았다. "이 얘기를 기사로 쓰실 건 아니죠, 그렇죠?"

"그거야……"

"안 돼요! 이 얘기는 쓰면 안 돼요. 기사를 보고 다칠 사람이 한둘이 아니에요……"

다비드의 눈앞에 여러 사람이 차례로 떠올랐다. 어머니, 장인, 동료, 망누스의 반 아이들, 아이들의 부모…… 모두 다비드가 알리고 싶은 것 이상을 알게 될 것이다.

"다비드 씨." 말레르가 입을 열었다. "당신 허락 없이는 단 한 글자도 쓰지 않겠다고 약속할게요."

"진심입니까?"

"네, 진심입니다. 우리는 지금 그냥 얘기를 나누는 것뿐이에요. 좀더 정확하게 말하자면, 당신이 이야기를 하고, 나는 듣고 있죠."

다비드는 웃음을 터뜨렸다. 콧방귀처럼 짧게 터져나온 웃음에 콧물과 해묵은 눈물까지 덩달아 흘러나왔다. 다비드는 와인이 튄 곳에 손가락을 대고 물음표를 그리며 물었다. "기자분은 어떤 점에서 이 문제에 관심이 있으시죠? 순수하게…… 직업적인 이유인가요?"

건너편에 침묵이 흘렀다. 연결이 끊어졌다고 생각할 즈음, 말레르가 대답했다. "아뇨. 좀더…… 사적인 이유예요."

다비드는 그의 말을 기다리며 와인을 더 마셨다. 서서히 취기가 오르고 있었다. 자신의 상태가 점점 불분명해지면서 의식의 흐름도 느려지는 것을 알아차리니 안도감이 느껴졌다. 지난 하루와는 정반대인 이런 상태라면 쉴 수 있었다. 전화선 저편에 사람이 있다. 정처 없이 부유하고 있지만 혼자는 아니다. 다비드는 대화가 끝날까봐 두려웠다.

"사적인 이유요?" 그가 물었다.

"네. 저를 믿어주셨으니 저도 선생을 믿겠습니다. 아니…… 달리 설명하자면, 우리 둘 다 서로의 약점을 잡아야겠죠. 저는 지금 제 손자와 함께 있어요. 그런데 그애는……" 말레르가 술, 혹은 다른 뭔가를 꿀꺽 삼키는 소리가 들려왔다. "그애는…… 어젯밤까지도 죽은 상태였어요.

땅속에 묻혀 있었죠."

"아이를 감추고 계시나요?"

"네, 이 사실을 아는 사람은 선생 말고 둘뿐입니다. 손자는 상태가 좋지 않아요. 제가 전화를 한 것도 선생이라면…… 뭔가 아시지 않을까 싶어서였습니다."

"뭔가……라니 무엇을요?"

말레르는 한숨을 내쉬었다.

"아, 잘 모르겠네요. 선생은 부인께서 깨어난 순간 그 자리에 있었을 뿐이고…… 잘 모르겠습니다. 그때 일어난 일이 뭔가 도움이 되지 않을까 싶었어요."

다비드는 병원에서 일어났던 일을 머릿속으로 돌이켜보았다. 말레르를 돕고 싶었다.

"아내는 말을 했어요."

"그래요? 무슨 말을 했죠?"

"음, 딱히 어떤 말이라기보다는…… 언어라는 것을 생전 처음 경험한 사람 같았어요. 그래서 한번 시험해보는 것 같았죠. 그런데……" 쇳소리처럼 거친 에바의 목소리가 다비드의 귀에 다시금 들려왔다. "정말 끔찍했어요."

"그렇군요." 말레르가 말했다. "그래도 부인께서…… 뭔가 기억하시진 않았고요?"

지금껏 다비드는 부지불식간에 그때 병원에서 있었던 일을 머릿속에서 몰아내려고 기를 쓰고 있었다. 도저히 생각하고 싶지 않았다. 이제야 왜인지 알 것 같았다.

"아뇨." 눈물 때문에 눈이 아려오는 것을 느끼며 다비드가 말했다. "아내는 완전히…… 텅 비어버린 것 같았어요." 그는 헛기침을 했다.

"아무래도 이제 그만……"

"이해합니다." 말레르가 말했다. "제 연락처를 알려드리죠. 혹시…… 그래요, 뭐든 떠오르시면 전화 주세요."

그들은 통화를 끝냈고, 다비드는 부엌 식탁에 앉아 남은 와인을 재빨리 들이켜며 병원에서 본 그녀의 목소리를, 그녀의 눈을 떠올리지 않으려 이십 분 동안 혼신의 힘을 다했다. 잠을 자려고 방에 들어가보니 망누스가 십자가에 못박힌 것처럼 두 팔을 활짝 펴고 침대 한가운데 누워 있었다. 다비드는 망누스를 한쪽에 다시 뉜 후, 옷을 벗고 바로 옆에 누웠다.

너무나 피곤해서 눈을 감기가 무섭게 잠에 빠져들었다.

쿄홀마, 22:35

"뭐래요?" 전화를 끊은 지 이 초나 됐을까, 안나가 방으로 들어와 물었다. 말레르는 눈을 비비며 대답했다.

"뭐 특별한 건 아니었어. 자기 이야기를 하더라. 끔찍하다는 말도 부족할 정도야. 하지만 우리에게 도움이 될 만한 건 없었어."

"그 사람 아내, 그 여자는……"

"아니. 근본적으로 엘리아스와 똑같아."

안나가 다시 거실로 돌아가고 텔레비전 켜는 소리가 들리자, 말레르는 엘리아스를 관찰했다. 오래도록 서서 그 어린 몸뚱이를 지켜보았다. 그날 저녁 엘리아스는 소금물과 설탕물을 한 병씩 더 마셨다.

아내는 완전히…… 텅 비어버린 것 같았어요.

그러나 에바 세테르베리가 죽어 있던 시간은 고작 삼십 분이었다.

그가 틀린 것일까?

안나 말대로 침대에 누워 있는 저 작디작은 존재에는 엘리아스의 무엇도 남아 있지 않은 걸까?

테라스로 나가보니 공기가 다르게 느껴졌다. 오랜 가뭄 동안 그는 공기가 이토록 양분이 가득한 것처럼 진할 수 있다는 것을 잊고 있었다. 짙은 어둠은 폭우 덕에 생기를 되찾은 풍경이 내뿜는 향으로 가득했다.

뭔가…… 생각이 있는 걸까?

엘리아스는 죽어서 시들어 말라 있었다. 비가 아닌 무언가가 아이에게 생기를 부여했다. 무엇일까? 아이의 안이 비어 있다면 무엇이 아이를 살아 있게 하는 걸까?

씨앗은 수천, 수만 년 동안 동면상태를 유지할 수 있다. 말라버렸건 빙하 속에서 얼어버렸건 수분을 머금은 흙에 심으면 싹이 튼다. 어떤 힘이 존재한다. 꽃의 초록빛 힘. 인간존재의 능력은 무엇일까?

말레르는 별들을 관찰했다. 시골에 오니 도시에서보다 훨씬 더 많았다. 그러나 착각이었다. 당연히 별들은 늘 그곳에 있고, 최고의 시력이 헤아릴 수 있는 최대치를 훌쩍 넘어설 만큼 어마어마한 수를 자랑했다.

뭔가가 말레르를 건드렸다. 형용할 수 없는 하나의 혜안이. 그는 전율했다.

전광석화처럼 스쳐가는 광경들 속에서 말레르는 보았다. 풀잎 한 장이 씨앗 껍질을 뚫고 지표면을 향해 꿈틀꿈틀 오르는 것, 한 송이 해바라기 꽃이 빛을 찾아 하늘을 향해 도는 것, 작은 아이가 온 힘을 다해 두 발로 서서 두 팔을 뻗으며 행복의 탄성을 지르는 것, 모든 것이 살아서 빛을 향해 나아가는 것을. 또 그는 보았다……

순리가 아니야.

꽃의 초록빛 힘. 순리가 아니다. 모든 것은 노력, 노동이다. 축복이다. 우리는 그것을 빼앗길 수도, 돌려받을 수도 있는 것이다.

부록 2

결속은 언제나 '우리 중 한 명'으로 이어지기 마련이다.
이때 '우리'란 모든 사람을 의미하지 않는다……
'우리'란 배제할 만한 대상,
다른 부류에 속하는 대상을 전제로 한다.
그리고 이런 타자는 동물이나 기계가 아닌,
오로지 인간만이 해당된다.

스벤 에리크 리에드만, 『타자 안의 나』

8월 15일

■ 긴급 조사: 제3차 연구(치료)
—보건복지부 기밀서류

2002. 8. 15. 08:15, 260718-0373번 환자 벵트 안데르손에 대한 영양공급이 중단됨.

환자의 반응을 관찰하기 위해 식염수와 포도당액 카테터 제거.

09:15까지 상태 악화 징후 전무. ECG(심전도) 무반응, EEG(뇌전도) 전과 동일.

09:25, 일련의 돌발성 경련 증상. 약 3분간 근육수축이 지속되다 초기상태로 돌아감.

14:00까지 다른 경련 및 기타 반응 전무.

관찰 결과 식염수와 포도당액은 불필요한 것으로 사료됨. 환자의 상태가 호전도, 악화도 되지 않는다는 점에서 효과가 미미함.

■ 〈스튜디오 1〉,* 16:00

리포터: ……부활자들은 영양을 섭취할 필요가 없다는 결론이 났는데요. 렌나르트 할베리 교수님, 어떤 과정을 거쳐서 이런 결론에 도달했나요?

렌나르트 할베리: 네, 현시점에서 실제 실험이 공개된 것은 아니지만, 환자들에게 어떤 변화가 일어나는지 관찰하기 위해 단순히 영양공급을 차단했다고밖에 볼 수 없겠습니다.

리포터: 그래도 되나요? 허용된 건가요?

렌나르트 할베리: 첫째, 부활자들은 법적으로 회색지대에 있다고 할 수 있습니다. 부활자의 처우에 대한 의료윤리 지침을 마련하려면 얼마간 시일이 소요될 것입니다. 둘째, 악성 유행병의 기세가 수그러들지 않은 현상황에서, 이렇게 말씀드려도 될지 모르겠지만, 저희 같은 외과의에겐 하나의…… 여지가 생긴 셈이죠.

리포터: 영양을 섭취하지 않고 생존하는 것이 가능한가요?

렌나르트 할베리: (웃으면서) 좋은 질문입니다. 일주일 전이었다면 생리학적으로 불가능하다고 말씀드렸겠지만, 지금으로서는…… 우리가 아직 발견하지 못한 영양공급 체계가 있을 수도 있다는 말로 대신하겠습니다.

리포터: 어떤 체계인가요?

렌나르트 할베리: 저로서는 짐작조차 할 수 없습니다.

---

* 라디오 채널 P1의 시사 방송.

■ 〈다겐스 뉘헤테르〉 논평

(룬드 대학 철학과 교수 레베카 릴리에발의 칼럼 「시체가 우리를 도울 수 있을 것인가」에서 발췌)

……생명의 근본 조건에 대한, 이제껏 상상해본 적도 없는 접근법의 가능성이다. 부활자에게 '정상적' 환자들과 동일한 윤리적 기준을 적용해야 할까?

현행법은 이 문제에 명확하게 대답하고 있다. 안 된다. 사망 판정을 받은 자는 무덤에서 평화를 누릴 권리를 제외하면 사법의 영역 밖에 놓인다. 하지만 지금과 같은 경우라면 무덤 속의 평화라는 권리가 해당되는지 의심스럽다.

십중팔구 조만간 법은 부활자를 포함하도록 개정될 것이다. 냉소적으로 들릴지 모르지만, 그전에 장차 불법으로 여겨질 소지가 있는 실험과 검사를 실시할 기회가 있다. 필자는 의료계 전문가들이 이런 상황을 적극적으로 활용해야 한다는 의견이다.

부활자들이 겪을지도 모르는 고통은 그것이 가져올 인류 복지와 견주어 생각되어야 한다. 지난 이틀 동안 스톡홀름 시민 65명이 사망했지만, 아직까지 부활하지 않았다. 동시간대에 전 세계적으로는 약 30만 명이 사망했다.

소수의 부활자들에 대해 좀더 철저한 검사를 시행한다면 향후 발생할 다수의 안타까운 죽음을 미연에 방지할 능력이 향상되지 않을까. 이런 의견이 후안무치하다고만 할 수 있을까?

그만한 희생이야 감수할 만하지 않은가?

■ 〈다겐스 뉘헤테르〉 독자 투고

나를 비롯한 수천 명의 유족은 세상을 떠난 가족이 어떻게 될 것인지 이틀

이 지난 지금까지 어떤 명쾌한 답변도 듣지 못했다. 무슨 비밀이 있는가? 감추는 것이 무엇인가?

사회민주당의 오랜 지지자로서 나는 스웨덴 정부의 대응에 대단히 실망했다. 이번 일이 다음달 선거에 큰 영향을 끼치리라는 내 생각에 동의하는 사람이 많을 것이다. 많은 이와 이야기를 나눠보니 모두 같은 의견이었다. 우리가 사랑하는 이를 만날 수 있도록 조처를 취하지 않는다면, 현정부는 퇴진을 각오해야 할 것이다.

■ 〈엑스프레센〉 오늘의 장미

거리의 시체들을 신속하게 처리해주신 의사, 간호사, 경찰 여러분께 '오늘의 장미'를 드리고 싶습니다.

시체들이 길거리를 활보하는 광경에 심란했을 사람이 저만은 아닐 것 같네요.

거듭 감사드립니다!

■ SVT1 〈도쿠멘트 이니프론〉, 22:10

리포터: 베라 마르티네스 씨, 단데뤼드 병원 간호사로서 지난 며칠간 근무를 하셨죠. 대규모의 직원 교체가 있었다고 들었는데요?

베라 마르티네스(이하 VM): 네, 단도직입적으로 말씀드리면 현재 단데뤼드의 전 직원이 파견 근로자입니다. 어느 누구도 진득하게 일을 못해요. 병실에 시체들이 가득차면, 곧바로…… 힘이 빠져버려요. 문제는 생각이고 감정이에요. 내내 좋은 마음가짐으로 있어야 되는데, 결국은 나가떨어지고 말죠.

리포터: 메트로놈을 병실에 들여놓으셨던데, 진정 효과가 있던가요?

VM: 남은 게 하나도 없어요. 환자들이 다 분해해버려서요. 하루 동안 좀 잠잠한가 싶더니 바로 다음날 죄다 뜯어놓더군요. 그래서 이제 다른 대안을 찾아야 해요. 좀더 내구성이 있고…… 움직이는 것으로.

리포터: 어떤 조처가 필요하다고 생각하시나요?

VM: 따로따로 격리해야 해요. 시체들이 병원에서처럼 함께 모여 있으면 안 돼요. 그런 상황을 버틸 사람은 하나도 없어요.

리포터: 카린 필 씨, 보건복지부 경력 직원으로서 부활자들을 재이송하는 계획을 분명히 세우셨을 텐데요.

카린 필: 여기 베라 간호사도 말했지만, 현상황은 유지가 불가능합니다. 보건복지부에서는 어제부터 임시 대책을 마련하고 있습니다만, 현재로서는 자세한 사항을 밝힐 수 없습니다.

■ 〈에코트〉, 21:00

보수정당들이 현정부를 신임할 수 없다는 내용의 공동성명을 발표했습니다. 선거가 임박한 지금과 같은 시기에는 이례를 찾아볼 수 없는 행보라는 말이 나오고 있는데요. 온건당 대표의 입장을 들어보겠습니다.

온건당 대표: 이례적이라는 지적, 맞습니다. 그러나 현사태에 대한 정부의 대처방식이야말로 이례를 찾아볼 수 없을 정도로 되통스럽습니다. 유족들이 부활자를 만날 수 있도록 조처해야 마땅합니다.

한편, 친정부 정당들은 정부에 지속적인 지지를 보낼 것인지 현재까지 어떤 정견도 발표하고 있지 있습니다.

■ **긴급 조사: 제5차 연구(부패)**

—보건복지부 기밀서류

2002. 8. 15. 09:00, 320114-6381번 환자 그레타 람베리를 대상으로 체온 측정.

환자를 병실에 단독으로 격리. 온도조절 장치를 점진적으로 조정해 적정 실내온도인 섭씨 19도에 도달.

조직 분해의 추이를 빠짐없이 포착하기 위해 환자를 지속적으로 관찰. 12:00까지 변화가 감지되지 않아 섭씨 22도까지 올림.

15:00, 부패 증상 발견되지 않음. 장내 박테리아 분석 결과, 체내 모든 박테리아의 생장이 정지했음이 밝혀짐.

상기 현상에 대해 현재까지 의학적으로 밝혀진 바는 없으나, 부활자에게는 일반적인 시신 처리 방법인 냉동 조치가 불필요하다는 것이 본원 소견임.

■ **〈에코트〉, 22:00**

……조금 전 단데뤼드 역에서 지하철 사고로 사망한 남자가 단데뤼드 병원의 내과과장 스텐 베리발임이 확인되었습니다. 경찰은 범죄로 의심되는 점은 전혀 없다고……

■ **BR 장난감 본사로 부치는 서신**

……3429-21번 제품 5000(오천)개를 주문합니다.

가능한 한 신속하게 처리해주시기 바랍니다. 배송비는 얼마든 상관없습니다. 가능하면 항공편으로 보내주십시오.

■ 〈에코트〉, 23:00

조금 전 단데뤼드 병원의 전 직원이 병원을 떠났습니다. 입구 밖에는 수많은 군용 차량이 모여 있습니다. 현재 상황에 대한 정보는 전무하지만, 수상이 내일 오전 7시에 기자회견을 한다고 발표했습니다.

8월 16일

■ 수상의 기자회견에서, 07:00

수상: 어젯밤 군 장병들이 부활자들을 재이송했습니다. 이는 부활자들을 적절히 보호하기 위해 필요한 절차였으며……

기자: 어디로 보내졌습니까?

(침묵)

수상: 추후 질의응답 시간까지 질문은 받지 않겠습니다. 중간에 질문하시는 경우, 부득이하게 퇴장 조치를 하겠습니다. (침묵) 부활자들은 적절한 보호를 위해 격리 가능한 편의시설로 이송되었습니다. 의료진을 통해 입증된 정신적 스트레스는 절대 간과해서는 안 될 문제입니다.

애초 제시되었던 방안은 부활자들을 여러 병원에 나누어 입원시키는 것이었습니다. 그러나 그렇게 하면 지속적인 의료 서비스를 제공할 수 없다는 단

점에 더해, 서비스의 수준 또한 낮아질 우려가 있습니다.

그래서 도달한 최종 해결방안이 현시점에서는 최선책이라고 할 수 있습니다. 부활자들은 스톡홀름 북서부 헤덴의 주택지역으로 이송되었습니다. 필요한 인력을 파견했고, 신속하게 갱생 프로그램을 실시할 계획입니다. 부활자들을 위한 지역사회가 조성될 것입니다.

(침묵)

질문 받겠습니다.

기자: 반밖에 완공되지 않은 주택단지에서 중병 환자들을 관리한다는 게 가능합니까?

수상: 의료진의 검사 결과, 부활자들의 상태가 처음에 생각했던 것만큼 심각하지는 않은 것으로 밝혀졌습니다. 초반에 실시한 수많은 예방 조처도 불필요하다는 것이 드러났습니다.

기자: 그렇게 확신할 수 있는 문제입니까?

(침묵)

수상: 그런 질문에 대한 답변은 재이송 프로젝트의 총감독으로 임명된 스텐 베리발이 할 예정이었습니다. 저로서는 확신할 수 있다는 것 외에는 달리 드릴 말씀이 없습니다.

기자: 스텐 베리발은 자살한 겁니까?

수상: 억측일 뿐인 답변으로 그 의문을 기정사실화할 생각은 없습니다. 추호도 없습니다.

기자: 말씀하신 방안은 너무 극단적인 조처가 아닌가요?

수상: 아, 아까 그 기자분 맞으시죠. 그래, 어떤 답변을 바라십니까?

기자: 유족은 왜 그 지역에 갈 수 없는 겁니까?

수상: 가족분들께는 빠른 시일 내에 만날 기회를 드릴 겁니다. 이렇게 오래 지연되는 것에 대해 유감스럽게 생각합니다.

기자: 이번 조처가 혹시 불신임 결의를 저지하기 위한 것은 아닙니까?

수상: (한숨을 쉬며) 스웨덴 정부와 저는 여러분이 저희 머리에 총을 겨누지 않으셔도 얼마든지 결단을 내릴 능력이 있습니다. 지금까지는 국민 여러분의 면회를 허가하기가 여의치 않았습니다. 그러나 이젠 가능합니다. 그렇기 때문에 이렇게 공개하는 것입니다.

■ 스텐 베리발의 집무실에서 발견된 서신

상황이 지옥도로 변해버렸다고 말할 수밖에 없음에 통렬한 비애를 느낍니다. 그리고 잘못임을 스스로 깊이 통감하는 결정, 대참사로 이어질 그 결정에 대해 저는 책임을 질 수 없습니다.

살아오면서 이토록 진이 빠진 적이 없습니다. 지금 펜을 쥔 제 손은 떨리고 있습니다. 안간힘을 써야 겨우 생각을 할 수 있습니다.

이 사태에 달리 대처할 수도 있었을까요?

우리는 부활자들이 의지도 생각도 없는 식물인간과 같다고 생각합니다. 그러나 착각입니다. 그들은 해파리와 같습니다. 주변 환경에 따라 행동을 바꿉니다. 그들은 의지를 갖고 있습니다. 우리 살아 있는 사람들과 똑같은 의지를 말입니다. 어느 누구도 이 상황에 대비할 수는 없습니다.

우리는 부활자들을 철저히 격리해야 합니다. 박멸해야 합니다. 소각해야 합니다. 그런데 그들은 이제 일반 대중의 통제되지 않는 생각의 바다 속으로 자유롭게 풀려날 판입니다. 끔찍한 종말이 올 것입니다. 그때 저는 살아 있고 싶지 않습니다.

지하철역까지 걸어갈 힘이 저에게 남아 있다면, 지금 가고자 합니다.

■ **〈룬셰코트〉, 12:30**

……대변인은 현재 헤덴 지역이 통제하에 있으며 부활자의 면회를 원하는 유족들은 빠르면 내일 정오부터 방문할 수 있다고 밝혔습니다……

■ **『비버 브루노가 드디어 집을 찾아요』**(근간) **중에서**

……하지만 브루노가 탑을 한 층 한 층 올릴 때마다, 달님은 저만치 더 멀어졌어요. 브루노는 손을 쭉 뻗었어요. 손이 달 위에 있었어요. 달이 울퉁불퉁한지 매끄러운지 궁금했어요. 하지만 손에 와 닿는 것은 공기뿐이었어요. 브루노가 탑을 짓기 시작했던 꼭 그때만큼 달님은 여전히 저멀리 있었어요.

(……)

탑은 14층이나 되어서, 아름드리나무보다 키가 더 컸어요. 탑 꼭대기에 앉으니 저 먼 곳의 산도 보였어요. 브루노의 발아래 호수에서 뭔가 움직였어요. 브루노가 탑을 지은 기둥들 사이 물속 깊은 곳에서 바텐만넨이 스윽스윽 헤엄쳐 다니고 있었어요. 브루노는 발을 올리고 눈을 감았어요.

(……)

밤이 되자 달님이 둘이 되었어요. 하나는 하늘 위에, 또하나는 호수에 떠 있었지요. 하늘의 달님은 너무 높아서 브루노의 손이 닿지 않았어요. 호수의 달님에게도 무서워서 손을 뻗을 수 없었어요. 바텐만넨의 달이었으니까요.

8월 17일 I

시체가 있는 곳에 독수리들이 꼬인다

바라는 바는, 다만 우리가 갈 때
우리 살과 우리 피와 우리 뼈가
살아생전 그랬던 것처럼 당신을 방해하고,
상처 주는 일이 없기를

모리시, 〈There's a Place in Hell for Me and My Friends〉

그들은 너희에게 결코 이롭지 않아
해가 될 거야
그들은 아무것도 될 수 없어
정녕 그 무엇도

메릴린 맨슨, 〈Mechanical Animals〉

스바르바르가탄, 07:30

일곱시 하고도 이십팔분, 다비드는 문 바로 옆에서 지키고 있을 생각으로 현관에 나왔다. 정확히 일곱시 삼십분이 되자 엘리베이터가 올라오더니 이윽고 주저하며 문 두드리는 소리가 들렸다. 망누스가 잠든 것을 이미 확인한 마당에 그렇게까지 조심할 필요는 없었지만, 생일 때는 어느 정도 비밀을 지키는 게 좋겠다고 생각했다. 적어도 상대가 아홉 살 난 어린아이라면.

장인 스투레가 고양이 이동장을 들고 밖에 서 있었다. 장인은 거의 언제나 파란색 바지에 카디건 차림이었지만, 오늘은 빨간색과 주황색이 섞인 격자무늬 셔츠에 지나치게 낀다 싶은 바지를 입고 있었다. 신경쓴 차림새.

"오셨어요."

"잘 있었나?"

스투레는 고양이 이동장을 살짝 들어올리며 턱끝으로 가리켰다.

"멋진데요." 다비드가 말했다. "어서 들어오세요."

스투레는 193센티미터의 키에 어깨가 떡 벌어진 남자였다. 그가 들어오자 두 개의 침실이 딸린 널찍한 아파트는 지극히 실용적인 감방이 되었다. 스투레는 나무처럼 탁 트인 공간이 필요했다. 현관에 들어선 스투레는 돌발적인 행동을 했다. 고양이 이동장을 내려놓고 다짜고짜 다비드를 끌어안은 것이다.

위로를 주거나 받으려는 포옹이라기보다는 공동의 운명을 확인하려는 행위에 가까웠다. 악수처럼. 스투레는 오 초 동안 그대로 다비드를 안고 있다가 팔을 풀었다. 다비드로서는 장인의 가슴팍에 머리를 기대야겠다고 생각할 겨를조차 없었다. 스투레의 품에서 풀려난 후에야 그랬다면 푸근했으리라는 생각이 뒤늦게 들었다.

스투레가 입을 열었다. "결국 이렇게 되었군."

다비드는 고개를 끄덕이기만 했을 뿐, 뭐라고 말해야 할지 난감했다. 이동장 뚜껑을 열었다. 작은 회색 토끼가 바닥에 웅숭그리고 앉아 벽을 보고 있었다. 상추 두어 장이 한구석에 놓여 있고, 반대쪽에는 까만 똥 알갱이들이 떨어져 있었다. 솔솔 풍기는 퀴퀴한 냄새가 순식간에 아파트 전체를 장악하리라는 것을 알 수 있었다.

스투레는 큼지막한 손으로 떠내듯 토끼를 꺼냈다. "이놈 넣어둘 우리 있나?"

"제 어머니가 가져오시기로 했어요."

스투레가 토끼의 귀를 쓰다듬었다. 그의 코는 지난번에 봤을 때보다 더 붉어졌고, 뺨에는 어지럽게 얽힌 실핏줄이 비쳐 보였다. 위스키 냄새가 났지만 간밤에 마셨을 것이다. 스투레는 하늘이 무너지는 한이 있어도 음주운전은 하지 않을 사람이었다.

"커피 드릴까요?"

"좋지, 고맙네."

둘은 부엌 식탁에 가서 앉았다. 토끼는 여전히 스투레의 손안에 안전하고 애처롭게 앉아 있었다. 앙증맞은 코를 발름거리며 새로운 장소를 파악하려 애쓰고 있었다. 스투레는 한 손에 토끼를 올려두고 다른 한 손만으로 끙끙대며 설탕을 듬뿍 넣은 커피를 마셨다. 두 사람은 그렇게 한동안 말없이 앉아 있었다. 다비드의 귀에 망누스가 침대에서 뒤척이는 소리가 들렸다. 오줌이 마려운데 잠의 마법에서 깨어날까봐 일어나고 싶지 않은 모양이었다.

"에바는 많이 좋아졌어요." 다비드가 먼저 입을 열었다. "훨씬. 지난밤에 병원 사람들과 통화를 했는데…… 엄청나게 호전되었다고 하더라고요."

스투레는 잔받침에 흐른 커피를 후루룩 마셨다.

"언제쯤 집에 오려나?"

"그건 모른다더군요. 아직 연구중이고, 또…… 갱생 프로그램도 마련해놨대요."

스투레는 고개만 끄덕일 뿐 아무 말도 하지 않았고, 다비드는 자기가 무슨 대변인이라도 된다고 그들을 옹호하겠다며 그들의 말을 곧이곧대로 전하는지 천치 같다고 어렴풋이 생각했다.

다비드와 이야기했던 신경과 전문의의 말에 따르면, 에바의 언어력과 개념화 능력이 신장되면서 그녀의 뇌 전압도 나란히 높아졌다고 한다. 의사는 꼭 죽은 뇌세포들이 부활하는 것 같다고, 그 무엇보다 불가능한 일이라고 했다.

하지만 다비드가 장인과 똑같은 질문을 했을 때 그는 시원하게 대답해주지 않았다. 아내가 언제쯤 집에 올 수 있나요?

"지금 그것을 말씀드리는 건 시기상조입니다. 아직 몇 가지…… 문제가 있어서 내일 논의해봐야 할 것 같습니다. 언제 면회를 오실 건가요? 전화상으로는 말씀드리기가 좀 곤란해서요."

"무슨 문제인데요?"

"그게, 말씀드렸지만…… 직접…… 겪기 전에는 이해하기가 힘드실 겁니다. 제가 내일 헤덴에 갈 예정인데, 그때 다시 얘기할까요?"

그들은 일찍 만나기로 했다. 헤덴은 열두시 정각에 개방될 예정이고, 다비드는 그보다 더 일찍 가기로 했다.

이번에도 작게 문 두드리는 소리가 났고, 다비드는 토끼우리를 들고 온 어머니를 맞아들였다. 어머니가 에바의 사고 소식을 듣고도 생각보다 의연하게 받아들여서 놀랐다. 지나친 연민으로 그를 옴짝달싹 못하게 할까봐 두려워하던 차였다.

토끼우리는 근사했지만, 아쉽게도 톱밥이 없었다. 스투레는 신문지를 깔아주면 되고 그게 비용도 더 적게 든다고 말했다. 다비드가 토끼를 들고 옆에 서 있는 동안, 스투레와 다비드의 어머니가 토끼의 보금자리를 꾸며주었다.

다비드와 에바는 배우자를 잃은 각자의 부모를 맺어주자고 농담조로 이야기한 적이 많았다. 하지만 그런 생각을 접은 건 실현 불가능하기 때문이었다. 두 사람은 성격도 판이한데다 각자 자신의 생활방식에 고착돼 있었다. 그런데 지금 서로 속삭이며 신문지를 잘게 찢고 그릇에 물을 담는 두 사람을 가만히 보고 있으니 아예 말이 안 되는 건 아닌 것 같았다. 잠깐이었지만 다비드와 두 사람의 상황이 역전된 것 같았다. 그는 혼자였고 그들이 부부 같았다.

하지만 나는 혼자가 아니야. 에바는 나을 테니까.

에바의 가슴에 입을 떡 벌리고 있던 구멍.

다비드는 눈을 꼭 감았다가 번쩍 뜨고는 셔츠 단추를 갉작대는 토끼에게 집중했다. 에바에게 사고가 일어나지 않았다면 토끼를 동원하는 일도 없었을 것이다. 에바도 그도 동물을 우리에 가둬 도시에서 키우는 건 옳지 않다고 생각했다. 그러나 이제는……

망누스는 행복해질 자격이 있었다. 적어도 생일이라면 더욱.

"우린 행복해, 하하!
바로 오늘!
그대가 태어났음에, 랄랄라!
그대가 태어났음에, 랄랄라!
생일 축하합니다!"

다 함께 망누스의 방으로 들어가는데 다비드는 목이 메었다. 망누스는 몸을 웅크리지 않은 채 잠들어 있었다. 자는 척하는 건지도 몰랐다. 등을 똑바로 펴고 누워 두 손을 가슴에 얹은 모습이 사뭇 엄숙하게 보여서, 다비드는 청중이 거부하는 쇼를 굳이 진행하는 기분이었다.

"축하한다, 아가야."

다비드의 어머니가 제일 먼저 침대에 다가가 포장된 선물 꾸러미를 발치에 놓자, 심각했던 망누스의 표정이 풀렸다. 꾸러미 속에는 포켓몬 카드와 레고와 영화 테이프가 들어 있었다. 마지막으로 토끼우리를 건네주었다.

한동안 다비드는 망누스가 그저 어른들 비위를 맞춰주려고 작정한 건 아닐까 걱정이었다. 그러나 토끼를 들어 침대에 올려놓고는 머리를 쓰다듬고 코끝에 입을 맞추면서 더없는 기쁨을 고스란히 표현하는 것을 보니 기우였다. 한동안 토끼를 꼭 끌어안고 있던 망누스의 입에서 처음으로 나온 말은 이것이었다. "엄마한테 데리고 가서 보여줘도 돼?"

다비드는 미소짓고 고개를 끄덕였다. 사고 다음날부터 망누스가 엄마 얘기를 좀처럼 꺼내지 않아서 다비드가 살살 달래 얘기해보니 아이는 사라져버린 엄마를 원망하고 있었다. 그러나 제딴은 그것이 말도 안 되는 생각이라 부끄러워서 엄마 이야기를 아예 하지 않기로 작정한 것이었다.

그런 마당에 아이가 토끼를 데려가겠다면 그렇게 하는 것이 옳았다.

스투레가 망누스의 머리를 쓰다듬으면서 물었다. "토끼 이름은 뭐라고 지을 거니?"

망누스는 곧바로 대답했다. "발타자르."

"그렇구나." 스투레가 말했다. "수컷이라 다행이네."

다음 순서는 케이크였다. 다비드는 빵집에서 이미 만들어진 마지팬 케이크를 사왔고 망누스는 별말 하지 않았다. 커피와 핫초콜릿을 따랐다. 발타자르가 아니었다면 달콤한 케이크를 우적우적 먹어대는 가운데 흐르는 침묵을 견디기 힘들었을 것이다. 발타자르는 망누스의 침대 위를 이리저리 폴짝폴짝 뛰어다녔고, 케이크 냄새를 맡다가 코에 크림이 묻었다.

그들은 입 밖에 낼 수 없는 에바 이야기를 대신해 발타자르에 대해 이야기했다. 발타자르는 다섯번째 생명체였다. 에바 대신인 것이다. 그들은 토끼의 재롱을 보며 웃음을 터뜨렸고 토끼를 키울 때의 어려운 점과 재미에 대해 이야기를 나누었다.

어머니가 집에 간 다음, 다비드는 망누스가 선물로 받은 새 카드를 쓸 수 있도록 함께 포켓몬 게임을 했다. 스투레도 흥미롭게 지켜보았지만, 망누스가 게임의 복잡한 규칙을 설명해주려 하자 고개를 저었다.

"아이고, 할아비한테는 너무 어렵다. 할아비는 벤도타하고 시트구베가* 제격이야."

망누스는 두 판을 내리 이기고 자기 방으로 가서 발타자르와 놀았다. 아홉시 반이었다. 남은 두 사람은 커피를 더 마셨다가는 소화불량에 걸릴 게 뻔했고, 자리를 털고 일어나기 전까지 거의 두 시간을 죽여야 했다. 다비드는 벤도타나 하자고 말하려다가 어색하기만 할 것 같아서 그만두었다. 대신 빈손으로 부엌 식탁 스투레 맞은편에 앉았다.

"오늘밤 공연이 있지 않았나?" 스투레가 물었다.

"네? 오늘요?"

"그래, 신문을 보니까 그렇게 나와 있던데."

다비드는 일정표를 꺼내 확인해보았다. 8월 17일, NB 21:00. 스투레의 말이 맞았다. 19일에도 웁살라에서 합동 공연이 있어 곤혹스러워졌다. 농담을 던지고, 광대짓을 하고, 사람들을 웃겨야 하는 사명. 다비드는 마른세수를 했다.

"전화로 취소해야겠네요."

스투레는 해를 쳐다볼 때처럼 실눈을 떴다. "굳이 그럴 필요 있나?"

"그게, 무대에 올라가서 이리저리 깝죽대야 하는데…… 안 돼요, 전 못해요."

"잠시나마 이 상황에서 벗어나는 데 도움이 되지 않을까?"

"네, 하지만 대사를 읊는 게…… 바윗돌을 씹는 기분일 거예요. 못해요."

TV4에 에바 이야기가 보도되었으니 적지 않은 청중이 그에게 일어난 일을 알고 있을 거라고 말할 수도 있었다. 아내를 잃은 남자의 코미디쇼. 십중팔구 레오가 이미 알아서 취소했겠지만, 광고에서 지우는 건

---

* 둘 다 트럼프로 하는 간단한 게임.

깜빡했을 것이다.

스투레가 깍지 낀 손을 식탁 위에 올리고 말했다. "필요하면 애는 내가 봐줄게."

"감사합니다." 다비드가 대답했다. "봐서요. 하지만 안 그러셔도 될 것 같아요."

본데가탄, 09:30

토요일 아침, 플로라의 집에 초인종 소리가 났다. 얼마 없는 학교 친구 중 하나인 마야가 문 밖에 서 있었다. 마야는 플로라보다 머리 하나가 더 컸고, 몸무게도 30킬로그램은 더 나갔다. 입고 있는 불용 군수품 코트 옷깃에는 '나는 욕하고 투덜댄다. 당신의 종교는 무엇인가?'라고 새겨넣은 단추가 달려 있었다.

"잠깐 나와봐." 마야가 말했다.

플로라는 그저 반가웠다. 집안에는 아침식사 냄새가 진동했고, 그 속에 섞인 토스트 냄새가 화목함의 결여를 음울하게 암시하는 것 같았다. 게다가 마야와 함께 있을 때만 피울 수 있는 담배 생각이 때마침 간절하던 차였다.

마야가 그날의 첫 담배에 불을 붙였고, 플로라도 몇 모금 얻어 피우면서 하릴없이 거리를 쏘다녔다.

"우리 헤덴에 대해서 이런저런 이야기를 했어." 마야는 그렇게 말하며 담배를 내밀었다.

"우리?"

"응, 우리 그룹."

마야는 독창적이라고 자부하는, 거의 소녀들로만 구성되다시피 한 '좌익 청년'* 하부 조직의 일원이었다. 잡지 『카페』**가 창간 십 주년을 맞아 파트리시아에서 선상 파티를 열었을 때, 그들은 배와 부두를 잇는 발판 앞쪽에 도배용 풀을 열 양동이나 쏟아붓고는 '주의! 정액!'이라고 쓴 표지판을 꽂아놓았다. 초대 손님들은 어쩔 수 없이 그 회백색 진창을 뚫고 배에 올라 신발 밑창을 문질러 닦느라 진땀을 뺐다.

"어떤 얘길 했는데?" 플로라는 그렇게 물으며 남은 담배를 돌려주었다. 그 정도 피웠으면 됐다.

"그냥……" 그러더니 마야는 흰색 리넨 바지 차림으로 몰티즈와 함께 아침 산책을 나온 소녀의 예쁜 척하는 본새를 바라보다가 경멸스러운 듯 시선을 거두었다. "죽은 사람들을 그런 식으로 취급하다니 재수없다는 얘기였지, 뭐. 처음엔 무슨 모르모트처럼 다루더니, 이제 와서 같잖게 게토로 내몰고 말이야."

"그러게." 플로라가 말했다. "그런데 정확하게 대안이 뭔데?"

"대안? 대안이 뭔지 알게 뭐야. 아무튼 이건 잘못된 거라고. 한 사회를 판단하는 기준은……"

"……최약자를 어떻게 배려하느냐에 달려 있지." 플로라가 뒤이어 말했다. "그래, 나도 알아. 하지만……"

마야는 담배를 든 손을 성급하게 휘저었다. "죽은 사람보다 더 약자는 없어." 그러고는 웃음을 터뜨렸다. "죽은 사람들이 자기 권리 이야기하는 거 들어본 적 있어? 없잖아. 정부는 지들 꼴리는 대로 괴롭힐걸. 지금 하려는 짓거리도 그 짝이고. DN*** 기사 읽어봤어? 그 철학자년이

* 페미니즘과 사회주의를 표방하는 스웨덴의 청년 조직.

** 스웨덴의 남성지.

*** 〈다겐스 뉘헤테르〉.

뭐라고 찧고 까불었는지 알아?"

"봤어. 나도 그 사람이 잘못됐다고 생각해. 너랑 의견이 같다고. 그러니까 진정해. 내가 궁금한 건……"

"궁금증은 나중에 풀어. 잘못된 걸 알았으면 제대로 바로잡을 행동을 해야지. 뭔가 새로운 게 등장하면 그걸 이용할 권력이 누구에게 있는지 그 즉시 알아내야만 해. 죽음을 고치는 약이 나왔다고 해봐, 응? 힘있는 것들이 그걸 어디다 쓸 것 같아? 아프리카 사람들의 영생을 위해서? 아닐걸. 우선 아프리카 사람들이 에이즈로 몰살당하면, 그때 가서 어떻게 나오나 한번 보자고. 미국 제약회사들이 에이즈 확산을 대규모로 좌우한다는 걸 알아야지." 마야는 고개를 흔들었다. "양키놈들, 모르긴 해도 헤덴에 코를 들이대고 킁킁대고 있을걸."

"개방되면 한번 가보려고." 플로라가 말했다.

"어딜? 헤덴? 나도 같이 가."

"네가 들어갈 수 있을지 모르겠는데. 유족들만……"

"내가 이야기하려던 게 바로 그거야. 너는 유족이라는 걸 뭘로 증명할 건데?"

"몰라."

마야는 집게손가락과 엄지손가락으로 눌러 담배를 껐다. 그러고는 고개를 확 꺾고 플로라를 곁눈질로 보았다.

"아무튼 거긴 왜 가려고?"

"몰라. 그냥…… 가야 돼. 어떤 곳인지 봐야겠어."

"죽음에 혹하나봐? 그런 거야?"

"아닌 사람 있어?"

마야는 몇 초 동안 플로라를 보다가 대답했다. "있어."

"없어."

"있어."

플로라는 어깨를 으쓱했다. "넌 네가 무슨 말을 하는지도 모르지."

마야는 이를 드러내며 미소짓더니 담배꽁초를 던졌다. 꽁초는 포물선을 그리며 날아가더니 놀랍게도 쓰레기통 안으로 쏙 들어갔다. 플로라가 박수를 쳤고, 마야는 플로라의 어깨에 팔을 둘렀다.

"네가 어떤 애인지 알아?"

플로라는 고개를 저었다. "몰라."

"허세가 있어. 조금. 그게 좋아."

그들은 이리저리 돌아다니면서 두어 시간을 더 이야기하다 헤어졌다. 플로라는 지하철을 타고 텐스타로 갔다.

테뷔 자치시, 09:30

"사람들이 이렇게 많이 모인 마당에 우리의 진실을 알릴 기회를 놓쳐선 안 돼요."

"그런데 우리 이야기를 들어주는 사람이 있긴 할까요?"

"틀림없이 들어줄 겁니다."

"어떻게 듣죠?"

"확성기를 쓰면 돼요."

"그러라고 허락할까요?"

"이렇게까지 말씀드려야 하나요? 예수님께서 성전 밖 장사치들을 몰아내면서 허락을 구하셨을 것 같습니까? '실례합니다만, 제가 이 물건들 좀 치워도 될까요?' 이렇게요?"

사람들이 웃자, 마티아스는 가슴 앞으로 팔짱을 끼고 흡족해했다. 엘뷔는 문기둥에 머리를 기대고 서서 사람들이 부엌에 모여 앉아 그날의 전략을 짜는 모습을 지켜보고 있었다. 그녀는 논의에서 빠졌다. 지난 이틀 동안 많이 쇠약해졌다. 잠을 제대로 자지 못해서였고, 잠이 오지 않는 이유는 의구심이 들어서였다.

한밤중이면 엘뷔는 잠들지 않고 누워 그때의 계시를 놓치지 않으려 안간힘을 썼고, 그 순간순간이 이미지들의 범벅이 되어 사라져버릴까 봐 노심초사했다. 상황을 이해하려고 애썼다.

그들이 구원받을 수 있는 길은 나에게 오는 것뿐이다……

첫날밤 소소한 성공을 거둔 후 영혼을 낚는 일은 정체되었다. 최초의 충격이 가라앉고 사회가 슬슬 상황에 대처할 수 있을 듯 보이자, 사람들은 고깃배에 선뜻 오르려 하지 않았다. 엘뷔는 첫날에만 나섰다. 둘째 날이 되자 지쳐버렸다.

"어떻게 생각하세요, 엘뷔?"

마티아스가 동그랗고 앳된 얼굴을 그녀에게 돌렸다. 잠깐이었지만 엘뷔는 그가 무엇을 묻는지 알지 못해 어리둥절했다. 일곱 쌍의 눈동자가 그녀를 주시하고 있었다. 무리 중 유일한 남자인 마티아스를 비롯해 하가르와 그레타가 있었고, 첫날 저녁 찾아온 이웃집 여자와 또다른 여자가 있었다. 후자의 이름은 기억나지 않았다. 그 여자의 친구인 두 자매, 잉에게르드와 에스메랄다도 있었다. 그들은 아침 집회 때부터 엘뷔의 집에 있었다. 그들과 뜻을 같이하는 지인들도 나중에 올 예정이었다.

"제 생각에는……" 엘뷔가 입을 열었다. "제 생각은…… 저도 제가 무슨 생각을 하는지 모르겠어요."

마티아스가 얼굴을 찌푸렸다. 기대한 대답이 아니었다. 엘뷔는 이마에 난 상처의 딱지를 멍하니 문질러댔다.

"여러분이 최선이라고 생각하는 걸 결정하시고…… 그대로 행동하면 되겠죠. 전 가서 눈 좀 붙여야겠네요."

마티아스가 침실까지 엘뷔를 따라왔다. 그러고는 그녀의 어깨를 부드럽게 잡았다.

"엘뷔, 이건 당신이 믿는 바이자 당신이 받은 계시잖아요. 그래서 저희가 여기 와 있고요."

"그래요, 알아요."

"더이상 믿지 않으시는 거예요?"

"믿어요. 다만…… 힘이 나질 않아서."

마티아스는 한 손을 자기 뺨에 대고는 엘뷔의 얼굴을 재빨리 훑어보았다. 그의 시선이 흉터에서 엘뷔의 눈으로 미끄러졌다가 다시 흉터로 올라갔다.

"전 당신을 믿어요. 당신에게 사명이 있다는 것, 그리고 그 사명이 중요하다는 것을 믿어요."

엘뷔는 고개를 끄덕였다.

"그래요. 다만 난…… 그게 뭔지 잘 모르겠어요."

"잠시 누워서 쉬세요. 이 문제는 저희가 알아서 할게요. 한 시간 후에 출발해요. 전단지는 보셨어요?"

"봤어요." 그 대답 외에 뭔가 더 바라는 게 있는 듯 마티아스는 그 자리에 계속 서 있었다. 엘뷔가 덧붙여 말했다. "아주 좋아 보여요." 그러고는 침실로 들어가 문을 닫았다. 옷을 그대로 입은 채 침대 속으로 기어들어가 이불을 코끝까지 끌어올렸다. 그녀의 눈이 방안을 이리저리 헤맸다. 아무것도 변하지 않았다. 그녀는 두 손을 눈앞으로 들어올렸다.

이건 내 손.

손가락들을 꿈지럭거렸다.

내 손가락. 움직이네.

현관에서 전화벨이 울렸다. 일어나서 받으러 갈 생각은 없었다. 에스메랄다인지 누구인지가 전화를 받아 뭐라고 말했다.

난 전혀 특별하지 않아.

언제나 이런 식이었단 말인가?

성자들, 주의 이름으로 투쟁하다 순교한 이들, 교황 앞에서 진심을 담아 춤을 추었던 프란체스코,* 감옥 안에서 성스러운 불에 휩싸인 비르기타.** 그들도 이런 의심을 했을까? 비르기타도 한때 자기가 뭔가 착각한 거라고, 모든 것은 환각에 지나지 않는다고 생각했을까? 프란체스코도 "날 좀 내버려두오. 내게서 가치 있는 말은 단 한 마디도 나오지 않으리니"라고 말하며 신자들을 물리고 싶은 때가 있었을까?

물어볼 사람이 아무도 없었다. 그들은 모두 죽어서 전설이 되었고, 한 인간으로서의 모습은 사라진 지 오래였다.

그러나 엘뷔는 보았다.

본 사람은 그녀 말고도 더 있을 것이다. 수세기에 걸쳐 수천 명에 달하는 사람들. 이들과 달리 어떤 여자들과 남자들은 성자가 될 수 있었고, 그것은 스스로 본 것을 굳건히 믿었기 때문이다. 그런 깨달음이 바래지거나 사라지게 두는 대신 매달리고 또 매달려 그 믿음을 자기 안에 간직하고 망각은 악마가 부리는 도구라고 판단했기 때문이다. 바로 거기에 비밀이 있는지도 모른다.

엘뷔는 침대시트를 쥐어짤 기세로 힘껏 부여잡았다.

알겠습니다, 주님. 믿겠나이다.

---

* 13세기 초 프란체스코 수도회를 설립, 세속화한 로마가톨릭교회를 개혁한 성자. 춤과 노래로 설교한 것으로 유명하다.

** 스웨덴의 수호성인. 어려서부터 십자가에 못박힌 그리스도의 모습 등 환상을 보았고, 비르기타 수도회를 설립해 많은 종교적 예언을 했다.

눈을 감고 자려고 노력했다. 마침내 몸이 편안해질 무렵, 떠날 시간이 되었다.

코홀마, 11:00

엘리아스는 점차 나아졌다. 엄청난 진전이었다.

첫날, 말레르가 책에 나온 대로 연습을 시켜보려고 했을 때만 해도 아이는 일말의 관심조차 보이지 않았다. 말레르는 신발 상자를 내밀면서 말했다. "여기 뭐가 들어 있게?" 그래도 엘리아스는 움직이지 않았다. 말레르가 뚜껑을 들어올리고 작은 봉제 강아지 인형을 보여주기 전에도, 후에도.

말레르는 엘리아스의 침실 탁자에 밝게 칠한 팽이를 올려놓고 움직였다. 팽이는 빙글빙글 돌아가다 바닥으로 떨어졌다. 그런데도 엘리아스의 시선은 도통 움직임을 따를 기미가 없었다. 그래도 말레르는 계속 돌렸다. 물병을 갖다주었을 때 손을 뻗어 잡은 걸 보면, 마음만 먹으면 반응할 수 있다는 뜻이었다.

안나는 훈련 프로그램에 반대하지 않았지만, 그렇다고 열의를 보이지도 않았다. 그녀는 몇 시간 동안 엘리아스 옆에 앉아 있었고, 아이의 침실 바닥에 매트리스를 깔고 잠을 잤다. 그러나 말레르가 생각하기에 아이의 상태를 호전시킬 만한 구체적인 일은 전혀 하지 않았다.

얼어붙은 엘리아스의 세계에 균열을 낸 것은 리모컨으로 조종하는 자동차였다. 둘째 날, 말레르는 엘리아스가 생전에 그토록 좋아했던 장난감을 보면 생기를 찾지 않을까 하는 마음에 자동차에 새 배터리를 넣고 엘리아스의 방까지 조종했다. 예상대로였다. 자동차가 쿵쾅거리며 방으로 들어가자 엘리아스는 미묘하게 자세를 바꾸더니 방안을 이리저리 돌아다니는 자동차를 눈으로 좇았다. 말레르가 자동차를 멈추자 엘리아스는 한 손을 자동차 쪽으로 뻗었다.

말레르는 자동차를 내주지 않고 몇 번 더 방안을 돌아다니게 했다. 이윽고 바랐던 일이 일어났다. 천천히, 진창을 헤치고 나아가는 것처럼 엘리아스가 침대에서 일어나기 시작한 것이다. 자동차가 멈추자 엘리아스도 잠깐 멈추는가 싶더니, 이어서 몸을 일으켰다.

"안나! 이리 와서 좀 봐!"

안나가 왔을 때 엘리아스는 두 다리를 침대 아래로 내리는 참이었다. 안나는 한 손으로 후려치듯 입을 막더니 소리를 지르며 아들에게 달려갔다.

"막으면 안 돼." 말레르가 말했다. "도와줘."

안나는 엘리아스의 양팔 밑으로 손을 집어넣어 아이가 일어설 수 있도록 부축했다. 엘리아스는 안나의 도움을 받아 자동차 쪽으로 쭈뼛쭈뼛한 걸음을 뗐다. 말레르는 자동차를 몇 센티미터 앞으로 움직였다가 다시 후진시켰다. 엘리아스가 다시 한 걸음을 뗐다. 아이가 자동차까지 거의 다 와서 한 손을 뻗었을 때, 말레르는 자동차를 문 쪽으로 조종했다.

"애 주세요." 안나가 말했다.

"안 돼." 말레르가 말했다. "그러면 안 움직일 거야."

엘리아스는 먼저 고개를 자동차 쪽으로 돌린 다음 몸을 돌려 문을 향해 걸어갔다. 안나가 뺨 위로 눈물을 줄줄 흘리며 따라갔다. 엘리아스가 문에 다다르자, 말레르는 자동차를 현관으로 움직였다.

"애 주세요." 안나의 목소리는 거의 들리지 않았다. "갖고 싶어하잖아요."

엘리아스가 따라잡기 무섭게 번번이 말레르가 자동차를 더 멀리 보내자, 급기야 안나는 엘리아스를 부여안으며 멈춰 섰다.

"그만." 그녀가 말했다. "그만하세요. 더는 못 보겠어요."

말레르는 자동차를 멈추었다. 안나는 엘리아스의 가슴 아래쪽을 두 손으로 끌어안았다.

"애를 로봇으로 만드시는군요." 그녀가 말했다. "전 그러고 싶지 않아요."

말레르는 한숨을 내쉬고는 리모컨 든 손을 내렸다.

"얘가 그냥 부대자루였으면 좋겠냐? 지금 얼마나 잘하고 있니?"

"그래요." 안나가 말했다. "정말 그래요. 하지만 이건…… 몹쓸 짓이에요." 그러더니 안나는 바닥에 주저앉아 엘리아스를 무릎에 앉히고 자동차를 집어 건넸다. "여기 있어, 아가야."

엘리아스는 자동차 안으로 들어가는 문이라도 찾는 듯 손가락으로 플라스틱 부품 하나하나를 만져보았다. 안나는 고개를 끄덕이며 아이의 머리칼을 쓰다듬어주었다. 아이의 머리칼은 굵어졌고 더이상 빠지지도 않았지만 두피가 보이는 부분이 두어 군데 있었다.

"차가 움직이는 게 신기하대요." 안나가 말하고는 콧물을 삼켰다. "무엇이 자동차를 움직이는지 궁금하대요."

말레르는 리모컨을 내려놓았다.

"그걸 어떻게 아니?"

"그냥 알아요." 안나가 대답했다.

말레르는 고개를 설레설레 흔들고는 부엌으로 가서 맥주를 한 병 꺼냈다. 여기 온 후, 안나는 엘리아스가 원하는 게 뭔지 자기는 그냥 안다고 몇 번을 말했다. 그러나 말레르는 딸이 추측으로 자신의 훈련을 지연시키는 데 짜증이 났다.

"……엘리아스는 그 팽이 좋아하지 않아요…… 제가 로션을 발라주면 좋겠대요……"

어떻게 아느냐고 물어볼 때마다 안나는 똑같은 대답만 했다. 그냥 알아요. 말레르는 뚜껑을 따고 맥주를 반쯤 들이켠 후 창밖을 보았다. 열대성 호우도 숲을 구하는 데는 역부족이었다. 8월 중순인데도 많은 나무에서 잎이 떨어지고 있었다.

이번에는 안나가 옳다고 말레르는 생각했다. 그동안 엘리아스는 생전에 갖고 놀던 수많은 장난감을 거들떠보지도 않았으니, 아이를 깨운 것은 자동차의 움직임인 듯했다. 어떻게 그것을 활용할 수 있을까?

바닥에 앉아 차를 만지고 있는 엘리아스를 그대로 놓아두고 안나가 부엌으로 들어왔다.

"가끔 말이다." 여전히 창밖을 바라보면서 말레르가 말했다. "가끔 네가 아이가 낫길 원하지 않는다는 생각이 드는구나."

안나가 입을 열기 전 숨을 들이쉬는 소리가 들렸고, 말레르는 어떤 대답이 돌아올지 어렴풋이 짐작할 수 있었다. 안나가 막 말을 하려던 그때 현관에서 뭔가 날카롭게 깨지는 소리가 그녀를 가로막았다.

엘리아스는 두 손으로 자동차를 붙잡고 바닥에 앉아 있었다. 어떻게 했는지 차대 윗부분이 전부 뜯겨나가고 부품과 와이어가 훤히 드러났다. 말레르가 미처 제지하기도 전에 아이는 배터리팩을 뜯어내 제 눈높이까지 들어올렸다.

말레르가 두 손을 내뿌리면서 안나를 바라보았다.

"좀 봐라." 그가 말했다. "이제 속이 시원하냐?"

엘리아스가 배터리로 움직이는 다른 자동차마저 다 뜯어내자, 말레르는 원목으로 된 브리오* 기차 세트를 사야겠다고 생각했다. 기관차가 매우 깔끔하게 만들어진데다 움직이는 부품도 거의 없어서 아직은 섬약한 엘리아스의 손가락이 분해하려 해도 너끈히 버틸 것이다.

그날 오전 그는 노르텔리에에 가서 기관차를 하나 더 사왔다. 그리고 지금 부엌 식탁 한가운데를 가로질러 마스킹 테이프를 붙여서 두 구역으로 나눈 다음, 한곳에 탱크 기관차를 놓았다. 책을 보니 자폐아 훈련의 첫 단계는 흉내 연습이었다. 말레르는 두 구역에 직선형 기찻길을 각각 세 도막씩 놓은 다음 침실에서 엘리아스를 데려와 식탁 의자에 앉혔다.

엘리아스의 시선이 창문 너머 정원에서 잔디를 깎고 있는 안나를 향했다.

"여기 봐라." 말레르는 기관차를 꺼내 엘리아스 쪽으로 내밀었다. 반응이 없었다. 기관차를 식탁 위에 올려놓고 시동을 걸었다. 기관차는 공허하게 부르릉거리며 천천히 식탁을 가로질렀다. 엘리아스는 소리를 향해 고개를 돌리더니 그쪽으로 손을 뻗었다. 말레르는 기관차를 숨겼다.

"거기 있네."

말레르는 엘리아스 앞에 놓여 있는 똑같이 생긴 기관차를 가리켰다. 엘리아스는 식탁 위로 몸을 수그리고는 말레르의 손안에서 아직도 부르릉거리는 기관차를 붙잡으려고 했다. 말레르는 시동을 끄고 엘리아스 앞에 놓인 기관차를 또 한번 가리켰다.

"거기 있잖아. 그게 네 거야."

엘리아스는 무표정한 얼굴로 의자에 털썩 주저앉았다. 말레르는 한쪽 팔을 뻗어 아이 앞에 있는 기관차의 버튼을 눌렀다. 기관차가 윙윙거리며 식탁을 가로시르자, 엘리아스는 굼뜬 동삭으로 손을 뻗어 마침내 차를 움켜쥐고 눈앞으로 가져가더니 회전하는 바퀴를 비틀어 떼어

* 스웨덴의 완구 브랜드.

내려고 했다.

"안 돼, 안 돼."

말레르는 식탁을 돌아가 엘리아스의 뻣뻣한 손에서 살살 달래듯 기관차를 빼내 다시 식탁 위에 올려놓았다.

"봐라."

그는 자기가 갖고 있던 기관차를 반대편에 놓고 버튼을 눌렀다. 엘리아스가 손을 뻗었다.

"거기." 말레르는 엘리아스 앞에 멈춰 서 있는 기관차를 가리켰다. "거기 있잖아. 아까처럼 또 해봐."

엘리아스는 식탁 위에 거의 엎드리더니 말레르의 기관차를 붙잡고는 분해하려고 했다. 말레르는 이렇게 서 있고 싶지 않았다. 이 각도에서는 엘리아스의 머리 한쪽, 원래 귀가 있던 자리에 뻥 뚫린 구멍이 보였다. 말레르는 눈을 비볐다.

왜 말귀를 못 알아듣지? 너 그렇게 바보야?

예상외로 엘리아스는 기관차의 차체를 우두둑 뜯어내버렸다. 배터리가 바닥에 떨어졌다.

"안 돼, 엘리아스. 안 돼!"

말레르는 자기도 모르게 화가 치밀어올라 아이의 손에서 부서진 기관차를 빼앗았다. 갑자기 모든 것이 더없이 피곤하게만 느껴졌다. 말레르는 원래 가지고 있던 기관차를 식탁에 던지듯 내려놓고 까다롭고 깐깐한 태도로 버튼을 가리켰다.

"여기 이걸로 시작해라, 여기."

말레르는 버튼을 눌렀다. 기관차가 자기 쪽으로 살짝 움직이자 엘리아스는 그것을 붙잡아 바퀴 하나를 뜯어냈다.

못할 짓이야. 애도 못할 짓이고. 아무것도 할 줄 모르니.

"죄다 부수지 않으면 직성이 안 풀리니?" 말레르는 큰 소리를 냈다. "왜 망가뜨려야……"

갑자기 엘리아스가 고개를 번쩍 들더니 말레르의 얼굴을 겨누고 기관차를 집어던졌다. 차는 정확히 입에 부딪혔고, 그 바람에 입술이 찢어졌다. 머릿속에 쇳내가 피어오르는 가운데 시뻘건 고막 너머로 기관차가 바닥에 떨어지는 소리가 들렸다. 밀려오는 분노 속에서 그는 엘리아스를 노려보았다. 엘리아스는 고동색 입술을 양쪽으로 당긴 채 씨익 웃고 있었다. 아이는…… 사악해 보였다.

"너 지금 뭐하는 거니?" 말레르가 말했다. "대체 뭐하는 거냐고."

보이지 않는 힘에 의해 흔들리듯 엘리아스의 고개가 뒤로 젖혀졌다가 앞으로 꺾였다. 의자다리가 휘뚝휘뚝 바닥을 짓찧었다. 그리고 말레르가 미처 손을 뻗기도 전에 엘리아스의 몸이 허물어져 완전히 축 늘어졌다. 골격기관이 갑자기 젤리로 변한 것처럼 의자 위에서 허물어지더니 바닥으로 미끄러져내렸다. 엘리아스를 따라 슬로모션으로 넘어지는 의자를 바라보며 말레르는 등받이가 아이의 뺨으로 내리꽂히리라는 것을 깨달았고, 이윽고 흡사 치과 드릴이 돌아가는 듯 윙윙거리는 소리가 두개골을 뚫고 들어왔다. 눈이 질끈 감겼다.

말레르는 두 손을 양쪽 관자놀이로 가져가 꾹 눌렀지만, 소리는 처음 시작되었을 때만큼이나 빨리 사라져버렸다. 엘리아스는 의자 밑에 깔린 채 미동조차 없었다.

말레르는 허둥지둥 다가가 의자를 들어올렸다. "엘리아스? 엘리아스?"

베란다 문이 열리고 안나가 들어왔다. "도대체 뭐하는……"

그녀는 엘리아스 옆으로 몸을 날리듯 달려와 무릎을 꿇고는 아이의 뺨을 어루만졌다. 말레르는 눈을 껌뻑대며 부엌을 둘러보았다. 척추를 따라 소름이 쫙 돋아올랐다.

여기에 누군가 다른 사람이 있어.

이번에는 소리가 좀더 약하게 들리다가 가셨다. 엘리아스가 안나를 향해 한 손을 들자, 안나는 그 손을 잡아 입을 맞추었다. 그러고는 보이지 않는 누군가를 찾아 고개를 이리저리 돌리는 말레르를 원망스럽게 바라보았다. 말레르는 벌써 부어오르기 시작한 입술을 혀로 핥았다. 플라스틱처럼 매끄러웠다.

갔어.

안나가 말레르의 셔츠 자락을 와락 잡아당겼다. "그러시면 안 돼요."

"안 된다니…… 뭘?"

"아이를 미워하지 마시라고요."

말레르는 자신 없는 동작으로 부엌의 다른 쪽을 향해 손가락을 까딱거렸다. "집에…… 누가 있어."

그 존재감에 아직도 등골이 서늘했다. 누군가가 그와 엘리아스를 줄곧 지켜보고 있었다. 그는 자리에서 일어나 싱크대로 가서 찬물로 세수를 했다. 키친타월로 얼굴을 닦고 나니 머리가 좀 맑아지는 것 같았다. 그는 스툴에 앉았다.

"더는 못하겠다."

"그러시겠죠." 안나가 말했다. "저도 알겠어요."

말레르는 반쯤 망가진 기관차를 집어들고는 손으로 무게를 가늠했다. "이거…… 이걸 말하는 게 아냐. 그게……" 그는 실눈을 뜨고 안나를 보았다. "뭔가 있어. 내가 알지 못하는 뭔가가. 뭔가 다른 것이 이곳으로 오고 있어."

"아버지는 들을 생각도 없잖아요." 안나가 말했다. "이미 마음을 정했으니까."

그녀는 엘리아스를 옆으로 움직여 오븐레인지 앞에 깔려 있는 색색의 조각을 이어붙인 러그에 뉘었다. 가까이서 들여다보니 확연히 알 수 있었다. 엘리아스는 의식을 어느 정도 찾았다고 할 만큼 좋아졌을지는 몰라도 몸은 쪼그라들다시피 해서 한층 더 왜소했다. 파자마 밖으로 삐져나온 두 팔은 뼈다귀에 양피지를 바른 듯했고, 얼굴은 색칠한 해골에 가발을 씌운 것 같았다. 그 속에서 부드럽고 축축한 뇌가 활동하고 있다는 게 도저히 상상이 되지 않았다.

말레르는 주먹 쥔 손으로 허벅지를 있는 힘껏 내리쳤다.

"내가 모르는 그게 뭔데. 뭐냐고. 나는 모르겠다, 응?"

"애가 죽었다는 거요." 안나가 대답했다.

말레르가 반박하려는 찰나, 쿵쿵거리는 나막신 소리와 함께 현관문이 벌컥 열렸다.

"어이! 있나?"

말레르와 안나의 눈이 마주쳤고 순간 둘은 공포감으로 하나가 되었다. 아론손의 나막신이 집안을 쿵쿵 울려댔다. 말레르는 식탁을 박차고 일어나 부엌 문간으로 돌진해 몸으로 막아섰다.

아론손이 고개를 들고는 말레르의 입술을 가리켰다. "이런, 이런, 한바탕 쌈박질을 하는 중이었나보군." 아론손은 자신의 농담이 자못 대견한지 웃더니 모자를 벗어 얼굴에 부채질을 했다. "이 찜통더위를 어떻게들 견디고 있나?"

"그럭저럭요." 말레르가 대답했다. "저기, 지금 저희가 좀 바빠서요."

"알겠네." 아론손이 말했다. "방해 안 할게. 자네 집 쓰레기는 수거해갔는지 물어보려던 것뿐이야."

"수거해갔어요."

"그랬군. 그런데 우리집은 안 가져갔어. 이 주 동안이나. 전화를 걸어

한소리했더니 온다고 말해놓곤 오지도 않고. 게다가 이리 더운데. 그것들 계속 이런 식으로 나올 순 없을걸."

"그렇군요."

아론손이 눈살을 찌푸렸다. 뭔가 낌새를 챈 것 같았다. 생각 같아서는 그를 두 팔로 번쩍 안아들고 문까지 가서 집 밖으로 내던질 수도 있었다. 정말 그래야 했다고 나중에 후회할지도 몰랐다. 아론손이 말레르의 뒤쪽을 힐끔 건너다보았다.

"오붓한 분위기라 이거지. 온 가족이 모였군. 아름다운 광경이야."

"막 식사하려던 참이어서요."

"알았네, 알았어. 그래, 더는 방해 안 할게. 그냥 인사나 해야지……"

아론손이 지나가려고 했지만 말레르는 한쪽 팔을 뻗어 문기둥을 짚는 것으로 장벽을 쳤다. 아론손은 눈을 끔벅거렸다.

"왜 그래, 구스타브? 자네 딸한테 인사나 하려는 거야."

아론손이 부엌에 들어오지 않도록 안나가 재빨리 일어나 그를 맞으러 문간으로 나왔다. 말레르가 손을 내리고 안나가 지나려는데, 아론손이 불쑥 부엌으로 들어섰다.

"야, 세상에." 그가 한 손을 안나에게 내밀며 말했다. "꽤 오랜만이지, 안 그래?"

아론손은 매서운 눈초리로 부엌을 훑어보았다. 안나는 인사를 건넬 필요도 없었다. 이미 늦어버렸다. 엘리아스를 발견한 아론손의 눈이 휘둥그레지더니, 목표물을 포착한 레이더처럼 그대로 꽂혀버렸다. 혀를 내밀어 입술을 핥는 그의 모습을 보면서 말레르는 한순간 무쇠 냄비받침으로 그의 머리를 후려칠까 고민했다.

아론손이 엘리아스를 가리키며 물었다. "뭐야…… 저게?"

말레르는 아론손의 양어깨를 움켜잡고 현관으로 끌고 갔다. "엘리아스예요. 이제 집에 가세요." 그리고 아론손의 손에서 모자를 빼앗아 그의 머리에 씌워주었다. "입다물고 계시라고 말할 수도 있지만 소용없겠죠. 가세요."

아론손은 침이 묻은 입을 손으로 훔쳐냈다. "아이가…… 죽은 건가?"

"아뇨." 말레르는 아론손을 현관 쪽으로 떠밀면서 말했다. "살아났어요. 낫게 하려고 애쓰는 중이고요. 하지만 내가 당신을 제대로 알고 있다면 이제 볼장 다 본 거죠."

현관으로 밀려나는 아론손의 입가에 묘한 미소가 흐르고 있었다. 필경 누구한테 전화를 걸어 말레르 부녀를 신고하면 좋을까 궁리하는 중이었을 것이다.

"아, 그럼 잘해보게." 뒷걸음질로 멀어지면서 아론손이 말했다. 말레르는 문을 꽝 닫았다.

안나는 부엌 바닥에 주저앉아 엘리아스를 안고 있었다.

"떠나야 돼." 말레르는 반대를 예상하며 말했지만, 안나는 그저 고개만 끄덕여 보였다. "네, 그래야겠네요."

그들은 냉장고에 있는 것들을 모조리 아이스박스에 던져넣었고 엘리아스의 물건은 운동가방에 넣었다. 기관차와 다른 장난감들도 잊지 않고 챙겼다. 휴대전화와 여분의 옷가지도.

침낭이나 텐트 같은 것은 없지만 말레르에게는 계획이 있었다. 지난 며칠 동안 주로 잠들기 직전에, 이런저런 일이 일어날 경우 어떻게 대처할지 여러 시나리오를 구상해두었다. 상황이 이렇게 되었으니 옷가지를 넣은 비닐봉지 안에 망치, 스크루드라이버, 쇠지레도 챙겨넣었다.

전에는 여름에 바닷가로 하루 나들이를 갈 때도 짐 싸는 데만 한 시간이 넘게 걸렸다. 얼마나 길어질지 모를 길을 떠나면서 단 십 분 만에 짐을 꾸린 지금은 필요한 물건의 절반도 챙기지 못했을 것이다.

어떻게든 되겠지. 식량이 필요하면 나중에 본토로 와서 사면 될 일이었다. 문제는 사람들의 눈길이 닿지 않는 곳으로 엘리아스를 데려가는 것이었다.

부녀는 천천히 숲길을 걸었다. 안나가 가방들을 들고 말레르가 엘리아스를 안았다. 심장은 전혀 말썽을 부리지 않았지만, 이럴 때일수록 진정하지 않으면 언제고 꼼짝없이 당할 수 있음을 그는 알고 있었다.

품안의 엘리아스는 마치 조각상 같았다. 살아 있다는 느낌이 전혀 없었다. 밑을 내려다볼 수 없으니 오솔길을 가로지르는 나무뿌리가 신발 밑창에 와 닿는 감각으로 발밑을 가늠하며 조심조심 걸음을 떼어야 했다. 땀이 흘러들어가 눈이 시큰시큰했다.

이렇게 허다한 고생. 오직 이 티끌만한 생명을 위해.

스바르바르가탄, 11:15

막 세차를 했는데도 스투레의 볼보 740에는 목재와 아마유 냄새가 짙게 배어 있었다. 스투레는 목수였고, 여름 손님들을 맞이하기 위해 직접 전방을 확장해 설계한 육각형 오두막에 살고 있었다.

망누스가 뒷좌석에 타자, 다비드는 발타자르를 넣은 바구니를 아이에게 건네고 조수석에 앉았다. 스투레는 머리를 긁적대며 전화번호부에서 찢어온 지도를 샅샅이 뒤져 위치를 알아보고 있었다.

"헤덴, 헤덴……"

"지도에는 안 나와 있을걸요." 다비드가 말했다. "예르바 들판에 있어요. 아칼라 방향이요."

"아칼라……"

"네, 북서쪽이요."

스투레가 고개를 저었다. "자네가 운전하는 게 낫겠는데."

"아니에요. 제가 기분이 좀…… 안 하는 게 좋을 것 같아요."

스투레가 지도에서 고개를 들었다. 입가에 미소가 살짝 스치고 지나갔다. 그는 앞으로 몸을 수그려 글러브박스를 열었다.

"이걸 가져왔어." 그는 15센티미터 남짓한 목각인형 두 개를 다비드에게 건네고는 시동을 걸었다. "내가 E20까지 갈 테니까, 거기서 다시 이야기하지."

인형은 표면이 실크처럼 매끄러웠다. 손으로 일일이 사포질을 해야만 가능한 일이었다. 소년과 소녀로, 다비드는 그 인형에 깃든 사연을 알고 있었다.

에바가 어렸을 때 스투레는 노르웨이에서 건축 목수로 일했다. 이 주 일하고 일주일 쉬는 근무체제였다. 집에서 쉬던 어느 한 주 그는 당시 여섯 살이었던 딸 에바에게 나무를 깎아 인형을 만들어주었다. 에바는 바비와 켄에 바비 강아지까지 있었는데도 그 인형을 가장 아꼈고, 스투레는 보람을 느꼈다.

잔망스럽게도 에바는 인형에 이름까지 지어주었다. 에바와 다비드. 다비드를 만나고 몇 달이 흘렀을 때 에바는 그 얘기를 해주었다.

"운명인 거야." 그녀가 말했다. "여섯 살 때부터 당신이랑 맺어지도록 예정되어 있었던 거라고."

다비드는 눈을 감고 손가락으로 인형을 쓰다듬었다.

"내가 왜 그걸 만들어줬는지 아나?" 스투레가 길에 눈을 향한 채 물었다.

"아뇨."

"내가 죽을지도 몰라서. 그때 하던 일이 안전하다고 장담할 수가 없었거든. 그래서 내 딴엔 혹시나 하는 마음에…… 그애한테 추억거리를 남겨주려고 한 거야." 스투레는 한숨을 내쉬었다. "그런데 어떻게 내가 죽지 않고……" 장인의 목소리에는 회한이 서려 있었다. 에바의 어머니는 육 년 전 암으로 세상을 떠났는데, 스투레는 하찮은 자신의 목숨을 먼저 거둬가지 않은 하늘을 원망하는 것 같았다.

스투레는 인형을 힐끗 바라보았다. "내가 뭘 알았겠나. 그냥…… 뭐든 그애가 기억할 만한 걸 해주고 싶었던 거지."

다비드는 고개를 끄덕이고는 자기라면 망누스에게 뭘 남겨줄 수 있을지 생각해보았다. 원고 더미. 자신의 쇼를 녹화한 비디오테이프. 손으로 직접 뭔가를 만들어본 적은 한 번도 없었다. 적어도 남길 가치가 있는 것은 하나도 없었다.

도시로 들어서자 다비드는 깜냥깜냥 길을 안내했다. 스투레가 너무 느리게 운전하는 바람에 다른 차들이 툭하면 경적을 울려댔다. 그래도 어찌어찌 목적지에 도착했다. 급조해 세워둔 주차 표지판 근처 들판에 열두시 십 분 전 차를 세웠다. 수백 대가 넘는 차들이 줄줄이 늘어서 있었다. 스투레가 시동을 끈 후에도 그들은 차 안에 앉아 있었다.

"적어도 주차비는 안 내도 되겠네요." 침묵을 깨려고 다비드가 말했다. 망누스가 차문을 열고 두 팔로 바구니를 안은 채 내렸다. 스투레는 여전히 두 손을 핸들에 올려놓고 있었다. 출입구 밖은 사람들로 인산인해였다.

"겁이 나는군." 스투레가 말했다.

"왜 아니시겠어요." 다비드가 대꾸했다. "저도 그런데."

망누스가 차창을 톡톡 두드렸다.

"빨리 나와!"

스투레는 차문을 닫기 전에 인형을 챙겼다. 인형을 두 손에 꽉 움켜쥔 채로 다비드와 함께 에바를 만나러 갔다.

최근에 둘러친 펜스 때문에 헤덴은 찝찝하게도 집단 수용소의 분위기를 풍겼다. 그 말이 의미하는 바를 고려하면 사실 조금도 다르지 않았다. 사람들을 모아놓는 장소. 그런 생각이 흐릿해지는 건 펜스 밖은 엄청난 인파가 몰려 있는 반면 안쪽은 텅 비었다는 사실 때문이었다. 펜스 내부 벌판에는 잿빛 건물들만이 흩어져 있었다.

입구는 두 개였고, 각각 네 명의 경비원이 지키고 있었다. 경비원들은 소총도 곤봉도 없었지만 군중의 자제력을 믿고 있었다. 스웨덴에서 어떻게 그럴 수 있는지 실감이 나지 않았다. 다비드를 괴롭히는 것은 위압적인 인상의 펜스나 군중보다는 전반적으로 서커스를 방불케 하는 분위기였다. 장벽 너머에 무엇이 감춰져 있는지 보려고 안달이 난 관객들. 이 서커스의 중심 어딘가에 에바도 있을 터였다.

젊은 남자 하나가 다가오더니 종이 한 장을 다비드의 손에 찔러주었다.

하느님 없이 살아갈 자신이 있습니까?
세상의 종말이 다가오고 있습니다.
인간은 멸종될 것입니다.
부디, 부디, 부디
너무 늦기 전에
하느님의 품으로 돌아오십시오.
우리가 여러분을 돕겠습니다.

꽤 잘 만든 전단지였다. 성모마리아가 은은하게 그려진 배경에 품격이 묻어나는 필체로 내용이 인쇄되어 있었다. 전단지를 건넨 남자는 광신도라기보다는 부동산 중개인처럼 보였다. 다비드는 감사 표시로 고개를 끄덕이고는 망누스의 손을 잡고 계속 걸어갔다. 남자가 한 발 물러서더니 부자를 막아섰다.

"저희는 진지합니다." 남자가 말했다. "이건……" 남자는 전단지를 가리키며 어깨를 으쓱했다. "이런 건 뭐라고 말하기가 어려워서요. 저희는 무슨 조직이나 교회는 아니지만 그래도 알아요. 아시겠어요? 이 모든 게……" 남자는 펜스 쪽으로 팔을 내뻗렸다. "하느님께 귀의하지 않으면 이 모든 게 지옥이 될 겁니다."

남자는 연민 어린 눈빛으로 망누스를 바라보았다. 잠시나마 다비드는 남자의 겸허한 태도와 부디, 부디, 부디에 매료되는 듯했지만, 그의 말이 옳을지라도 곧 그가 역겨워졌다.

"저희 좀 갈게요." 다비드는 그렇게 말한 뒤 망누스를 이끌고 갔다. 남자는 더 막아서지 않았다.

"정신 나간 젊은이구먼." 스투레가 말했다.

종이를 호주머니에 쑤셔넣고 보니 풀밭 여기저기 구겨진 채 흩어진 전단지들이 눈에 들어왔다. 사람들 사이에서는 심상치 않은 일이 일어나고 있었다. 점차 밀집되고 집중도가 높아지고 있었다. 다비드가 익히 잘 아는 치직치직 소리가 났다. 누군가 마이크 테스트를 하고 있었다.

"하나, 둘……"

다비드 일행은 멈춰 섰다.

"뭣들 하는 거지?" 스투레가 물었다.

"모르겠네요." 다비드가 대답했다. "누가…… 공연을 하려나봐요."

분위기는 점점 더 축제 비슷하게 흘러가고 있었다. 금방이라도 토마스 레딘*이 무대에 올라 노래 몇 곡을 우렁차게 부를 것만 같았다. 다비드는 뱃속이 울컥 뒤집혔고, 이 상황 전반이 더욱 불안해졌다. 뭔가 철저히 실패하리라는 불안감. 상황 파악을 전혀 못하는 코미디언의 재미없는 쇼를 보는 괴로움.

보건복지부 장관이 마이크 앞으로 다가섰다. 몇몇 사람들이 우우 야유하는 소리가 들렸지만 별다른 동조를 얻지 못하자 수그러들었다. 다비드는 주변을 둘러보았다. 며칠 동안 텔레비전과 신문이 다른 뉴스는 제쳐두고 부활자들에 대해서만 연신 다뤘는데도 그는 이 문제를 자신의 개인적 사연 이상으로는 생각하지 못했다. 이제야 자기가 틀렸다는 것을 깨달았다.

텔레비전 카메라 몇 대가 군중을 향해 고정되어 있고, 그보다 훨씬 더 많은 카메라가 전방의 연단 옆에 모여 있었다. 연단에 선 장관은 정장 재킷 매무새를 바로잡고는 몸을 앞으로 수그려 마이크를 톡톡 두드렸다.

여러분, 오늘 이 자리를 함께해주신 모든 분.

그리고 말했다.

"환영합니다. 정부를 대표해서 저는 무엇보다도 사죄의 말씀부터 드리고 싶습니다. 여기까지 오는 데 너무도 오랜 시일이 걸렸습니다. 기다려주신 여러분께 감사드립니다. 알고 계시듯 이는 예상치 못한 사건이었고, 정부가 내린 일련의 결정은 훗날 돌이켜보면 가장 현명한 선택이었다고 말할 수는 없을지도 모릅니다……"

망누스가 손을 잡아끌어 다비드는 그쪽으로 몸을 수그렸다.

"응?"

"아빠, 저 아저씨는 왜 저렇게 말해?"

---

* 스웨덴의 싱어송라이터.

"모든 사람의 마음에 들려고 그러는 거야."

"뭐라고 하는데?"

"아무 얘기도 아니야. 아빠가 발타자르 들어줄까?"

망누스는 고개를 젓고는 바구니를 더욱 꽉 그러쥐었다. 틀림없이 팔이 아플 테지만, 뜻대로 내버려두었다. 문득 스투레를 보니 가슴 앞으로 팔짱을 끼고 서서 오만상을 찌푸리고 있었다. 끔찍한 쇼가 벌어질까봐 전전긍긍했던 다비드의 걱정과 달리 아직까지는 아무 일도 일어나지 않았다. 다행히 장관은 눈치가 있어서 이야기를 재빨리 마무리하고 단데뤼드 병원의 신경과 과장이라는 헐렁한 정장 차림의 남자에게 뭐라고 말했다.

첫마디부터 신경과 과장은 이 축제 같은 분위기를 못마땅해한다는 것이 여실히 느껴졌다. 그러나 별다른 지적은 하지 않았다.

"제 소견은 이렇습니다. 별의별 억측과 루머가 난무했지만, 실상을 말씀드리면 부활자 가까이 있으면 서로의 마음을 읽을 수 있습니다. 이 사실을 인정하지 않으려고, 합리화하려고, 아니면 사태의 심각성을 완화해보려고 저희가 얼마나 애썼는지 구구절절 말씀드릴 생각은 없습니다. 사실은 사실이니까요……" 그리고 그는 펜스로 둘러쳐진 구역을 가리켰다. 다비드의 눈에는 쓸데없이 연극적으로 보이는 동작이었다. "이 문을 넘어서면 주변 사람들이 무슨 생각을 하는지 들릴 겁니다. 그게 어떻게 가능한지는 저희도 아직 알지 못합니다만, 마음의 준비를 단단히 하셔야 할 겁니다. 그 경험이 전적으로…… 유쾌하지만은 않으니까요."

신경과 과장은 청중이 마지막 말을 깊이 이해하도록 잠시 침묵했다. 다들 불쾌한 경험을 할까봐 두려워 뿔뿔이 흩어져 떠날 거라고 기대했던 모양이었다. 그러나 그런 일은 일어나지 않았다. 청중의 심리를 감지하는 것이 직업인 다비드는 점점 더 커져가는 모두의 조급증을 느낄 수 있었다. 사람들은 안절부절못하고 팔다리를 긁어대며 동요하고 있었다. 그들은 사전 경고 따위에는 관심이 없었다. 죽은 가족과 친지를 보고 싶을 뿐이었다.

그러나 신경과 과장의 말은 끝나지 않았다.

"현재 그 영향력이 보다 두드러지지 않는 이유는 부활자들이 격리되어 있기 때문입니다. 그래서 여러분과 제가 여기 오기도 했죠. 어쨌든 그래도 영향력은 여전히 존재합니다. 모쪼록 인정을 베풀어주십사 여러분께 부탁드리겠습니다……" 그는 고개를 옆으로 기울이더니 살짝 익살맞은 어조로 덧붙였다. "가급적 좋은 생각만 하셔야 합니다. 아셨죠?"

사람들은 서로를 둘러보았고, 개중 몇몇은 이미 더없이 좋은 생각만 한다는 것을 증명하려는 듯 미소를 지었다. 다비드는 배가 점점 더 아파왔다. 재난이 임박했다는 의미였다. 그는 두 손으로 배를 부여잡은 채 쭈그리고 앉았다.

"제가 할 이야기는 여기까지입니다." 신경과 과장이 말했다. "문 앞으로 가시면 방문하고자 하는 부활자의 정확한 위치를 안내받으실 수 있을 겁니다. 감사합니다."

수많은 사람이 앞으로 움직이면서 옷자락 쓸리는 소리가 들렸다. 다비드는 조금만 움직여도 곧바로 설사를 할 것 같았다.

"아빠, 왜 그래?"

"배가 좀 아파서. 괜찮아질 거야."

그랬다. 통증이 잠시 가라앉으면서 다비드는 똑바로 설 수 있었다. 수천 개의 머리통이 바야흐로 두 개의 더 오밀조밀한 덩어리로 나뉘어 입구 주변에 몰리는 모습이 보였다. 스투레가 고개를 저으며 말했다. "이런 식이라면 몇 시간은 걸리겠네."

에바, 거기 있어?

다비드는 시험 삼아 가장 강렬하게 끌어낼 수 있는 생각을 보내봤지만 아무런 답신도 없었다. 그들이 말하는 그 장場이라는 것은 정확히 어디부터인가? 그리고 어째서 부활자가 아니라 인간만이 서로의 마음을 읽을 수 있단 말인가?

예의바른 군중 사이에서 할 일 없이 어슬렁거리던 경찰 한 명이 다가와 인사를 했다. 다비드 일행도 인사하자 경찰은 망누스의 무릎에 놓인 바구니를 가리켰다.

"그 안에 뭐가 있니?"

"발타자르." 망누스가 대답했다.

"아이의 토끼입니다." 다비드가 말했다. "오늘이 얘 생일인데……" 그런 설명이 뭐 중요하랴 싶어 다비드는 말끝을 흐렸다.

경찰의 입에 미소가 번졌다. "그렇군요. 축하한다! 데리고 들어가려고 하는구나? 토끼 말이야."

망누스는 고개를 들어 아빠를 쳐다보았다.

"네, 그럴 생각이었어요." 다비드가 말했다. 망누스가 금방 아니라고 할까봐 거짓말을 할 엄두가 나지 않았다.

"그리 좋은 생각 같지는 않은데요."

스투레가 한 걸음 다가서서 물었다. "왜죠? 왜 애가 토끼를 갖고 들어가면 안 되냐고요."

경찰은 지시에 따를 뿐이라는 뜻으로 손바닥을 내보였다. "제가 아는 건 어떤 동물도 내부에 반입해선 안 된다는 것뿐입니다. 죄송합니다."

경찰이 가자 망누스는 바닥에 앉아 바구니를 무릎 위에 올려놓았다. "나 안 들어가."

스투레와 다비드는 서로 마주보았다. 어느 쪽도 망누스와 함께 밖에 있을 생각은 없었고, 발타자르를 차 안에 두고 가는 것도 말이 안 될 것 같았다. 다비드는 뒷짐을 진 채 어슬렁거리는 경찰을 매섭게 째려보며 생각만으로 그를 가루내버렸으면 하고 바랐다.

"잠깐 좀 걷지." 스투레가 말했다. 그들은 거대한 부채꼴로 몰려든 군중 주변을 빙 둘러 숲이 있는 곳까지 갔고, 다비드로서는 천만다행으로 간이 화장실을 두어 개 발견했다. 그는 사정을 말하고 낙서가 제일 덜한 칸으로 들어가 뱃속을 마음껏 비워냈다. 일을 다 보고 나서야 화장지가 없는 것을 알아차렸다. 남자에게 받은 전단으로 대신하려고 해도 광택지라서 오히려 더 번질 게 뻔했다. 그는 양말을 벗어 뒤를 처리하고는 구덩이에 던져버렸다.

좋아…… 이제……

다비드는 기분이 나아졌다. 만사가 잘 풀릴 것이다. 그는 맨발로 신은 신발의 끈을 조이고 걸어나갔다. 스투레와 망누스를 보니 뭔가 꿍꿍이가 있는 눈치였다.

"무슨 일 있어요?" 다비드가 물었다.

스투레가 암시장 밀매업자처럼 재킷 자락을 살짝 들추자 안주머니에서 발타자르가 머리를 쏙 내밀었다. 망누스가 킥킥거렸고, 스투레는 어깨를 으쓱했다. 이렇게 된 마당에 한번 해보는 거야. 다비드는 말리지 않았다. 뱃속을 깨끗이 비우고 나니 마음이 홀가분하고 가벼웠다. 더도 덜도 아니고 신경과 과장이 부탁한 마음가짐 그대로였다.

그들은 다시 입구로 걸어갔다. 발타자르가 셔츠를 긁작댄다고 스투레가 투덜거리자 망누스가 웃었다. 다비드는 과장된 동작으로 재킷과 씨름하는 장인을 보며 말할 수 없이 고마운 심정이었다. 장인이 없었다면 이런 분위기는 어림도 없었을 것이다. 망누스는 발타자르를 몰래 들여가느라 긴장한 나머지 곧 있을 면회는 까맣게 잊은 듯했다.

입구에 다다르자 때마침 다음 연설이 시작되었다. 그들이 자리를 비운 사이 사람 수가 훨씬 줄어든 것이, 경비원들이 유족의 신원을 철저히 확인하지 않는 모양이었다. 세 사람이 줄을 서려는데 연단에서 심상치 않은 일이 일어났다.

노파 두 명이 무대 위로 올라가 확성기 전원을 켠 것이다. 사람들이 미처 반응하기도 전에 둘 중 하나가 마이크 앞에 섰다.

"안녕하세요?" 노인은 크게 외쳤다가 자기 목소리가 너무 큰 것에 깜짝 놀라 뒤로 반걸음 물러섰다. 다른 한 명은 자기 귀에 손을 가져다댔다. 노인은 용기를 내 다시 한번 마이크에 대고 말했다. "안녕하세요! 저는 이 모든 것이 실수라는 말씀을 드리고 싶어요. 죽은 자들이 다시 깨어난 건 그들의 영혼이 되돌아왔기 때문입니다. 이건 우리 영혼에 관한 문제예요. 모두에게 큰 재앙이 따를지도 몰라요. 만약……"

그녀의 시도는 그것으로 그쳤다. 확성기가 꺼지는 바람에, 재앙을 피하기 위한 그녀의 처방은 무대 가까이 있는 사람들만 들을 수 있었다. 경비원으로 보이는 정장 차림의 덩치 큰 남자가 무대에 올라가더니 완강한 태도로 노인을 마이크에서 떼어내 연단 아래로 데려갔다. 다른 한 명도 뒤따랐다.

망누스가 물었다. "아빠, 영혼이 뭐야?"

"몇몇 사람들이 우리 몸속에 있다고 생각하는 그런 거야."

망누스는 제 몸을 이리저리 짚어보았다.

"몸속 어디?"

"정확하게 어디 있다고 할 수는 없어. 보이지 않는 유령 같은 건데, 거기서 생각과 느낌이 다 나와. 죽으면 영혼이 몸에서 날아간다고 생각하는 사람도 있어."

망누스가 고개를 끄덕였다. "나도 그런 것 같아."

"그래?" 다비드가 말했다. "아빠는 아닌데."

망누스는 심장마비라도 오는 듯 한 손을 가슴에 얹고 있는 할아버지를 쳐다보았다. "할아버지, 할아버지는 영혼 믿어?"

"그럼." 스투레가 말했다. "당연하지. 또 뭘 믿는가 하면 할아버지 셔츠에 구멍이 생기고 있다는 사실이란다. 이제 갈까?"

그들은 줄을 섰다. 앞에는 아직도 수백 명이 있었지만 줄은 빠르게 움직이고 있었다. 십 분 후면 들어갈 수 있을 것이다.

헤덴, 12:15

헤덴에 도착한 플로라는 그곳에 몰려든 수많은 인파가 급속도로 줄어드는 것을 보고 자기도 들어갈 수 있을 거라는 희망에 부풀었다. 외할아버지와는 성姓이 다르기 때문에 친척이라는 것을 증명할 길이 없었다. 서명한 서류를 받으려고 아침에 할머니에게 전화를 걸었지만, 다른 때와 마찬가지로 다른 여자가 받더니 할머니는 바쁘다고 했다.

플로라는 입구 쪽으로 몰래 다가가 한 줄에 끼어들었다. 지난 며칠 동안 일대를 비우는 경찰들에게 어찌어찌 발각되지 않고 지하실에 틀어박혀 지내는 페테르와 몇 번 통화를 했다. 그러나 어젯밤 페테르의 전화기 배터리가 수명이 다 되었고, 헤덴에서 열병에 들뜬 소동이 계속되는 한 전기가 들어오는 곳을 찾아 밖으로 나간다는 건 꿈도 꿀 수 없었다.

빌어먹을, 도대체 어떻게 해놓은 거야?

용케 나온다 해도 벌판에 둘러친 펜스를 3킬로미터는 족히 돌아가야 했다. 이틀 동안 어쩌다 한 번 밖에 나가면 헤덴에 군인들이 우글거리고 있고, 작업은 24시간 계속된다고 페테르는 말했다. 기자들은 출입이 금지됐는지 아니면 모종의 담합이 있었는지 수상의 발표 전까지는 헤덴에 관한 기사를 일절 볼 수 없었다.

플로라는 천천히 앞으로 걸음을 옮기면서 페테르에게 줄 과일이 잔뜩 든 배낭을 바로 멨다. 이 많은 사람들 사이에 서 있는 것이 참기 힘들어서 속으로 1, 2, 3, 5, 7, 11, 13, 17, 소수를 셌다.

거리에서 느낀 공포의 기류는 지금 여기서 느껴지는 기운에 비하면 아무것도 아니었다. 어디를 주시해도 똑같은 징후가 보였다. 다들 딴데 정신이 팔린 눈빛에 무언가를 각오하고 있을지언정 평소와 별로 다름없는 듯 보였지만, 내면에는 완전한 미지의 존재, 타자와 맞닥뜨린다는 공포가 심해어처럼 유영하고 있었다.

19, 23……

플로라와 달리 이곳에 모인 사람들 대부분은 부활자를 한 번도 본 적이 없었다. 그들이 여기 온 것은 가족이 영안실에서 깨어났기 때문에, 군인들이 세상을 떠나 땅속에 묻힌 사랑하는 이를 파내 폐쇄 병동으로 데려갔기 때문이었다. 최악의 경우를 상상하며 몸을 떨지 않는 게 이상했고, 실제로 지금 사람들의 상태가 꼭 그랬다. 플로라는 머릿속에 늘 들러붙어 있는 공포를 떨쳐내려고 애썼다. 다들 왜 이런 식의 재회를 결심한 건지 이해가 되지 않았다.

플로라는 고개를 숙이고 생각을 다른 데로 돌리려 애썼다.

29, 31…… 37…… 저들은 모든 걸 통제할 수 있다고 자랑하려는 거지…… 39, 아니야…… 말이 없는 썩은 얼굴, 손가락뼈…… 41…… 41……

"안녕하세요?"

생각의 안개를 뚫고 누군가의 목소리, 플로라가 잘 아는 목소리가 들려왔다. 눈을 뜨고 고개를 든 그녀는 나흘 만에 처음으로 할머니를 보았다. 무대 위였다. 바로 뒤에는 하가르가 서 있었다.

플로라는 소스라치게 놀란 나머지 힘에 대한 통제력을 잃어버렸고, 공포로 얼룩져 뒤엉킨 생각의 파도가 그녀를 압도하고 할머니의 목소리를 집어삼켰다. 엘뷔가 무대에서 끌려내려오기 전 플로라는 '영혼'에 관한 몇 마디를 알아들었다. 그녀는 그쪽으로 달려갔다.

그때까지 엘뷔의 양어깨를 잡고 있던 경비원이 엘뷔를 놔주었다. 그러고는 음향설비 옆에 서 있는 정장 차림의 남자에게 주의를 돌리더니 그와 증폭기를 각각 손가락으로 가리키면서 말했다. "……당신 저기 손대기만 해봐. 꼼짝 말고 여기 서 있어."

"할머니!"

엘뷔가 고개를 들자 플로라는 움찔했다. 지난번보다 확연히 늙어 보였다. 얼굴은 잿빛으로 푹 꺼졌고, 며칠을 못 잔 사람처럼 눈 밑이 거뭇거뭇했다. 플로라를 끌어안는 팔은 앙상하고 힘이 없었다.

"할머니, 별일 없으셨어요?"

"그래, 좋아."

"좋아 보이지 않아요."

엘뷔는 딱지가 앉은 이마의 상처를 가리켰다. "좀 피곤해서 그런가보다……"

경비원이 젊은 남자를 엘뷔 쪽으로 밀치며 말했다. "당장 여기서 나가요. 지금 당장."

많은 사람들이 플로라와 엘뷔 곁으로 모여들었다. 대부분 나이가 지긋한 여자들로, 엘뷔에게 다가와 그녀를 토닥여주고 저희끼리 속닥거리기도 했다.

"할머니." 플로라가 말했다. "뭐하고 계셨던 거예요?"

"안녕하세요." 젊은 남자가 손을 내밀어 플로라는 그 손을 잡고 흔들었다. "당신이 플로라인가요?"

플로라는 고개를 끄덕이고는 남자의 손을 놓았다. 속닥거리는 소리를 뚫고 남자의 머릿속을 읽어내기가 어려워 낯설기도 하고 당혹스러웠다. 하가르가 다가와 플로라의 팔을 토닥였다. "얘, 오랜만이구나. 잘 지냈니?"

"네." 플로라는 대답하고 나서 무대를 가리켰다. "저게 뭐예요?"

"응? 아, 미안하다." 하가르는 귀 뒤의 뭔가를 만지작거리더니 다시 물었다. "뭐라고?"

"그냥 여기서 뭐하시는지 궁금해서요."

남자가 하가르를 대신해 운을 뗐다.

"그게, 할머님이요." 그런 할머니를 뒀으니 자랑스러워해야 한다는 투였다. "사람들을 구원하라는 계시를 받으셨어요. 시간이 별로 없대요. 지금 당장 나서야 한대요. 저희는 이 어려운 사명을 돕고 있고요. 플로라는 하느님을 믿나요?"

플로라가 고개를 젓자 남자는 웃음을 터뜨렸다.

"이건 뭐 가히 코미디네요. 그날 밤 정원에 할머니와 함께 있다가 그런 일을 겪었다고 들었는데, 그렇다면 누구보다 앞서서 하느님을 영접했어야 하는 것 아닌가요……"

플로라는 아무에게도 말하지 않은 사실을 이 남자가 알고 있다는 사실에 소름이 끼칠 지경이었다. 다른 노인들의 부축을 받는 엘뷔를 보면서 플로라는 문득 할머니가 피골이 상접한 것은 사실 돕겠다고 나선 저들이 생기를 빨아먹어서가 아닐까 생각했다.

"할머니, 어떤 계시를 받으셨다는 거예요?"

"할머님이……" 남자가 다시 끼어들었지만, 플로라는 무시하고 할머니에게 걸어가 한 손을 그녀의 팔에 얹었다. 부활자들이 가까이 있어서인지 머릿속에 선명한 영상 하나가 뚫고 들어왔다. 텔레비전 화면 속, 밝은 빛에 에워싸인 한 여자.

……그들이 구원받을 수 있는 길은 나에게 오는 것뿐이다……

텔레비전이 꺼지자 영상도 사라졌다. 플로라는 할머니의 지친 눈을 똑바로 들여다보았다.

"그게 무슨 뜻이죠?"

"나도 몰라. 내가 뭔가 해야 한다는 것 말고는 모르겠다."

"하지만 할머니가 감당할 수 없는 일이에요. 전 알아요."

엘뷔는 눈을 반쯤 감고 미소지었다.

"아, 할미 생각엔 감당할 수 있을 것 같은데."

"제 전화를 안 받으시는 이유는 뭔데요?"

"앞으로는 받으마. 미안하다."

한 노인이 오더니 엘뷔의 등을 쓰다듬었다.

"이제 가요, 자매님. 다른 방도를 생각해봐야 할 때예요."

엘뷔는 힘없이 고개를 끄덕이고는 그들이 안내하는 대로 몸을 맡겼다. 플로라가 큰 소리로 외쳤다. "할머니! 저 할아버지 보러 갈 건데요!"

엘뷔가 뒤를 돌아보았다. "그래라. 내 안부 전해다오."

플로라는 어떻게 할지 몰라 두 팔을 늘어뜨린 채 그냥 그 자리에 서 있었다. 이 모든 것이 끝났을 때, 보아야 할 것을 다 보고 할머니한테 가서…… 편하게 해드려? 어쨌든 뭐든 해봐. 하지만 지금은 아니야. 지금은 지켜볼 필요가 있었다.

플로라는 사람들 뒤에 줄을 서서 엘뷔가 보내준 영상을 되새겨보았다. 이해할 수가 없었다. 텔레비전 프로그램이었나? 어렴풋하게나마 그 여자가 낯익다고 생각했지만, 정확히 누구인지는 기억이 나지 않았다.

여배우? 아빠, 모든 꽃, 그의 손, 뚜껑, 흙.

이 모든 사람에게 둘러싸여서 논리적으로 생각하기는 불가능했다. 플로라는 별수없이 자신의 생각을 상자에 밀어넣어 봉인했고, 상자는 다른 사람들의 생각의 흐름 속을 두둥실 떠다녔다. 집중할 수가 없었다.

플로라 앞에는 한 아이가 남자의 손을 붙잡고 서 있었다. 그들 옆에는 한 노신사가 안절부절못하고 있었다. 엉뚱하게도 플로라의 머릿속에 토끼의 모습이 떠올랐다. 토끼는 생각들의 흐름 속에서 잠시 폴짝대더니 관과 흙과 멍한 눈동자, 죄의식의 물결에 휩쓸려 사라져버리고 말았다.

그들이 구원받을 수 있는 길은 나에게 오는 것뿐이다.

그래. 지금 사람들은 도움이 필요해. 거기까지는 분명 이해가 됐다. 그즈음 입구에 거의 다다른 플로라는 굳이 능력을 발휘하지 않아도 사람들이 더없이 준열하고 결연한 것을 눈으로 확인할 수 있었다. 두려움을 달래려고 더없이 노력하지만 허사인 것을 알 수 있었다. 생전 처음 유령 기차에 오르는 아이들처럼. 도대체 안에 뭐가 있기에?

누군가 플로라의 등을 떠미는가 싶더니, 한 여자의 목소리가 들렸다.

"렌나르트, 왜 그래?"

남자가 목이 쉰 듯한 소리로 말했다. "음, 모르겠어…… 내가…… 내가…… 버틸 수 있을지 모르겠어."

뒤를 돌아보니 한 남자가 여자의 부축을 받고 있었다. 남자는 안색이 거뭇했고 눈을 희번덕거렸다. 플로라와 눈이 마주치자 남자는 펜스 안쪽을 가리키며 말했다. "아버지가…… 나는 싫었어. 어렸을 때 늘……"

여자는 남자의 팔을 잡아끌며 쉬잇, 하고 입을 다물게 하더니 플로라를 향해 겸연쩍은 미소를 지어 보였다. 그 찰나 플로라는 그들의 결혼생활과 남자의 유년기를 낱낱이 보았다. 진저리를 치며 물러설 정도의 것이었다.

"에바 세테르베리."

플로라 앞에서 아이의 손을 잡고 서 있던 남자가 말했다. 목록을 든 경비원이 물었다. "관계가 어떻게 되시죠?"

"남편입니다." 남자는 그렇게 말하고 아이와 노인을 가리켰다. "여기는 아들하고 아버지입니다."

경비원은 고개를 끄덕이고는 목록을 뒤쪽으로 넘기더니 손가락으로 페이지를 훑어내려갔다.

토끼, 토끼……

비버 브루노. 토끼. 호주머니 속의 새끼 토끼. 에바 세테르베리의 아들이라는 소년도 토끼 생각을 하고 있었다. 똑같은 토끼였다. 이것이 그들, 그녀 가족의 모습이었다. 가족들은 토끼 생각을 하고 있었다.

"17C." 경비원이 말하고는 구내를 가리켰다. "표지판을 따라가세요."

가족들은 지체 없이 입구를 통과했다. 플로라는 안도감을 감지하며 17C를 기억해두었다. 경비원이 그녀에게 빈틈없는 눈초리를 보냈다.

"토레 룬드베리." 플로라는 말했다.

"관계는?"

"외손녀예요."

경비원은 플로라의 옷차림과 검게 칠한 눈두덩, 부풀린 머리를 품평하듯 하나하나 뜯어보았다. 플로라는 통과하지 못하리라는 것을 알아차렸다.

"증명할 수 있어요?"

"아뇨." 플로라가 말했다. "못하겠는데요."

언쟁을 벌여봐야 소용없었다. 경비원은 자갈을, 도로에 박힌 자갈을 파내는 젊은이들을 생각하고 있었다.

플로라는 입구에서 떨어져나와 마름모꼴로 엮인 철사를 손가락으로 쭉 훑으며 펜스를 따라 걸었다. 수많은 상념의 파도가 걷히고 멀리 갈수록 더욱 희미해지는 게, 마치 폭풍우를 피해 집안으로 들어간 것 같았다. 내면에 도사리고 있던 사람들이 물러갈 때까지 계속 걷다가 풀밭에 앉아 시달린 마음을 달랬다.

이젠 됐다 싶어 다시 펜스를 따라 걸었고, 그녀의 모습이 건물 모서리에 가려져 입구의 경비원들에게 보이지 않는 곳까지 갔다. 펜스는 내칠 사람들과 들여야 할 사람들 모두와 불통하는 옹고집처럼 보였다. 군대 특유의 신경증.

펜스를 기어올라가는 건 별일 아니었지만, 건물 앞 공터가 문제였다. 놀랍게도 그곳에는 경비원이 한 명도 없었다. 콘서트장이었다면 20미터마다 배치되어 있었을 것이다. 몰래 숨어들어갈 사람이 있으리라는 계산까지는 못한 모양이었다.

그러면 펜스는 왜 친 거야?

플로라는 배낭을 머리 위로 던졌다. 가장 좋아하는 스니커즈가 해져서 부츠를 신은 것이 새삼 다행이다 싶었다. 부츠의 뾰족한 코가 넓은 간격으로 엮은 철조망 구멍에 딱 맞아 십 초 만에 펜스를 넘을 수 있었다. 반대쪽으로 넘어가 몸을 납작 엎드렸지만, 전화선에 올라탄 백조처럼 눈에 띄는 마당에 애먼 짓이었다. 아무튼 전혀 들키지 않고 잠입에 성공했다는 결론을 내린 플로라는 배낭을 다시 짊어지고 건물을 향해 걸어갔다.

코홀마, 12:30

말레르는 지금 처한 상황을 진작 대비하고 있었다. 선창의 배에 고인

물을 빼고 연료를 채워두었다. 말레르는 엘리아스를 배에 내려놓고 자기도 올라타 안나가 건네주는 가방들과 아이스박스를 받았다.

"구명재킷은요?" 안나가 물었다.

"시간이 없다."

말레르는 오두막 옷걸이에 구명조끼가 몇 벌 걸려 있는 것을 보았지만, 엘리아스의 조끼는 이제 아이가 커서 맞지 않는다는 것도 알았다.

"지금 얘는 더 가벼운데." 안나가 말했다.

말레르는 고개를 젓고 가방들을 쟁였다. 부녀는 바닥에 담요를 깔아 엘리아스의 잠자리를 마련했고, 말레르가 시동을 거는 동안 안나가 밧줄을 풀었다. 엔진은 오래된 20마력짜리 펜타였다. 줄을 잡아당기면서 말레르는 수세기 동안 선외 모터를 가동하려다가 심장마비를 일으킨 사람이 정확한 통계로 얼마나 되는지 궁금해졌다.

……령을…… 오……르는군…… 엘케……

여덟번째 시도에도 시동이 걸리지 않아서 잠시 쉬었다. 말레르는 고물에 앉아 무릎에 팔을 올려놓았다.

"안나, 너 방금 '요령을 전혀 모르는군, 멜케르 씨'라고 말했니?"

"아뇨." 안나가 대답했다. "하지만 그런 생각은 했어요."

"아."

말레르는 엘리아스를 바라보았다. 아이의 쪼그라든 얼굴은 조금도 변화가 없었고, 반쯤 감긴 검은 눈동자는 하늘을 응시하고 있었다. 함께 선창으로 내려가면서 말레르는 그때까지 단순한 짐작에 가까웠던 것이 확신으로 굳어지는 것을 느꼈다. 엘리아스는 더 가벼워졌다. 나흘 전 무덤에서 처음 안아들었을 때보다 훨씬 더.

생각할 겨를이 없었다. 아론손이 전화를 걸기 전까지, 사람들이 오기 전까지 시간이 얼마나 있을까? 말레르는 눈을 비볐다. 살짝 두통이 일기 시작했다.

“진정하세요.” 안나가 말했다. “제가 장담하는데, 최소한 삼십 분은 걸릴 거예요.”

“이제 좀 그만하지 그러니?” 말레르가 말했다.

“뭘 그만해요?”

“내…… 머릿속에 들어앉은 것처럼 굴지 말라고. 나도 알아들었다. 증명까지 할 필요는 없어.”

안나는 아무 말 없이 긴 의자에서 기어내려가 엘리아스가 누워 있는 담요 위에 앉았다. 땀방울이 흘러들어가 말레르는 눈이 따가웠다. 모터로 다가가 우악스레 줄을 잡아당기면서 끊어지지 않을까 생각했다. 하지만 부르릉 소리와 함께 엔진이 살아났다. 초크를 풀고 기어를 운전 모드로 맞추자 배는 물살을 타고 앞으로 나아갔다.

안나는 엘리아스의 머리에 가만히 뺨을 대고 앉아 있었다. 그녀의 입술이 씰룩거렸다. 눈가에 맺힌 땀을 손으로 털어내던 말레르는 자기가 끼어들 수 없는 어떤 비밀이 존재한다는 생각이 들었다. 부활자들과 관련한 텔레파시 현상에 대해 읽어봤지만, 안나의 속내는 읽을 수 없었다. 안나는 손바닥 들여다보듯 그의 의식을 훤히 꿰뚫어보는데, 어째서?

해상예보가 장담한 대로 바람은 약하게 불다가 잔잔해졌다. 해협에서 멀어져가는 플라스틱 선체에 파도가 철썩이며 부딪혔다. 멀리서 이따금 만灣을 따라 하얗게 부서지는 파도가 보였다.

“어디로 가는 거예요?” 안나가 소리쳤다.

말레르는 뻔댈 셈으로 대답 대신 랍셰르 섬이라고만 생각했다.

안나가 고개를 끄덕였다. 말레르는 스로틀을 최고로 올렸다.

핀란드 노선에 이르기 전 근방에 페리가 있는지 알아보려는데 깜빡 잊고 지도를 가져오지 않은 것을 깨달았다. 말레르는 눈을 감고 머릿속에 항로를 그려보았다.

페얀…… 순셰르…… 렘마르그룬데트……

페리 노선대로만 따라가면 문제될 것이 전혀 없었다. 바로 앞에 만셰르 섬의 라디오 마스트가 나타나면 남쪽 방향으로 돌아야 하는 것도 기억이 났다. 그러나 험난한 항로였다. 함셰르 부근은 물살이 만만치 않은데다 암초가 줄줄이 박혀 있었다.

말레르가 힐끗 보자 안나는 헤아리기 힘든 표정으로 그를 마주보았다. 그녀는 지도가 없다는 것을, 그래서 자칫하면 길을 잃을 수 있다는 것을 알고 있었다. 아마 그가 머릿속으로 지도의 면면을 그려본 것도 알았을 것이다. 불쾌했다. 투시거울로 감시당하는 기분이었다. 자기 생각을 안나가 읽을 수 있다는 것이 마뜩잖았다. 속마음이 읽힌다는 사실을 마뜩잖아한다는 것까지 안나가 알 수 있다는 것도 마뜩잖았다. 또 마뜩잖은 게……

그만!

늘 이 모양이었다. 엔진을 가동할 때 말레르는 한순간이나마 안나의 말을 들었다. 왜 그때만? 그 말을 들었을 때 내가 뭘 했지……?

고개를 든 순간, 말레르는 심장이 철렁 내려앉는 듯했다. 미처 주변을 살피지 못하고 있었다. 물살을 헤치는 배 옆으로 지나가는 섬들이 이렇다 할 특징 없이 생소해 보였다. 그렇게 생각한 지 불과 이 초쯤 지났을까. 안나가 허리를 펴고 난간 너머를 보았다. 말레르는 점점 공포에 질려가는 눈으로 윤곽이 흐릿해진 대륙을 이리저리 훑어보았다. 아무것도 없었다. 어딜 봐도 섬뿐이었다. 술에 취해 정신을 잃었다가 처음 보는 방에서 깨어난 기분이었다. 다른 세상에 와 있는 듯 더없이 혼미했다.

안나가 난간 너머 저멀리 항구를 가리키며 큰 소리로 말했다. "저게 보트베세르인가요?"

말레르는 눈부신 햇살 아래 실눈을 뜨고 섬 끄트머리에 붙어 있는 흰 점을 보았다. 보트베세르? 그렇다면 정면에 보이는 저 점은 랑카뢰그룬드…… 그렇다. 지도와 맞아들어갔다. 배를 동쪽으로 돌린 지 일 분 만에 말레르는 다시 본류로 들어섰다. 안나를 바라보며 생각했다. 고맙다. 안나는 고개를 끄덕이고 엘리아스를 돌아보았다.

십오 분 정도 서로 침묵을 지키는 사이 배는 렘마르그룬드에 가까워졌다. 말레르가 남쪽을 보며 배를 돌릴 후미를 찾는데 모터의 굉음 사이로 어떤 소리가 들려왔다. 깊은 곳에서 묵직하게 두들겨대는 소리. 주변을 둘러보았지만 예상과 달리 페리는 단 한 대도 보이지 않았다.

푸움푸움푸움.

머릿속에서 들리는 것일까? 부엌에서 말레르의 몸을 관통했던 윙윙 소리와는 전혀 달랐다. 다시 뒤돌아본 말레르는 비로소 소리의 근원을 눈으로 확인할 수 있었다. 헬리콥터였다. 말레르가 마음속으로 헬리콥터를 그리기 무섭게 안나는 바닥에 넙죽 엎드리더니 엘리아스를 담요로 덮었다.

어떤 행동을 취하면 좋을지 온갖 방도를 생각해보던 말레르는 답은 한 가지뿐이라는 것을 깨달았다. 가만히 앉아 아무것도 하지 말 것. 그들은 지금 망망대해 위 쪽배에 탄 신세였다. 어떻게 해도 숨거나 방어할 도리는 없었다. 헬리콥터(말레르는 그제야 그것이 군용기임을 알아보았다)는 거의 머리 바로 위에 떠 있었고, 영화 〈지옥의 묵시록〉의 장면들이 말레르의 머릿속을 섬광처럼 뚫고 지나가기 시작했다. 방아쇠 위의 엄지손가락, 로켓, 폭포처럼 쏟아지는 물, 박살나는 배, 허공을 족히 몇 미터는 날아가는 세 사람, 다른 시점에서 언뜻 대륙이 보이는가 싶더니 곧바로 모든 것을 뒤덮는 암흑.

스웨덴. 말레르는 생각했다. 스웨덴이라고. 스웨덴에서 그런 일이 일어날 리 없잖아.

헬리콥터가 그들을 지나칠 때 말레르는 온몸이 굳는 느낌이었다. 메가폰을 통해 가령 "엔진을 끄시오" 같은 말이 들릴 거라고 예상했다. 그러나 헬리콥터는 표연히 남쪽으로 방향을 돌려 점점 작아져갔다. 말레르는 한시름 놓으며 웃음을 터뜨렸고, 동시에 자괴감에 시달렸다.

섬. 자유. 과연. 게다가 거대한 함셰르 군사기지가 있는 군도 외곽으로부터 1해리도 안 되는 거리다. 그렇다 한들 문제될 게 있을까?

절대로 발각되어서는 안 되는 편지가 있다면 어디에 감추겠는가? 물론 쓰레기통이지.

어쩌면 호재로 작용할 수도 있었다.

작아져가는 헬리콥터를 줄곧 눈으로 좇다가 후미를 발견한 말레르는 황급히 배의 방향을 틀어 적의 자취를 따라갔다.

수심이 하도 얕아서 위험하기 짝이 없는 암초들이 수면 위로 불쑥불쑥 솟아 있었는데, 마치 초록빛 반점 같은 그곳에 파도가 부딪히면 포말이 각각 다른 모습으로 흩어졌다. 말레르는 자신이 길을 꽤 잘 기억하고 있는 데 놀랐다. 절반 속도로 이십 분을 더 가서 그들은 목적지에 도착했다.

말레르는 무엇보다도 별장에 사람들이 있을까봐 속이 탔다. 일 년 중 이맘때는 어지간해선 아무도 없겠지만 장담할 수는 없는 노릇이었다. 그는 2노트 정도로 속도를 줄여서 섬과 섬 사이의 좁은 해협을 미끄러지듯 통과했다. 선창에 정박한 배가 한 척도 없다는 것은 섬에 아무도 없다는 거의 확실한 증거였다.

한 시간 남짓 배를 몰다보니 바람 때문에 살이 에일 지경이었다. 시동을 꺼 배가 물결을 타고 선창에 가닿게 했다. 섬과 섬 사이로 들어오니 바람이 거의 불지 않았고 적막하니 분위기도 좋았다. 잔잔한 바닷물 위로 오후의 햇살이 반짝였고 모든 것이 안온히 잠들어 있었다.

전에도 몇 번 와본 곳이었다. 바위에 앉아 샌드위치를 먹고 수영을 했었다. 올란드 해의 거의 끄트머리에 있는 이 황량한 섬이 말레르는 좋았다. 섬에서 둘뿐인 건물인 낚시 전용 별장 중 한 채를 언젠가 매입하겠다고 꿈꾼 적도 있었다.

안나가 허리를 펴고 앉아 난간 너머를 바라보았다. "아름답네요."

"그래."

물가에서 섬 안쪽까지 쭉 펼쳐진 암석 위를 야트막한 향나무가 뒤덮고 있었다. 오리나무가 드문드문 보일 뿐, 덤불이 무성한 황야였다. 작은 섬이라 십오 분이면 걸어서 다 둘러볼 수 있을 정도였고, 이렇다 할 초목도 별로 없었다. 누가 있건 낱낱이 정체가 밝혀질 만큼 좁은 곳이었다.

부녀는 조용히 배를 묶고는 엘리아스와 별장에서 가져온 짐을 옮겼다. 지난 며칠 동안 말을 한 사람은 주로 말레르였지만, 이제 그도 말할 필요가 없어지자 침묵이 내려앉았다.

그들은 담요로 둘둘 만 엘리아스를 바닥에 내려놓고 열쇠를 찾기 시작했다. 집 뒤로 50미터 떨어져 있는 재래식 화장실을 확인해보니 구덩이 바닥이 바짝 말라 있었다. 사람의 발길이 끊어진 지 오래됐다는 것을 알 수 있었다. 그들은 계단 주변에 굴러다니는 돌덩이 밑, 움푹 팬 곳, 통나무 아래도 살펴보았다. 열쇠는 없었다.

말레르는 공구를 꺼내 바위 위에 늘어놓고 안나와 눈빛을 교환하는 것으로 동의를 얻었다. 문틈에 쇠지레를 끼우고 망치로 힘껏 두들겨 더 깊숙이 밀어넣은 뒤 압력을 가했다. 자물통이 금세 벌어졌고, 문틀이 조금 썩어서인지 장붓구멍이 떨어지면서 문이 활짝 열렸다.

퀴퀴한 공기가 훅 끼쳐오는 것이, 별장은 예상외로 통풍이 잘되지 않는 모양이었다. 이곳에 얼마나 오래 머물러야 할지 모르는 그들로서는 좋은 징조였다. 말레르는 자물쇠를 살펴보았다. 문설주가 큼지막하게 떨어져나가는 바람에 주인이 누구든 고치기는 어려워 보였다. 말레르는 한숨을 내쉬었다.

"문 수리비를 조금이라도 남겨놓고 떠나야겠다."

주변을 둘러보던 안나는 오후 햇살에 몸을 적시는 섬을 물끄러미 바라보다 말했다. "거금을 내놓아야 할지도 모르죠."

별장은 방이 두 개에 대략 20평방미터쯤이었다. 전기도 수도도 들어오지 않지만, 부엌에 가보니 2구짜리 버너가 커다란 프로판가스통에 연결되어 있었다. 싱크대 위에는 수도꼭지가 달린 물탱크가 놓여 있었다. 말레르가 들어보니 탱크는 텅 비어 있었다. 그는 이마를 철썩 쳤다.

"물." 그가 말했다. "물을 안 가져왔네."

안나가 엘리아스를 침대에 누이려 옆방에 데려가다 말고 말했다. "뭐 그렇게까지 놀라실 것 있어요?" 그녀는 턱끝으로 아이를 가리켰다. "그냥 바닷물을 줘도 되지 않나요?"

"물론 그래도 되지." 말레르가 대답했다. "하지만 너하고 나는 어쩌고? 우리까지 바닷물을 마실 순 없잖니."

"민물이 전혀 없을까요?"

안나가 엘리아스를 누이는 동안 말레르는 부엌을 뒤져보았다. 접시, 스푼, 나이프, 포크 등 거추장스러워서 챙기지는 못했지만 아쉬웠던 것이 꽤 많이 나왔다. 그러나 물은 없었다. 가스탱크에 연결된 냉장고를 마지막으로 열어보니 케첩 한 병과 토마토소스에 절인 정어리 통조림 두 캔이 보였다. 가스탱크 뚜껑을 머뭇머뭇 돌려 열어보니 텅 비어 있었다.

버너에 연결된 가스통은 열려고 하기가 무섭게 쉭쉭 소리가 나서 재빨리 잠갔다.

물.

물이 필요하다는 것은 너무도 당연한 일이라 도리어 잊은 셈이었다. 물이 없었던 적은 없었다. 스웨덴에서는 사람 사는 집이라면 모두 우물이 있었고, 그렇지 않더라도 지척에 있었다.

물론 군도에서는 예외였다.

부엌 한가운데 서 있는 그에게 트롤 그림이 보였다. 불에 직접 생선을 굽는 두 명의 트롤. 어렸을 때 그의 침대 위에 거의 똑같은 그림이 걸려 있었다. 비록…… 아니, 아니다. 그가 어렸을 적에는 트롤이 그림에 등장한 적이 없었다.

말레르는 마지막으로 다시 한번 부엌을 둘러보았지만 물은 어디에도 보이지 않았다.

한 침대에 엘리아스를 뉘어놓은 안나는 아이 위로 몸을 수그리고 벽의 그림을 유심히 살펴보았다. 두 트롤이 불에 생선을 굽고 있는 그림이었다.

"이거 보세요." 그녀가 말했다. "거의 똑같은 그림이 옛날에……"

"네가 어렸을 적에 네 침대맡에 걸려 있었지."

"맞아요. 어떻게 아셨어요? 엄마랑 제가 살던 집에 오신 적은 한 번도 없지 않아요?"

말레르는 의자에 앉았다.

"들었어." 그가 말했다. "이따금 생각이 들린다."

"혹시……" 안나가 턱끝으로 엘리아스를 가리켰다. "저애가 하는 생각도 들리세요?"

"아니, 그건……" 말레르는 말을 멈추었다. "혹시 너는 들리냐?"

"네."

"왜 아무 말 안 했니?"

"말씀드렸는데요."

"말하긴 뭘 해."

"했어요. 아빠가 안 들으신 거죠."

"제대로 분명히 말했으면……"

"아빠 생각부터 읽으세요." 안나가 말했다. "지금만 해도 그래요. 네, 엘리아스의 생각이 들려요, 저는 저애가 무슨 생각을 하는지 알아요, 제가 이렇게 말하는 순간에도 아빠는 무슨 생각? 하고 묻는 대신 제 코를 납작하게 해줄 생각뿐이잖아요."

말레르는 엘리아스를 바라보며 머릿속을 비우려고, 받아들이려고, 아이가 자기 생각을 쓸 수 있는 빈 석판이 되려고 애썼다. 머릿속이 윙윙거렸고, 이미지의 파편들이 미처 붙잡을 새도 없이 휙휙 지나가 사라져버렸다. 그것들은 손 하나 까딱할 필요 없이 곧바로 그의 생각이 되었다. 그는 자리에서 일어나 아이스박스에서 우유팩 하나를 꺼내 입을 대고 몇 모금 들이켰다. 그러는 내내 그를 주시하는 안나의 시선이 느껴졌다. 말레르는 딸에게 우유를 건네며 생각했다. 좀 마실래?

안나는 고개를 저었다. 말레르는 입을 훔치고 우유를 제자리에 놓았다.

"그래, 재가 뭐라던?"

안나의 양쪽 입꼬리가 살짝 올라갔다. "절대 듣고 싶지 않으실 텐데요."

"무슨 뜻이냐?"

"저애가 하는 말이 그래요. 아빠 들으시라고 하는 말은 아니라 말씀 안 드릴래요, 아시겠어요?"

"그것참 웃기는 얘기구나."

"그럴지도 모르죠. 하지만 상황이 그렇다고요."

말레르는 두어 걸음 떼어 방을 지나 커다란 책상 위에 놓인 방명록을 집어들고 몇 페이지 훑어보았다. 낚시 별장에 대한 칭찬과 묵게 해줘서 감사하다는 등의 사연을 읽으며 우리도 떠나기 전에 무슨 말이든 써야 할까 생각했다. 그는 돌아섰다.

"네가 다 꾸며내고 있는 거야." 그가 말했다. "아무것도 없다고…… 죽은 사람이…… 산 사람과 소통할 수 있다는 말은 한 번도 들어본 적이 없어. 네가 그렇게 상상하는 것뿐이다."

"죽은 자와 소통하길 바란 사람이 한 명도 없었나보죠."

"아, 정말 너라는 애는. 그래, 그애가 뭐라는데?"

"아까 말씀드렸잖아요……"

안나는 침대 끝에 앉아 말레르를 바라보고 있었다. 그 눈빛에는…… 동정이 묻어났다. 말레르는 속에서 끓어오르는 분노를 느꼈다. 이건 공정하지 않았다. 엘리아스를 구한 건 그였다. 지금까지 아이를 호전시키려고 고군분투한 것도 그였다. 그러는 동안 안나는…… 손을 놓고 꼼짝하지 않았다. 그는 안나에게 한 걸음 다가가 손가락을 들었다.

"넌 절대로……"

엘리아스가 침대에서 몸을 일으켜 앉아 그를 노려보았다. 말레르는 숨을 들이쉬고 뒤로 물러났다. 안나는 움직이지 않았다.

뭐지, 이게……

혈관이 터진 것처럼 관자놀이가 찌릿하며 말레르의 몸이 기우뚱했고, 그 바람에 하마터면 러그에 걸려 넘어질 뻔했다. 책상에 몸을 기대자, 머리통을 부숴버릴 기세였던 두통이 썰물처럼 빠르게 밀려나더니 씻은 듯 사라져버렸다. 말레르는 본능적으로 두 팔을 앞으로 뻗으며 말했다. "안 할게…… 안 하마……" 뭘 안 하겠다는 건지 스스로도 알지 못하면서.

안나와 엘리아스는 나란히 앉아 말레르를 보고 있었다. 참을 수 없이 불쾌해진 그는 자신을 보호할 요량으로 두 팔을 여전히 앞으로 뻗은 채 방에서 물러났다. 오두막을 벗어나 바위까지 갔다.

무슨 일이 일어나고 있는 거지?

말레르는 가능한 한 별장에서 멀리 벗어났다. 무거운 몸으로 바위를 디디려니 발이 다 아팠다. 별장에서 보이지 않도록 바위벽 뒤로 기다시피 가서 바람을 피했다. 그곳에 앉아 바다를 바라보았다. 저멀리 이따금 갈매기가 날아다녔다. 먹잇감이 없는지 자맥질은 하지 않았다. 말레르는 두 손에 얼굴을 묻었다.

난…… 궁지에 몰린 거야.

딸과 손자는 그를 원하지 않았다. 내가 뭘 어쨌다고? 안나는 마치 폭탄을 투하하기 전에 그 스스로 찬밥 신세라는 것을 자각하도록 때를 기다린 것 같았다. 도망갈 구멍 하나 없는 이곳에 도착하자마자 기다렸다는 듯 기회를 낚아챈 것이다.

말레르는 돌멩이 하나를 주워 갈매기에게 던졌지만, 몇 미터 비껴 날아갔다. 저멀리 수평선에 뜬 흰 돛단배가 상어 지느러미처럼 보였다. 그는 손으로 바위를 찰싹 쳤다.

어디 저희끼리 한번 해보라지. 해보라고.

말레르는 생각을 차단했고, 아예 지워버리려고 했다. 혹시 저애들이 생각을 듣는 건 아닐까?

다른 무엇보다도 생각하는 것까지 눈치를 봐야 한다는 사실에 더욱 부아가 치밀었다. 그는 혼자였지만 마음 편히 혼자일 수 없었다.

이럴 거라고는 상상하지 못했다. 전혀.

헤덴, 12:50

건물들을 향해 한 걸음 한 걸음 다가서면서 플로라는 장의 기운이 점점 세지는 것을 느낄 수 있었다. 입구 바깥에서는 머릿속에 실개천이 흐르는 정도의 감각이었다면, 지금은 점점 짙어지는 안개 속을 헤매는 것과 같았다. 그리고 안개가 소리를 증폭시키듯, 한 사람 한 사람의 생각이 멀리서 외치는 소리처럼 희미하지만 똑똑하게 들렸다. 건물들 사이에 이르렀을 때 플로라는 멈춰 서서 그 기운을 흡수했다.

이런 장은 이제껏 한 번도 경험한 적이 없었다. 장에는 의식, 수많은 의식이 가득했지만 다만 그곳에 있을 뿐이었다. 강렬한 존재감을 내뿜을 뿐 사고思考는 하지 않았다. 그럼에도 그것들은 엄연한 사고였다. 장 내부에 있으니 공포에 찬 머릿속 비명이 들렸고, 전류가 흐르면 전도체가 데워지듯 그 외침으로 인해 장의 기운이 점점 더 강렬해지는 것이었다.

너희가 우리를 두려워할수록 우리는 더욱 거대해질 것이다.

플로라는 벽에 몸을 기댔다. 그녀에게 허락된 공간이 부족한 느낌이었다. 지금 그녀의 머릿속에서는 이 근방의 모든 일이 마이크로 버전으로 펼쳐지고 있었다. 주로 공포와 절망이었다. 인간 밑바닥의 감정, 파충류와 비슷한 수준의 감응. 사방에서 육박해오는 장의 기운에 시달리던 플로라는 이런 정도라면 육안으로 볼 수 있어야 한다고, 아스팔트 위로 솟아오르는 열기의 아지랑이처럼 대기중에 거칠게 놀쳐야 마땅하다고 생각했다.

이건 좋지 않아…… 위험해.

플로라는 두 손으로 머리를 감싸고 몇 발짝 걸어가 1층 발코니 창문 안을 들여다보았다. 가구가 없는 거실이 보였다. 파란색 병원 가운과 바지를 입은 누군가가 바닥 한가운데 앉아 있었다. 남자라고도 여자라고도 할 수 없는, 그저 형체였다. 머리카락은 거의 한 올도 남아 있지 않았고 이목구비는 쭈그러들었으며, 누렇게 변색된 피부는 구색을 맞추려고 임시로 뼈에 덮어놓은 듯한 모습이었다. 살도, 근육도 없었다. 바닥에 앉아 있는 그 존재가 인간이라면, 몇 주 동안 못에 걸린 머리통도 인간이라고 할 수 있을 것이다.

그런 몸으로 버티고 있다는 게 신기했다. 그 형체는 두 다리를 앞으로 뻗은 채 긴장한 자세로 꼿꼿이 앉아 바로 앞의 한 지점만 뚫어져라 보고 있었다. 두 눈이 해골 속에 파묻히다시피 해서 어디를 보는지 가늠하기는 어렵지만 머리가 전방을 향해 있었다.

그것의 다리 사이에서 개구리 한 마리가 팔짝팔짝 뛰고 있었다. 한순간 플로라는 진짜 개구리인 줄 알았지만 기계적인 동작을 몇 초 정도 보고 장난감이라는 것을 알았다. 개구리는 위로, 아래로, 위로, 아래로 뛰었고, 시체는 멍하니 입을 벌린 채 눈으로 그 움직임을 좇고 있었다. 창문 너머 째까닥, 째까닥 소리가 가만히 들렸다.

개구리의 동작이 느려지면서 뛰어오르는 강도도 약해졌다. 마침내 죽을 때처럼 두 다리가 미약하게 파르르 떨리더니 움직임을 완전히 멈추었다.

시체는 몸을 수그려 한 손을 뻗더니 개구리를 두어 번 툭툭 쳤다. 미동도 없자 개구리를 눈높이까지 들어올리고 금속성 광택이 나는 매끈한 몸체를 뼈만 남은 손가락으로 만지며 유심히 살펴보았다. 그러더니 태엽을 찾아서 돌리고 또 돌렸다. 바닥에 내려놓자 개구리는 다시 뜀을 뛰기 시작했다. 시체는 방금 전처럼 주의깊게 개구리를 관찰했다.

플로라는 창문에서 돌아섰다. 내면에서는 여전히 다른 존재들이 고통스러운 비명을 지르고 있었다. 플로라는 쩌렁쩌렁 울려대는 머리를 절레절레 흔들었다. 가장 가까운 뜰로 가자 잿빛 건물들의 정면이 시야에 들어왔다. 새로 보수한 창문들이 쭉 늘어서 있고, 현관문 사이 공간이 텅 빈 것을 보니 다들 가족들을 보러 들어간 것 같았다.

지옥. 여긴 지옥이야.

예전에 플로라는 이곳이 기이하다고 생각했었다. 쓰레기 더미에 다 쓰러져가는 아파트, 싸워대는 사람들. 그러나 지금의 분위기에 비하면 아무것도 아니었다. 보도는 먼지 한 점 찾아볼 수 없이 깔끔히 치워져 있고 소독약 냄새가 공기중에 감돌았다. 시체들의 거처가 마련되었다고는 하나, 어디까지나 새로운 무덤에 불과했다. 무덤 속에 가만히 앉아서 끝없이 되풀이되는 동작만 뚫어져라 바라보는 것. 지옥.

플로라는 뜰 한가운데까지 나왔다. 원래 놀이터로 계획된 자리였지만 그네 지지대와 벤치 몇 개가 있을 뿐 휑뎅그렁했다. 플로라는 털썩 주저앉아 손바닥 아랫부분을 눈에 대고 태양이 폭발하는 광경이 보일 때까지 눌렀다.

그러나 장은…… 그 존재감은……

등이 잔뜩 굽은 남자와 여자가 건물 밖으로 걸어나왔다. 남자는 여자를 시체로 간주하는 문제를, 여자는 엄마의 무릎으로 기어올라가는 소녀를 생각하고 있었다.

플로라는 배낭을 벤치 옆에 놓고 몸을 웅크렸다. 페테르의 집이 200미터 떨어진 곳에 있었지만 거기까지 갈 힘도 없었다. 장의 기운이 조금 수그러들기를 바랐지만 어느 한곳 빠짐없이 강렬한 움직임으로 가득했고, 혐오와 부인의 불협화음이 그 기세에 더욱 부채질하고 있었다.

뒤쪽 어디에선가 유리가 깨졌다. 뒤돌아보자 때를 맞춘 듯 번득이는 파편들이 바닥으로 떨어져 산산조각났다. 어디선가 비명이 들려왔다. 이상하지만 플로라는 장의 기운이 가라앉는 것을 느꼈다. 압력이 점점 약해지기 시작했다. 그녀는 미소지었다.

슬슬 시작이구나.

그랬다. 그것은 먼 곳의 콧노래처럼, 여름밤의 모기처럼 보이지 않지만 소리만으로 그렇게 시작되었다. 다른 소리들을 가르면서 다가왔다.

무엇인가 다가오고 있었다.

이제 찌를 듯이 날카로운 소리는 물리적인 형태를 갖추고 하나의 힘이 되어 곧장 그녀를 향하더니 머리를 오른쪽으로 내리눌렀다.

타고난 능력이었을까? 그녀는 그 소리가 들리는 정확한 지점을 한 치의 오차도 없이 정확하게 짚어낼 수 있었다. 왼쪽으로 10미터 떨어진 곳이었다. 그녀가 보지 못하도록 막는 것으로 판단할 때 중요한 장소임을 알 수 있었다.

소리의 진원은 위치를 옮기며 그녀에게서 멀어져갔다.

난 두렵지 않아!

그녀는 무거운 짐을 지고 일어서듯 목 근육을 바짝 긴장하며 고개를 왼쪽으로 돌렸다. 그리고 보았다.

그녀 자신이 그녀에게서 멀어져가고 있었다.

뜰을 가로질러 걸어가는 소녀는 그녀가 입은 것과 똑같은, 너무 헐렁한 옷을 걸치고 있었다. 똑같은 배낭에, 똑같이 들쭉날쭉한 빨간 머리였다. 유일하게 신발만 달랐다. 소녀가 신고 있는 것은 그녀가 가장 아끼는 해져버린 스니커즈였다. 하지만 지금 그것은 멀쩡했다.

등뒤로 플로라의 시선을 느꼈는지 소녀가 멈춰 섰다. 머릿속에서 쇠붙이를 끽끽 긁어대는 듯한 소리는 약해질 줄 몰랐고, 소녀가 다시 움직이기 시작해 통로를 따라 옆의 뜰로 내려갈 때 플로라는 일어나서 따라갈 엄두조차 낼 수 없었다. 다리 힘이 쭉 빠져버렸다. 플로라는 무너지듯 벤치에 앉아 흐느껴 울면서 시선을 돌렸다. 끽끽거리는 소리가 그쳤다.

플로라는 눈을 감고 배낭을 베개 삼아 벤치에 누운 다음, 소녀를 보았던 반대쪽으로 돌아누워 두 팔로 몸을 감쌌다.

봤어. 그녀는 생각했다. 그게 여기에 온 거야. 내가 봤어.

헤덴, 12:55

17C를 찾기는 쉽지 않았다. 병동 표지판을 새로 달아놓았지만, 예전 것도 없애지 않았기 때문이다. 그 결과 똑같이 생긴 집들의 블록 사이사이 서로 다른 거리명이 적힌 이정표들이 뒤죽박죽 섞여 있었다. 다들 실험용 쥐처럼 우왕좌왕하면서도 누구 하나 멈춰 서서 길을 묻지 않는 광경이 미로를 방불케 했다.

정신을 가다듬는 것도 어려웠다. 집중하기가 힘들었다. 다비드가 시스템을 이해했다고 생각하자마자 다른 번호, 다른 의식 등 혼란스러운 남의 생각이 끼어들었다. 마치 떠오르는 대로 아무 숫자나 읊어대는 사람 옆에서 암산을 하는 것 같았다. 숫자가 아니라면 탐색과 공포, 그 모든 기저에서 우르르 울려대는 엄청난 진동이었다.

한잔. 술. 진정.

술에 대한 걷잡을 수 없는 욕구가 발톱을 내리박았지만, 다비드는 그의 것인지 아니면 스투레의 것인지 분간할 수 없었다. 둘의 열망이 합쳐진 것인지도 몰랐다. 어느 입안에서 출렁거리는, 와인과 위스키의 혼합물.

텔레파시가 당혹스러운 것은, 스투레와 망누스와 남들의 생각을 읽을 수 있다는 사실보다 정작 그중 무엇이 자기 생각인지 알 수 없다는 점이었다.

그제야 다비드는 병원이 왜 통제 불능의 상황이었는지 실감했다. 그래도 사실 남들의 생각은 대개 더 흐릿해 그들의 목소리와 이미지는 배경처럼 뒤편에 물러나 있었다. 갈피를 잡지 못하고 십 분 동안 배회하고 나니 다비드도 북새통 속에서 자신의 의식을 가려낼 수 있게 되었다. 그러나 한데 모인 부활자들이 가까워지면서 그마저도 거의 불가능해졌다. 그 모든 '나는'과 '나를'이 수채화 물감처럼 경계 없이 서로 넘나들고 있었다.

"아빠, 나 힘들어." 망누스가 말했다. "거기가 도대체 어디야?"

그들은 뜰과 뜰 사이 통로에 서 있었다. 건물을 드나드는 사람들은 대개 원하는 병동을 제대로 찾은 눈치였다. 스투레는 소매로 이마의 땀을 닦으며 벽에 박힌 숫자들을 보다가 말했다. "병신들. 숫자까지 동원해서 잘들 논다. 아야!"

스투레가 주먹을 쥐고 가슴께로 올렸다가 멈췄다.

"제가 데리고 있을까요?" 다비드가 물었다.

"응."

스투레는 주변을 둘러본 다음 재킷 자락을 열었다. 셔츠 가슴께에 구멍이 나 있었다. 발타자르가 버둥거리며 주머니 안에서 나오려고 했다. 다비드는 토끼를 받아든 뒤 이제 그의 두 손에서 몸부림치는 녀석을 호주머니 안에 집어넣었다. 토끼는 계속 발길질을 했다.

"거의 다 온 거야?" 망누스가 물었다.

다비드는 몸을 수그렸다.

"금방 찾을 거야." 그가 말했다. "그런데 지금 어때?" 그는 망누스의 이마를 가리켰다. "여기."

망누스는 이마를 문질렀다. "사람들이 많이 떠드는 것 같아."

"그렇지? 그래서 기분이 나빠?"

"그렇진 않아. 발타자르 생각을 하고 있어."

다비드는 아들의 이마에 입을 맞춰주고 허리를 펴다가 멈칫했다. 심상치 않은 일이 일어났다. 목소리들이 잠잠해진 것이다. 아니, 거의 다 사라져버렸다. 머릿속에 뭔가가 보였지만 처음에는 무엇인지 확실히 알 수 없었다. 길쭉하게 휘어진 노란 잎줄기들과 나른한 온기. 바로 옆에 딱 붙어 있는 몸뚱이에서 느껴지는 온기였다.

스투레는 그 자리에 선 채 멍하니 입을 벌리고 두리번거렸다.

나랑 똑같은 걸 보고 계시는군. 다비드는 생각했다. 대체 이게 뭐지?

스투레가 다비드를 보며 머리를 움켜쥐었다.

"이게……" 그렇게 말한 스투레의 눈이 공포로 휘둥그레졌다. 다비드는 이해할 수 없었다. 정작 그는 적막이 주는 더할 나위 없는 평온함을 느꼈기 때문이다. 따뜻한 몸뚱이의 빠른 심장박동이 느껴졌다. 일분에 백 번이 넘을 정도로 빠른데도 마음이 편해지는 박동이었다.

"지금 이 모든 생각이 말이지." 스투레가 입을 열었다. "사람을 돌게 만드는 거야."

다비드는 그 노란 줄기들의 정체를 비로소 확인했다. 애초에 깨닫지 못했던 건 크기가 터무니없이 왜곡되어서였다. 사람 손가락 굵기만한 그것들은 건초였다. 다비드는 건초 더미 속에서 따뜻한 몸뚱이 바로 옆에 누워 있었다. 건초가 그렇게 큰 건 그만큼 그가 아주 작다는 뜻이었다.

발타자르.

그것은 토끼의 의식이 그린 배경이었다. 빠르게 뛰는 심장을 품은 따뜻한 몸뚱이는 토끼의 어미였다.

스투레가 한 손을 뻗으며 다가왔다.

"토끼는 다시 내가 데리고 있겠네." 그가 말했다. "알아서 잘할게."

"왜 그래요?" 망누스가 물었다.

"자, 장인어른……"

다비드는 스투레에게 손짓을 했고, 셋은 세상이 보지 못하도록 둥글게 모여 쭈그리고 앉았다. 다비드는 주머니에서 발타자르를 꺼내 망누스에게 건넸다.

"자." 그가 말했다. "느껴봐."

망누스는 토끼를 받아 가슴에 꼭 안고는 멍하니 허공을 응시했다. 스투레가 재킷 자락을 열고 호주머니 냄새를 맡더니 얼굴을 찡그렸다. 밝은색 안감에 토끼가 싼 오줌이 짙은 자국 몇 가닥을 남겨놓았다. 셋이서 그렇게 앉아 있는데 삼십 초쯤 지나자 망누스의 눈에 천천히 눈물이 고였다. 다비드는 몸을 앞쪽으로 수그렸다.

"왜 그러니, 아가?"

망누스는 반짝이는 눈으로 발타자르를 보며 말했다. "발타자르는 나랑 같이 있는 게 싫대. 자기 엄마랑 있고 싶대."

다비드와 스투레는 눈빛을 교환했다. 스투레가 말했다. "맞아. 하지만 발타자르는 야생에서 살았어도 자기 엄마랑 같이 못 살았을 거야. 엄마들은 새끼를 내쫓거든."

"왜 내쫓아요?" 망누스가 물었다.

"그래야 새끼들이 자기 힘으로 살아가거든. 너한테 왔으니까 발타자르는 복이 많은 거야."

다비드는 장인의 말이 사실인지 알 수 없었지만, 망누스는 그 말에 다소 마음이 풀린 것 같았다. 망누스는 발타자르를 품에 더욱 꼭 안으며 아기를 어르듯 말했다. "우리 불쌍한 아기 발타자르, 내가 엄마가 되어줄게."

놀랍게도 그 약속이 발타자르에게조차 위안이 된 것 같았다. 토끼가 몸부림을 멈추고 망누스의 손안에서 고분고분해졌다. 스투레가 주변을 둘러보았다. "어쨌든 내가 품고 가는 게 제일 낫겠어."

발타자르를 다시 스투레의 호주머니에 넣은 후 그들은 다시 병동을 찾아나섰다. 뜰에서 정말 우연히 찾고 있던 번호를 보았다. 문 위 표지판에 17A~F라고 적혀 있었다.

그들이 통로에 앉아 있던 몇 분 사이 주변 분위기가 사뭇 달라졌다. 입구 쪽으로 걸어가는데 유리 깨지는 소리, 어디선가 문이 쾅 닫히는 소리, 외딴곳에서 비명을 지르는 소리가 들렸다. 주변 사람들은 어깨 너머를 힐끔힐끔 돌아보면서 걸음을 더 재촉했다. 근처 어딘가에서 각다귀떼가 몰려다니는 듯한 소리가 들려오더니 점점 더 커졌다.

"이게 무슨 소리지?" 스투레가 하늘을 쳐다보며 말했다.

"모르겠네요." 다비드가 대답했다.

망누스가 고개를 갸웃하며 말했다. "엄청 큰 기계예요."

소리의 정체가 무엇인지, 어디서 나는지 파악할 수는 없었지만, 망누스가 말한 대로 커다란 기계가 돌아가는 것처럼 들렸다. 어쩌면 컴퓨터의 거대한 팬이 윙윙거리는 고주파 소음인지도 몰랐다.

입구를 통과했다.

음식과 땀과 먼지의 일상적인 냄새 대신 병원과 소독약의 삭막한 냄새만 났다. 박박 문질러 닦아 모든 것이 윤이 났고, 낡아빠진 문짝마다 글자판이 붙어 있었다. A와 B는 1층이었다. 셋은 세제로 닦아 번들번들한 계단을 올라갔다.

망누스는 몽유병자처럼 한 단 한 단에 두 발을 모두 디뎠다. 아들의 공포를 감지한 다비드는 보조를 맞추어 걸었다. 층계참에서 망누스가 멈춰 서더니 말했다. "발타자르 내가 안고 갈래."

망누스가 발타자르를 넘겨받아 품에 꼭 끌어안자, 토끼는 발름발름

하는 앙증맞은 코만 간신히 보였다. C호가 엎어지면 코 닿을 정도로 가까워졌을 때 망누스의 걸음걸이는 물속을 걷는 것 같았다.

초인종은 고장나 있었다. 노크를 하기 전에 다비드가 손잡이를 돌려보니 문이 열렸다. 다비드와 스투레가 먼저 텅 빈 현관으로 들어섰고, 망누스가 뒤따라 들어왔다.

"계세요?"

몇 초 지나지 않아 노인 한 명이 석간신문을 들고 나타났다. 작달막하고 마른 체구, 귀 위로 뻗친 잿빛 머리, 콧대에 걸쳐진 안경. 노인은 마치 정신 나간 교수의 캐리커처 같았다. 다비드는 대번에 그가 좋아졌다.

"이런, 이런." 노인이 입을 열었다. "그럼 당신이……" 그가 한 걸음 앞으로 다가오며 안경을 벗어 가슴 호주머니에 집어넣고는 한 손을 뻗었다. "나는 로위 보스트룀이라고 합니다. 일전에……" 그는 집게손가락과 새끼손가락을 펴고 귀에 가져다대며 통화하는 시늉을 했다.

그들은 악수를 나눴다. 망누스는 문 쪽으로 물러서서는 품안에 발타자르를 감추려고 했다.

"안녕." 로위가 말을 걸었다. "이름이 뭐니?"

"망누스." 아이는 기어들어가는 목소리로 대답했다.

"망누스, 그렇구나. 거기 안고 있는 건 뭐야?"

망누스가 고개를 젓자 다비드가 나섰다.

"오늘이 얘 생일이라서 토끼를 선물받았는데, 데리고 와서…… 에바에게 보여주고 싶다고 해서요. 에바 여기 있죠?"

"당연하죠." 로위는 그렇게 말하고 다시 망누스를 돌아보았다. "토끼요? 뭐, 그런 마음이시라면…… 얼마든지 이해해드려야죠. 저도 그게 좋다는 생각이 들고요. 이리 오시죠."

로위는 그것으로 의례적인 얘기를 끝내고 따라오라는 손짓을 하고는 방금 자기가 나온 방으로 안내했다. 다비드는 심호흡을 한 다음 망누스의 어깨에 손을 얹고 따라갔다.

그 방은 소리가 울릴 정도로 적막했고, 병원 장비가 여기저기 흩어져 있어서 더더욱 을씨년스러웠다. 가구라고는 침대 하나와 기계가 놓인 협탁, 그 옆의 안락의자가 전부였다. 안락의자 바로 옆 바닥에 『미국 의학 저널』 두어 권이 놓여 있었다. 그녀가 침대에 앉아 있었다. 에바.

에바는 얼굴의 반을 뒤덮었던 붕대 대신 두툼한 거즈를 댄 신축성 있는 안대를 하고 있었는데, 그래서 그 밑의 상처가 더욱 두드러졌다. 파란색 병원 가운은 한쪽 가슴 안으로 말려들어가 있었다. 머리에는 탁자 위 기계에 연결된 수많은 전선이 달려 있었다. 똑바로 앉을 수 있도록 침대 헤드가 세워져 있었고, 에바는 담요에 손을 얹은 채 한쪽 눈으로 다비드 일행이 들어온 문을 뚫어져라 보고 있었다.

다비드와 망누스는 느릿느릿 침대로 다가갔다. 망누스의 몸이 뻣뻣이 굳은 것을 다비드는 느꼈다. 경계하고 있는 것이었다. 에바의 눈은 전에 병원에서 봤을 때와 전혀 딴판이었다. 회색 막은 녹아버리고 사뭇 건강해 보이기까지 했다. 사뭇. 반면에 몸은 며칠 전보다 족히 몇 킬로그램은 빠진 것 같았다. 건강했던 뺨은 둥그스름한 곡선이 사라지고 푹 꺼져버렸다. 에바가 양쪽 입꼬리를 당기며 미소지었지만 울상으로 보였다.

"다비드." 그녀가 말했다. "망누스. 우리 아기."

목소리는 여전히 쉬어 있었지만 전보다 나아져 어디서 들어도 아내라고 알 수 있겠다 싶었다. 망누스가 우뚝 멈춰 서서 다비드는 아이의 어깨를 잡은 손을 놓고 침대로 다가갔다. 행여 에바의 몸이 부서질까 포옹은 엄두도 나지 않았고, 그저 침대 가장자리에 앉아 두 손을 그녀의 어깨에 얹었다.

"안녕, 여보." 그가 말했다. "우리 왔어."

울음이 터져나올까봐 입술을 꾹 다문 뒤 침대로 오라고 망누스에게 손짓했다. 아이는 주저하면서도 그대로 했다. 스투레도 다가와 망누스에게서 한 발짝 떨어진 곳에 섰다. 에바의 시선이 아버지와 아들 사이에서 오갔다.

"내가 가장 사랑하는." 그녀가 말했다. "우리 가족."

한동안 침묵이 흘렀다. 할말이 너무나 많아서 오히려 한마디도 할 수가 없었다. 로위가 배 위에서 손을 맞잡은 채 다가왔다. 터럭 하나 건드리지 않겠다는 태도였다. 그는 기계를 보더니 고개를 끄덕였다.

"그저 EEG를 측정하는 거죠." 그가 말했다. "위험할 건 전혀 없습니다. 그러니까 여러분께선 어디까지나……" 그는 이번에도 말을 다 맺지도 않고 다시 뒤로 물러섰다. 다비드는 기계를 보았다. 검은 화면에 일직선에 가까운 선들이 수도 없이 떠 있었는데, 이따금씩 삐익, 퉁, 하는 소리가 날 때 말고는 변화가 없었다.

기계들은 왜 생긴 게 다 이 모양일까?

다비드는 다시 에바를 보았다. 에바의 한쪽 눈은 차분히 살피는 시선뿐 두려움과는 전혀 무관했다. 그 눈빛에 다비드는 뼛속까지 떨렸다. 몇 초 지난 뒤 이유를 알았다. 망누스와 스투레, 발타자르, 로위의 감정으로 머릿속이 온통 뒤죽박죽이었지만 에바의 감정은 전혀 느껴지지 않았다.

다비드는 그녀의 눈을 똑바로 들여다보며 생각했다. 여보, 사랑하는 당신, 어디 있어? 그러나 대답이 없었다. 온 힘을 다해 집중해서 희미한 이미지 하나를, 자신이 생각하는 에바의 형체를 그려봤지만 어디까지나 기억 속 에바일 뿐, 지금 그의 앞에 있는 존재와는 아무런 상관이 없었다. 다비드는 조심스럽게 에바의 손을 잡았다. 분명히 실온과 체온이 똑같을 텐데도 차갑게만 느껴졌다.

"오늘이 망누스 생일이야." 그가 말했다. "팬케이크는 없어. 어떻게 만들어야 되는지 몰라서 대신 그냥 케이크를 사줬어."

"생일 축하한다, 사랑하는 망누스." 에바가 말했다.

다비드는 망누스가 지금의 감정을 극복하기로 결심하는 것을 보았다. 망누스는 침대로 다가가 발타자르를 꺼냈다.

"토끼 선물받았어. 이름은 발타자르야."

"멋지다." 에바가 대답했다.

망누스가 침대 위에 내려놓자 발타자르는 몇 번 소심하게 폴짝폴짝 뛰더니 비쩍 말라버린 에바의 허벅지 사이에 자리를 잡고 담요 보풀을 갉작댔다. 에바는 토끼 같은 건 아랑곳하지 않는 눈치였다.

"이름이 발타자르야." 망누스가 말했다.

"발타자르, 좋은 이름이다."

"침대에서 같이 자면 안 된대, 정말이야?"

다비드는 대답을 하려다가 에바에게 하는 질문임을 알고 잠자코 있었다. 에바는 사실을 확인하는 투로 말했다. "침대에서 같이 자면 안 된다."

"왜 안 돼?"

"망누스……" 다비드는 망누스의 한쪽 어깨에 손을 얹었다. "이제 그만."

"같이 자면 안 돼?"

"그 얘기는 나중에 하자."

망누스는 얼굴을 찌푸리고는 에바를 바라보았다. 로위가 헛기침을 하더니 한 걸음 앞으로 나섰다.

"사실." 그가 입을 열었다. "사소하지만 궁금한 게 하나 있습니다."

다비드는 손가락으로 에바의 손등을 쓸어보고 일어나 스투레에게 자리를 양보한 뒤, 로위를 따라 두어 걸음 옮겼다. 일어서기 전 EEG 화면을 보니, 부글부글 끓는 듯한 선 위의 파형이 약간 커졌고 간격도 더 좁았다.

침대와 어느 정도 멀어지자 다비드가 물었다. "궁금하시다는 게 혹시, 집사람이 꼭……" 차마 자기 입으로 '기계'라는 말을 할 수는 없었지만, 그렇게 느껴지는 건 어쩔 수 없었다. 에바는 그들의 질문에 꼬박꼬박 대꾸했고 그것들은 자로 잰 것처럼 앞뒤가 딱딱 맞아떨어지는 대답이었지만, 감정이 거세된 기계적인 반응이었다.

로위는 고개를 끄덕였다.

"잘 모르겠습니다." 그가 말했다. "나아지지 않을까요. 전에도 말씀드렸지만 엄청난 진전이 있었고……" 그는 문장을 제대로 끝맺지 않은 채 새로운 말을 꺼냈다. "제가 궁금한 건 어부입니다. 무슨 뜻인지 혹시 아십니까?"

"어부요?"

"네. 부인 본인에 대해 질문하면…… 결국 어부라는 말로 끝이 납니다. 뭔가 부인을 두렵게 하는 게 있어요."

스투레가 침대에서 일어나 다가왔다.

"무슨 말씀을 나누시는 거죠?" 그가 물었다.

"어부요." 다비드가 말했다. "에바가 그 말을 한다는데, 무슨 뜻으로 그러는지 모르겠어요."

스투레는 침대를 돌아보았다. 망누스가 방금 전 에바의 배 위로 올라간 발타자르를 가리키며 뭐라고 말하고 있었다. "난 알겠네." 그리고 스투레는 한숨을 내쉬었다. "저애가 어부 얘길 합디까?" 고개를 끄덕이는 로위에게 스투레가 설명했다. "그랬군요. 그래요, 에바가 어렸을 때 일입니다. 에바는 그때 일곱 살이었고, 그리고…… 아비가 잘 지켜보지 않은 탓이라고 하셔도 저는 할말이 없습니다만, 저애가 물에 빠져 죽을 뻔한 적이 있어요. 까딱했으면 죽었을 겁니다. 아슬아슬했어요. 애엄마가 제대로 처신하지 않았으면 영락없이 죽었겠죠. 그런 후에……" 스투레는 떠오르는 기억에 고개를 절레절레 흔들었다. "아무튼…… 겨우 살려놓고 나니 저애가……"

"아빠, 아빠!"

다비드의 머릿속에서 망누스가 찢어질 듯 소리를 지르기 무섭게 정말로 아들의 비명이 들렸다. 아니, 머릿속은 발타자르의 비명이었고, 망누스의 비명이 벽에 부딪혀 사그라지자마자 또다른 소리, 꼭 새 울음 같은 소리가 들리더니 이윽고 무언가 작게 오도독거렸다.

다비드가 침대로 달려갔을 때는 이미 한발 늦었다.

발타자르의 몸은 여전히 에바의 무릎 사이에 놓여 있었지만, 머리통은 눈높이까지 들어올려져 있었다. 그녀는 그 머리통을 이리저리 움직이며 자세히 살펴보았다. 에바가 앙증맞은 머리통을 비틀어 돌려볼 때도 토끼의 코는 계속 실룩거렸고 눈은 공포에 질려 있었다. 에바의 무릎에 놓인 머리 없는 몸뚱이가 여전히 두 다리로 발길질을 해대는 통에 핏방울이 담요 주름을 타고 흘러내려 바닥으로 뚝뚝 떨어졌다.

발타자르의 다리는 마지막으로 한 번 파르르 떨더니 그대로 굳어버렸다. 에바의 한쪽 눈이 토끼의 한쪽 눈을 가까이 들여다보는 것이, 마치 두 개의 검은 웅덩이가 거울처럼 서로를 비추는 것 같았다.

망누스는 고함을 쳤다. "엄마 미워! 엄마 미워!" 에바의 팔과 어깨를 때리는 망누스의 팔 아래서 에바의 머리에 연결된 줄들이 떨어져나갔다. 다비드는 잠시나마 간신히 EEG를 보았다. 뾰족한 못들이 촘촘히 붙어 있는 듯한 파형이었다. 다비드는 망누스를 뒤에서 붙잡고 꽉 끌어안아 밖으로 데리고 나가면서 아무 소용 없는 위로의 말을 속삭였다.

"이해할 수가 없어요…… 에바는 한 번도……" 로위는 두 손을 꼬고 자리에 서서 동요할 뿐 선불리 침대에 다가가지는 못했다. 에바가 발타자르의 머리통을 살피다가 피와 점액질로 범벅이 된 구멍에 손가락을 집어넣자 속에 있던 힘줄과 인대가 가닥가닥 늘어져 덜렁거렸다.

스투레가 다가가 에바의 검붉은 손에서 가만히 머리통을 빼내 탁자 위에 올려놓았다. 망누스 내면의 절규를 들은 그는 눈을 질끈 감았고, 나무 인형 두 개를 꺼내 딸의 손에 쥐여주었다.

"여기." 그가 말했다. "네 인형이야. 에바와 다비드."

에바는 손에 든 인형을 들여다보았다.

"에바와 다비드." 그녀가 말했다. "내 인형."

"그래."

"예쁜 인형이다."

스투레는 에바가 발타자르에게 저지른 짓보다 그 말투가 더 소름끼쳤다. 딸의 목소리 같으면서도 전혀 딸 같지 않았다. 다른 사람이 딸을 흉내내는 것 같았다. 더는 들을 수가 없어서 무릎 사이에 인형을 놓고 앉아 있는 딸을 뒤로한 채 그 자리를 떴다.

다비드가 망누스를 안고 스투레는 죽은 발타자르의 몸뚱이를 들었다. 더는 건초의 꿈을 꾸지 않는, 피범벅이 된 털뭉치. 현관문 밖으로 나가자 경찰 한 명이 그들에게 팔을 흔들어대며 출구를 가리켰다.

"지금 당장 이곳에서 나가주시기 바랍니다."

"무슨 일입니까?" 스투레가 물었다.

경찰은 고개를 설레설레 저었다. "직접 알아보시죠." 그러고는 계속해서 사람들을 내보내기 위해 문으로 휙 들어갔다.

방금 전 에바가 안긴 충격에서 여전히 벗어나지 못한 세 사람은 아까부터 벌판에서 들려오는 경고의 비명에 미처 신경쓰지 못했다. 다비드의 의식은 망누스의 절망으로 가득차 있었지만, 바깥으로 주의를 돌린 스투레의 귀에는 도끼에 찍혀 쓰러지기 직전 커다란 나무의 의식이 들렸다. 날카롭게 쪼개지는 소리, 천천히 흔들리는 줄기. 어느 방향으로 쓰러질까?

수천 갈래의 의식이 더없이 공포에 질려 있어 마치 개미 전쟁을 최대 음량으로 듣는 것처럼 무엇 하나 제대로 분간되지 않는 와중에, 북새통을 뚫고 구슬피 우는 소리가 귀에 꽂혔다. 스투레는 얼굴을 찡그리며 다비드의 어깨를 움켜쥐었다.

"가세." 그가 말했다. "여기서 나가야 돼. 당장."

그들은 어떻게든 발걸음을 재촉해 출구로 갔다. 생각이란 생각은 빠짐없이 장으로 빨려들어갔다. 더 많은 사람들이 건물 밖으로 쏟아져나왔다. 모두 화재를 피해, 전쟁에서 진군해오는 군인을 피해 도망치듯 출구로 달려가고 있었다.

헤덴은 앞으로 다시는 일반인의 입장을 허가하지 않을 터였다.

헤덴, 13:15

플로라는 태아처럼 몸을 둥글게 말고 벤치에 누워 있었다. 배낭을 끌어안았다. 내부의 세계가 종말로 치닫고 있었다. 모든 것이 이리 튀고 저리 튀는 불꽃처럼 폭발했다. 플로라는 행여 눈마저 터져버릴까봐 온 힘을 다해 질끈 감고 있었다. 옴짝달싹할 수가 없었다. 할 수 있는 것은 다만 종말이 오기를, 막이 내리기를 기다리는 것뿐이었다.

수많은 죽은 자들이 살아 있는 자들의 의식에 간섭했지만, 수많은 살아 있는 자들 역시 죽은 자들을 간섭하고 있었다. 프리즘을 통과한 빛처럼 확장된 감정들이 서로를 반영하고 강화하는 과정이 계속되면서 힘의 장은 견딜 수 없는 지경에 이르렀다.

오 분이 지나자 그 기운이 수그러들기 시작했다. 무시무시한 생각들이 흩어지면서 희미해졌다. 십 분이 지나자 플로라는 용기를 내 눈을 떴고, 그동안 용케 들키지 않았음을 알았다. 경찰 두 명이 막 뜰에서 나가고 있었다. 어느 문 밖에는 한 남자가 앉아 흐느껴 울고 있었다. 얼굴에 생채기가 나 있었고, 셔츠 깃은 피로 얼룩덜룩했다. 플로라가 유심히 지켜보는 가운데 응급요원이 남자의 상처를 치료하러 왔다.

플로라는 미동도 없이 누워 있었다. 검은 옷을 입은 그녀는 벤치 위에 드리운 그림자 같았다. 조금이라도 움직였다가는 인간이 될 것이고, 인간이 되면 떠나야 했다.

상처를 치료한 요원은 남자의 겨드랑이로 팔을 넣어 부축해갔다. 남자는 어깨에 멍에라도 걸려 있는 것처럼 걸으면서 어머니와 그녀의 사랑과 그녀의 체리색으로 칠한 반들반들한 손톱을 생각했다. 그녀는 몇 년 동안 투병중인데도 손톱에 유달리 공을 들였다. 자존감의 근거가 하나씩하나씩 사라질 때조차 손톱을 다듬고 체리색 매니큐어를 칠해야 한다고 고집했다. 그랬던 열 개의 손톱. 그중 하나가 그 남자를 할퀴다가 부러졌다.

플로라는 그들이 뜰을 벗어날 때까지 기다렸다가 슬쩍 주위를 살폈다. 그녀의 감지 능력은 근처에 살아 있는 존재가 없다고 말했지만, 모든 것이 이상하기 짝이 없는 곳에 있으니 확신이 서질 않았다.

시야에 들어오는 사람은 한 명도 없었다. 플로라는 살금살금 그곳을 벗어나 통로를 달려 옆 뜰로 갔다. 아직 남아 있는 몇 명이 떠날 때까지 그 자리에서 몇 분을 기다려야 했다. 그중에는 심리학자이거나 그 비슷한 일을 하는 여자가 있었는데, 집에 가는 대로 자살하겠다고 진지하게 생각하고 있었다. 치사량의 모르핀을 스스로 주사할 작정이었다. 여자에게는 가족이 없었다. 여기에도, 다른 어디에도.

플로라가 창문을 가만히 두드려 페테르가 그녀를 안으로 들였을 때는 두시 십오 분 전이었다. 그즈음 일대에 산 자의 의식은 단 하나도 남아 있지 않았다.

■ 〈에코트〉, 14:00

……헤덴 지역에서 일어난 사건에 대해 어떤 해명도 없었습니다. 1시가 되자, 경찰과 의료진은 부득이하게 대피 명령을 내렸습니다. 부활자들의 공격을 받아 12명의 부상자가 발생했고, 이 중 3명이 중태입니다. 헤덴은 앞으로 한동안 일반 공개가 금지될 예정입니다……

■ 요약

—보건복지부 기밀서류

……정리하면, 본 부처는 부활자들이 세포 내 자원을 빠르게 소진하고 있다고 확신함. 현재 속도를 기준으로 계산할 경우 해당 자원은 길어야 일주일, 특정 상황이 발생할 시 그보다 현저히 빠른 시일 내에 완전히 고갈될 것으로

예측됨.

즉, 아무런 조치도 취하지 않는다면 부활자들은 일주일 만에 완전히 기력이 소진될 것 — 보다 적절한 용어 필요.

현재 본 부처에 해결방안은 전무함.

첨언하자면 굳이 해결방안이 필요한지 의문스러움.

■ 〈에코트〉, 16:00

……헤덴 지역에 유사 검역 조처를 취했습니다. 몇몇 의료진은 남아 있을 예정이지만, 현시점에서 재활 치료를 재개할 계획은 전무합니다.

8월 17일 II

어부

생각은 더없이 섬세한 것, 희망에 부푼 것
하늘을 가로질러 북쪽을 향해 여행을 떠나는 빛줄기처럼
촉촉한 줄무늬를 그리는
달팽이의 행로처럼,
혹은 가슴으로, 입으로, 두 손으로,
심장으로, 고동치는 심장으로,
뇌의 울음으로
바다 밑바닥을 감지하는 홍합처럼

미아 아이비데, 「비행의 울음」

랍세르 섬, 16:45

말레르가 은신처에서 일어나 다시 오두막을 향해 갈 즈음엔 그림자가 길게 드리웠다. 생각보다 오래 바위에 앉아 있었더니 온몸이 쑤셨다. 마음이 진정된 후에도 그는 한동안 자리를 뜨지 않았다. 순순히 물러나고 싶지 않았다. 그를 잉여의 존재로 여기는 안나에게 자기가 사라져버리면 어떤지 느껴보라고 시위하고 싶었다.

집 밖 바위에는 고리가 달린 T자 모양의 커다랗고 낡은 빨래 건조대들이 서 있고, 안나가 그중 하나의 아래 서서 콧노래를 부르며 바닷물과 비누로 빤 엘리아스의 옷을 널고 있었다. 그녀는 말레르가 바란 대로 근심하기는커녕 세상 부러울 것이 없어 보였다.

말레르가 바위 디디는 소리를 듣고 안나가 고개를 돌렸다.

"오셨네요." 그녀가 말했다. "어디 갔다 오신 거예요?"

말레르가 손을 젓는 둥 마는 둥 하자 안나는 고개를 갸우뚱하며 그를 찬찬히 뜯어보았다.

내가 애인 줄 아나. 말레르의 생각에 안나는 킥킥거리며 고개를 끄덕였다. 저물어가는 태양빛이 순간 그녀의 눈에서 반짝였다.

"물 좀 찾아봤냐?" 말레르가 물었다.

"없던데요."

"그런데 너는 걱정도 안 되냐?"

"당연히 걱정되죠. 그렇지만……" 안나는 어깨를 으쓱하고는 한 고리에 작은 양말 두 짝을 걸었다.

"그렇지만 뭐?"

"아빠가 구해오실 줄 알았죠."

"그럴 마음이 안 생기는 것 같다."

"그렇다면 뭐, 엔진 작동하는 법을 가르쳐주시든가요."

"바보 같은 소리 한다."

안나는 그를 쏘아보며 생각했다. 아빠나 바보 같은 소리 좀 작작 하시죠. 말레르는 발을 쿵쾅거리며 별장 안으로 들어갔다. 제일 큰 구명조끼도 말레르에게는 작아서 배꼽께의 스트랩을 잡아당기자 거대한 아기처럼 보였다. 그래서 구명조끼 없이 가기로 결심했다. 갑자기 모든 것이 전처럼 심각하게 다가오지 않았다. 엘리아스에게 가보니 트롤 그림 아래 침대에 누워 있었다. 딱히 다가가고 싶은 마음은 들지 않았다. 말레르는 물통을 집어들고 방을 다시 나왔다.

"그렇다면." 그가 말했다. "내가 가야지 뭐."

안나는 빨래를 다 넌 참이었다. 그녀는 두 손으로 무릎을 짚으며 몸을 수그렸다.

"아빠." 그녀의 목소리는 부드러웠다. "하지 마세요."

"뭘 하지 마?"

"그냥 하지 마세요. 그러실 필요 없어요."

말레르는 안나를 지나쳐 보트가 있는 쪽으로 내려갔다. 안나가 말했다. "조심해서 운전하세요."

"그래, 그래."

엔진 소리가 섬들 사이로 멀어져갈 때 안나는 햇빛을 받아 뜨거워진 바위에 등을 대고 누워 이리저리 몸을 움직이며 온기가 가능한 한 골고루 몸에 퍼지게 했다. 그렇게 한동안 누워 있다가 다시 집으로 들어가 엘리아스를 데리고 나온 뒤 담요를 두른 채로 바로 옆에 뉘었다.

안나는 모로 누워 엘리아스의 머리를 한 손으로 받치고 흑갈색 병반이 가득한 아이의 이마 한가운데 주의를 집중했다.

엘리아스?

돌아온 대답은 언어로 나타낼 수 있는 것이 아니었다. 심지어 대답이라기보다도 말없는 수긍에 가까웠다. 나 여기 있어. 요사이 엘리아스가 실제로 안나에게 말을 건 일은 두어 번 정도였다. 가장 최근은 아버지가 아이에게 무의미한 연습을 시키고 그녀는 잔디를 깎고 있을 때였다.

수동식 벌초기에서 돌멩이를 골라내고 있는데, 엘리아스의 쨍하니 새된 목소리가 안나의 머릿속에 울려퍼졌다.

엄마, 이리 와봐! 할아버지 화났어. 지금 내가……

엘리아스의 다음 말은 귀청을 찢는 듯 윙윙거리는 소리에 묻혀 들리지 않았다. 안나가 집에 들어가보니 엘리아스는 의자에 깔린 채 바닥에 쓰러져 있었다. 아이와의 교신이 끊기자마자 윙윙거리던 소리도 사라져버렸다.

그전에는 한밤중에 말을 걸어왔다. 잠을 제대로 못 자다 녹초가 되어서 깜빡 졸던 때였다. 엘리아스가 자기 침대에 누워 천장만 뚫어져라 쳐다보고 있다고 생각하니, 아들을 혼자 내버려두고 수면이라는 밀폐된 공간으로 차마 사라져버릴 수가 없었다.

엘리아스의 침대 바로 옆 매트리스에 누워 있던 그때, 문득 아이의 목소리가 들려 안나는 잠에서 깨어났다. 벌떡 일어나 앉아서 보니 엘리아스는 침대에 누운 채 눈을 뜨고 있었다.

"엘리아스, 뭐라고 말했니?"

엄마……

"그래."

나 싫어.

"싫어? 뭐가 싫어?"

여기 있기 싫어.

"이 별장에 있기 싫다고?"

응, 여기…… 있는 게 싫어.

윙윙거리는 소리가 더 커지면서 대화는 그것으로 끝이 났다. 소리가 슬슬 참기 힘들어질 즈음 안나는 엘리아스가 뒷걸음쳐 제 안에 침잠해버린 것을 몸으로 느낄 수 있었다. 안나에게 말을 할 때는 잠시나마 엘리아스에게서 뭔가가 빠져나왔다. 그러나 엘리아스가 물러서자 모자는 언어 없이 미약하게만 소통할 수 있을 뿐이었다.

한 가지 더.

엘리아스가 물러서는 것은 어김없이 두려움 때문이었다. 안나는 그렇게 느꼈다. 엘리아스가 두려워하는 것은 바로 그 윙윙거리는 소리와 상관이 있었다.

바위 위에서 햇빛을 받으며 담요 밖으로 미라 같은 얼굴을 내민 엘리아스를 보니 분명해지는 것이, 사무칠 정도로 분명해지는 것이 있었다. 엘리아스의 몸은 사람들이 흔히 말하는 껍데기에 지나지 않는다는 사실이었다. 이름 붙일 수 없는 다른 어떤 것을, 이 세상 것이 아닌 무언가를 감싸고 바싹 말라 쪼글쪼글해진 살 껍질. 그네를 좋아하고 천도복숭아를 좋아했던 엘리아스라는 꼬마는 더이상 존재하지 않고 돌아오지도 않을 것이다. 아이가 벨링뷔의 아버지 침실에 있을 때부터 진작 깨달은 사실이었다.

그렇다고 해도, 그렇다고 해도……

안나는 이제야 자신의 힘으로 일어서는 중이었다. 빨래를 널면서 콧노래를 부르고 있었다. 일주일 전만 해도 절대 하지 않았을 일. 왜?

죽음이 끝이 아니라는 것을 이제 알았기 때문이다.

록스타에 가서 무덤 옆에 앉고, 무덤 위에 쓰러지고, 무덤에 대고 속삭이던 시절, 그 시절 안나는 아들이 땅 밑에 누워 있다고 생각하면서도 동시에 아이가 자기 목소리를 들을 리 없다는 것을, 또 그애의 무엇 하나 이승에 남아 있지 않다는 것을 알고 있었다. 엘리아스라는 존재는 그네와 천도복숭아와 레고와 미소와 앙살과 "엄마, 잘 자라고 뽀뽀 한 번만 더 해주면 안 돼?"를 합쳐놓은 것일 뿐임을 알고 있었다. 그 전부가 사라져버렸을 때 남은 것은 기억뿐이었다.

그러나 착각이었다. 그녀는 완전히 잘못 생각했고, 그래서 콧노래가 나왔다. 엘리아스는 죽었다. 하지만 엘리아스는 사라지지 않았다.

안나는 공기가 통하도록 담요 자락을 살짝 들어올렸다. 엘리아스에게서는 여전히 악취가 풍겼지만 처음만큼은 아니었다. 악취의 원인이 무엇이든…… 다 고갈되었기 때문인 것 같았다.

"뭐가 그렇게 무서워?"

대답은 없었다. 안나가 엘리아스의 배 쪽 파자마 자락을 젖히자 퀴퀴한 냄새가 훅 풍겼다. 옷이 다 말랐으면 갈아입혔을 텐데. 그렇게 둘이서 바위에 누워 있는 사이 태양은 올란드 해 너머로 가라앉고 서늘해진 바람이 불어오기 시작했다. 그래서 안나는 엘리아스를 데리고 다시 안으로 들어갔다.

침대 이불에서 곰팡내가 나길래 밖으로 가지고 나와 집 근처 오리나무에 널었다. 램프 하나를 발견하고 밤에 켤 요량으로 등유를 채웠다. 벽난로는 멀쩡한지 확인해보려고 신문에 불을 붙여 한가운데 넣었다. 연기가 집안으로 들어왔다. 굴뚝이 막힌 모양이었다. 새가 둥지를 틀었는지도 몰랐다.

안나는 부엌에서 캐비아 샌드위치 몇 개를 만들고 미지근한 우유도 유리잔에 따라 밖으로 나와 바위에 앉았다. 샌드위치를 다 먹은 다음 물가로 가보니 수풀 사이에 반쯤 가려진 커다란 은빛 물체가 보였다. 전에도 몇 번 눈에 띄었던 것이었다.

처음에는 무엇인지 몰랐다. 사방에 구멍이 숭숭 뚫린 원통. 허공에 집어던지고 사진을 찍은 다음 UFO라고 우겨도 될 것 같았다. 잠시 후에야 그것이 통발 삼아 놓아둔 세탁조임을 알아차렸다.

해변을 따라 걷던 안나는 다 쓴 셰이빙 크림 튜브와 맥주캔을 발견했다. 분홍빛으로 물드는 구름을 보니 말레르가 돌아올 시간이 된 것 같았다.

아버지가 오는지도 보고 일몰도 더 잘 구경할 겸, 안나는 집 뒤편 언덕 꼭대기에 쌓인 돌무더기까지 걸어갔다. 경치가 더할 나위 없이 아름다웠다. 고작해야 별장보다 몇 미터 높은 정도였지만 언덕 위에 서니 근방의 섬들이 훤히 시야에 들어왔다.

옆에서 바라보는 저녁 구름떼는 거대하고 폭신폭신한 담요가 되어 낮은 섬들을 덮고 바다를 핏빛으로 물들였다. 동쪽으로는 일몰을 구경하는 안나와 수평선 사이에 아무것도 없었다. 옛날 사람들이 왜 세계가 평평하며 수평선은 절벽이고 그 너머는 거대한 무無라고 믿었는지 알 것 같았다.

안나는 귀를 기울였다. 엔진 소리는 들리지 않았다.

온 세상이 한눈에 들어오는 자리에 서 있으니 아버지가 이곳에 돌아오는 길을 결코 찾지 못할 것만 같았다. 세계는 그토록 무한히 광대했다.

저건 뭐지?

안나는 섬의 다른 편 골짜기, 나무와 덤불이 뒤엉킨 수풀에 시선의 초점을 맞추었다. 뭔가 움직이는 것을 봤다고 생각했다. 그랬다. 뭔가 살랑살랑거리더니 하얀빛을 번득이고는 다시 사라졌다.

흰색? 흰색 동물이 뭐가 있지?

설원 지역의 동물들만이 흰색이다. 물론 고양이는 예외다. 개도. 그럼 고양이란 말인가? 깜빡 잊혔거나 실수로 버려진 고양이. 어느 보트에서 떨어져 구사일생으로 뭍까지 올라왔는지도 몰랐다.

안나는 골짜기를 향해 걷다가 멈칫했다.

고양이보다 컸다. 개에 가까웠다. 보트에서 떨어진 후…… 야생동물이 된 개.

안나는 돌아서서 서둘러 별장으로 걸음을 옮겼다. 문 밖에 잠시 멈춰 마지막으로 한번 더 귀를 기울였다. 여덟시가 지났는데 왜 아버지는 소식이 없지?

안나는 안으로 들어가 문을 닫았다. 문은 슬며시 다시 열렸다. 자물쇠가 없어서였다. 빗자루를 가져와 문손잡이에 찔러넣은 다음 벽에 기대 고정시켰다. 문을 잠그는 용도로는 턱없이 부족하지만 동물은 들어오지 못할 것이다.

생각하면 할수록 걱정이 되었다.

그건 동물이 아니었다. 사람이었다.

안나는 문간에 서서 귀를 기울였다. 아무 소리도 들리지 않았다. 외로운 물까치가 다른 새들의 울음소리를 흉내내고 있을 뿐이었다.

심장이 강렬하게, 더 빨리, 더 단호히 뛰었다. 딱히 흥분할 이유는 없었다. 다만 지금 그녀가 엘리아스와 단둘이 있고, 여기서 벗어날 도리가 없다는 사실 때문이었다. 그 생각이 안나의 머릿속에 망령들을 들여보내고 있었다. 바닥에 놓인 지름 10센티미터짜리 나무판 위에서 균형을 잡기는 아무것도 아니지만, 나무판을 10미터 높이로 끌어올리면 더없는 공포가 온몸을 파고드는 법이다. 똑같은 나무판인데도 그렇다.

갈매기였을 것이다. 아니면 백조였을 수도.

백조. 왜 아니겠는가. 뭍에 둥지를 튼 백조였다. 백조는 큰 동물이다.

안나는 마음을 가라앉히고 엘리아스를 보러 갔다. 엘리아스는 머리를 벽 쪽으로 돌리고 누워 있었다. 트롤 그림을 보고 있는 것 같았다. 해질녘이라 그림은 마치 벽에 걸린 검은 직사각형처럼 보였다. 안나는 엘리아스가 누운 침대 한편에 앉았다.

"안녕, 우리 아기. 좀 어떠니?"

안나의 목소리가 적막을 채우고 침묵을 몰아냈다. 마음속에서 불안이 더는 꿈틀대지 않았다.

"엄마가 어렸을 적에 엄마 침대 옆에도 이런 그림이 걸려 있었거든. 하나 다른 게 있다면 아빠 트롤이랑 딸 트롤이 낚시를 하는 장면이었어. 딸이 낚싯대를 잡았고, 아빠는, 덩치가 이렇게 크고 굼뜨고 온몸이 사마귀투성이인데, 딸한테 낚싯대 잡는 법을 가르쳐주고 있었어. 딸의 두 팔을 이렇게 조심스럽게 붙잡고서. 네 할머니는 엄마가 그 그림을 어떻게 봤는지, 어떤 생각을 했는지 아셨을까. 엄마랑 함께 지내는 할아버지, 엄마 가까이에, 뒤에 서서 방법을 가르쳐주는 할아버지, 덩치가 크지만 얼굴은 상냥한 할아버지를 엄마가 마음속으로 상상했다는 걸 말이야. 어렸을 적에 엄마는 트롤이 되고 싶었다는 것밖에 모르겠네. 트롤한테는 모든 게 간단해 보였거든. 가진 건 하나도 없지만 사실은 모든 걸 가진 존재."

안나는 두 손을 무릎에 얹은 채 그림을 뚫어져라 쳐다보았다.

도대체 무슨 일이 있었던 거야?

그 옛날 침대에 무릎을 꿇고 앉아 손가락으로 아빠 트롤의 윤곽을 훑던 기억이 떠올랐다.

안나는 한숨을 내쉬며 창밖을 보았다. 바깥에 그림을 그려넣은 풍선이 떠 있었다. 안나는 헉하고 거친 숨을 들이쉬었다. 풍선의 정체는 얼굴이었다. 퉁퉁 부은 허연 얼굴에 두 개의 거뭇한 실선 같은 눈. 입술은 사라져서 이빨이 훤히 드러나 있었다. 안나는 돌로 변해버린 듯 그 얼굴만 뚫어져라 보았다. 코는 스펀지에 뚫린 구멍에 불과했고, 밀가루 반죽으로 만든 것 같은 허연 살덩이는 커다란 이빨이 잔뜩 박혀 있는 얼굴이었다.

손 하나가 나타나더니 유리창을 짚었다. 그 손도 시체처럼 허옇고 퉁퉁 불어 있었다.

안나는 비명을 질렀고, 제 목소리에 귀가 먹먹해졌다.

얼굴이 창문 뒤로 물러나더니 문 쪽을 향했다. 안나는 벌떡 일어나다가 한쪽 엉덩이를 테이블 모서리에 부딪혔지만 아무것도 느끼지 못한 채 그대로 부엌으로 달려갔다.

엄마?

그녀는 문을 붙잡고, 손잡이를 부여잡았다.

엄마?

머릿속에서 엘리아스의 목소리가 들렸다. 안나는 벽에 몸을 단단히 붙이고 젖 먹던 힘을 다해 손잡이를 잡아당겼다. 누군가 밖에서 손잡이를 움켜쥐고 있었다. 안나는 버텼다. 반대편에서도 문을 휙휙 잡아당겼다.

하늘에 계신 자애로운 하느님, 절대로 못 들어오게 해주세요. 절대로 못 들어오게.

엄마, 도대체.

못 들어오게.

그게 뭐야?

놈은 힘이 셌다. 문짝이 문틀에 부딪히자 안나는 흐느껴 울었다.

"저리 가! 저리 가!"

놈이 안나와 엘리아스가 있는 별장 안으로 들어오려고 막무가내로 문을 잡아당기는 동안 안나는 죽은 자의 소리 없는 힘을 느낄 수 있었다. 공포로 인해 목구멍은 한줄기 팽팽한 근육이 되었다. 안나는 뻣뻣해진 고개를 부엌으로 돌려 무기를, 뭐든 쓸 만한 것을 찾았다.

조리대 아래 작은 도끼가 놓여 있었지만, 그것을 가져오려면 손잡이를 놓아야 했다. 놈이 더욱 세게 문을 잡아당겨 틈이 살짝 벌어졌을 때 순간적이나마 놈의 전신이 보였다. 밀가루 반죽을 골격에 대충 뭉쳐놓은 것 같은 허연 알몸뚱이를 보니 사태를 파악할 수 있었다.

물에 빠져 죽은 거야. 익사한 사람.

버티는 내내 안나는 물고기에게 뜯겨 너덜너덜해진 놈의 모습을 힐긋힐긋 보았고, 숨이 쉬어지지 않아 꺽꺽 웃음을 토했다.

익사한 사람들. 그들은 어디 있지?

눈 깜짝할 사이 안나의 눈앞에 익사한 시체가 여기저기 떠 있는 바다의 전경과 여름 몇 달 동안 일어난 모든 사고의 장면들이 펼쳐졌다. 얼마나 많은 거지? 바닥을 긁으며 둥둥 떠다니는 허연 몸뚱이들. 살을 파먹고 내장을 게걸스레 삼키는 육식 어류, 뱀장어.

엄마!

이제는 엘리아스의 목소리도 무서울 지경이었다. 아들이 말을 걸어

온다는 사실이 기쁘지도 않을뿐더러, 아들을 달랠 수도 없었다. 다만 놈이 들어오지 못하도록 버티는 것이 고작이었다.

계속 손잡이를 잡아당겼더니 양팔이 마비되기 시작했다. 내내 힘을 주고 있어야 했다.

"뭘 원하는데? 가! 가라니까!"

놈이 손을 놓았다.

문은 마지막으로 꽝 소리와 함께 닫혔고, 그 바람에 문짝에서 떨어져 나온 가느다란 나뭇조각들이 안나의 발치로 나풀나풀 떨어졌다. 안나는 숨을 죽이고 귀를 기울였다. 물까치의 울음소리는 이미 멈추었고 밖에서 바위를 두드리는 소리가 들렸다. 돌에 부딪히는 뼈다귀. 놈은 떠나고 있었다.

엄마, 방금 뭐야?

안나는 대답해주었다.

겁내지 마. 이제 갔어.

작은 쾌속정들이 만을 건너오는 것처럼 윙윙거리는 그 소리가 들리기 시작하더니 점점 가까워졌다. 안나는 그들에게 접근하고자 하는 모든 존재를 향해 소리지르고 싶은 마음뿐이었다. 그만해, 우릴 내버려둬, 가버려! 하지만 엘리아스가 겁을 낼까봐 정말로 그러지는 못했다. 엘리아스가 그녀의 머릿속에서 재빨리 나가자 윙윙 소리는 멈췄다.

안나는 풀쩍 뛰어 도끼를 가져와 다시 문을 붙잡았다. 바깥을 향해 귀를 기울였다. 아무 소리도 들리지 않았다. 땀에 젖은 손에서 도끼가 미끄덩거렸다. 그러는 내내 머릿속에서는 한순간도 익사체의 존재가 느껴지지 않았고, 그래서 안나는 더 소름이 끼쳤다. 엘리아스와 함께 있을 때는 언제나 희미하게 어른거리는 하나의 존재가 있었다. 익사체는 쥐죽은듯 조용했다.

물까치가 다시 목청을 길게 빼고 울기 시작했을 때, 안나는 용기를 내어 문에서 손을 놓고 엘리아스에게 갔다. 열린 문간에 선 순간, 안나는 들고 있던 도끼를 떨어뜨렸다.

익사한 남자가 바깥의 바위에 서서 창문 안을 들여다보고 있었다. 조그만 움직임에도 깜짝 놀라는 동물을 다루듯 안나는 조심조심 몸을 수그려 다시 도끼를 집어들었다. 그러나 시체는 미동도 없이 서 있기만 했다.

뭐하고 있는 거지?

시체는 볼 수 없었다. 눈이 없으니까. 안나는 자루가 으스러져라 도끼를 움켜쥐면서 침대 한편에 앉았다. 밖에 있는 놈이 보이지 않는 각도였지만, 놈이 움직이면 소리가 들릴 터였다. 살면서 그렇게 혐오스러운 것은 본 적이 없었다. 놈에 대한 생각은 할 수 없었다. 생각해서는 안 되는 존재였다. 머릿속에 정교한 스위치가 있어서 건드리기만 해도 찰칵 움직여 그녀를 광기의 암흑 속으로 던져버릴 것 같았다.

안나는 벽에 걸린 트롤 그림을, 마음이 푸근해지는 큼직한 손을 가진 상냥한 남자 트롤을 뚫어져라 쳐다보았다. 어린아이. 안나는 생각했다.

아빠, 돌아오세요.

쿵스홀멘, 17:00

세 사람은 쿵스홀름 해안을 따라 무성하게 자란 수풀 속, 집과 국회의사당 중간에 있는 한 지점을 찍어두었다. 시 당국의 허가 없이 동물을 매장하는 것은 불법임을 다비드는 알고 있었다. 하지만 안다 한들 달리 어떻게 할 수 있겠는가?

출발하기 전 그들은 줄 몇 가닥과 굽도리널로 십자가를 만들었다. 망누스가 펠트펜으로 직접 발타자르라고 썼다. 망누스와 스투레가 덤불 가운데 신발 상자가 넉넉히 들어갈 만한 구덩이를 파는 동안 다비드는 망을 보았다.

지금 다비드는 보다 협소한 관점에서 장례의 목적을 이해할 것 같았다. 망누스는 관으로 쓸 상자와 함께 넣을 꽃을 챙기느라 분주했다. 십자가를 만드는 일도 위로의 말이 줄 수 없는 충만감을 안기는 듯했다. 헤덴에서 돌아오는 내내 엉엉 울었던 아이가 집에 돌아오자마자 장례식을 비롯해 할 일들에 대해 이야기하기 시작했으니 말이다.

아니, 다비드와 스투레도 장례식 계획에 더없이 빠져들었다. 아까 있었던 일에 대해서는 한마디도 하지 않았다. 에바의 행동과 그것이 의미하는 바는 망누스가 있는 데서 이야기할 것이 못 되었다. 망누스에게 온 신경을 쏟아야 했다. 하나는 확실했다. 에바는 집에 돌아오지 못할 것이다. 오래도록.

구덩이를 다 팠다. 망누스가 마지막으로 상자 뚜껑을 열었고 스투레는 서둘러 토끼의 머리를 제자리에 놓았다. 망누스는 손가락으로 토끼의 털을 쓰다듬었다.

"안녕, 발타자르. 이렇게 했으니까 네가 편했으면 좋겠어."

다비드는 이제 울음도 나오지 않았다. 분노를 느꼈다. 하릴없는, 짓눌린 분노. 혼자였다면 하늘을 향해 주먹을 휘두르며 절규했을 것이다. 왜 왜 왜? 그러는 대신 다비드는 망누스 옆에 주저앉아 아이의 등에 한 손을 얹었다.

이 아이의 생일이란 말입니다, 제기랄. 어떻게 아이에게…… 단 하루도 허락하지 않는 겁니까.

망누스는 다시 뚜껑을 덮고 상자를 구덩이 바닥에 내려놓았다. 그리고 스투레가 건넨 삽으로 흙을 퍼서 상자 위에 뿌렸다. 상자가 보이지 않을 때까지 계속. 다비드는 몸이 굳어버린 것처럼 미동 없이 앉아서 점차 얕아지는 구덩이를, 흙으로 채워지는 구덩이를 보고 있었다.

만약 저게…… 다시 살아난다면……

다비드는 머리 없는 토끼가 흙을 파헤치고 구덩이 밖으로 나온 뒤 좀비처럼 집까지 기어와 몸을 질질 끌며 계단을 올라가는 모습을 상상했다. 그는 웃음이 터져나올까봐 얼굴을 실룩대며 손으로 입을 찰싹 틀어막았다.

스투레가 망누스를 도와 뗏장을 올려놓고 잘 자리잡도록 그 위를 토닥인 다음 십자가를 삽으로 쳐서 땅바닥에 꽂았다. 스투레와 다비드는 시선을 교환하고는 고개를 끄덕였다. 무덤이 오랫동안 무사히 버틸지는 알 수 없었지만 할 일은 다 했다.

셋 모두 자리에서 일어섰다. 망누스가 노래를 부르기 시작했다. "세상은 슬픔의 섬……" 〈가마우지 섬에서〉*라도 본 모양이라고 다비드는 생각했다.

막장이야. 이제 우리는 삶의 밑바닥에 떨어진 거야. 맨 밑바닥에 떨어졌다고.

스투레와 함께 망누스의 양어깨에 한 손씩 얹고 있으니 정말 에바의 장례식을 치르는 것 같다는 생각을 떨칠 수가 없었다.

막장. 이건 정말……

망누스가 두 팔로 제 가슴을 감싸안자 다비드는 아이의 양어깨가 모아지며 움츠러드는 것을 느꼈다. 아이가 말했다. "내 잘못이야."

"아니야." 다비드가 말했다. "절대 네 잘못이 아니야."

망누스는 고개를 끄덕였다. "나 때문이야."

* 스톡홀름에 사는 결손가정의 삶을 그린 연속극.

"아니야, 아가. 토끼를 죽인 건……"

"나 때문이라니까. 내가 그런 생각을 해서 엄마가 죽인 거야."

다비드와 스투레는 서로 마주보았다. 스투레가 몸을 수그리고 물었다. "그게 무슨 소리니?"

망누스는 두 팔을 다비드의 허리에 두르더니 그의 배에 대고 말했다. "엄마 생각을 나쁘게 해서 엄마가 화가 난 거야."

"내 새끼……" 다비드는 쭈그리고 앉아 망누스를 보듬어 안았다. "아빠랑 할아버지가 미리 알았어야 했어…… 네 잘못이 아니야."

망누스는 온몸을 심하게 떨며 흐느껴 울었다. 아이의 입에서 걷잡을 수 없는 말들이 터져나왔다.

"맞다니까. 내가…… 내가 그런 생각을 해서…… 엄마가 자꾸 이상한 말만 하니까 나한테 관심도 없나보다고…… 그래서 엄마가 싫었어. 엄마 얼굴이 못생겼다고 생각했어. 미워하고 싶지 않은데 엄마가 미워서 엄마는 괜찮아질 거라고 생각했어. 근데 엄마가 그런 짓을 하니까 그런 생각이 들고, 내가 그런 생각을 하니까…… 내가 그 생각을 하니까 엄마가 그런 짓을 한 거야."

망누스는 집으로 다시 갈 때도 계속 그렇게 떠들다가, 침대에 눕자 비로소 빨개진 눈과 눈꺼풀에 실린 졸음에 몸을 맡겼다.

얘 생일에……

잠시 후 망누스는 눈을 감고 잠에 빠져들었다. 다비드는 이불을 덮어주고 방을 나와 부엌으로 갔다. 스투레가 무너지듯 의자에 주저앉았다.

"곯아떨어졌어요." 다비드는 말했다. "완전히 곯아떨어셨네요. 요 며칠 동안…… 밤에도 잘 못 자더니 오늘…… 애가 어떻게 견디겠어요? 못 견디지…… 이런 일을 저애가 어떻게 감당하겠어요."

스투레는 대답하지 않았다. 한동안 침묵을 지키던 그가 입을 열었다.

"어떻게든 버텨낼 거야. 자네가 버티면, 저애도 버틸 거야."

부엌 이곳저곳을 헤매던 다비드의 시선이 와인 병에 가서 멈추었다. 같은 쪽을 보고 있던 스투레가 다비드를 돌아보며 고개를 저었다.

"안 되죠." 다비드가 말했다. "그런데…… 힘이 드네요."

"그래." 스투레가 말했다. "왜 아니겠나."

두 사람은 중간중간 한참을 쉬어가며 헤덴에서 있었던 일에 대해 이야기를 나누었다. 결론은 나지 않았다. 그들이 떠난 후 헤덴에서는 일대 소동이 일었다. 모르긴 해도 앞으로 오랫동안 면회 일정이 다시 잡히지 않을 것 같았다. 다비드는 망누스를 살펴보러 갔다. 아이는 깊이 잠들어 있었다. 다비드가 부엌에 다시 돌아오자 스투레가 말했다. "의사가 물어본 거 말이야. 어부."

"네?"

"그게……" 스투레는 연대표를 거슬러올라가기라도 하듯 손가락으로 테이블을 훑었다. "황당하다고 해야 되나, 너무 자연스럽다고 해야 되나. 뭐라고 말해야 할지 모르겠어."

"뭐 때문에요?"

"딸아이의 책. 자네도 알지? 비버 브루노. 여기 한 권 있나?"

다비드는 증정본을 넣어둔 작은 상자를 가져와 두 권을 꺼내 나란히 놓았다. 스투레는 『비버 브루노가 드디어 집을 찾아요』에서 브루노가 어느 호수에 집을 지으려다가 그곳에 바텐만넨도 산다는 것을 알게 되는 장면을 가리켰다.

"이 바텐만넨 말이야……" 스투레는 물속에 잠겨 흐릿한 형체를 가리켰다. "에바가 이걸 맞닥뜨렸었어. 아까 거기서 말하려고 했는데……" 그는 어깨를 으쓱했다. "물에 빠져 죽을 뻔했을 때 말이야. 나중에…… 며칠 지나서 제 엄마와 나한테 하는 말이…… 물에 빠졌을 때 뭔가가 자기와 함께 있었다는 거야."

다비드는 고개를 끄덕였다. "저에게도 얘기한 적 있어요. 자기를 데려가려고 왔다고요. 바텐만넨."

"그래." 스투레가 말했다. "그런데 그때…… 그애가 기억하는지 모르겠는데, 또 자네에게 얘기했는지 모르겠는데, 그애가 어렸을 때는…… 그걸 어부라고 불렀거든."

"아뇨." 다비드가 말했다. "그런 얘기는 통 한 적이 없는데요."

스투레는 무심히 책장을 넘겼다. "그애가 자라면서는 그 이야기를 할라치면 늘 바텐만넨, 아니면 그냥 그거라고 불러서 나는 그애가…… 잊어버린 줄 알았어."

"그런데 지금 다시 어부라고 하는 거고요."

"응. 또 기억나는 게…… 그애한테 좋을 거라고 생각해서 어부 그림을 많이 그리게 했거든. 그 사건이 있고 나서 말이야. 그때도 그림 솜씨가 대단했어."

다비드는 장롱에서 옛날 신문, 잡지, 그림이 들어 있는 상자를 가져왔다. 에바가 어린 시절부터 보관해온 것이었다. 뭔가 할 일이 생겨서, 알아볼 것이 생겨서 좋았다. 다비드는 상자를 부엌 식탁에 내려놓고 스투레와 함께 교과서, 사진, 예쁜 돌멩이, 졸업앨범, 그림 따위를 꺼냈다. 스투레는 어떤 물건은 한참 내려놓지를 못했다. 열 살쯤 된 에바가 커다란 창꼬치를 두 팔로 안고 있는 스냅사진을 보고는 땅이 꺼져라 한숨을 내쉬었다.

"얘가 이걸 잡았다니까." 그가 말했다. "저 혼자서. 나는 그물 끌어올리는 것만 도와줬어." 그는 눈가를 훔쳤다. "참…… 행복한 시절이었는데."

둘은 계속해서 상자 안을 뒤적거렸다. 대다수의 그림에 날짜가 적혀 있었고, 누가 봐도 에바가 예술가로서 될성부른 아이였다는 것을 알 수 있었다. 고작 아홉 살밖에 안 됐을 때도 다비드라면 평생을 노력해도 이를 수 없는 경지로 동물과 사람을 그려놓았다.

그러던 중 찾고 있던 것이 나왔다.

1975년 7월이라고 적힌 한 장의 그림. 스투레는 재빨리 그 아래 그림들을 살폈지만 더는 없었다.

"더 있었는데." 그가 말했다. "다른 건 다 버린 게 분명해."

다비드는 다른 그림들은 한쪽으로 치우고 스투레 옆으로 돌아가서 식탁 한가운데 놓인 그림을 살펴보았다.

당연하지만 에바의 그림은 아직 어린애다웠다. 선 하나로 그린 물고기와 몸에 비해 터무니없이 머리가 큰, 아마도 에바일 어린 소녀가 보였다. 도화지 위쪽을 향해 그려놓은 물줄기를 보니 물속이었다.

"웃고 있는데요." 다비드가 입을 열었다.

"그래." 스투레가 말했다. "웃고 있군."

소녀의 얼굴에 그려진 입은 더없이 행복한 표정을 짓고 있었다. 사람을 표현하는 아이들의 흔한 습관 같은 것은 가볍게 무시하고 있었다. 얼굴의 절반이 미소였다. 행복한 아이의 그림이었다.

소녀 바로 옆에 있는 존재는 이해가 되지 않았다. 바텐만넨, 즉 어부는 몸집이 소녀보다 적어도 세 배는 컸다. 얼굴이 있어야 할 자리에는 밋밋한 타원 하나뿐이었다. 팔과 다리, 몸통은 전류가 흐르는 듯, 아니면 녹아내리는 중인 듯 흐늘흐늘 떨리는 선으로 표현되어 있었다.

스투레가 말했다. "정확하게 그린 건 아니라고 그애가 말했어. 시종 변하는 것 같더라고."

다비드는 대답하지 않았다. 어느 한 세부에서 눈을 떼기 힘들었다. 몸의 다른 부위는 의도적으로 애매하게 그렸지만, 두 손만큼은 예외였다. 하나하나 분명하게 그린 손가락 끝마다 커다란 갈고리가 달려 있었다. 갈고리는 모두 미소짓는 소녀를 향해 쭉 뻗어 있었다.

"이 갈고리들은 뭐죠?" 다비드가 비로소 입을 열었다.

"에바가 어렸을 때 낚시를 정말 많이 했거든." 스투레가 말했다. "그래서……"

"뭔데요?"

"당시 에바 말로는 그놈한테 갈고리가 달려 있어서 그걸로 자기를 잡으려고 했대. 하지만 잽싸지가 못했대." 스투레는 어부의 손가락을 가리켰다. "실제로 그렇게 크진 않았다더군. 그래도 아주 똑똑히 봤다고 했어."

둘은 말없이 그림만 보았다. 이윽고 다비드가 말했다. "그런데도 에바는 미소를 짓고 있네요."

"그러게." 스투레가 대답했다. "그런 애야."

그레되 섬, 17:45

여섯시 십오 분 전 말레르는 그레되 항구에 정박했다. 최대한 빠른 걸음으로 해안까지 가서 문을 닫기 몇 분 전 가게에 도착했다. 멸균우유와 통조림, 수프와 소스를 여러 개 샀다. 마카로니와 토르텔리니도 샀다. 영원토록 썩지 않는 스코가홀름* 빵과 튜브에 든 치즈도.

가게 뒤 수돗가에서는 가져온 물통에 물을 채웠다. 그때 항구 근처 외바퀴 수레에 스텐실로 '그레되 섬 식료품점'이라고 쓰여 있던 것이

* 스웨덴의 제빵회사.

기억났다. 그제야 말레르는 수레가 왜 거기 있는지 이해했다. 어느 쪽이 더 나을지 결정해야 했다. 항구로 돌아가서 외바퀴 수레를 끌고 올까? 아니면 이제 40킬로그램에 달하는 두 개의 물통과 음식이 든 봉지 두 개를 전부 들고 갈까?

짐을 들고 가는 쪽으로 결정했다.

이십 분이 지났는데도 고작 반밖에 가지 못했다. 일 분에 한 번꼴로 걸음을 멈추고 쉬었기 때문이다. 그래서 남은 길을 걸어가 다시 짐이 있는 곳까지 외바퀴 수레를 끌어왔고, 십 분 후 항구에 도착했다.

시각이 일곱시를 넘어서 날이 어두워지고 있었다. 숲 위로 여전히 민머리를 내민 태양이 보였지만 급속도로 저물고 있었다. 서둘러야 했다. 어둠 속에서 지도 한 장 없이 섬까지 가는 것은 능력 밖의 일이었다. 말레르는 봉지와 물통을 배에 실었다. 급하긴 했지만 심장에 무리가 가지 않도록 꽤 오래 쉬어야 했다.

그런 후 기도를 하고 모터 줄을 잡아당겼다. 엔진은 지체 없이 불을 뿜었다. 말레르는 거룻배 주유소로 배를 몰아갔지만 이미 영업이 끝난 후였다. 엔진을 켜둔 채로 배를 정박하고 주유 펌프를 살펴보았다. 현금이나 카드로 작동하는 펌프는 없었다. 기름을 넣으려면 조금 전 상점으로 돌아가는 수밖에 없었다. 말레르는 연료통을 들어 좌우로 흔들어 보았다. 반 정도 차 있었다.

고개를 들어 상점으로 가는 길을 보았다. 다시 갈 여력은 없었다.

지금 있는 휘발유만으로도 섬에 돌아가는 데는 분명 문제가 없었다. 다시 나올 때가 약간 자신 없었다.

섬에 가면 별장 어딘가 휘발유가 있지 않을까? 주방 조리대 밑에서 휘발유통은 봤지만 뭐가 들어 있는지는 미처 확인하지 못했다. 물통이야 확실히 비어 있었지만, 휘발유는 필요한 기간만큼 보존될 것이다.

그 통에 휘발유가 있을 공산이 매우 컸다. 이런 상황에 대비해 마련된 여분의 연료. 암, 그렇고말고. 통에 휘발유가 있으리라는 건 명약관화했다. 없다고 해도 노를 저으면 된다.

하지만 그러고 싶지 않았다. 가게로 되돌아가야 했다. 휘발유가 없으면 속수무책으로 당할 수밖에……

무엇에?

자연에. 운명에.

하지만 그 통에 휘발유가 있는데.

말레르는 다시 배로 돌아왔다. 그리고 본토에서, 정상의 세계에서 벗어났다.

남쪽으로 돌아야 할 지점까지 왔을 때 시각은 여덟시 반이었다. 말레르는 주변의 어느 것도 알아볼 수 없었다. 태양은 수평선에 검붉은 가장자리가 걸려 있을 뿐이었고, 어스름이 섬의 모습을 바꾸어놓았다. 아직 만셰르 섬의 철탑이 보였지만 너무 오른쪽으로 치우쳐 있는 것 같았다.

너무 많이 온 거야.

말레르는 배를 돌려 왔던 길로 되돌아갔다. 아직도 그곳이 어디인지 분간할 수가 없었다. 빛이 서서히 희미해지는 가운데 거리를 판단한다는 것은 믿을 수 없이 힘든 일이었다. 외딴 큰 섬이었던 곳, 그리고 조그만 섬들이 무리지어 있던 곳.

말레르는 손가락 관절을 깨물었다.

지도는 없다. 여분의 휘발유도 없다. 기댈 것이라고는 이미 알고 있는 얼마 안 되는 지형지물이 전부인데, 그중 어느 하나도 보이지 않았다.

말레르는 지체 없이 과감하게 스로틀을 있는 힘껏 내리고 기어를 중립으로 놓았다. 마음을 가라앉히려 애썼고, 군도 전체를 조망하며 머릿속에 기억해둔 경로를 따라갔다. 상선商船 항로가 어디인지 알고 있는 한, 오도 가도 못하게 길을 잃어버릴 위험은 없었다. 주변을 둘러보았다. 이동 유원지처럼 불빛을 밝힌 핀란드 페리 한 대가 올란드 해에서 이쪽으로 접근해오고 있었다. 빠른 속도였다.

말레르는 항로를 벗어나고 싶지 않았지만 어쩔 수 없었다. 저출력으로 느릿느릿 항로를 벗어나 섬들 사이에 들어섰다. 두 배가 충돌한다 해도 페리 선장 탓은 결코 아니었다. 말레르가 마땅히 챙겼어야 했던 것 중에는 조명도 있었으니까.

페리가 지나갔다. 선창 너머로 근심 없이 팔자 좋은 사람들이 보였다. 말레르는 그들과 함께이고 싶었다. 창문으로 훌쩍 날아들어 바에 앉아서 지갑이 텅 빌 때까지 술을 시키고 싶었다. 해묵은 팝음악을 들으며 삼십 년 전 사정거리에서 멀어진 여자들을 힐끔거리고 싶었다. 모든 것을 용서하는 알코올의 덮개 아래 외로운 에스토니아인의 신세 한탄에 귀를 기울이든가.

페리가 지나갔다. 불빛도 잇따라 지나가고 말레르는 다시 암흑 속에 홀로 남겨졌다.

시간을 확인했다. 아홉시가 넘었다. 연료 탱크가 신경쓰였다. 거의 텅 비었다. 탱크를 흔들자 엔진에서 푸푸 소리가 났지만, 원래대로 똑바로 꽂으니 다시 일정한 리듬으로 털털거렸다.

이건 재난이라고 할 수도 없어. 말레르는 혼잣말을 했다.

최악의 상황으로 치닫게 되면 아무 섬이나 뭍으로 가서 짧은 밤시간 동안 기다리면 될 일이었다. 내일 배가 움직일 만큼은 휘발유가 남아 있는 지금 당장 뭍으로 가는 게 좋을지도 몰랐다.

안나와 엘리아스는 물론 걱정은 하겠지만 잘 버틸 것이다.

말이 나왔으니 말인데, 솔직히 그애들이 걱정이나 할까?

도리어 안심하면 모를까.

말레르는 그날 밤을 보낼 가장 가까운 섬을 향해 털털거리는 배를 돌렸다.

헤덴, 20:50

작은 창문이 어두운 회색으로 변하기 전 플로라와 페테르는 밖에 나가는 문제에 대해 이야기했다. 어떤 의식의 소음도, 징후도 느껴지지 않은 지 몇 시간이나 됐지만 마음을 완전히 놓을 수는 없었다.

페테르가 문을 열어줬을 때 플로라는 움찔했었다. 전에는 영양실조로 보였다면 지금 페테르는 피골이 상접한 모습이었다. 플로라가 방에 들어서자마자 그는 그녀의 배낭 안 과일에 달려들었다. 방에서 좋지 않은 냄새가 났다. 사람 배설물 냄새 같다고 플로라가 생각하기 무섭게 그가 과일을 씹으며 말했다. "알아, 미안해. 통을 비울 수가 있어야 말이지."

양동이를 덮은 넝마 위에 담요까지 덮어봤지만 악취는 여전했다.

"페테르, 이런 식으로 계속 살 수는 없어."

뾰족한 수라도 있어?

플로라는 키득거렸다. 다른 의식들이 다 사라져버린 머릿속에서 페테르의 목소리가 크고 분명하게 울렸다. 여기 있는 한 목청을 돋워 이야기할 필요가 없었다.

몰라. 플로라는 생각했다.

없지. 오늘밤 나가보자고. 대답이 돌아왔다.

그들은 기다렸다. 재미 삼아 포커 게임을 했는데, 거의 누가 생각을 더 잘 감추는지 겨루는 내기로 변해버렸다. 처음에는 둘 다 서로의 패를 알고 있었지만, 잠시 후부터는 연막작전이랍시고 수많은 숫자와 노래를 떠올리는 바람에 상대의 동점 패와 모자란 스트레이트 패를 찾아내느라 고심해야 했다.

둘 다 연막을 치는 데 도가 튼 나머지 방해음을 뚫고 들어가느라 두통에 시달리게 되자, 그들은 능력의 전원을 끄려고 했다. 상대의 생각을 읽지 않으려고 의식적으로 노력한 것이다.

"어떤 패게?" 페테르가 플로라에게는 뒷면이 보이게 카드 한 장을 꺼내 확인했다.

즉시 보였다. 클럽 7. 몇 번 더 해봤지만 소용없었다. 플로라는 자신과 페테르의 머리 사이에 다른 종류의 전파를 보내려고 갖은 애를 써봤지만 텔레파시는 막을 수 없었다. 발신자가 용의주도하게 교란할 마음이 전혀 없는 마당에 생각을 읽지 않기는 불가능했다.

그렇게 지하실에서 함께 시간을 보내는 동안 플로라는 그 어느 때보다 페테르를 잘 알게 된 기분이 들었다. 어쩌면 그가 허락한 것보다 더. 마찬가지로 페테르 역시 플로라에 대해 알게 되었다. 플로라는 페테르가 눈에 보이는 것을 어떻게 생각하는지 알았고, 페테르 역시 마찬가지였다. 그렇게 여덟시가 되자 더는 참기 힘든 지경에 이르렀다. 비좁은 지하실에서 고문이라도 받는 것 같았다. 둘은 자꾸만 창밖을 보면서 얼른 날이 어두워져 나갈 수 있기만 바랐다.

아홉시 십 분 전, 방안이 어둠에 잠기고 머리 위 창문이 잿빛 직사각형이 되자 페테르가 말했다. "그럼 나가볼까?"

"그래."

말을 하니 마음이 놓였다. 발화한 언어에는 경계가 있었고, 사고 언어만큼의 중요성과 함의가 없었다. 둘은 그런 점에서 정보의 과부하에 시달리다 아까부터 서로를 미워할 지경에 이르렀고, 둘 다 그 사실을 알고 있었다. 플로라는 페테르가 잠재적 동성애 성향이 있고, 이타심이 턱없이 부족하고, 자기혐오에 시달린다는 사실을 낱낱이 깨달았다. 또한 페테르가 자신의 결함을 극복하려고 지금껏 해온 일들에 대해서도 눈치를 챘다. 타인의 온정과 소통에 대한 그의 갈망과 공포는 스스로를 유폐하는 성향에서도 확연히 드러났다.

경멸하거나 혐오할 문제는 아니었다. 그러기에는 너무 가까웠다.

지하실 바깥 자전거 보관소로 나갔을 때 플로라는 페테르를 돌아보며 물었다. "페테르, 우리 오늘 일을 잊을 수 있을까?"

"모르겠어." 페테르가 대답했다. "노력은 할 수 있겠지."

앞마당에 아무도 없는 것을 확인한 후 그들은 각자 갈 곳으로 헤어졌다. 페테르는 양동이를 비우고 물을 구하러, 플로라는 분신을 발견했던 뜰로.

텔레파시로 소통하느라 숨이 막힐 지경이 되기 전에, 플로라는 자기가 봤던 것에 대해 페테르와 이야기했다. 처음에 이해하지 못하던 페테르는 플로라가 유령이 나타났을 때 들리던 윙윙거리는 소리를 보내주자 말했다. 혹은 생각했다. "나도 그거 봤어. 그런데 네가 아니라 늑대였어."

"늑대?"

"응, 아주 큰 늑대."

그 말이 끝나기 무섭게 플로라는 페테르의 유년 시절에서 불려나온 게 분명한 영상 하나를 받았다.

전나무 사이 자갈길을 따라 비칠비칠 자전거를 타고 있어. 굽잇길을 지나는 내 앞에 늑대 한 마리가 보여. 5미터 앞. 노란 눈, 잿빛 털, 큰 덩치. 나보다 훨씬 더 큰 덩치. 두 손으로 자전거 손잡이를 틀어쥐어. 엄청난 두려움에 비명은 목구멍을 넘어서지도 못하지. 늑대는 가만히 서 있지만, 나는 내가 곧 죽으리라는 것을 알아. 놈이 지금 당장이라도 두 걸음 만에 덮쳐와 나를 짓누를 것 같아. 그러나 놈은 한동안 나를 바라만 보다가 숲으로 들어가버려. 바지가 뜨뜻해져. 한바탕 오줌을 지린 거지. 몇 분 동안 꼼짝도 못해. 몸이 움직여지자 왔던 길로 되돌아가. 놈이 있었던 자리는 도저히 지나갈 수가 없어서.

영상의 가공할 위력에 플로라는 괄약근이 풀리는 것을 느꼈지만, 그녀 자신의 의식이 제때 개입해 근육을 조였다.

나한테는 늑대가 곧 죽음이야. 페테르의 그 생각에 플로라는 조금 전까지 자신이 생각했던 것은 다만 자신의 근본적인 믿음으로 상상의 나래를 펼친 것임을 깨달았다. 그녀에게는 그녀 자신이 죽음이었던 것이다.

죽음을 상상하는 경로를 통틀어보면 인간의 형태도 있을 법하다. 커다란 낫을 든 남자, 이륜전차를 모는 유령, 섬뜩한 미소를 짓고 있는 해골, 혹은 늙은 아프리카 여인. 플로라가 이끌리는 죽음의 모습은 그녀의 분신이었다. 몇 년 전 죽음의 여신을 소환하겠다고 촛불을 들고 거울 앞에 서자 자기 자신만 보였던 때부터 그랬다. 그때부터 플로라에게 죽음의 개념은 그녀의 모습을 한 분신이었다.

뜰은 텅 비어 고요했다. 임시로 설치한 전선 덕에 전기가 들어와서 뜰마다 전등이 몇 개씩 켜져 있었다. 플로라는 조심조심 움직이며 가능한 한 그림자 속으로만 다니려 했지만, 그렇게까지 신중할 필요는 없었다. 어디를 봐도 개미 새끼 한 마리 얼씬하지 않았고 불 켜진 창문도 없어서 그 어느 때보다 유령도시 같았다.

유령도시.

정말 그랬다. 불이 꺼진 아파트 안에 앉아 있고, 서 있고, 누워 있고, 걸어다니는 시체들. 놀라운 것은 그런 상황에서도 전혀 두렵지가 않다는 사실이었다. 오히려 정반대였다. 통로를 내디디는 자신의 발소리가 귀를 간질이는 가운데, 플로라는 고요한 저녁 묘지를 걷는 듯 평온한 기분이었다. 그녀는 친구들과 함께였다. 유일한 걱정이라면 그 윙윙거리는 소리가 다시 들릴지도 모른다는 것이었다.

할아버지를 찾는 것은 진작 포기했지만, 지금 찾고 있는 17C도 여간해선 나타나지 않을 것 같았다. 이정표가 붙은 통로에는 조명이 전혀 없는데다가 뜰마다 어떤 방식으로 번호가 매겨져 있는지도 이해할 수 없었다. 지금 플로라가 있는 곳은 번호가 시작되는 뜰로, 아까 처음에 들어갔던, 펜스에서 가장 가까운 뜰이었다.

한 건물의 문이 열렸다. 플로라는 몸이 굳었다가 벽으로 뒷걸음쳤다. 처음에는 자신의 감지 능력이 왜 미리 경고하지 않았는지 의아했지만, 몇 초 지나자 문 밖으로 나온 것이 시체라는 것을 알아차렸다. 이제껏 따스한 동지애를 느낀 것이 무색하게 심장이 더욱 빨리 뛰었고, 플로라는 몸을 벽으로 한껏 밀어붙였다. 그렇게 하면 그림자 속으로 더욱 깊이 미끄러져들어가 보이지 않기라도 할 것처럼.

남자인지 여자인지 구분이 가지 않는 그 시체는 건물 밖에 서서 건들거렸다. 그리고 오른쪽으로 몇 발짝 떼다가 멈춰 섰다. 다시 왼쪽으로 몇 발짝 떼다가 정지. 그러더니 두리번거렸다. 저 아래쪽에서 또다른 문이 열리더니 또다른 시체가 나타났다. 그 시체는 곧장 뜰로 가 가로등 아래 섰다.

바로 옆 오른쪽 문이 열렸을 때 플로라는 펄쩍 뛰었다. 허옇게 센 긴 머리를 보니 이번 시체는 여자였다. 피골이 상접한 몸에 병원 가운이 수의처럼 헐렁하게 걸쳐져 있었다. 밑창이 부드러운 신발로 검은 빙판을 가로지르듯 여자는 천천히, 쭈뼛쭈뼛 몇 걸음 내디뎠다.

플로라는 숨을 죽였다. 여자 시체가 갑자기 돌아섰다. (짐작하건대) 아무것도 없는 눈구멍으로 플로라가 앉아 있는 곳을 스르르 보았지만, 플로라의 존재 같은 건 알아차리지도 신경쓰지도 않았다. 대신 가로등 아래 서 있는 남자에게 관심을 보였다. 여자는 나방처럼 불빛에 홀렸다. 플로라는 아연실색해서 눈을 뗄 수가 없었다. 여자는 진정한 사랑을 만난 표정으로 죽음보다 더 큰 힘에 이끌려 남자에게 다가가고 있었다.

더 많은 시체들이 뜰에 합류했다. 몇몇 문에서는 하나만 나왔고, 두셋씩 나오는 문도 있었다. 열댓은 되는 시체들이 가로등 아래 모이자 알 수 없는 무언가가 시작되었고, 플로라는 삼라만상을 초월하는 원시적인 행사의 증인이 된 것 같아 경외감을 느끼기 시작했다.

누가 먼저인지는 미처 보지 못했지만 시체들이 천천히 시계 방향으로 돌기 시작했다. 얼마 안 가 가로등을 중심축으로 울퉁불퉁한 원이 형성되었다. 이따금 몇몇 시체가 서로 부딪히고 무언가에 발부리가 걸리거나 넘어지기도 했지만, 재빨리 고리에서 자기 자리를 찾았다. 시체들은 돌고 또 돌았고, 그 그림자가 건물들 위를 미끄러지듯 가로질렀다. 시체들은 춤을 추고 있었다.

플로라는 예전에 책에서 원숭이인지 고릴라가 생포됐을 때 보이는 행동에 관해 읽은 기억을 떠올렸다. 무리 한가운데 기둥을 세워놓으면 얼마 지나지 않아 모두 몰려들어 그 주변을 돌고 돈다는 것이다. 모든 제의 중에서도 가장 원시적인 것, 바로 중심축에 대한 숭배였다.

플로라의 눈에 눈물이 고였다. 시계가 좁아지고 흐려졌다. 최면에 걸린 듯 오래도록, 정말 오래도록 그 자리에 앉아 시체들의 원무를, 그 부단하고 변함없는 동작을 지켜보았다. 그 순간 누군가 지구가 계속 자전하는 건 이 춤 때문이라고 말했다면 플로라는 고개를 끄덕이며 대답했을 것이다. 네, 알아요.

춤의 마력에서 얼마간 벗어난 후, 플로라는 주변을 둘러보았다. 뜰을 에워싼 수많은 창문마다 전에는 없었던 희끄무레한 타원형이 보였다. 구경꾼들. 너무 허약해 나올 수 없거나 함께할 마음이 없는 시체들 같았다. 그러나 사실을 알 재간은 없었다.

다 그런 거지.

그런 생각을 하면서도 플로라는 이유를 알 수 없었다.

다른 곳으로 가보려고 자리에서 일어섰다. 아무래도 지금 다른 뜰에서도 똑같은 광경이 펼쳐지고 있을 것 같았다. 몇 걸음이나 옮겼을까, 플로라는 우뚝 멈춰 섰다.

다른 존재의 접근이 느껴졌다. 살아 있는 또다른 의식들. 몇 명이지? 넷, 아니, 다섯? 외부에서, 플로라가 왔던 바로 그 방향에서 다가왔다.

살아 있는 다른 존재들의 생생한 반향을 머릿속에서 감지했을 때, 이제껏 플로라의 짐작에 불과했던 것이 불현듯 확실해졌다. 페테르와 그녀, 그리고 지금 다가오는 존재들 말고 펜스 안에 살아 있는 사람은 단 한 명도 없다. 경비원은 물론이고 아무도.

플로라는 좀 전까지 있던 곳으로 물러나 다가오는 사람들의 동태를 읽는 데 집중했다. 뭔가를 감지하자 뱃속에 묵직하게 자리잡고 있던 한 뭉치의 두려움이 사라졌다. 그것은 흥분과 공포였다. 복잡하게 뒤얽힌 생각들을 가까스로 풀어내 다섯 사람의 의식이라는 것을 알아내기가 무섭게 그들이 뜰로 들어섰다.

다섯 명의 청년이었다. 너무 멀리 떨어져 있어서 제대로 보이지는 않지만 다들 손에 뭔가 들고 있었다. 막대기, 아니면…… 안 돼. 사태를 파악하자 갑자기 밀려오는 공포에 플로라는 두 팔로 배를 감싸안았다.

생각들이 심하게 요동치고 뒤죽박죽이라 뚜렷한 이미지는 단 하나도 가려낼 수가 없었는데, 그들이 만취해 있기 때문이라는 것을 이내 알아차렸다.

시체들은 새로운 관객이 생겼다는 것을 눈치채지 못하는 듯 계속 춤을 췄다. 다섯 청년 중 하나가 말했다. "저것들 뭘 하고 자빠진 거야?"

"몰라." 다른 청년이 말했다. "디스코 한판 추는 것 같은데."

"좀비 디스코!"

그들이 웃어댔고, 플로라는 속으로 생각했다. 설마 그런 짓을 하진 않겠지…… 그럴 수는 없을 거야…… 하지만 그들이 그것을 생각하고 있고 얼마든지 그럴 수 있다는 것을 알았다. 한 청년이 주변을 둘러보았다. 그의 걸음걸이는 건물 밖으로 나온 시체들만큼이나 불안정했다.

"야." 그가 말했다. "여기 다른 사람도 있는 것 같은데, 안 그래?"

다른 청년들이 말을 멈추고 주변을 훑어보았다. 플로라는 입술을 깨문 채 머리털 하나 움직이지 않고 가만히 앉아 있었다. 그녀가 다른 사람의 생각을 읽는 것처럼 남들이 그녀의 생각을 읽다니, 그녀로서는 완전히 생경한 상황이었다. 생각을 하지 않으려 했지만 잘되지 않았다. 그래서 페테르에게 했던 것처럼 방해 잡음을 쏘았다.

"시팔." 한 청년이 자기 머리를 가리키며 말했다. "아무것도 아니었나봐."

그들은 시체들 가까이 걸어갔다. 그중 하나가 배낭을 우악스레 벗더니 말했다. "지금 당장 저것들을 불태워버려? 어쩔까?"

"천만에!" 또다른 청년이 방망이를 휘두르며 말했다. "먼저 맛부터 봐야지."

"젠장, 더럽게도 생겼네."

"지금보다 꼬락서니가 훨씬 더 더러워질 텐데 뭘."

시체들은 춤을 멈추고 청년들 쪽을 돌아보고 있었다. 청년들은 불과 2, 3미터 떨어진 곳에서 멈춰 섰다. 젊은 남자들이 발산하는 증오와 공포의 기운이 더욱 세졌다. 점점 더.

"안녕, 예쁜이들!" 한 청년이 소리쳤다.

"아아아아아아……" 또다른 청년이 말했다. 그 순간 플로라의 머릿속에 〈레지던트 이블〉의 좀비 이미지가 스쳐갔다. 뒤이어 또다른 이미지가 떠올랐다. 영화 속 좀비들, 게임에 나오는 괴물들. 청년들이 소풍을 나선 것은 그래서였다. 활극의 분위기를 만끽하려고.

난 못해……

흥분한 청년들의 의식이 머릿속에서 바글대는 바람에 생각하기가 힘들었지만, 의식적으로 마음을 먹기도 전에 플로라는 자리에서 일어나 소리쳤다. "저기요!"

다섯 청년이 플로라를 향해 일제히 고개를 돌렸다. 다른 상황이었다면 코믹했을 광경이었다. 플로라는 그림자 밖으로 나섰다. 두 다리가 후들거렸다. 그들을 막을 의지력 같은 건 조금도 없었다. 덜덜 떨리는 몸으로 가로등까지 반쯤 가서 멈춰 섰다.

"내가 내내 보고 있었어요." 그녀가 말했다. "다들 짐작했겠지만."

그게 할 수 있는 말의 전부였다. 가할 수 있는 협박의 전부. 그러나 플로라는 자신의 목소리, 자신의 생각이 공포감을 노출하고 있다는 걸 알았다. 청년들의 생각은 파괴에 고정되어 있었고, 인간적인 숙고는 희미했다.

"여자다!" 청년 하나가 큰 소리로 외치자, 플로라는 다섯 개의 의식이 자신의 몸을 음미하는 것을 느꼈다. 용틀임하는 그들의 정욕을, 애초 목적한 바를 달성하기 전이든 후에 그녀를 바닥에 쓰러뜨리고 윤간하려는 욕구를 알아차렸다. 플로라는 본능적으로 한 걸음 물러섰다.

"집에 가서 잠이나 자요!" 그녀가 주동자로 보이는 청년에게 소리쳤다. 청년은 방망이를 앞뒤로 빙빙 휘둘렀다. "이제 아랫도리가 아니라 머리로 생각을 하라고요. 이런 짓은 하면 안 되니까!"

청년이 함박웃음을 지었다. 뒤로 빗어넘긴 머리와 미소를 보니…… 전문직 종사자 같았다. 그는 밝은 파란색 셔츠에 깨끗한 청바지를 입고 있었다. 다른 네 청년 역시 똑같은 차림으로, 린치 집단이라기보다는 경영대학원 동호회에 가까워 보였다. 방금 회의를 끝내고 나가서 한바탕 놀기로 한 것이다.

"법대로 해보자고……" 청년이 그렇게 말하자 플로라는 그의 아버지인 듯한 노인이 정장 차림으로 부엌 식탁에 앉아 말하는 광경을 보았다. 법이 바뀌지 않는 한 부활자들은 무방비상태야. 법적으로는 이미 사망한 것으로 판정난 거니까. 그런데 청년이 더 움직이지 않았다. 다른 친구 하나가 큰 소리로 외쳤기 때문이다. "마르쿠스! 조심해!"

청년들이 플로라를 보는 사이 그들의 증오에 힘을 얻고 자극받은 부활자들이 접근하기 시작한 것이었다. 장작개비처럼 마르고 마르쿠스라는 남자보다 머리 하나가 작은 노인이 가장 가까이 다가와 두 손을 뻗어 그의 셔츠를 움켜잡았다.

마르쿠스가 펄쩍 뛰듯 뒤로 물러서자 어렴풋이 천 찢겨나가는 소리가 들렸다. 셔츠가 찢어진 것을 본 마르쿠스가 고래고래 소리질렀다. "내 셔츠를 찢어발길 테냐, 이 개새끼야!" 그러더니 들고 있던 야구방망이를 시체의 머리를 향해 휘둘렀다.

방망이는 정확히 시체의 귀를 때렸고, 마른 나뭇가지를 무릎에 대고 꺾는 듯한 소리가 났다. 충격의 여파로 날아간 시체는 허공에서 반쯤 돌아 2, 3미터 떨어진 곳에 머리부터 떨어졌다. 그러고는 같은 방향으로 반 바퀴를 더 굴러 콘크리트 바닥에 나동그라졌다.

마르쿠스가 두 손을 하늘로 번쩍 들어올리자, 다른 청년이 하이파이브를 했다. 둘은 먹잇감을 향해 살기등등한 모습으로 다가갔다.

플로라는 움직일 수가 없었다. 발이 땅에 못박힌 듯 좀곧 움직여지지 않은 건 공포 때문만은 아니었다. 청년들의 피에 굶주린 욕망과 이글이글 타오르는 증오가 어찌나 살벌한지 의식이 다 마비되어버렸다. 플로라는 자신의 몸에 대한 지배력을 상실했고, 생각도 청년들의 생각에 휩쓸려버렸다. 플로라는 꼼짝 않고 서서 눈앞의 광경을 바라보았다.

시체들은 젊고 강건한 청년 다섯의 상대가 되지 못했다. 그들은 하나씩 차례로 쓰러져갔고, 그때마다 승리의 괴성이 뒤따랐다. 청년들은 시체들이 쓰러진 후에도 계속 두들겨팼다. 마치 벽을 허물고 자루에 담아 나를 수 있을 만큼 작은 크기로 산산조각내는 것 같았다. 시체들은 어떤 방어의 몸짓도 하지 않았다. 두 다리가 떨어져나갔는데도 멈추지 않고 공격자들을 향해 기어가 또 두들겨맞았다. 하릴없이 바스러지는 소리가 계속 이어지는데도 시체들은 멈추는 법이 없었다. 움직이는 속도만 느려질 뿐이었다.

청년들은 방망이를 내리고, 발밑으로 기어드는 시체 무리에게서 몇 발짝 물러섰다. 한 명이 담뱃갑을 꺼내더니 한 대씩 쭉 돌렸다. 그들은 담배를 피우며 본인들이 한 짓을 감상했다.

"우라질." 한 명이 말했다. "한 놈이 날 문 것 같아."

그는 팔을 내밀어 밝은색 천에 생긴 거뭇한 얼룩을 보여주었다. 다른 넷이 겁이 난 척 뒤로 물러서더니 두 손을 들며 일제히 외쳤다. "아아악! 감염됐다!"

시체에 물린 청년이 자신 없는 미소를 흘리며 말했다. "야야, 집어치워. 파상풍 주사나 뭐 그런 거 맞아야 될까?"

그의 불안을 알아챈 나머지 넷은 그가 머지않아 좀비가 되어 인육을 찾아 헤맬 거라고 놀려댔고, 참다 못해 이제 그만 좀 하라는 그를 오히려 비웃었다. 청년은 아랑곳 않고 한때 인간이었던 늙은 여자의 작은 몸 바로 옆에 쭈그리고 앉았다. 여자는 한쪽 팔이 거의 짓이겨져 목 위를 가로지르듯 맥없이 놓여 있었다. 청년은 물린 팔을 여자의 입에 가져다대며 말했다. "냠냠. 옜다, 요기나 해라."

다져지다시피 한 여자의 입이 강둑에 놓인 물고기처럼 뻐끔거렸고, 으깨진 입술 사이로 몇 안 되는 이가 튀어나왔다. 청년은 미소 띤 얼굴을 들어 다른 넷을 보았다. 바로 그 순간, 플로라가 열렬히 바라 마지않던 일이 일어났다. 늙은 여자가 다른 팔로 청년의 팔을 확 움켜잡더니, 살에 이가 푹 박힐 정도로 문 것이다.

청년은 비명을 지르며 휘청했지만 다시 일어섰다. 살에 이를 단단히 박은 늙은 여자의 몸이 봉제인형처럼 덜렁덜렁 청년의 팔에 매달렸다.

"이런, 쌍. 도와줘." 청년은 비명을 지르면서 팔을 털었다. 늙은 여자는 부서진 뼈와 살점 덩어리에 불과했지만, 이만은 간단없이 물린 채 그가 움직일 때마다 이리저리 대롱거렸다.

청년은 팔을 비틀어 단단히 들러붙은 여자를 떼어냈고, 그 바람에 아래팔 살이 한 움큼 떨어져나가자 마구잡이로 비명을 질러댔다. 발을 동동 구르며 이리 뛰고 저리 뛰는 것이 이 상황을 피할 수만 있다면 어디로든 도망쳐야겠다는 생각뿐인 듯했다.

청년의 팔에서 피가 흘러내리자 마르쿠스는 자기 셔츠를 벗더니 아까 찢어진 소매를 뜯어내고 말했다. "자, 우선 지혈부터 해……"

부상을 당한 청년은 마르쿠스의 말이 들리지 않는 것 같았다. 미친듯이 배낭을 찢어 열고는 플라스틱병 몇 개를 꺼내 뚜껑을 따더니, 아직도 부들부들 떨면서 탐색중인 시체들이 쌓인 곳에 속에 든 액체를 흩뿌렸다.

"어떠냐, 이 개새끼들아!" 그는 시체 더미 주변을 뛰어다니면서 양손에 든 병이 다 빌 때까지 뿌려댔다. "어디, 이래도 입질을 하나 보자고!"

플로라를 덮쳤던 마비 증세는 점차 사그라들고 있었다. 탈진할 정도로 스스로를 몰아친 나머지 네 청년이 한결 가라앉은 덕분이었다. 다친 청년의 히스테리만이 플로라의 머리를 톱처럼, 금속을 가는 톱처럼 관통했다.

안 돼……

이제 다른 소리가 들렸다. 청년들은 막을 방도가 없었다. 너무 늦었다. 주위를 둘러보았다. 저기 뜰 반대편에서 가로등으로 다가서는 자신의 분신이 보였다. 시선을 허락하지 않는 강력한 기운 때문에 제대로 볼 수는 없었다. 그래도 이제 익숙해진 듯 플로라는 윙윙대는 소리를 의식 뒤편으로 밀어버리고 생각을 자유롭게 풀어주었다.

어떻게 좀 해봐, 어떻게 좀 해봐. 플로라는 재촉했다. 그녀를 쏙 빼닮은 형체는 시체 더미 한쪽 끝에서 배낭을 뒤져 성냥갑을 찾고 있는 청년들 쪽으로 눈 깜짝할 사이에 움직였다. 청년들은 플로라의 분신을 제대로 보지는 못했지만 기척이 들리고 시야 한구석에 그 모습이 들어왔는지, 일제히 고개를 돌리며 소리쳤다. "뭐야, 이게! 말도 안 돼. 말도 안 돼……"

죽음의 여신이 두 팔 벌려 기꺼운 환영을 표하자 플로라도 최면에 걸린 듯 그대로 따라 했다. 플로라는 죽음의 여신의 거울상이었다. 청년들은 간신히 성냥갑을 찾아냈고, 죽음의 여신은 시체 더미 쪽으로 몇 걸음 더 다가갔다. 허리를 숙이고 두 팔을 뻗더니 살며시 쿡쿡 찌르는 그 모습은 딸기를 따는 것 같기도 하고, 뭔가를 거둬들이는 것 같기도 했다.

성냥이 허공을 가로지르자 플로라가 외쳤다. "조심해! 피해!"

성냥이 땅에 떨어진 바로 그 순간, 죽음의 여신이 고개를 들었고 플로라와 눈이 마주쳤다. 그들은 서로의 분신이었다. 여신의 눈빛에는 영험하거나 어두운 기운이 전혀 없었다. 그저 플로라의 눈과 똑같았다. 찰나였지만 둘은 그렇게 서로를 바라보며 비밀을 공유했다. 이윽고 불붙은 휘발유가 펑 터지면서 불의 장벽이 둘 사이를 가로막았다.

청년들은 얼어붙은 듯 꼼짝 않고 서서 불길만 뚫어져라 바라보았다. 가장 높이 타오르는 불꽃이 건물 지붕 꼭대기까지 뻗칠 기세였지만, 불과 몇 초 만에 연기가 사그라지고 휘발유만 간신히 타닥타닥 타오르며 병원 가운과 살점을 숯덩이로 만들었다.

"뭐해! 빠져나가자고!"

청년들은 영원히 기억에 새겨둘 것처럼 한번 더 불길을 바라보고는 뒤돌아 성큼성큼 달려 뜰을 벗어났다. 웃통을 벗은 채로 도망치던 마르쿠스라는 청년이 일순 멈춰 서더니 플로라를 보고 집게손가락을 들어 올렸다. 그러나 뭔가 할말이 있었다 해도 생각을 접은 듯, 나머지를 따라서 가버렸다. 몇 분이 지나자 청년들의 의식은 플로라의 사정거리를 벗어났다.

불길도 명을 다했다. 마음이 고요한 것을 보니 죽음의 여신은 떠난 듯했다. 그녀는 불 쪽으로 갔다. 불은 이제 이따금씩 불꽃이 치솟는 작은 잉걸에 지나지 않았고, 구역질나는 연기만 기세 좋게 하늘로 놀쳐오르고 있었다. 살과 지방이 거의 빠진 시체들이라 탈 만한 것이 없어서 그런 모양이었다.

전부 숯검정이 되었다. 두 번 죽은 시체들은 팔꿈치를 허리께에 댄 채 동그랗게 몸을 말고 쓰러져 어둠과 권투 시합이라도 벌이듯 두 주먹을 똑바로 앞으로 뻗고 있었다. 시체 더미에서 뿜어져나오는 냄새 때문에 뱃속이 뒤집히는 것 같아 플로라는 재킷 자락으로 코와 입을 막았다.

조금 전만 해도 춤을 추고 있었는데.

플로라의 가슴이 가득차올랐다. 심연처럼 깊은 비애로. 시체들의 춤을 보면서 벅찬 경외감을 느끼던 순간과 완전히 반대였다. 플로라는 온 인류에, 인류의 이승에서의 행로에 비애를 느꼈다. 아까 그녀를 사로잡았던 바로 그 생각이 다시, 이번에는 다른 관점에서 되돌아왔다.

다 그런 거지.

노라 브룬, 21:00

다비드는 스투레의 설득에 따랐고, 그래서 이미 후회하고 있었다. 예상한 대로 레오는 다비드의 일정을 취소해두었다. 자동응답기에 들어온 메시지 하나를 다비드가 미처 확인하지 못한 것이었다. 그는 맥주병을 들고 주방에 있는 다른 사람들에게 갔다. 애도의 침묵. 방금 전의 농담과 웃음소리가 잠잠해졌다.

심각한 대화를 할 만한 장소가 아니었다. 농담으로 풀 수 없는 것은 입 밖에 내서는 안 됐다. 코미디언 개개인은 평범한 사람들과 다를 바 없이 슬픔과 기쁨을 표출할 줄 알지만, 여럿이 모이면 촌철살인 한마디로 표현할 수 없는 상황은 조금도 견디지 못하는 경박한 부류로 전락하고 만다.

쇼 시작 직전에 벤뉘 멜린이 다비드에게 다가와 말했다. "저기, 자네만 괜찮으면 해볼까 하고…… 부활자들과 지금의 이 모든 사태에 대해 아이디어가 있어서."

"무슨 소리야." 다비드가 말했다. "당연히 해야지."

"오케이." 벤뉘의 표정이 조금 전보다 밝아졌다. "엄청난 사안이라 안

건드리고 지나가기가 좀 그러네."

"이해해."

벤뉘가 자기 아이디어를 이야기하려는 낌새라 다비드는 잔을 들어 행운을 빈다고 말하고 자리를 떴다. 벤뉘는 살짝 얼굴을 찌푸렸다. 행운을 빌 때는 다리나 부러져라, 같은 말로 대신하는 법이라는 걸 다비드는 알고 있었고, 그가 알고 그랬다는 것을 벤뉘도 알았다. 행운을 빈다는 말에는 모욕의 소지가 다분했다.*

다비드는 바bar로 갔다. 직원들은 그에게 고개를 끄덕여 보였지만, 어느 하나 나서서 말을 걸지는 않았다. 다비드는 들고 온 맥주를 비운 후 레오에게 한 잔 더 부탁했다.

"좀 어때?" 레오가 술을 따르며 물었다.

"계속 그 상태야." 다비드가 대답했다. "더할 것도 없어."

레오는 맥주를 카운터 위에 올려놓았다. 더이상의 구체적인 답변은 해봐야 소용없었다. 레오는 수건으로 손을 닦고 말했다. "부인에게 내 안부 전해줘. 쾌차하면."

"그럴게."

다비드는 또다시 눈물이 날 것 같았다. 바에서 무대를 향해 돌아서서 맥주의 반을 게걸스레 들이켰다. 이제 살 것 같았다. 이제야 그는 혼자였고, 그의 사정을 눈곱만큼도 이해하지 못하면서 그러는 척하는 사람도 없었다.

죽음은 서로를 낯선 사람으로 만들어버리지.

무대에 불이 켜졌고, 레오가 고스트 마이크로 오늘의 호스트 벤뉘 멜

* 무대에 오르는 배우들 사이에는 '행운을 빈다'라는 말이 거꾸로 불운을 부른다는 미신이 있어 '다리나 부러져라'라는 말로 대신한다.

린을 따뜻하게 환영해달라며 박수를 유도했다.

객석은 만원이었고, 무대에 오른 벤뉘에게 박수와 환호가 쏟아지자 다비드는 다시 이곳에, 비현실적인 현실 세계에 돌아오고 싶은 마음에 애가 닳았다.

벤뉘가 짧게 고개 숙여 인사하자 박수 소리가 잦아들었다. 그가 마이크 스탠드를 약간 올렸다가 다시 약간 내려 결국 조금 전과 똑같은 높이로 고정시켰다. 그가 입을 열었다. "여러분은 어떠신지 모르겠는데, 저는 요새 헤덴 때문에 좀 걱정이 되네요. 시체들로 득시글한 교외지역 말이에요."

좌중이 조용해졌다. 기대로 인한 긴장감이 감돌았다. 모두 헤덴에 대해 걱정하고 있었다. 그들이 미처 생각지 못했던 일대 반전이 있을지도 모를 일이었다.

벤뉘는 어려운 문제로 심사숙고라도 한다는 듯 이맛살을 찌푸렸다.

"제가 정말로 알고 싶은 한 가지는……"

수사학적인 침묵.

"그런 곳에도 아이스크림 차가 갈까요?"

안도한 웃음소리. 박수가 터질 만큼 웃기지는 않았지만 기대치에 거의 다다랐다. 벤뉘는 계속했다. "만약 아이스크림 차가 간다면, 뭘 팔 수나 있을까요? 만약 판다고 한다면, 뭘요?"

벤뉘는 관객이 모두 보도록 손으로 허공에 화면을 그려 보였다.

"생각해볼까요? 수백 구의 시체가 집에 있다가 음악이 나오니까 홀려서는……" 벤뉘는 헴글라스*의 멜로디를 흥얼대기 시작했고, 곧바로 좀비 흉내를 내며 두 팔을 앞으로 쭉 뻗고 비틀비틀 걸었다. 사람들은

* 특유의 멜로디를 울리며 밴으로 아이스크림을 배달하는 브랜드.

킥킥 웃다가 벤뉘가 "아아이이스……캐앤디이이, 아아이이스……캐앤디이이……"라고 낮게 웅얼거리자 박수를 쳤다.

다비드는 남은 맥주를 마저 마시고 바 뒤쪽으로 슬금슬금 돌아갔다. 이런 상황을 견딜 수가 없었다. 벤뉘와 관객들은 지금 상황에 대해 웃고 떠들 자격이 있었고 사실 그래야 할 필요가 있었지만, 다비드까지 경청할 의무는 없었다. 다비드는 빠른 걸음으로 바를 통과해 문밖의 거리로 나섰다. 등뒤로 또다시 한바탕 박수갈채가 터져나왔고, 그는 그 소리에서 벗어났다.

사람들이 그 문제를 놓고 농담을 해서 괴로운 것이 아니었다. 농담은 없어서는 안 되는 것, 사람이 삶을 이어가는 데 꼭 필요한 것이다. 괴로운 것은 모든 것이 너무 빠르다는 사실이었다. 가령 에스토니아 호 침몰 사건*의 경우, 반년이 지나서야 구조작업이나 선수문 등에 대한 농담이 나왔고 그나마도 별 재미를 보지 못했다. 세계무역센터의 경우는 훨씬 더 빨랐다. 이삼일 지났을까, 누군가 탈레반 항공사의 특가 대체상품에 대해 말했고 사람들은 웃었다. 사건의 현실성이 지워지는 데는 그 시간이면 충분했던 것이다.

보아하니 부활자도 이제 같은 맥락에 있었다. 현실적인 존재가 아니기 때문에 존중할 필요가 없었다. 다비드의 존재가 다른 코미디언들에게 버거운 것도 무리는 아니었다. 다비드 때문에 부활자가 현실로 다가왔으니 말이다. 그러나 부활자가 갈 길은 결국 하나뿐이었다. 농담거리.

수르브룬스가탄을 따라 일렬로 빈틈없이 주차된 자동차 사이를 살금살금 지나가면서 다비드는 에바의 무릎 사이에서 몸부림치던 발타자르의 목 없는 몸뚱이를 떠올렸고, 앞으로 현실의 재미난 이면을 단 하나

* 1994년 9월 여객선 '에스토니아 호'가 폭풍우로 인해 핀란드 부근 해상에서 침몰한 사건.

라도 다시 보게 될 날이 올까 하는 회의가 들었다.

노라 브룬부터 쭉 걸었더니 기력이 바닥나버렸다. 성급히 마신 맥주가 뱃속에서 출렁거려서 걸음을 옮길 때마다 의지력을 동원해야 할 판이었다. 제일 가까운 아무 집 앞에나 쭈그리고 앉아 이 끔찍한 하루의 남은 시간을 잠으로 날려버리고 싶은 마음뿐이었다.

집에 올라가기 전 건물 입구 벽에 기대 몇 분간 쉬어야 했다. 궁상맞은 꼴로 나타났다가 장인 스투레에게 아무래도 하룻밤 묵고 가야겠다는 말을 듣고 싶지 않았다. 혼자 있고 싶었다.

스투레는 묵고 가겠다고 하지 않았다. 그는 망누스가 내내 잠만 잤다면서 덧붙여 말했다. "이제 나도 집에 가봐야겠네."

"그러셔야죠." 다비드가 말했다. "지금껏 도와주셔서 감사드려요."

스투레는 다비드를 요모조모 뜯어보았다.

"어떻게, 버틸 만하겠나?"

"버텨봐야죠."

"자신 있나?

"자신 있어요." 너무 피곤해서인지 상대가 한 말을 그대로 되풀이하는 에바의 말투를 닮아가기 시작했다. 장인은 나가기 전에 사위를 끌어안았다. 다비드는 몇 초 동안 그의 가슴에 머리를 묻었다.

장인이 떠난 후, 다비드는 한동안 부엌에 가만히 서서 와인 병을 뚫어져라 바라보았다. 그러나 이내 술을 마실 여력도 없다는 생각에 단념했다. 망누스를 보러 갔다. 잠든 아들의 얼굴을 오래도록 바라보았다. 아이는 다비드가 재워주었을 때와 거의 똑같은 자세로 자고 있었다. 한 손을 턱 아래 대고 얇은 눈꺼풀 아래 눈알을 천천히, 이리저리 굴리면서.

다비드는 망누스와 벽 사이의 좁은 틈으로 가만히 기어들어갔다. 아주 잠깐만 누워 있을 작정으로 담요 밖으로 나온 가냘프고 둥근 어깨를 보았다. 눈을 감고 생각을 해보았지만…… 아무것도 떠오르지 않았다. 잠이 들었다.

토마스코브, 21:10

가장 가까운 해안에 한 걸음 내디뎠을 때 말레르의 눈에 해협 이정표가 들어왔다. 빛바랜 판자를 얼기설기 엮어 만든 것으로, 조금 전까지만 해도 어두워서 미처 보지 못했다. 작은 만灣이 뭍으로 곧게 뻗어 있었다. 말레르는 다시 배에 올라타 엔진을 가동했다. 엔진은 포효하며 푸푸거리다 꺼져버렸다.

그가 연료 탱크를 좌우로 흔들고 새 휘발유를 펌프질해 넣자 이번에는 섬에서 배를 후진시킬 때까지 문제없이 가동되다 꺼졌다.

말레르는 두 팔을 무릎에 얹고, 여름밤 하늘 아래 푸른 벨벳처럼 펼쳐진 섬들을 눈으로 쭉 훑었다. 높이가 낮은 섬에 드문드문 자라난 나무들이 아프리카에 대한 다큐멘터리 영화에서처럼 하늘을 등진 채 검은 실루엣으로 서 있었다. 들리는 것이라곤 저멀리 지나가는 페리에서 진동하는 엔진 소리뿐이었다.

나쁜 상황이라고는 할 수 없어.

말레르는 주변에 휘발유가 있다고 생각하고 싶었다. 지금은 적어도 앞에 무엇이 있는지 보였다. 잔잔한 물살을 타고 노를 저어 섬까지 가려면 삼십 분쯤 걸릴 것이다. 문제없다. 침착하기만 하면 다 잘될 것이다.

말레르는 노를 노받이에 넣고 작업에 들어갔다. 팔을 짧게 끊어 움직여 노를 저으며 포근한 공기를 가슴 깊이 들이마셨다. 몇 분 지나자 일정한 리듬이 붙었다. 노동을 한다는 생각도 거의 들지 않았다. 명상을 하는 기분이었다.

옴마니밧메훔, 옴마니밧메훔……

바닷물이 노에 밀려 말레르의 뒤로 흘러갔다.

이십 분 정도 노를 저었을 때, 사슴 울음소리가 들린 것 같았다. 말레르는 노를 물위로 들어올리고는 귀를 기울였다. 소리가 다시 들렸다. 사슴의 소리라기보다는…… 비명에 가까웠다. 어느 방향에서 나는지는 분간하기 힘들었다. 이 섬 저 섬에서 메아리치고 있었다. 그래도 굳이 추측해본다면 소리가 나는 곳은……

말레르는 노를 다시 물속에 담그고 좀더 길게, 더 힘차게 젓기 시작했다. 비명은 이제 들리지 않았다. 소리는 랍셰르 섬에서 났다. 등에 땀이 흘렀고 평정심이 사라졌다. 그는 더이상 명상가가 아니라, 이가 갈리게 잘 돌아가는 모터였다.

휘발유가 있어야 돼……

말레르는 입안에 고인 걸쭉한 가래를 엔진에 뱉었다.

"이 병신 같은 엔진 때문에!"

그러나 잘못한 것은 그였다. 다른 누구도 아니었다.

배를 잡아맬 필요가 없도록 곧장 해안가로 노를 저어가 밖으로 기어나왔다. 별장을 향해 걷는 그의 신발 안으로 물이 스며들어와 발바닥을 흠뻑 적셨다. 별장에는 불빛 한 점 없었다. 군청색 하늘을 배경으로 윤곽만 보였다.

"안나! 안나!"

아무 반응도 없었다. 문은 닫혀 있었다. 밀어보아도 안에서 뭔가 강하게 버텨 열리지 않았다. 저항하는 것의 정체가 무엇이건 상대는 결국 포기했다. 뭔가 덮쳐온다는 생각에 펄쩍 뛴 말레르는 두 팔로 얼굴을 가렸다. 그러나 앞쪽 바닥에 요란한 소리를 내며 뚝 떨어진 것은 느즈러진 빗자루였다 .

"안나?"

집안이 어두워서 눈이 적응하기까지 몇 초가 걸렸다. 침실로 가는 문은 닫혀 있고, 부엌 바닥에 뭔가 있어서 보니…… 눈雪 더미였다. 말레르는 눈을 끔벅거렸다. 눈 더미는 형체를 갖추더니 담요가 되었고, 이윽고 바닥에 앉아 담요를 움켜쥔 안나가 되었다.

"안나, 무슨 일이냐?"

"그게 여기 있었어요……"

하도 비명을 질러서 목이 잔뜩 쉬었는지 안나는 간신히 속삭이는 정도였다.

말레르는 주위를 둘러보았다. 열린 문틈 사이로 쏟아져들어오는 달빛만으로는 잘 보이지 않아서 다른 방에 귀를 기울였다. 아무 소리도 들리지 않았다. 안나가 동물이라면 기겁한다는 것을 아는 말레르는 한숨을 내쉬고 짜증 섞인 말투로 물었다. "쥐라도 나왔냐?"

안나가 고개를 흔들고 뭐라고 말했지만 알아들을 수가 없었다. 다른 방을 확인하려고 등을 돌리는 그에게 안나가 쇳소리를 내며 "이거 가져가세요"라고 말하더니, 발치에 놓인 작은 도끼를 가리켰다. 그러고는 두 손으로 바닥을 짚으며 기어가 문을 잡아당겨 닫고는 등으로 문설주를 받치고 한 손으로 문손잡이를 잡았다. 방안이 칠흑 같았다.

말레르는 손으로 도끼의 무게를 가늠했다.

"그럼 뭔데?"

"……익사한……"

"뭐?"

안나는 목소리를 쥐어짜 더 크게, 그르렁대며 외쳤다. "죽은 남자요. 시체. 익사한 사람."

말레르는 눈을 감고 기억 속 부엌의 모습을 그려보았다. 조리대 위에 손전등이 놓여 있던 것이 떠올랐다. 더듬더듬 어둠 속에서 걸음을 옮기다보니 묵직한 손잡이가 손안에 둥글게 들어왔다.

배터리……

손전등을 켜자, 원뿔 모양 빛이 뿜어져나와 부엌 전체를 훤히 밝혔다. 말레르는 안나가 행여 놀라지 않도록 불빛을 그녀 바로 옆 벽으로 향했다. 땀에 흠뻑 젖은 머리칼 한 줌이 얼굴에 붙어 있고 텅 빈 시선으로 앞만 똑바로 보는 그녀의 모습은 마치 유령 같았다.

"아빠." 안나는 말레르를 보지도 않고 기어들어가는 목소리로 말했다. "엘리아스를…… 보내줘야겠어요."

"무슨 소리야? 어딜 보내?"

"떠나……보내요."

"이제 아무 말 마라. 내가……"

말레르가 다른 방으로 통하는 문을 열자 틈새로 빛이 새어들어갔다. 그 방에는 아무것도 없었다. 문을 조금 더 열자 빛줄기가 곧장 지르고 들어갔다.

그제야 반대편 창문이 깨진 것이 보였다. 바닥과 테이블 위의 유릿조각들이 빛을 받아 반짝거렸다. 유리 파편이 흩어진 테이블 위에 뭔가 있었다. 쥐. 말레르는 몇 걸음 다가섰다.

아니야, 쥐가 아니야.

그것은 사람의 손이었다. 절단된 손. 살갗이 쭈글쭈글하고 얇았다. 집게손가락 끄트머리는 살이 아예 없고 꼬챙이처럼 가느다란 뼈만 남아 있었다.

말레르는 침을 꿀꺽 삼키고 도끼로 찔러보았다. 손이 유리 파편 위를 구르다 멈추었다. 코웃음이 나왔다. 뭘 예상한 거지? 와락 달려들어 목이라도 조를 줄 알았어? 불빛으로 창밖을 비춰봐도 노간주 덤불 위로 불쑥불쑥 솟은 바위들 말고는 아무것도 보이지 않았다.

말레르는 다시 부엌으로 돌아가 안나에게 말했다. "나가서 좀 돌아보고 오마."

"됐어요……"

"그럼 어떻게 하면 좋겠니? 가서 자라. 그래도……"

"……쇠악한……"

"뭐라고?"

"그게 사악한 짓을 하려고 해요."

말레르는 도끼를 휘두르며 어깨를 으쓱했다. "그럼 네가 놈을 직접……"

"그럴 수밖에 없었어요. 집안으로 들어오려고 했어요."

배에서 안나의 비명소리를 들었을 때부터 지금까지 버티게 해준 아드레날린 분출상태가 완화되면서 말레르는 허기가 지다 못해 현기증이 났다. 그는 안나 옆에 주저앉아 거칠게 숨을 몰아쉬었다. 아이스박스에서 핫도그 한 팩을 꺼내 두 개를 게걸스럽게 먹어치운 다음 나머지를 건네주었지만, 안나는 얼굴을 찌푸릴 뿐이었다.

두 개를 더 먹었지만 애써 씹느라 배만 더 고픈 것 같았다. 걸쭉한 덩어리를 다 삼키고 말레르가 물었다. "엘리아스는?"

안나가 두 팔로 안은 담요 뭉치를 보며 말했다. "겁을 먹었어요." 온통 갈라진 목소리였지만 알아들을 수는 있었다.

말레르는 시나몬 빵 한 봉지를 꺼내 다섯 개를 먹었다. 뭔가 더 씹어

삼키고 싶었다. 용기에 든 미지근한 우유를 두어 모금 마셨지만 배가 묵직하게 가득찼을 뿐, 허기는 여전했다. 아래로 내려앉는 배의 무게가 고루 퍼지도록 등을 바닥에 대고 누웠다.

"다시 돌아가요." 안나가 말했다.

말레르는 부엌 조리대 아래 놓인 휘발유통을 전등으로 비추면서 말했다. "저기 휘발유가 있으면 못 갈 것도 없지. 하지만 그게 아니라면 불가능하다."

"휘발유가 없어요?"

"없어."

"그걸 사러 가신 게……"

"너무 힘들어서 못 샀다."

안나는 아무 말도 하지 않았지만, 말레르는 차라리 호되게 질책당하는 게 더 낫겠다는 심정이었다. 서서히 부아가 치밀어올랐다.

"계속 움직였잖니." 그가 말했다. "제대로 쉬지도 않고……"

"나중에 얘기해요." 안나가 그의 말을 가로막았다. "지금은 아무 말 마세요."

말레르는 이를 악다물고 몸을 굴려 엎드려 엉금엉금 기어가 휘발유통을 들어보았다. 텅 비어서 더없이 가벼웠다.

병신들, 환장하겠군. 말레르는 생각했다. 비상 연료도 챙길 줄 모르는 병신 새끼들.

문 쪽에서 안나가 코웃음 치는 소리를 듣고서야 딸이 자신의 생각을 읽는다는 사실이 기억났다. 말레르는 천천히 두 발을 디디고 일어나 손전등과 도끼를 들었다.

"거기 그렇게 앉아 비웃건 말건 마음대로 해라." 그가 말했다. "나는 나가서……" 그리고 문을 향해 도끼를 휘둘렀다. 안나는 꿈쩍도 하지 않았다.

"나가게 좀 비켜줄래?"

"그놈은 엘리아스랑 달라요." 안나가 말했다. "혼자이긴 한데 아무래도……"

"부탁인데 문에서 좀 비켜줄래?"

안나가 말레르의 눈을 똑바로 쳐다보았다.

"어쩌면 좋죠?" 그녀가 말했다. "어떻게 해야 돼요? ……무슨 일이라도 일어나면?"

말레르는 짧고 매몰차게 웃었다.

"그래, 걱정되는 게 그거냐?" 그는 호주머니에서 휴대전화를 꺼내 전원을 켜고 암호를 누른 다음 안나에게 건넸다. "9, 1, 1. 무슨 일이 일어나면."

안나는 수신상태를 확인하듯 휴대전화를 살피더니 말했다. "지금 전화해요."

"안 돼." 말레르는 그렇게 말하고 휴대전화로 손을 뻗었다. "그럴 거면 내가 갖고 있으마." 안나는 한숨을 내쉬고는 전화기를 담요 자락 속에 감췄다. "너 전화하는 거 아니지?"

안나는 도리질을 하고는 문에서 손을 놓았다. "아빠, 아무래도 이건 옳은 일이 아닌 것 같아요."

"아니." 말레르가 말했다. "옳은 일이야."

말레르는 문을 열고 바위와 풀밭과 산딸기 덤불 쪽으로 전등을 돌렸다. 불빛을 위쪽으로 향하자 별장과 바다 사이 오리나무숲 장막의 틈새가 밝아지면서, 후미가 시작되는 곳에 불쑥 튀어나온 야트막한 바위 위 사람이 누워 있는 것이 보였다. 굳이 손전등으로 비출 필요도 없었다. 달빛만으로도 머리를 물가로 향한 채 바위에 누워 있는 허연 상반신이 뚜렷하게 보였다.

"보인다." 말레르가 말했다.

"어쩌실 거예요?"

"없애버려야지."

말레르는 집 밖으로 나섰다. 예상과 달리 안나는 문을 잠그지 않았다. 놈을 향해 몇 발짝 걸어가다 뒤를 돌아보았다. 안나가 담요 뭉치를 끌어안은 채 계단에 앉아 그를 지켜보고 있었다.

응당 기뻐해야, 아니, 감동해야 했지만 실제로는 감시당한다는 느낌뿐이었다. 안나는 아버지를 신뢰하지 않았고, 그래서 저렇게 앉아 아버지가 실패하는 광경을 두 눈으로 지켜보려는 것이었다. 또 한번의 실패를.

해안까지 가서 배를 지나치자 놈이 무엇을 하는지 알아볼 수 있었다. 물을 마시고 있었다. 배를 깔고 엎드려 하나 남은 손으로 바닷물을 떠 마시는 중이었다.

말레르는 손전등을 끄고서 도끼를 움켜쥐고 미끈거리는 해초 위를 기어갔다.

없애버려.

그럴 작정이었다. 놈을 없애버릴 작정이었다.

20미터 정도로 거리를 좁혔을 때, 놈이 자리에서 일어났다. 인간의 꼴을 하고 있었지만 동시에 인간이 아니었다. 신체의 상당 부분이 사라진 것이 달빛에 훤히 드러났다. 남쪽에서 불어오는 부드러운 미풍에 실려 썩은 생선에서나 나는 악취가 풍겨왔다. 말레르는 무성한 갈대를 헤치고 놈이 기다리는 바위 위로 올라섰다. 놈은 눈앞의 광경을 못 믿겠다는 것처럼 고개를 갸우뚱거렸다.

눈?

놈에게는 눈이 없었다. 놈은 킁킁대며 냄새를 맡는 듯, 아니면 말레르의 발소리에 귀를 기울이는 듯 고개를 좌우로 돌렸다. 1, 2미터 거리로 가까워졌을 때 말레르는 놈의 가슴살이 다 뜯어먹혀서 훤히 노출된 갈빗대가 달빛에 허옇게 빛나는 것을 보았다. 그 속에서 뭔가 움직이고 있었고, 그것이 펄떡거리는 심장이라고 생각하자 숨이 가빠졌다.

말레르는 도끼를 쳐들고 손전등을 켰다. 혹여 아직 눈이라는 것이 달려 있다면 부시게 할 셈으로 불빛을 똑바로 겨냥했다. 바다를 배경으로 분필처럼 하얀 전등빛에 움직이는 그것의 정체가 드러났다. 가슴팍에 뚫린 구멍 안에서 살찐 검은 뱀장어 한 마리가 덫에 걸린 듯 속을 파먹고 밖으로 나오려 하고 있었다.

자기 자신의 구역질나는 면모를 본 것처럼 인간으로서 본원적인 수치심을 느낀 말레르는 반사적으로 등을 돌렸다. 아까 먹은 음식이 뱃속에서 솟구쳐 입술 사이로 뿜어져나왔다. 소시지, 페이스트리, 우유가 바위에 쏟아져 바다로 흘러들어갔다. 하지만 놈에게 등을 보일 수 없어 토악질이 완전히 멈추기도 전에 다시 돌아섰다.

덜덜 떨리는 이 사이로 토사물이 꾸역꾸역 흘러나와 턱으로 흘러내렸다. 뱀장어는 놈의 가슴속에서 몸부림쳤다. 정적 속에서 말레르는 뱀장어가 살집의 잔해로 이루어진 감옥의 벽에 뱀 같은 몸뚱이를 문대는 소리를 들었다. 그는 입을 훔쳤다. 아래윗니가 아직도 딱딱 맞부딪쳤다.

너무도 진저리가 난 나머지, 말레르의 머릿속에는 무조건적인 혐오감과 이 역겨운 것을 지구상에서 없애버리고 뿌리뽑아야 한다는 충동적인 욕구뿐이었다.

죽여…… 죽여……

말레르가 한 걸음 다가서자 그와 동시에 상대도 다가왔다. 놈은 빨랐다. 만신창이의 몸치고는 짐작보다 훨씬 빨랐다. 뼈가 바위에 부딪혀 딸깍거렸다. 분별력을 잃을 정도의 분노에 휩싸인 와중에도 말레르는 뒷걸음쳤다. 뱀장어 때문이었다. 인육을 먹고 살을 찌운 뱀장어가 다가오는 것이 싫었다.

뒷걸음치던 말레르는 자기의 토사물에 미끄러졌다. 철퍼덕 나동그라지면서 손에 든 도끼가 허공으로 날아갔다. 충격에 고개가 뒤로 꺾이고 뒤통수가 바위에 부딪혔다. 밝은 불빛이 번쩍하더니, 몸을 더듬는 놈의 손길이 느껴지기 무섭게 말레르는 암흑 속으로 추락하고 말았다.

랍세르 섬, 21:50

안나는 사고가 일어나는 것을 보았다. 아버지가 바위 위에 벌러덩 넘어지는 것을 보았고, 아버지의 머리가 철벽 같은 돌에 부딪히는 소리를 들었고, 놈이 아버지를 덮치는 것을 보았다. 안나는 엘리아스를 안은 채 자리를 박차고 일어났다.

맙소사, 안 돼! 저 개새끼가……

놈이 안나 쪽으로 고개를 쳐든 순간, 안나는 머릿속으로 엘리아스의 목소리를 들었다.

……좋게 ……좋게 생각해……

안나는 흐느껴 울면서 몇 걸음 내디뎠다. 뭔가 발치에서 덜걱거렸지만 아랑곳하지 않고 배가 있는 곳으로, 생명이 끊긴 아버지의 몸 위에서 머리를 뒤로 젖혔다가 움찔대는 놈 쪽으로 다가갔다.

추잡한 개새끼……

……좋게……

안나는 알고 있었다. 마음속 깊은 곳에서 알고 있었다. 자기가 하는 일 없이 멍하니 침대에 앉아 있을 때 놈은 그저 밖에 서서 그들을 보기만 했다는 것을. 그녀가 창가에서 가버리라고 소리치며 증오와 혐오를 표출하자 비로소 놈이 창문을 깨뜨렸다는 것을. 애초에 놈이 별장 안으로 들어오려 한 것도 그녀의 두려움에 자극받아서였다는 사실을.

아버지가 놈에게, 놈의 가슴속 구멍에 들어앉은 뱀장어에 증오심을 내보였을 때, 안나는 엘리아스가 지금 하는 그 생각을 보내려 애썼다. 좋게 생각하세요. 그러나 그 생각은 말레르에게 닿지 못했고, 이제 너무 늦어버렸다.

누군가 막 아버지를 죽인 와중에 합리적으로 생각하기란 어려운 법이다. 엄청나게 어려운 일이다.

저 추잡하고 개 같고 허여멀건……

계속 풀밭으로 내려가며 안나는 좋은 말은 한마디도 떠올릴 수 없었다. 조금씩, 한 사람씩 그녀는 모든 것을 빼앗기고 있었다. 놈이 일어나 갈대밭으로 내려오더니 모래밭을 건너 배 쪽으로, 안나 쪽으로 다가오는 것이 보였다.

안나는 눈으로 바닥을 훑으면서 튼튼한 나뭇가지를, 뭔가 무기로 쓸 만한 것을 찾아보았다. 바닥에 떨어진 가지는 모두 완전히 썩어 있었다. 그렇지 않았다면 애초에 나무에서 떨어지지도 않았을 것이다. 놈이 두 발로 철벅거리며 젖은 해초를 헤치고 다가오는 가운데, 불현듯 엘리아스의 양말이 걸려 있는 빨래 건조대가 떠올랐다. 안나도 충분히 부러뜨릴 수 있을 테고, 그걸 무기 삼아서……

그즈음 놈은 배 근처까지 와 있었고, 안나는 해안과 나란히 움직여 더 위쪽으로 움직였다. 빨래 건조대를 어떻게든 부러뜨린다면, 그럴 수 있다면. 품안의 엘리아스가 불안하게 몸을 뒤척이자 담요가 발치까지 늘어졌다. 만약 그녀가 할 수만 있다면……

뭘 어쩌라고? 이미 죽은 사람을 또 죽일 수는 없잖아.

그래도 안나는 쉼 없이 언덕을 올라갔고, 바위투성이 땅바닥에 엘리아스를 내려놓은 후 빨래 건조대를 앞뒤로 흔들어댔다. 온갖 풍상을 견뎌낸 건조대였지만 안나는 공포 덕에 더욱 강해져 있었다. 우지직 소리가 나면서 건조대 아래쪽이 부러졌다. 엘리아스의 양말은 여전히 고리에 매달려 있었고, 놈이 풀밭을 가로질러 불과 5미터 떨어진 곳까지 다가올 때까지도 안나는 건조대 가로대를 바위에 후려쳐 부러뜨려 깔끔한 무기를 만들었다.

엄마의 예쁜 아들 올레, 숲을 걷고 있지……*

공포의 껍질을 뚫고 엘리아스의 작은 목소리가 들려왔고, 안나는 아들의 노래를 알아들었다. 놈이 바로 아래쪽 알돌의 발치까지 왔을 때 그 몸에서 풍기는 악취가 코끝에 와 닿았고, 그 바람에 안나는 모든 생각의 끈을 놓치고 말았다. 그녀의 머릿속을 채운 것은 아들이 부르는 노래의 가사뿐이었다.

두 뺨은 장밋빛, 두 눈에는 햇살.

작은 입술은 블루베리처럼 파란색.

아들의 말처럼 좋게 생각하지는 못해도, 마음속으로 노래를 부를 수는 있었다. 놈이 멈춰 섰다. 다리가 굳어버리고 팔이 축 늘어졌다. 연료가 뚝 떨어진 기계처럼.

나 여기서 이렇게 홀로 쓸쓸히 걷지만 않는다면.

놈의 입가에 묻은 거뭇거뭇한 얼룩을 보니 뺨으로 눈물방울이 굴러떨어졌지만, 안나는 아버지의 피도, 분노와 증오로 이어질 그 어느 것도 생각하지 않겠다고 결심했다. 대신 계속 노래 가사를 읊었다.

브룸멜리브룸, 여봐라! 거기 가는 게 누구지?

---

* 스웨덴의 동요.

덤불이 흔들리네, 개 한 마리가 틀림없어.

가사의 아이러니에 몸이 다 떨렸지만, 안나는 더이상 자신의 몸안에 존재하지 않았다. 몸 옆에 서 있었다. 몸의 변화를 알아차렸고, 몸이 보는 것을 보면서도 지시를 내렸다. 몸속 뇌에게 계속 노래하라는 지시를.

놈은 뒤돌아 왔던 길을 되짚어갔다. 후미 쪽으로, 불쑥불쑥 튀어나온 바위들 쪽으로, 아버지의 시체 쪽으로. 안나는 그런 상황을 음미하지 않고, 다만 보이는 것에 집중했다.

그렇게 삼십 초를 기다리자 노래가 끝났다. 안나는 엘리아스를 담요에 싸서 배 쪽으로 걸어갔다. 바위에 난 작은 웅덩이에 노란 달이 비치고, 풀들이 안나의 두 다리 위에서 서걱거렸다. 그리고 그녀의 눈에 무언가가 들어왔다.

노랗다고?

노란 빛깔의 그것은 달이 아니었다. 안나는 다시 보았다. 그 빛은 휴대전화에서 뿜어져나오고 있었다. 아까 떨어뜨린 것이었다. 안나는 이번에도 같은 노래를 불렀다. 행여 집중력이 흐트러질까봐 다른 것으로 바꿀 엄두가 나지 않았다. 휴대전화를 집어들어 엘리아스의 배 위에 올려놓고 배 쪽으로 걸어내려갔다.

곰이 거기 있는 것을 거의 다 먹어치우네……

안나는 해안 끄트머리의 뱃바닥에 엘리아스를 누인 뒤 후미 쪽을 보지 않으려 애쓰며 배를 밀었고, 물속으로 몇 걸음 들어가 배 안으로 기어들었다. 모자를 실은 배는 잔잔하게 물결이 이는 바다 위를 둥실둥실 미끄러져갔다. 안나는 중간 좌석에 앉아 음식 봉지와 물을 보았다. 적막을 가르고 후미에서 물기 어린 첩첩 소리, 생선 속을 발라내는 듯한 소리가 들려왔다. 안나는 턱을 덜덜 떨며 두 팔로 자신의 몸을 끌어안았다.

아빠는 애쓴 거야…… 도와주고 싶어서…… 바라신 건 다만…… 추잡하고 메스꺼운…… 작고 포동포동한 아이의 손이 바구니를 꺼내네……

노래를 계속해야만 했다. 놈은 헤엄을 칠 줄 알았다.

안나는 떨리는 손으로 노를 풀어 반대편 후미로 저어갔다. 잘못된 방향이라는 것은 알았지만, 놈과 가까워지는 것을 견딜 수 없었다. 그러다 혹여 직접 보기라도 한다면……

쉰 번 정도 노를 젓고 뒤돌아보니 올란드 해의 푸른 망망대해만 눈에 들어왔다. 안나는 노를 노받이에 내버려두고 엘리아스 옆으로 기어가 몸을 동그랗게 말고 누웠다. 그대로 무방비상태가 되었다. 도망치는 것도, 노래하는 것도 그만두었다. 모든 것을 그만두었다.

부드러운 남풍이 불어와 배를 더 멀리, 더 바깥쪽으로 천천히 보내주었다. 고스코브 섬이 두둥실 옆으로 지나갔다. 얼마 지나지 않아 외롭게 깜빡이는 쇠데라름*의 눈만 남았을 뿐, 우주와 바다 사이에 아무것도 보이지 않게 되었다.

헤덴, 22:00

플로라는 자리에 서서 얼키설키 뒤엉킨 시체 더미를 뚫어져라 보고 있었다.

할머니 집 정원에 있었던 그날 밤 그때만 해도 뭔가 일어나길 바랐던, 아니, 뭔가 일어날 줄 알았던 플로라였다. 스웨덴을 영원히 바꾸어 놓을 어떤 일이. 그런 일이 일어난 지금, 무엇이 변했나?

---

* 올란드 해에 있는 등대섬.

아무것도.

공포가 공포를 낳고, 증오가 증오를 낳은 끝에 남은 것은 불에 탄 시체 더미뿐이었다. 어디나 마찬가지로. 언제나 그렇듯.

시체 사이에서 뭔가 움직였다.

처음에는 화염에도 미처 다 타지 않은 손가락들이 빠져나오려고 기를 쓰는 줄 알았다. 그러나 다시 보니 애벌레였다. 하얀 애벌레들이 몇몇 시체의 살을 파고 기어나오고 있었다. 마스크를 쓰고 있는데도 불길에서 풍기는 악취가 견디기 어려워 플로라는 발을 끌며 뒤로 몇 미터 물러섰다.

열다섯 구 정도의 시체가 있었는데, 애벌레는 일곱 마리만 나왔다.

나머지는 그 여자가 데려갔다.

플로라는 애벌레들이 인간이라는 것을 알았다…… 아니, 인간에게 내재된 인간적 요소, 이 세계에서 인식될 수 있도록 가시적인 형태를 부여받은 존재였다. 플로라의 분신도 진짜 분신이 아니었다. 그건 인간의 개념으로는 결코 이해할 수 없는 존재였다. 플로라는 눈이 마주쳤던 한순간 그것을 깨달았다.

플로라의 분신, 그녀가 가장 좋아하는 스니커즈를 신은 그 존재는 하나의 기운에 지나지 않았다. 그 기운이 어떤 방식으로 나타나야 효과가 있는지는 사람에 따라 달랐다. 그 임무는 포획과 수집이므로 한결같은 것은 갈고리뿐이었다. 그 갈고리조차 결코 진짜가 아니라 인간이 이해할 수 있는 하나의 이미지에 불과했다.

숯 더미에서 꿈틀대며 나타난 애벌레들은 숙주가 죽어버리자 갈 곳을 잃었다.

소멸. 플로라는 생각했다. 소멸.

그녀가 할 수 있는 일은 없었다. 두려움에 방향을 튼 애벌레들은 이제 갈 곳을 잃었다. 플로라가 지켜보는 가운데 부풀어올랐고, 처음에는 분홍빛을 띠었다가 빨갛게 변했다.

애벌레 인간들이 플로라가 이미 알고 있는 것을 비로소 깨닫고 고뇌에 찬 비명을 지르는 소리가 희미하게, 희미하게 들렸다. 그들은 이제 가차없이 다른 곳으로 내몰리는 중이었다. 무엇 하나 말할 것이 없는 곳. 무無의 세계로.

애벌레들의 몸뚱이가 훨씬 더 크게 부풀어올라 얇은 피막이 늘어나면서 비명소리도 더 커졌다. 플로라는 머리가 핑핑 돌았다. 이 모든 것이 실제로 일어나는 일이 아님을 알기 때문이었다. 그녀가 지켜보고 있어서 가시화되었을 뿐, 눈앞에서 펼쳐지고 있는 것은 사실 인류만큼이나 역사가 오래된, 보이지 않는 드라마였다.

펑, 애벌레들은 들리지만 들리지 않는 소리와 함께 한 마리씩 터졌고, 몸통에서 흘러나온 찐득찐득하고 투명한 체액이 불에 그을린 뼈의 열기 속에서 증발하며 비명도 잦아들었다.

소멸.

플로라는 불길에서 물러나 몇 미터 떨어진 벤치에 앉아 생각을 하려고 했다. 그녀는 너무 많은 것을, 많아도 너무 많은 것을 알고 있었다. 눈 깜짝할 사이에 너무나 많은 깨달음이 홍수처럼 머릿속으로 쏟아져 들어와 담고 있을 수가 없었다.

왜? 왜 이런 일이 일어난 거지?

플로라는 알고 있었다. 모든 것을 알고 있었다. 말로 표현할 수는 없는 무언가가 삼라만상의 거대한 질서를 흐트러뜨린 것이었다. 그 소소한 결과 중 하나가 여기 우리의 작은 행성에서, 제한된 한 지역에서 죽은 자들의 부활로 나타났다. 허리케인이 나비의 날갯짓을 바꾸어놓은 셈이었다. 좀더 원대한 섭리에서 보면 아무것도 아닌, 이따금 일어날 만한 일이었다. 신화 속 주석에 지나지 않는 일.

플로라는 벤치에서 허리를 곧추 펴고 앉았다. 전에 헤덴 입구 밖에서 할머니가 한 말이 떠올랐다…… 그게 오늘이었나? 마야와 함께 산책을 한 날이었고, 그리고…… 그렇다, 같은 날이다.

플로라는 휴대전화를 꺼내 엘뷔에게 전화를 걸었다. 무슨 바람이 불었는지, 다른 여자들이나 그 짜증나는 남자 대신 엘뷔가 직접 받았다. 피곤한 목소리였다.

"할머니, 저예요. 좀 어떠세요?"

"좋지 않아. 이래저래…… 좋지 않아."

할머니 뒤로 사람들이 말다툼을 하며 언성을 높이는 소리가 들렸다. 그날의 사건이 모임에 소란을 불러일으킨 것이었다.

"할머니, 제 말 좀 들어보세요. 오늘 저한테 하신 말씀 기억하세요?"

엘뷔는 한숨을 내쉬었다. "아니, 나는 잘……"

"텔레비전에 나타난 여자요. 저한테 말씀하셨던……"

"그래, 그래. 그게 전부……"

"잠깐만요. 그 여자가 할머니한테 그들은 내게 와야 한다고 말했댔죠, 그렇죠?"

"말씀대로 하려고 노력하고 있어. 그런데……"

"할머니, 그 말은 살아 있는 사람들에 대한 게 아니에요. 죽은 사람들에 대해 말한 거예요."

플로라는 조금 전 뜰에서 일어난 일을 이야기해주었다. 한 무리의 청년, 불, 플로라의 분신, 애벌레들.

그사이 플로라는 마음 한편으로 사람들의 접근을 감지했다. 이번에도 좋은 마음을 가진 사람들은 아니었다. 분노와 증오가 다가오고 있었다. 그 청년들이 다른 친구들을 불러모았을 수도 있었고, 비슷한 생각을 하는 다른 사람들인지도 몰랐다.

"할머니, 할머니도 분신을 보신 거예요. 이리로 오세요. 지금 당장. 안 그러면 그들이…… 사라져버릴 거예요."

전화기 너머가 한동안 조용해지더니, 엘뷔가 전에 없이 활기 있는 목소리로 말했다. "택시 타고 가마."

전화를 끊고 나서야 어디서 만날지 정하지 않았다는 데 생각이 미쳤다. 그래도 저절로 해결될 것이다. 이 공간에 함께 있는 한 두 사람의 마음은 하나가 된 듯 어우러져서 무전기로 이야기를 하는 것이나 마찬가지였다. 정작 문제는 할머니가 이 안까지 들어올 수 있느냐였다. 그러나 그것 역시 나중에 생각해도 될 문제였다.

플로라는 자리에서 일어났다. 악에 마음을 빼앗긴 험악한 사람들이 오고 있었다.

뭐라고 말하지? 어떤 행동을 취해야 하지?

플로라는 뜰에서 뛰어나왔다. 구내 어딘가에 그녀와 생각이 비슷하고 똑같은 이미지를 떠올리는 부활자가 존재한다는 것을 알 수 있었다. 플로라는 17C를 찾아나섰다.

플로라가 달리는 동안 시체들이 건물 밖으로 나와 모이고 있었다. 이제 춤은 추지 않았다. 위층 창문에서 무표정한 얼굴로 내다보기만 하는 시체들도 있었지만, 시간이 지날수록 그 수가 줄어들었다. 치과 드릴처럼 귀청을 뚫을 듯 윙윙거리는 소리가 점점 커졌다. 저멀리서 살아 있는 자들이 더 많이 다가오는 것이 느껴졌다. 입구가 열린 게 분명했다.

재앙이, 자신이 막을 수 없는 공포의 강물이 밀려와 플로라는 가슴 가득 두려움을 안고 마구 달렸다. 17동을 발견하고 달려들어가 잠깐 멈추었다.

죽은 사람 하나가 계단을 내려오고 있었다. 두 다리가 절단되어 배를 바닥에 질질 끄는 늙은 남자. 한 단 한 단 내려올 때마다 턱이 콘크리트 바닥에 콱콱 부딪히는 바람에 플로라의 턱까지 아플 지경이었다. 남자가 바닥에 거의 다다르자 플로라에게 그의 목소리가 들렸다.

집…… 집…… 집……

남자는 옆을 지나치는 플로라에게 손을 뻗었지만, 그녀는 몸을 비틀어 피한 뒤 C호로 올라가 문을 벌컥 열었다.

에바가 문간에 서서 밖으로 나오려던 참이었다. 문으로 스며든 층계참의 희미한 불빛 아래 절반을 붕대로 가린 에바의 얼굴은 희끄무레한 반점처럼 보였다.

플로라는 생각할 겨를도 없이 앞으로 나서서 에바의 양어깨를 붙잡았다. 그 순간 둘은 서로에게 연결되었고, 플로라는 할말이 떠올랐다. 밖에서 벌어지는 일들에 대해서는 신경을 완전히 차단하고 마음속으로 생각했다.

나와요. 내 말 들어요.

에바는 플로라의 손아귀에서 빠져나가려고 몸부림쳤다. 에바 안에 남아 있는 진짜 에바가 말했다.

싫어. 난 살고 싶어.

당신은 살 수 없어요. 문이 닫혔어요. 나갈 길은 두 개예요.

플로라는 육체의 굴레에서 벗어난 영혼들의 영상 두 개를 전송했다. 소환된 영혼들의 영상, 사라진 영혼들의 영상을. 플로라의 것이 아닌 말이 그녀의 목소리를 빌려 흘러나왔다.

일어날 일은 일어나기 마련이에요. 포기하고 당신을 내어주세요.

에바의 영혼이 표면에 거의 닿을 것 같았다. 플로라의 등뒤 어딘가에서 윙윙거리는 소리가 더욱 커져갔다. 오래도록 바다를 헤매던 바다제비처럼, 어부는 바야흐로 은색으로 번득이는 빛을 향해, 자신의 사냥감을 향해 곤두박질쳤다.

난 다만…… 작별 인사를 하고 싶어.

하세요. 당신은 강해요.

어부가 형상을 취하기 전에, 영혼이 그 사냥감의 형상으로 나타나기 전에 에바는 자신의 가슴 밖으로 튀어나왔고, 육체를 이탈한 혼령에게만 가능한 속도로 날아갔다. 하나의 생명이 쏜살같이 지나가며 하나의 속삭임이 플로라의 살갗에 슬근대자 머릿속에서 의식의 불꽃이 깜빡였다가 사라졌다. 에바의 몸은 무너지듯 플로라의 발치에 쓰러졌다.

행운을 빌어요.

윙윙거리는 소리는 멀어져갔다. 어부가 추격에 나섰다.

스바르바르가탄, 22:30

다비드는 잠이 들었고, 꿈을 꾸고 있었다. 그는 미로에 갇힌 채 통로를 따라서 뛰고 있었다. 가끔 문이 나오긴 했지만 하나같이 잠겨 있었다. 뭔가가 그를 쫓아오고 있었다. 늘 어느 모퉁이 바로 뒤에서 나타났다. 그것이 에바의 얼굴이라는 것을 알았지만 에바는 아니었다. 그에게 더 쉽게 다가오려고 둔갑한 것이었다.

다비드는 문이 나오면 손잡이를 있는 힘껏 잡아당기며 비명을 질렀고, 그러는 내내 사랑과는 정반대의 것이 침입해오는 것을 느꼈다. 최악은 혼자 둔 망누스가 꿈에서도 걱정된다는 것이었다. 망누스는 끔찍한 일이 일어날지도 모르는 어두운 방 어딘가에 있었다.

다비드는 끝이 보이지 않는 통로를 달렸다. 문을 향해, 닫혀 있는 것을 알면서도 달려갔다. 그러다 조명이 사뭇 달라지는 것을 알아차렸다.

이제껏 지나온 곳은 모두 차가운 네온빛이었는데, 지금 보니 그와는 다른 빛이 비치고 있었다. 태양빛, 햇살이었다. 다비드는 달리면서 위를 보았다. 통로 천장이 없어지고 여름 하늘이 보였다.

손잡이에 손을 얹었을 때 이번에는 문이 열릴 것을 알았고, 다비드의 예상은 맞았다. 문이 열리자 사방의 벽이 녹아내렸고, 쿵스홀름 해안의 풀밭이 나타났다. 에바가 그곳에 있었다.

다비드는 그날이 무슨 날인지 알았고, 그 순간이 다가옴을 느꼈다. 커다란 오렌지색 모터보트가 운하를 따라 이쪽으로 오고 있었다. 그랬다, 그때 다비드는 그것을 바라보고 있었다. 망막에 오렌지색 점이 맺히자 그는 에바를 돌아보며 물었다. "나랑 결혼할래?"

그러자 에바는 좋다고 대답했다.

"응! 응!"

그들은 담요 위에서 뒹굴며 끌어안았고, 계획을 세웠고, 영원을, 영원을 약속했다. 그러자 오렌지색 모터보트를 탄 남자가 그들을 향해 능청스럽게 휘파람을 불었다. 오늘이 바로 그날이었고, 배가 다가오고 있었고, 이제 청혼할 차례였지만, 입에서 그 말이 나오려는 찰나 에바가 두 손으로 그의 얼굴을 감싸고는 말했다. "응, 응. 하지만 나는 지금 가야 돼."

다비드는 도리질을 했다. 베개 위에서 고개를 왔다갔다 돌리며 그가 말했다. "가면 안 돼."

에바의 입가에 미소가 감돌았지만, 눈에는 슬픔이 고여 있었다.

"다시 만나게 될 거야." 그녀가 말했다. "몇 년만 기다리면 돼. 겁낼 것 없어."

다비드는 담요 자락을 떨치고 침실 천장을 향해, 풀밭 위의 에바를 향해 두 팔을 뻗었고, 마주한 둘 사이에서 울음소리가 터져나왔다.

풀밭, 운하, 보트, 햇빛과 에바가 한곳으로 빨려들어가 작은 점으로 작아지면서 다비드는 눈을 떴다. 그는 망누스의 침대에 누워 두 팔을 앞으로 뻗고 있었다. 오른쪽에서 귀가 멀 정도로 커다랗게 윙윙거리는 소리가 들렸다. 그쪽으로 고개를 돌릴 여지는 없었다. 하얀 애벌레가 그의 배 위에 몸을 동그랗게 말고 있었다.

싸구려 향수 냄새가 방을 가득 채웠다. 그가 알고 있는 향기, 기억하는 향기였다. 시야 한구석으로 어렴풋이 분홍빛이 보였다. 머리가 움직여지지 않으니 고개를 돌려 그 자신의 죽음의 이미지를 볼 수 없었다. 식료품점 여자. 손 하나가 시야로 들어왔다. 손목에는 색색의 팔찌들이 주렁주렁 걸려 있었고, 손끝마다 갈고리가 붙어 있었다.

안 돼! 안 돼!

다비드는 두 손을 급히 뻗어 애벌레를 둥글게 감싸 덮었다. 그의 손까지 10센티미터 남짓 남겨두고 갈고리들이 멈췄다. 그것들이 다비드는 건드릴 수 없었다. 살아 있는 존재니까. 애벌레가 꿈틀거리며 손바닥을 간질였다. 다비드는 손바닥을 통해, 피부와 살과 뼈를 통해 하나의 애원을 읽었다.

날 보내줘.

다비드는 고개를 흔들었다. 흔들려고 애썼다. 모아쥔 두 손안에 애벌레를 담은 채로 침대를 박차고 나와 집에서 도망치고 싶었다. 지구를, 이것이 숙명인 바로 이 세계를 떠나고 싶었다. 그러나 죽음이 침대맡에서 있어 온몸이 공포로 마비된 상태였다. 그리고 그는 그녀를 보내주기를 기부했다.

손안에서 애벌레가 부풀어올랐다. 갈고리들이 천천히 시야 밖으로 물러났다. 애원의 소리가 작아지면서 에바의 목소리도 희미해졌다. 에바와 에바의 말을 들을 수 있었던 다비드의 일부 사이로 어둠이 한 겹

두 겹 쌓이기 시작했다. 이제 속삭이는 소리만 들렸다.

날 사랑한다면…… 보내줘……

다비드는 흐느껴 울면서 두 손을 들어올렸다.

"사랑해."

손안의 애벌레는 부풀어올라 분홍빛을 띠고 있었다. 아파 보였다. 죽어가고 있었다.

내가 무슨 짓을 한 거지? 무슨 짓을……

갈고리가 다시 나타났다. 집게손가락의 갈고리가 애벌레의 몸뚱이를 꿰뚫어 들어올렸고, 다비드는 입을 벌려 비명을 지르려고 했지만 그러기도 전에 심상치 않은 일이 일어났다.

갈고리에 꿰인 애벌레의 몸이 갈라져 벌어졌다. 갈고리 손은 지금 일어나는 일을 다비드에게 보여주려는 듯 그의 눈앞에 머물렀다. 갈라진 자리가 넓어지면서 애벌레는 번데기로 변했다. 그 틈새로 핀대가리만 한 머리통 하나가 쏙 튀어나왔다.

나비가 밖으로 나오자 마른 고치 껍데기는 떨어져 녹아버렸다. 날개를 말리려는 건지, 자기 모습을 보여주려는 건지 갈고리 위에 꼼짝 않고 앉아 있던 나비는 잠시 후 몸을 띄워 날아올랐다. 다비드는 그 광경을 눈으로 좇았고, 나비가 천장을 통과해 사라지는 것을 보았다.

다시 시선을 내리자 갈고리 손은 사라지고 없었고, 윙윙거리는 소리도 약해졌다. 다비드는 천장을, 나비가 사라진 지점을 뚫어져라 쳐다보았다.

사라졌어.

망누스가 바로 옆에서 뒤척이며 잠꼬대를 했다. "엄마……"

다비드는 망누스를 깨우지 않으려고 조심조심 침대에서 빠져나왔다. 아이가 듣지 못하도록 등뒤로 방문을 닫았다. 그리고 부엌 바닥에 쓰러져 눈물이 마를 때까지 실컷 울었다. 텅 비어버린 느낌이었다. 세계도 또다시 텅 비어버렸다.

믿을게.

행복이 존재하는 곳이 있다는 것을. 그런 세상과 그런 시간이 있다는 것을.

헤덴, 22:35

플로라는 마음을 바꿨다.

단순히 일어서는 동작 하나에도 몸은 영혼을 필요로 한다는 사실을 이제 플로라는 자연스레 깨달았다. 그보다 훨씬 더 놀라운 것은 영혼이 몸을 필요로 한다는 사실이었다. 에바가 떠나면서 여기에 남긴 것은 태워버리거나 묻어버려도 무방할 쓰레기나 다를 바 없었다.

인간은 왜 태어나는 걸까? 무슨 이유로 태어나는 거냐고.

어마어마한 이 수수께끼에 대해 플로라는 완전히 무지했다. 죽음의 과학에 그 문제는 포함되어 있지 않았다. 플로라는 몇 분 동안 육신의 껍데기 옆에 무릎을 꿇고 앉아 있었다.

더는 못하겠어……

웃기는 노릇이었다. 오늘 아침만 해도 여느 때와 다름없이 마야와 담배를 피우며 수다를 떨었는데, 이제 영혼들을 구원해야 한다니.

구원?

플로라는 구원에 대해 아는 것이 하나도 없었다. 사후 세계에 대해 아는 바라고는 직접 가기 전에는 아무것도 알 수 없다는 것이 전부였다. 다른 세계가 존재하는데, 그곳에 대해서는 영영 아무 말도 할 수 없다는 것 정도.

하필이면 왜 플로라가? 왜 엘뷔가?

할머니……

할머니와 통화한 지 적어도 이십 분은 지났으니 벌써 입구에 와 계실지 몰랐다. 플로라는 거기까지 가는 게 겁이 나면서도 계단을 뛰어내려갔다. 한순간 어린아이로 돌아간 기분이었다. 어떻게 해야 하는지 할머니가 알려주실 것이다. 할머니라면 아실 것이다.

하지만 알고 있는 건 나잖아……

이제는 결코 이전의 삶으로 돌아갈 수 없을 것이다.

뜰에는 개미 새끼 한 마리 없었다. 아니다. 아까 맞닥뜨렸던 다리 없는 남자가 건물 현관에서 얼마 가지도 못하고 여전히 두 팔로 몸을 질질 끌고 있었다. 플로라를 둘러싼 주위 모든 것이 고요히 잠들어 있었지만, 그녀의 머릿속 소동의 크기는 형언할 수 없을 정도였다. 울음과, 기도와, 분노와, 도움을 바라는 간청과, 증오의 아우성이 뒤섞여 빚어내는 광기에 찬 불협화음.

플로라는 남자에게 달려가 몸을 수그리고 한 손을 그 등에 얹은 뒤 자신이 아는 것을 전송했지만 남자는 저항했다. 만신창이가 된 자기 몸을 떠나고 싶지 않은 것이었다. 그가 몸을 돌리더니, 플로라의 손에 덤벼들며 이를 드러냈다.

정신 차려, 병신아. 사태 파악이 안 되니……

하릴없는 분노가 플로라의 마음속에 거품처럼 끓어올랐다. 남자의 분노와 비탄이 그녀의 분노와 비탄과 맞물려 서로 힘을 키우자, 플로라는 뒤로 펄쩍 뛰며 물러섰다. 얼굴을 걷어차줄까 하다가 가까스로 참고 그를 뒤로한 채 떠났다.

뜰 입구 반대편에 도착한 플로라는 우뚝 걸음을 멈추었다.

뜰에 있던 시체들이 하나도 빠짐없이 울타리로 향하고 있었다. 들판은 인파로 부글부글 끓어오르고 있었다. 입구가 활짝 열려 경찰 특별기동팀이 떼로 들어와 있었고, 플로라가 보는 동안 더 많은 인원이 들어왔다. 경찰들은 무기를 빼들고 뛰어왔다. 시체들은 입구 쪽으로 가려 했지만 저지당했다. 발포는 아직 하지 않았더라도 시간문제였다. 시체와 경찰의 비율이 30 대 1은 될 듯했다.

조치를 취해야……

플로라는 우왕좌왕하는 군중을 향해 달려갔다. 아까 다리 없는 남자가 몸을 돌려 이를 드러냈을 때, 플로라는 그의 내부에서 뭔가를 보았다. 굶주림. 제 몸의 기력을 다 소진한 남자는 자신의 비실존성을 지탱해줄 더 많은 것을 원했다. 만약 외부의 분노에 자극받아 스스로를 충족시키려는 욕구에 맞닥뜨리지만 않았다면, 굶어죽는 쪽을 택했을 것이다. 지금 그는 분노의 근원지를 향해 전속력으로 기어가고 있었다.

플로라는 시체들에 둘러싸여 있는 젊은 경찰 가까이 다가가 그가 주위 시체들에게 총을 난사하는 것을 막으려고 몸을 던졌다. 그녀가 감지한 그의 의식이 두 손을 든 직후였다.

차라리 장난감 권총이 나았을 것이다. 효과는 똑같고 소리는 더 크니까. 총알을 맞을 때마다 살이 조금씩 떨렸지만 시체들은 한 걸음도 흐트러지는 법이 없었다. 불과 몇 초 만에 경찰은 피골이 상접한 팔다리와 파란 가운의 홍수에 밀려 사라지고 말았다.

이곳저곳에서 총이 발사되었다. 입구에 다다른 플로라는 경찰 특공대를 지나쳐 달려갔다. 대열 맨 앞의 여자 요원 하나가 무전기에 대고 병력을 지원해달라며 고래고래 소리치고 있었다. 길을 따라 몇백 미터를 달려가던 플로라는 진창길에서 걸음을 재촉하는 엘븨를 발견했다.

그즈음 총성은 희미해져서, 뒤쪽 저멀리 어디선가 열리는 신년 축하

파티의 폭죽 소리처럼 먹먹한 정도였다. 엘뷔를 따라잡은 플로라는 그녀의 손을 잡고 말했다. "오세요."

엘뷔와 손을 맞잡고 서둘러 다시 문으로 향하는데, 플로라 내면의 통찰력이 말했다. 너무 늦었어.

엘뷔가 플로라의 손을 더욱 힘주어 잡으며 말했다. "누군가가. 만일 우리가 할 수만 있다면…… 내가 어떻게…… 내가……"

우린 몰랐어요. 플로라가 답신을 보냈다.

특공대 차량들이 덜컹대며 들판을 따라 입구 쪽으로 다가오고 있었다. 그중 한 대가 옆에 서더니 앞좌석 차창이 스르르 내려갔다.

"이봐요! 여긴 들어오면 안 돼요!"

플로라는 입구 쪽을 바라보았다. 시체들이 우르르 쏟아져나와 도로를, 도시를 향하고 있었다.

"염병할." 차 안의 누군가가 말했다. "진입한다. 지금!"

플로라가 엘뷔를 본 찰나의 시간 동안 둘은 서로의 생각을 읽을 수 있었다. 엘뷔는 미처 이해하지 못한 것에, 할 일을 하지 못한 것에 더없는 부끄러움을 느꼈다. 스스로 맞닥뜨릴 일은 중요하지 않았다. 연로한 그녀에게 이것은 상황을 바로잡을 수 있는 마지막 기회였다. 한편 플로라는 한순간 죽음 안에 머무른 이상 다시는 예전의 삶으로 돌아가지 못하리라는 것을 알았다.

그렇다 한들 시도는 해봐야 했다.

특공대 차량에서 한 발 물러나 시체들에게 가려는데, 차 옆문이 벌컥 열리면서 경찰 두어 명이 뛰어나와 그들을 붙잡았다.

"당신들 귀머거리예요? 여기 들어오면 안 된다니까!"

경찰 손에 이끌려 버스에 올라탄 플로라와 엘뷔는 대기중이던 더 많은 병력에 인계되어 옴짝달싹할 수 없었다. 문이 닫히더니 굳게 잠겼다. 그들이 탄 무장 차량이 몇 미터 후진했을 때 운전기사 옆좌석의 경찰이 입을 열었다. "한 바퀴 돌아."

기사가 무슨 뜻이냐고 묻자, 옆자리의 그 남자가 차에 접근중인 시체 무리를 가리키며 한 바퀴 원을 그려 보였다. 의미를 이해한 기사는 코웃음을 치더니 가속페달을 밟았다.

시체를 칠 때마다 쨍그랑거리는 쇳소리가 났다. 차가 난폭하게 헤치고 지나가자 시체들이 홍해처럼 쫙 갈라졌다. 플로라는 차에 치인 시체들이 다시 일어서는 것을 창 너머로 보았다.

플로라는 두 손으로 귀를 막고 엘뷔의 무릎에 머리를 파묻었다. 그러나 차가 시체들을 칠 때마다 쿵, 쿵, 하는 충격이 몸으로 고스란히 전해졌다.

끝났어. 플로라는 생각했다. 다 끝났어.

올란드 해, 23:30

지금 이곳이 어디인지는 안나에게 조금도 중요하지 않았다. 섬은 하나도 보이지 않았고, 쇠데라름 등대마저 수평선 너머로 사라졌다. 배는 달빛이 교교한 은빛의 망망대해를 떠가고 있었다. 저멀리 어딘가에 올란드 제도가, 그 너머에 핀란드가 있었지만 그런 이름 같은 것은 전혀 중요하지 않았다. 그곳은 바다였다. 그저 바다.

가벼운 물결이 선체에 부딪혀 찰싹였다. 엘리아스는 안나 바로 옆에 누워 있었다. 모든 것이 바람직했다. 그렇지 않다 해도 더는 문제될 것이 없었다. 그들은 세상 너머에, 바깥에 있었다. 이대로 영원히 떠다닐 수도 있었다.

이런 적막을 깨는 소리가 형편없는 전자음의 〈아이네 클라이네 나흐트무지크〉라니 결코 있을 수 없는 일이라, 처음에 안나는 밤이 헌정한 우스운 농담이라고 생각했을 정도였다. 담요 밑에서 휴대전화를 찾아 꺼냈다. 이런 상황에 대비해 챙겨오긴 했지만, 이렇게 멀리 나와 있으니 통화가 될 것 같지는 않았다. 이곳에는 아무것도 없었다.

벨소리에 짜증이 난 나머지 한순간 전화기를 배 밖으로 집어던질까도 생각했다. 하지만 정신을 가다듬고 통화 버튼을 눌렀다.

"네?"

전압 때문에 전화기 너머 목소리가 지지직거렸다. 수신 감도가 좋지 않아서 그런지도 몰랐다.

"안녕하세요. 저는 다비드 세테르베리라고 합니다. 구스타브 말레르 씨와 통화할 수 있을까요?"

안나는 주위를 둘러보았다. 휴대전화 화면의 불빛 때문에 밤눈이 어두워져 이제 바다와 하늘의 경계를 구분할 수 없었다. 그들은 우주 공간을 부유하고 있었다.

"여기…… 안 계세요."

"민폐인 건 압니다만, 제가 지금 이야기할 사람이 필요해서요. 말레르 씨에게 손자가 있는데…… 제가 드릴 말씀이 있어요."

"저한테 하세요."

안나는 다비드의 이야기를 들었고, 감사 인사 후 전화를 끊었다. 그러고 나서 그 자리에 앉아 한참 엘리아스를 바라보다가 무릎 위로 끌어올려 아이의 이마에 자기 이마를 댔다.

엘리아스…… 엄마가 해줄 얘기가 있어……

엘리아스가 귀기울이고 있는 것이 느껴졌다. 안나는 방금 전 들은 이야기를 엘리아스에게 해주었다.

겁낼 것 없어……

안나의 머릿속에 아이의 목소리가 울려퍼졌다. 정말?

그럼, 엄마가 장담할게. 여기 있으렴. 때가…… 때가 올 때까지 엄마 안에 있어.

담요 안 아이의 몸이 기운이 빠지더니 뻣뻣하고 묵직하게 굳는 것이 느껴졌다. 엘리아스는 안나의 안으로 들어갔다.

엄마, 거긴 어떤 곳이야?

엄마도 몰라. 우리 아기…… 가볍네.

엄마, 엄마는 날 수 있어?

그럴걸. 그래, 날 수 있을 거야.

윙윙 소리가 들려와 수면을 따라 점점 더 강해지는 것이 마치 페리가 다가오는 듯했지만, 빛나는 것이라고는 달과 별뿐이었다. 윙윙 소리가 더 강해지고 가까워지면서 안나는 마음을 바꾸었다. 그녀는 엘리아스와 함께였다. 아이가 처음 생겼을 때처럼 다시 품었으니 이제 내주지 않을 작정이었다. 그 생각을 한 순간, 안나는 엘리아스가 멀어지려는 것을 느꼈다.

아니야, 아니야, 아가야. 가지 마. 가지 마. 미안해.

엄마, 나 무서워.

무서워하지 마. 엄마가 같이 있어.

이제 윙윙거리는 소리는 보트 안에 들어와 있었다. 안나는 왼쪽 시야 한편으로 그림자 하나가 달을 가로지르는 것을 보았다. 노를 젓는 자리에 뭔가 앉아 있었다. 안나는 그쪽을 볼 수가 없었다.

엄마, 엄마랑 나 금방 다시 보는 거야?

그럼, 아가야. 금방 보게 될 거야.

엘리아스는 무슨 말을 더 하려고 했다. 하지만 자리에 앉아 있던 암흑의 덩어리가 다가오자 아이의 목소리는 점점 희미해지며 가슴에서 하얀 애벌레가 풀려났다. 덩어리 끄트머리에는 갈고리가 하나 달려 있었다.

안나는 한 손을 동그랗게 모아 애벌레를 감쌌다가 집어들어 그대로 몇 초 들고 있었다.

엄마는 늘 네 생각을 할 거야.

그런 후 그녀는 아이를 보내주었다.

린드크비스트가 장르를 다루는 법

총은 좀비를 죽이지 못한다.

좀비를 죽이는 건 (총을 든) 사람이다.

린드크비스트의 티셔츠 문구

욘 아이비데 린드크비스트는 장르의 교란자다. 공고한 장르의 벽에서 잘 보이지 않는 틈새를 찾아내 조금씩 그 기반을 허물어뜨리는 작가. 데뷔작 『렛미인』(2004)이 그랬다. 그는 앤 라이스가 현대화하고 이제 흔한 팝컬처 아이콘이 되었으나 개인의 삶과 사회질서에 위협을 가하는 '괴물'의 외피를 완전히 벗지 못한 뱀파이어 장르에 새로운 숨통을 틔웠다. 그의 뱀파이어는 기존 장르의 관습을 넘어서 현대인의 사회적 소외와 우정의 문제를 제기했다.

두번째 작품 『언데드 다루는 법』(2005)에서도 장르를 내파하는 것으로 그 토양을 비옥하게 하는 예의 솜씨를 볼 수 있다. 뱀파이어에 이어 그가 이번에 탐색하는 대상은 편의상 '좀비'로 통칭되기도 하는 '언데드'다. 2009년 호주에서 열린 출간 기념 인터뷰에서 그는 좀비영화들을 보며 '왜 영화 속 언데드는 하나같이 공격적으로 그려지는가?'라는 의문을 갖게 된 것이 작품의 출발점이었다고 직접 밝힌 바 있다. '알고 보면 무덤에서 성치 못한 몸으로 막 기어나왔을 뿐인' 약자라는 생각에서 출발한 그는 유례를 찾기 힘들 정도로 비폭력적인 언데드를 구상하게 되었다.

비정상적인 폭염에 시달리는 스톡홀름, 전자기기 이상과 집단 두통 증세가 이어지다 어느 순간 모든 것이 사라지면서 죽은 지 두 달 미만의 시체 수천 구가 일제히 깨어나는 설정은 가히 묵시록적인 드라마를 선사하지만, 썩어 악취를 풍기는 언데드들은 이내 호러 장르에 기대할 법한 것들을 배반하기 시작한다. 그들은 가령 인간을 물어뜯어 전염시키는 것이 본업(?)임을 전혀 의식하지 못한다. 그들을 움직이는 것은 귀소본능뿐이다. 그저 죽기 전에 살았던 집으로 돌아가고자, 조용히 움직일 따름이다. 스톡홀름의 시민들은 걷잡을 수 없는 혼란에 빠진다. 언데드들이 죽기 전에는 자신의 가족이었다는 사실은 오히려 혼란을 가중시킨다. 그러나 좀비와 인간의 초현실적인 대치전처럼 익히 나올 법한 양상은 발견되지 않는다. 신세기의 언데드는 이를테면 국지적인 바이러스로 취급되며, 스웨덴 정부는 검역을 실시한다. 그리고 개발에 실패한 후 방치된 슬럼이 언데드의 집단 수용소로 급조된다. 이 같은 '호러의 탈을 쓴 르포르타주'는 『렛미인』을 읽은 독자에게는 낯설지 않은 형식이다.

작품의 주제에 대해 린드크비스트는 한 사회의 집단화된 공포에 정부와 경찰이 어떻게 대처하는지 살피는 한편 '정서적인' 측면에서는 '사랑의 한계'를 가늠해보고 싶었다고 말한다. 그래서 언데드 부활 직전에 가족을 잃은 스톡홀름 시민 네 명을 조명한다. 그들은 사고로 아내 에바를 잃은 스탠드업 코미디언 다비드, 남편의 장례식을 치르고 돌아온 엘뷔, 두 달 전 여섯 살 난 아들을 잃은 안나, 저널리스트인 그녀의 아버지 말레르다. 내러티브는 그들의 일상을 면밀히 파고들어가면서 언데드의 괴성과 카니발이 아닌 그들 넷의 비탄과 상실의 몸부림으로 무게중심을 옮긴다.

언데드가 되어 돌아온 아내, 남편, 아들 혹은 손자를 맞이하면서 그들의 슬픔에는 기이한 공포가 섞여든다. 흉측하게 변한 모습과 소통이 불가능해진 관계가 주는 이물감, 이를 극복하기 위해 새로운 기준을 마련하려는 그들의 절박한 사정, 그런 노력을 반사회적인 것으로 규정해 그들을 고립시키는 사회상은 그로테스크한 아이러니와 파토스를 동시에 전한다. 그 시점에서 린드크비스트는 '사랑의 한계'를 보다 명확하게 풀어 말한다. '생전에(과거에) 사랑했던 사람이 전혀 다른 모습(언데드)으로 앞에 섰을 때 우리는 그들을 어느 선까지 받아들이고 또 어떤 방식으로 사랑할 수 있을까'라고.

아울러 타나토포비아, 혹은 심판의 날 판타지로 작품을 이해하려는 심리를 보다 다층화하기 위해 그가 고안해낸 회심의 장치를 눈여겨볼 필요가 있다. 그것은 의식도 의지도 없다고 여겨진 언데드가 실은 대면한 인간의 감정을 거울처럼 반사시킬 수 있음이 드러나는 대목이다. 이는 일차적으로 죽음과 절멸에 대한 인간 근원의 두려움과 혐오를 상징하지만, 더 나아가서는 죽음의 극복과 부활의 가능성을 암시한다. 죽음의 현현 앞에서 우리는 말레르처럼 반격하려다 도리어 비참하게 죽을 수도 있지만, 다비드와 안나처럼 죽음과 화해하고 새로운 방식의 재회를 꿈꿀 수도 있다는 것이 그의 진짜 메시지인지 모른다. 그런 의미에서 『언데드 다루는 법』은 죽음과 비탄, 극기와 부활의 연대기로 읽힐 만하다.

최세희

옮긴이 **최세희**
국민대학교 영문학과를 졸업했다. 대중음악 칼럼을 쓰고 팟캐스트 방송 〈승열과 케일린의 영미문학관〉 구성작가로 활동하고 있다. 『아름다운 세상을 꿈꾸다』(공저)를 썼고, 『렛미인』 『킵』 『깡패단의 방문』 『예감은 틀리지 않는다』 『사랑은 그렇게 끝나지 않는다』 『웃으면서 죽음을 이야기하는 방법』 『우리가 볼 수 없는 모든 빛』 등을 우리말로 옮겼다.

문학동네 블랙펜 클럽
언데드 다루는 법

초판인쇄 2016년 12월 20일 | 초판발행 2016년 12월 30일

지은이 욘 아이비데 린드크비스트 | 옮긴이 최세희 | 펴낸이 염현숙
책임편집 박아름 | 편집 황문정 김지연 | 독자모니터 조혜영
디자인 엄자영 이원경 | 저작권 한문숙 김지영
마케팅 정민호 이미진 정진아 김혜연 | 홍보 김희숙 김상만 이천희
제작 강신은 김동욱 임현식 | 제작처 (주)상지사P&B

펴낸곳 (주)문학동네
출판등록 1993년 10월 22일 제406-2003-000045호
주소 10881 경기도 파주시 회동길 210
전자우편 editor@munhak.com | 대표전화 031) 955-8888 | 팩스 031) 955-8855
문의전화 031) 955-1927(마케팅) 031) 955-2654(편집)
문학동네카페 http://cafe.naver.com/mhdn | 트위터 @munhakdongne

ISBN 978-89-546-4379-5 03890

www.munhak.com